Regine Mädje
Spuren im Sumpf

Im Verlag CW Niemeyer sind bereits folgende Bücher der Autorin erschienen:

Licht im Mausoleum

Bibliografische Information der Deutschen Nationalbibliothek
Die Deutsche Nationalbibliothek verzeichnet diese Publikation in der Deutschen Nationalbibliografie; detaillierte bibliografische Daten sind im Internet abrufbar über http://dnb.ddb.de.

www.niemeyer-buch.de

Der Umschlag verwendet Motive von shutterstock.com,
Water buffalo skull Yu Lan 2012 /
Grunge background with space happykanppy 2012
Druck und Bindung: AALEXX Buchproduktion GmbH, Großburgwedel
Printed in Germany
ISBN 978-3-8271-9420-6

Regine Mädje

Spuren im Sumpf

CW Niemeyer

Der Roman spielt hauptsächlich in allseits bekannten Stätten des Weserberglands, doch bleiben die Geschehnisse reine Fiktion. Sämtliche Handlungen und Charaktere sind frei erfunden.

Über die Autorin:

Regine Mädje ist 1964 in Berlin geboren und in Lüneburg aufgewachsen. Im Anschluss an das Abitur folgte das Studium der Landschaftsplanung. Danach war sie einige Jahre als Diplomingenieurin in Celle und Exten tätig. Seit 1996 wohnt sie in Bückeburg. Sie ist verheiratet und hat zwei Kinder. Nach der Familiengründung entwickelte sich ihr Hang zur Schriftstellerei. Bückeburg und das Schaumburger Land bieten, da hier verschiedene Welten aufeinandertreffen, einen idealen Rahmen für spannende Geschichten.

Allen jenen gewidmet, die unter der innerdeutschen Grenze gelitten haben

Möge dein Arm nicht schwach werden, wenn du die Hand zur Versöhnung ausstreckst.

(Anonymus: Irischer Segensspruch)

„Weiter!", befahl sein Kopf. Seine Arme waren schwer wie Blei. Steinharte Muskulatur, ausgekühlt, überanstrengt. Er wollte nur schlafen. Ausruhen. Doch er wusste: Es wäre sein letztes Nickerchen in diesem Leben.

Noch wusste er es, noch war seine Vernunft klar bei der Sache. Wie spät war es? Er hätte die Uhr mitnehmen sollen, obwohl sie nicht dicht hielt im Wasser. Ein suchender Blick nach oben - über ihm funkelte der blanke Sternenhimmel. Bald musste die Morgendämmerung kommen. Hoffentlich. Sicher. Dann war die Orientierung leichter, er konnte einfach die aufgehende Sonne im Rücken lassen. Barsch befahl er seinen Armen, weiterzuarbeiten.

„Ich bin kein Waschlappen."

Wie hart hatte er hierfür trainiert! Fast sechs Monate lang. Jeden Tag drei, später sogar vier oder fünf Stunden Schwimmen. Ob er schon Froschfinger habe, feixte seine Mutter manchmal, wenn er ausgekühlt und mit gigantischem Hunger durch die Wohnungstür hereinstolperte.

„Ist alles für die NVA", hatte er stets geantwortet und sich dabei aufgerichtet, „die sollen doch einen richtigen Mann kriegen."

Dann schwieg sie und er spürte genau, wie stolz sie auf ihn war. Sie und Vater. Während sein kleiner Bruder immer darauf wartete, dass er endlich schlappmachte. Niemand ahnte, was das Training wirklich bedeutete, am allerwenigsten der NVA-Offizier, der seine Unterschrift entgegengenommen hatte vor einem halben Jahr.

Nur er, Gottfried Mercator. Und Margarete, mit der er seit zwei Jahren heimlich Kontakt hielt.

Margarete fand *Gottfried* altmodisch und gab ihm den Spitznamen Goofy. Albern, aber der Name fühlte sich an wie ein Kuss, wenn sie ihn über ihre schönen Lippen perlen ließ. Nur zu Hause schwieg er davon. Einen Eklat hätte diese Comicfigur aus den verfemten USA ausgelöst.

Aber gegenüber Margarete war er Goofy. Und nur sie wusste, wem sein Kraftakt diente. Dass sein Vorhaben lebensgefährlich war, hatte sie mit Angst erfüllt. Als der Entschluss fiel, fühlte er sich stolz. Ein Held, kraftvoll und mutig.

Inzwischen lernte er die Kehrseite kennen. Hilflos war er den dunklen, gefräßigen Wellen der Ostsee ausgeliefert. Sie leckten an ihm und kosteten von seiner Lebenskraft.

„Bist du es auch wert?“, prüften sie seinen Mut. Leise umstrichen sie seinen Körper, bereit, ihn für immer hierzubehalten. Jetzt lachte er zynisch über seinen naiven Wagemut und die aufgesprungenen Lippen brannten dabei. Das Meer lehrte ihn auf eine schweigsame Art, dass er sich auf einen Handel mit dem Teufel eingelassen hatte. Es gab niemanden, der ihn auffangen würde. So war sein Plan: ohne Netz und doppelten Boden.

Und während seine Kraft langsam vom Salzwasser der See zerfressen wurde, sickerte Todesahnung in den freien Raum nach. Wie fühlt es sich an, ertrinkend im Nichts zu verschwinden? Dauert es lange? Tut es weh? Fressen die Fische von einem? Oder sackt der tote Leib leise auf den schlammigen Boden? Wird er irgendwann als aufgeblähter Leichnam in Polen oder Finnland angeschwemmt?

Finnland wäre nicht schlecht, aber tot nützte ihm das auch nichts mehr. Wer hatte diejenigen gezählt, die ertrunken waren bei dem Versuch, dem ach so heiß geliebten Staat zu entkommen? Niemand. Es kursierten Gerüchte. Aber keine Zahlen. Und die Fische führten kein Buch.

Goofy war immer stolz gewesen auf seinen Körper. Vor einem halben Jahr hatte er eine Seite aus dem alten Atlas herausgerissen: die Ostsee samt umgebender Staaten. Er überschlug die Entfernung anhand des Maßstabs. Und ahnte ein wenig, auf was er sich da einlassen wollte. Es gab keine Infos, keine genauen Karten – jede Nachfrage hätte Verdacht erregt. Deshalb hatte er die NVA-Verpflichtung unterschrieben und alle glauben lassen, seine Selbstschinderei im Vorfeld sei für die Laufbahn.

Heimlich besorgte er sich zwei aufblasbare Sitzpolster, die ließen sich unauffällig transportieren. Jetzt stützten sie ihn, wie zwei winzige Boote, und seine Arme und Beine bildeten den Antrieb. Stundenlang. In dieser Nacht mit ihrem unsichtbaren Neumond. Zum Glück besaß er den Kompass mit den phosphoreszierenden Markierungen.

Er schob das eine Sitzpolster höher und legte den schweren Kopf darauf ab. Döste kurz. Es wäre unmöglich gewesen, ohne den Kompass die Richtung auf dem Wasser zu halten. Ein Geschenk seines Vaters zum 18. Geburtstag. Samt einer mehrtägigen Wanderung querfeldein. Die Vater-Sohn-Tour war beinhart gewesen, sein alter Herr verachtete Waschlappen und machte keinen Hehl daraus. Nach dem Crashkurs aber konnte er sich in wildfremdem Gelände orientieren.

Die kleine Pause war zu Ende. Mühsam erinnerte Goofy sich. Seine Finger, seine Arme: Alles schien nicht mehr ihm zu gehören. Zitternde Fremdkörper. Er ruderte mit den Beinen, die sich anfühlten wie eiskaltes Glas: jederzeit bereit, durch die geringste Berührung zu zerspringen. Die Ostsee maß jetzt, im frühen Sommer, 19 Grad. Er hatte keine Wahl. Außerdem: Woher hätte er einen Schutzanzug bekommen können, ohne aufzufallen?

Er zwang sich, in Richtung Westen weiterzuschwimmen. Wenn er wenigstens gewusst hätte, wo er war. Musste er nur noch auf die Küstenlinie zuhalten oder war dort nach wie vor Ostzone? Bei dem Gedanken, trotz dieser Tortur verhaftet und viele Jahre weggesperrt zu werden, aktivierten sich seine Kräfte. Allen Schmerz konnte er ertragen, aber nicht die Tränen von Margarete und die Verachtung seiner Eltern.

Weiter nach Westen. Niemand ahnte, wo er war, kein Patrouillenboot hatte bisher seine Wege gekreuzt. Sieben Stunden Schwimmzeit, wenn alles optimal lief, hatte er auf der Grundlage seiner alten Atlaskarte errechnet. Denn wäre er spätestens gegen fünf Uhr morgens drüben. Circa eine Stunde nach Sonnenaufgang. Aber dieses Schneckentempo hier reichte nicht. Er würde länger brauchen. Und er durfte auf keinen Fall schon jetzt in Richtung Küste geraten. Viel zu früh.

Margarete wartete im Westen auf ihn. Nahe Travemünde, hatten sie beim letzten Mal in ihrer Geheimsprache ausgemacht. Nahe Travemünde. Sie würde nach ihm suchen lassen und ihn finden. Von wegen Fischfutter! Er wollte leben. Mit ihr. In Freiheit. Seine Eltern mussten das verstehen. Er war volljährig und sein eigener Herr. Sie würden ihm verzeihen und Margarete lieben lernen. So, wie er sie liebte.

Mit dem Gedanken an sie kamen seine Arme und Beine wieder in Gang. Er konzentrierte sich entschlossen auf das kleine Einmachglas, in dem der Kompass wasserdicht verschlossen lag. Unermüdlich schlug sein Herz in der Brust. Es war müde, aber auch jung und kraftvoll. Margarete wartete. Sie würde ihn suchen lassen, sobald der Tag anbrach.

9. Juni 2012

Der Wasserbüffel hob den schwarzen, zottigen Schädel und horchte in die Nacht. Seltsame Geräusche störten ihn. Sein Kopf wandte sich, wobei die mächtigen, wie ein Halbkreis geformten Hörner einen behäbigen Tanz durch die Luft vollführten. Auch die vier Büffelkühe begannen zu lauschen. Nur das junge Kalb schlief noch fest. Kaum einen Tag war es alt, behütet wie der Heilige Gral von seiner Mutter. Die anderen Tiere der Herde durften sich ihm nähern. Niemand sonst. Alles Fremde war automatisch Feind.

Die Vierbeiner hatten sich unter zwei großen Bäumen versammelt. Hier, am Rand ihrer Weide, übernachteten sie oft. Fünf Meter neben ihnen verlief ein breiter Weg, auf dem sich die seltsamen Geräusche näherten. Streitende Menschenstimmen, laut und verbissen. Eine hohe und eine tiefe. Üblicherweise kamen Zweibeiner tagsüber hier vorbei, selten störten sie nachts die Ruhe. Die hohe Stimme biss in den Ohren, sie war sehr angriffslustig. Etwas reservierter hielt die tiefe Stimme dagegen. Die Nackenhaare des Büffels sträubten sich, er spürte die wachsende Aggression der Mutterkuh.

Die Streiter bemerkten keines der Tiere, an denen sie vorbeigingen. Es war stockdunkel. Ihr Tempo verlangsamte sich, jetzt redete nur noch die hohe Stimme in einer höhnischen Tonlage. Die tiefe Stimme schwieg. Nicht zum ersten Mal ließ der Mann, dem sie gehörte, seine rechte Hand prüfend in die Jackentasche gleiten. Dort lag sein Mittel für alle Fälle bereit. Wenn sich eine Einigung als zu kompliziert erweisen sollte. Und damit rechnete er fast sicher. Er hatte gut vorausgeplant.

Die Frau ereiferte sich weiter. Der Mann argumentierte nicht länger. Das Dunkel der bewölkten Neumondnacht schützte ihn, als er den länglichen Gegenstand aus der Tasche zog. Mit einem raschen Seitenschritt trat er hinter seine Begleiterin, hielt den Schocker an ihren Rücken und drückte den Knopf. Sie quiekte erschrocken, sprang einen Schritt vor, drehte sich um. Unverletzt. Empört. Sofort begriff er seinen Fehler: Der Apparat hatte direkt auf ihrer Tasche gelegen, dieses großformatige Quadrat aus recyceltem Kunststoff. Alte Fahrradschläuche, sorgfältig gereinigt, in Handarbeit verwoben und kalt verschweißt. Auf der Außenseite stand *The winner takes it all.* Ihr Wahlspruch.

Das Ding isolierte natürlich perfekt gegen Strom.

Jetzt wurde sie misstrauisch, zeigte aber keine Unsicherheit. Sie glaubte einfach nicht, was die Wasserbüffel längst spürten: große Gefahr. Der Mann versuchte wieder, den Schocker aufzusetzen, doch die Frau erahnte seine Bewegung. Mit einem spitzen Schrei sprang sie zur Seite und krachte mitten auf eine Eichenbohle. Ein Zaunpfosten zur angrenzenden Büffelweide, gespickt mit vier Lagen Stacheldraht. Sie verfing sich im Draht und versuchte zappelnd, freizukommen. Schrie vor Schmerz und zum ersten Mal erkannte man Angst darin. Der Mann warf sich auf sie, den Schocker vorgereckt.

Doch er löste den Apparat nicht aus, denn ihr Körper am Eichenpfahl wirkte wie ein Bremspoller, auf dem er nun selbst unfreiwillig klebte. Er hätte sich selbst einen Stromschlag versetzt. Hektisch versuchte er, freizukommen. Der Stacheldraht hielt ihn fest.

Plötzlich erfüllte ein langes, stöhnendes Knarren die Luft. Der Eichenpfosten gab nach. Mit einem quälenden Geräusch kippte er samt seiner Last hinein in die Büffelweide. Die Zweibeiner landeten im Gras. Der Mann kam rasch hoch, die Frau unter ihm rang japsend nach Luft.

Sie schrie laut, abwehrend, zugleich aggressiv. Er zögerte, das machte sie mutiger. Wütend beschimpfte sie ihn und riss sich energisch vom Draht los. Ging langsam rückwärts, hinein in die Wiese und verschaffte sich selbst Zeit zum Nachdenken. Ihr Stolz kehrte zurück, ihr Selbstbewusstsein, das alles für machbar hielt. *The winner takes it all…*

Sie spuckte ihm entgegen, dass das hier „reif für eine Anzeige" wäre. Die Drohung beendete sein Zögern. Entschlossen machte er zwei lange Sätze und drückte den Schocker auf ihr Brustbein. Hier isolierte nichts, am wenigsten ihr naives Heldentum. Kurz blitzte ein bläuliches Minigewitter auf, bevor sie ohnmächtig zusammensackte. Zufrieden starrte er auf die schlaffe Gestalt. Es hatte geklappt.

Er bückte sich hinunter zu ihr und nahm zum ersten Mal wahr, dass dicht neben ihm Wasser schimmerte. Ein kleiner Tümpel. Seine guten Lederschuhe saugten sich gerade im tiefen Schlamm des zertretenen Ufers fest. Wie unpassend. Er würde die edlen Treter wegschmeißen müssen, wie auch die zerrissene Jacke. Schade drum.

Plötzliche fauchende Luft. Wie aus dem Nichts.

Erschrocken fuhr er zusammen, hielt den Atem an. Kaum drei Meter neben ihm stand ein zottiger Schatten. Der Wasserbüffel saugte die Witterung ein und prustete die Luft laut wieder aus, um den beiden Menschen zu zeigen, dass sie verschwinden sollten. Je rascher, desto besser. Vor einigen Sekunden hatte er sich lautlos erhoben und war näher getreten. Was wollten diese Streithähne? Waren sie wie Hunde, die manchmal auf die Weide liefen und mit ausladenden Hörnern empfangen wurden? Oder trugen sie Futter bei sich, wie die Bauern, die er gut kannte?

„Heiliges Rhinozeros", entfuhr dem Mann entgeistert. Er ahnte die große, schwarze Masse mehr, als er sie sah. Wann war dies Urvieh so dicht herangekommen? Langsam tastete er sich rückwärts. Der Schlamm hielt ihn fest, schmatzend zerrte der Moder an den Schuhen. Der Büffel prustete erneut, diesmal noch lauter. Er roch den Angstschweiß. Panik schlug über dem Mann zusammen, er rutschte aus, fluchte laut, seine Arme fuchtelten wild.

Damit überschritt er die geringe Toleranz der Mutterkuh. Sie sprang auf und stürzte mit dumpfem Grollen vor. Im selben Moment entkam der Mann dem Morast und fiel der Länge nach auf festen Grund. Sofort rappelte er sich hoch und sprintete um sein Leben. Ein Riesensatz über den niederliegenden Stacheldraht rettete ihn. Seine zornige Verfolgerin stoppte dort, wo sonst der Zaun stand.

Laut schnaufend starrte sie dem fliehenden Fremden nach und schüttelte den massigen, breit gehörnten Schädel gereizt. Ein fremder Geruch stach in ihre Nase, die Wut erglühte sofort neu. Ruckartig wandte sie sich um, ortete die Frau. Mit wenigen Sätzen war sie bei der Gestalt und stieß die schweren Hörner hinab. Der erste Stoß verfehlte die Ohnmächtige, der zweite traf ihren Unterleib und zerriss etwas darin. Ein dritter Stoß schleuderte sie ins Wasser. Es gab ein lautes Aufklatschten, der Körper tauchte kurz unter und erschien wie ein überdimensionaler Korken wieder an der Oberfläche. Innerhalb weniger Minuten verblutete die Frau innerlich.

Prüfend witterte die Mutterkuh über den Tümpel. Tiefe Stille war eingetreten. Kein Eindringling würde mehr das Kalb bedrohen. Vorsichtig trat jetzt der Rest der Herde näher und inspizierte die frischen Spuren des Kampfes. Ihr Pascha, den die Bauern *Goofy* genannt hatten, bekam eine neue Idee. Gemächlich verließ er das Ufer des Tümpels und näherte sich dem umgeknickten Eichenpfosten. Wo war der Elektrozaun? Die Tasthaare an seinem Maul signalisierten, dass keine Spannung mehr in der Luft lag. Der beißende Draht hielt den Mund.

Zugleich stieg angenehmer Geruch in seine Nase. Süßlich und er weckte Erinnerungen an eine Leckerei. Also hatten die Zweibeiner doch etwas Gutes dabei gehabt. Ein kleiner Gegenstand verströmte den Duft, er hing im Stacheldraht. Vorsichtig schlossen sich Goofys Lippen darum und pflückten das Päckchen ab. Weiches Papier und süßer Geschmack, dazwischen ein kleiner, gebogener, harter Gegenstand. Während er bedächtig kaute, veränderte sich mit plötzlicher Macht das Harte in seinem Maul und klemmte sich fest zwischen seine Backenzähne.

Erst erschrak er, doch etwas anderes lenkte ihn ab. Immer schon hatte ihn der Duft einer Wiese auf der anderen Zaunseite gelockt. Sie roch so viel saftiger, so völlig ohne pieksende Disteln. Entschlossen stieg er über die vier Reihen liegenden Drahts, querte den Weg und schlenderte hinüber ins Nachbargras. Die Freiheit umfing ihn und ein Grashalm duftete besser als das nächste. Die Büffelkühe folgten ihm neugierig in die milde Sommernacht. Übermütig und albern hopste das Kalb um sie herum. Ohne Hast sackte der Körper der toten Frau langsam unter die Wasserlinie und verblasste zu einem hellen Schemen.

Tief atmete Engel Meier die kühle Luft ein. Der frisch geborene Junimorgen duftete würzig. Und was für ein Naturschauspiel hatte ihn eingeleitet! Nur zögernd löste die Mittfünfzigerin den Blick vom Himmel. Dort verblasste ein rot-oranges Feuerwerk, das der Sonnenaufgang fast 20 Minuten lang in den Horizont gezaubert hatte. Ein guter Anfang für solch einen sonnigen Tag. Gut gelaunt schritt Engel aus. An ihrer linken Seite gurgelte der kleine Schlossbach sein Lied. Rechts wogte sattgrünes Getreide wie die Dünung eines Meeres. Den Delfin darin spielte ihr braunweißer Spaniel. Immer wieder tauchten seine fliegenden Ohren über den milchreifen Ähren auf.

Weit und breit sonst keine Menschenseele. Niemand, der ihr erklärte, dass der Hund gleich ein hilfloses Kitz reißen würde, weshalb man ihn sofort anleinen müsse. Sie folgte einem zweispurigen Betonweg, der erst parallel zum Bach verlief und dann nach rechts, in Richtung alter Kastanien abknickte. Die beiden ausladenden Bäume bildeten den Eingang zu einer besonderen Landschaft: die Bückeburger Niederung. Gemähte Wiesen tauchten auf, Weiden mit Rindern, Tümpel, Gebüsche, malerische Einzelbäume. Eine Schar Wildgänse sicherte zu Engel hinüber, ihr Schnattern klang misstrauisch.

Doch die Spaziergängerin zog es zu anderen Wasserwesen. Ob die Herde heute wieder im Wasserloch badete? Nur die Köpfe mit den mächtigen Hörnern und die schwarzen, schlammigen Rücken schauten dann heraus. Urweltlich wirkten sie, diese Wasserbüffel. Wie Grüße aus einer fremden Welt.

„Sicher stehen sie beim Tränkewagen", mutmaßte Engel, als sichtbar wurde, dass die Herde sich rarmachte. Nach 100 Schritten erkannte sie den Irrtum. Nach weiteren 50 wurde ihr klar, warum. Der Zaun lag niedergedrückt. Sie stoppte. Griff nach einigem Zögern und einem Blick auf die Armbanduhr zum Handy. Die Nummer der Besitzer hatte sie im Verzeichnis. Ihnen gehörte ein großer, alter Bauernhof, der Auenhof, bei dem Engel regelmäßig einkaufte. Mit langen Armen, denn ihre Lesebrille lag zu Hause, suchte sie den richtigen Namen, ließ den Apparat wählen und beobachtete die Umgebung. Mit einem Mal fühlte sie sich unsicher.

„So was", murmelte sie, „büxen die einfach aus." Und zu ihrem Hund: „Bleib schön hier, Kaspar."

„Freimuth", meldete die Stimme des Bauern sich, äußerst knapp angesichts des frühen Morgens.

„Herr Freimuth, Gott sei Dank", sprudelte es aus Engel heraus, „Meier am Apparat. Eine Kundin. Entschuldigen Sie die unmögliche Tageszeit, aber ich stehe hier am Wasserloch und sehe, dass die Büffel ausgebrochen sind."

„Die Wasserbüffel?", echote der Mann am anderen Ende der Leitung.

„Alle. Sie sind alle fort."

„Nee, sind Sie ganz sicher?"

„Die Weide ist leer."

„Schiet!"

„Und der Zaun liegt an einer Stelle ganz platt auf der Erde."

„Hundsfoot! So ein... Wir kommen sofort. Danke."

Keine zehn Minuten später kam ein grüner Traktor herangedonnert, der spielend dem Vergleich mit einem

Panzer standhalten konnte. Er verringerte seine Geschwindigkeit, nachdem er die zwei alten Kastanien passiert hatte, und kam geschmeidig puckernd neben der Anruferin zum Stehen. Bauer und Bäuerin saßen in der Fahrerkabine. Halb neugierig, halb besorgt schauten sie hinunter. Ungefrühstückt. Mit einem Gesichtsausdruck, der nahelegte, dass sie die Themen *Sonntag* und *Ausschlafen* bereits zu den Akten gelegt hatten.

„Das fängt ja bescheiden an", kommentierte Freimuth die augenfällige Leere in seiner Weide. Aus der Höhe des fahrbaren Untersatzes hatte er einen guten Blick über die Umgebung und außer einem Reiher, der angestrengt überlegte, ob er jetzt fortfliegen müsse, fiel ihm nichts auf.

„Weit und breit keine Spur von den Viechern. Haben Sie die Herde weglaufen sehen, Frau Meier?"

„Gott bewahre", entsetzte sich Engel. „Dann stände ich gar nicht hier. Ich gehe doch nicht freiwillig an solche Tiere ran. Nur mit Zaun dazwischen, wie im Zoo."

Alle drei lachten ein wenig gezwungen.

„Wo mögen sie hin sein?"

„Im besten Fall nicht allzu weit."

„Du, Thomas", sagte die Bäuerin, stupste ihren Mann an und zeigte in Richtung des Tümpels, „sieh mal rüber. Ist da was?"

„Am Wasser?"

„Im Wasser."

„Ich seh' nichts."

„Da ist was."

„Nein."

„Doch."

„Ich guck' mal", enttarnte er sich als der Klügere. Aufseufzend kletterte er vom motorisierten Hochsitz herab und stapfte in die Weide.

„Da schimmert was durch“, bestätigte er. Die beiden Frauen kamen ihm mit gereckten Hälsen nach. Zu dritt spähten sie in die trüben Fluten. Das Wasser spiegelte die Morgensonne wie polierter, dunkelgrüner Marmor. Doch ganz schwach konnte man vage Umrisse darin erahnen.

„Sieht groß aus. Wie ein…“, ließ Engel den Satz unvollendet.

„Es wird doch nicht das Kalb sein?“, fürchtete der Bauer. „Wäre schade drum.“

Er holte einen langen Stock aus der Fahrerkabine und versuchte, nach dem Schemen zu angeln. Die Spitze des Stabes stupste das Vage an. Mit bedächtigem Rollen drehte es sich, ohne die Wasseroberfläche zu erreichen. Eindeutig: Es war zu hell für das Büffelkalb. Und zu groß. Der Anblick trieb den drei Beobachtern prickelnde Gänsehaut über den Rücken. Sie sahen einander an.

„Frau Meier, rufen Sie mal zur Sicherheit die Polizei“, brachte die Bäuerin alle Bedenken auf einen Punkt. „Können Sie hier bleiben und denen die Lage erklären? Wir kommen wieder, sobald wir die Wasserbüffel haben. Das ist jetzt furchtbar dringend. Wenn die auf die Bundesstraße oder die Bahnstrecke geraten, kann sonst was passieren.“

„Aber bitte, Frau Freimuth“, Engel fehlten fast die Worte vor Empörung. „Sie können mich doch nicht mit diesem…“ sie rang um neutrale Worte, „…diesem komischen Leuchten da im Wasser allein zurücklassen. Wer weiß, was das ist? Mich gruselt's ja jetzt schon. Bitte, also wirklich.“

„Bleib du auch hier, Marion“, lenkte der Bauer rasch ein. „Wenn es das ist, was ich mal so fürchte, braucht die Polizei uns sowieso bald. Ich beeile mich mit den Viechern.“

„Aber du kannst die Büffel doch nicht allein holen", wandte seine Angetraute ein.

„Herr Freimuth", stammelte auch Engel hilflos. „Sie können uns Frauen doch hier nicht allein lassen."

Damit jedoch machte sie die Bäuerin ärgerlich.

Konfliktsituationen war Marion Freimuth gewohnt, sie besaß jede Menge Viehzeug und eine große Verwandtschaft, außerdem wuchsen auf ihrem Hof mehrere Kinder heran.

„Fahr schon los", ließ sie ihren Mann von der Leine.

„Ich telefonier' mit Norbert und Johann", fiel dem ein. „Die helfen bestimmt."

„Und wirf gleich den Ältesten aus dem Bett, der muss auch mitmachen."

„Na siehst du. Zu viert schaffen wir das. Und ihr haltet hier die Stellung. Ist vielleicht doch nur ein Reh. Ein Albino oder so. Ich komme zurück, sowie ich kann."

Entschlossen stiefelte er zum Weg und erklomm seinen Agrarpanzer.

„Nimm den Treibewagen mit, Thomas", rief seine Frau ihm nach. Es ging im Aufröhren des Dieselmotors unter.

„So, Frau Meier", ergriff die Bäuerin das Steuer. „Jetzt leinen Sie Ihren Hund an und dann kommt die Polizei an die Reihe. Ich hoffe nur, es ist nicht das, was ich fürchte. Wieso muss das ausgerechnet uns passieren?"

„Schön, dass du gleich kommen konntest, Klaus", empfing Oberkommissar Weber den Hannoverschen Gerichtsmediziner. Die beiden kannten sich seit Langem. In der Regel war der Anlass ihres Treffens traurig, was sie zu ignorieren gelernt hatten.

„Tut mir leid um deinen freien Tag", schob er nach. Zusammen mit einigen Kollegen forschte Weber auf der Büffelwiese nach dem Was, Wie und Warum der letzten Nacht. Er kam direkt aus dem 60 km entfernten Nienburg. Dort befand sich sein Arbeitsplatz, die Polizeiinspektion Nienburg-Schaumburg. Weber stand seit fast 30 Jahren in den Sielen der Ordnungshüter und verfügte über eine Routine, die sich nur noch durch Extremereignisse aus der Balance bringen ließ. Lag ein Kapitaldelikt im Schaumburger Land an, fiel es in sein Aufgabengebiet.

Ergänzt wurde sein Team im Moment durch zwei Spurensicherer sowie Fanny Reichert und Kai Müller, beide Polizisten aus Bückeburg. Weber nannte sie gern seine rechte und seine linke Hand.

„Spar dir dein Geheuchel. Mir geht's gut, Heinrich", wehrte Klaus Neddermeier-Lau jetzt ungnädig ab. Der Mediziner liebte seine Arbeit. Heute besonders. Außerdem ließ er seinen Zynismus gern an anderen aus, auch sein Freund Heinrich Weber bekam diesbezüglich kein Pardon.

„Haben die ihn gefunden?", fragte er mit Blick auf zwei müde Streifenbeamte, die sich am Rand des Geschehens hielten. Die Nachtschicht samt Auffinden und Bergen einer Leiche hatte sichtbare Spuren auf ihren Mienen hinterlassen.

„Nicht ganz. Erzähl ich dir später, Klaus. Bist du gut aus den Federn gekommen?"

„Frag mal meine Frau", entgegnete der Hannoveraner und grinste schief. Eben hatte er seinen alten, zerbeulten Opel Astra ans Ende einer farbenfrohen Reihe aus vier Polizei- und Privatwagen, einem Spurensichererbulli, einem Golf, zwei Treckern und einem langen, vergitterten Viehtreibewagen geparkt. Die Blechschlange leuchtete wie eine Autoskooter-Anlage durch die Landschaft. Ohne sie hätte Neddermeier-Lau nie hierher gefunden.

Sein Navigationsgerät, eine Damenstimme, die er respektlos „Zicke" nannte, konnte mit dem Begriff *Bückeburger Niederung* rein gar nichts anfangen. Dieser Provinzsumpf kam in ihrem Weltbild nicht vor. Deshalb hatte der Mediziner sogar vor einer halben Stunde mit dem Bückeburger Kommissariat telefoniert. Der dortige Ordnungshüter riet ihm, einfach die Kläranlage als Ziel einzugeben. Aber warum verschwieg der Mann, dass diese Variante keine Lösung war? Weil man nämlich auf Höhe der Bahnunterführung, die davor lag, nicht weiterkam. Dort wurde gebaut. War es ein staatstragendes Geheimnis? Oder hatte der Uniformierte nur zu knapp geantwortet? War das Sinn und Zweck jener mysteriösen Mitteilung: „Ach ja, am Schalltor müssen Sie den Schildern folgen".

Neddermeier-Lau hatte dummerweise nicht nachgefragt. Ein Fehler. Denn Zicke forderte ihn an besagtem Schalltor stur auf, rechts abzubiegen und einen Kilometer geradeaus zu fahren. Im samtigen Tonfall einer Frau, die kurz davor steht, ihre Krallen auszufahren. Natürlich wusste Zicke, dass sie 150%ig recht hat. Mehr gab ihre Software derzeit nicht her. Schlechter Aktualisierungsstand.

Also fand sie es völlig *un-mög-lich,* dass ihr Chauffeur einer sparsam beschilderten Umleitung über gefühlte 35 Kuhdörfer folgte. Komplett unsicher wurde der Hannoveraner jedoch, als sein Wagen nach 15 Minuten plötzlich mitten durch die freie Landschaft juckelte. Äcker links, Äcker rechts. Äcker geradeaus. Zicke roch seine Zweifel und ging zum offenen Verbalgefecht über.

„Wenden Sie bei nächster Gelegenheit."

Inzwischen war ihr Tonfall ungelogen bösartig. Nur Bezeichnungen wie „Penner" und „Vollidiot" vermied sie. Trotzdem: Neddermeier-Laus Puls stand auf 220, als er die Kläranlage endlich sah. Zeitgleich fand Zicke zurück zur gewohnten Sanftheit.

„Sie haben Ihr Ziel erreicht." Als wäre ihr das seit über einer Stunde klar gewesen.

„Hab ich nicht, blödes Stück", warf Neddermeier-Lau ihr wütend ans Display. Zum Glück für beide eröffnete plötzlich ein Blick gen Norden das Ziel: die bunt leuchtende Blechschlange. Der Mediziner fuhr auf Sicht.

Den Leichenfundort hatte man großräumig mit Flatterband abgesperrt. Sogar einige Meter des Betonwegs neben der Weide waren mit einbezogen worden. Jeder Wanderer, jeder Radfahrer musste einen großen Bogen über die angrenzenden Wiesen machen. 30 Meter weiter bastelten vier Bauern an einem E-Zaun, der die Wasserbüffel davon abhalten sollte, ihre geliebte Badewanne derzeit zu benutzen.

Alle sechs Tiere waren inzwischen wohlbehalten wieder eingetroffen und nicht erfreut, den Tümpel abgesperrt zu finden. Mit erhobenen Köpfen witterten sie über den Behelfszaun und rollten die Augen. Und wirklich alle, die hier und heute mit Arbeiten betraut waren, behielten die imposanten Hornträger instinktiv im Blick. Es hob die Stimmung ebenso wenig wie der Fakt, dass die meisten an diesem schönen Sonntag sowieso andere Pläne gehabt hatten.

„Meinst du, deine Lotte verzeiht mir den Einbruch in euren freien Tag?“, verdoppelte Weber sein angebliches Mitleid und setzte ein entschuldigendes Lächeln auf.

„Sie nicht, aber jemand anders, den du auch sehr schätzt, Heinrich. Halt mich ruhig für übergeschnappt, aber Lotte hatte mich Freitag tatsächlich überredet, auf die *Landpartie* ins Schloss Bückeburg zu fahren.“

Er schnaufte auf und schnipste mit den Fingern.

„Na, das passt ja wirklich“, lachte der Kommissar. „Da müssen wir nachher auch hin. Wenn du es geschickt einrichtest, hast du hier nicht allzu lange zu tun. Und sobald die Leiche auf dem Weg nach Hannover ist, machst du einfach noch einen ganz kurzen Schwenk über diese *Landpartie*. Der Toten ist es egal, ob du sie ein Stündchen früher oder später obduzierst, und mein Name ist Hase. Ein bisschen Nachtarbeit macht dir doch sicher nichts. Das nenne ich mal Glück.“

„Glück? Gar nichts werde ich. Muss komplett besoffen gewesen sein, als ich zustimmte.“

Der Mediziner nahm auch hier kein Blatt vor den Mund. Er liebte den Widerspruch gegen Webers betonte Höflichkeit. Trotzdem waren die beiden gute Freunde, ähnlich in Alter und Berufsroutine. Man munkelte, sie hätten vor Jahren um dieselbe Frau konkurriert, sich danach aber wieder zusammengerauft. Vielleicht stammte aus dieser Zeit ihre Duzfreundschaft. Der Kommissar vermied sonst gegen jeden, selbst die engsten Mitarbeiter seines eigenen Teams, die vertrauliche Anrede.

„Aber, aber, Klaus. Blütenduft statt Leichenmief, überleg mal."

„Ach was!" Neddermeier-Lau schnipste wieder mit den Fingern, als könne das seine Empörung deutlicher ausdrücken. „Am Sonnabend hab ich diese *Landpartie* mal gegoogelt. Aus schlechter Vorahnung. Weiß du, was das ist? Eine Verkaufsmesse für Leute, die im Champagnerrausch keine Preisschilder mehr lesen können. Und nur zur Tarnung haben sie ein paar Gärtner eingestreut."

„Übertreib nicht. Die Zeitungen sind immer voll des Lobes. Bringt viel Leben in die Gegend. Alle möglichen Schlossbesitzer machen es inzwischen nach, kommen aber nicht an die Bückeburger heran. Also kann es nicht so schlecht sein."

„Sagt Lotte auch. Und das Ambiente wäre ja einfach fantastisch, sie hätte in einer Zeitschrift davon gelesen. Warst du überhaupt schon mal da, Heinrich?"

„Ich gestehe: nein", schwächte Weber ab.

„Ich auch nicht. Und mithilfe dieses mildtätigen Wunders in Form deines Dienstanrufs bleibt das auch so. Außerdem darf man nicht alles glauben, was in den Zeitungen steht. Solltest du als Erster wissen, alter Kriminalist."

„Schau dir die Veranstaltung lieber an, statt nur zu meckern. Mein Team geht nachher auch noch hin, rein dienstlich. Kollegin Reichert meint, die Tote müsse auf der *Landpartie* gewesen sein. Es hing eine Designertasche an ihr."

„Netter Versuch, Heinrich. Aber lass mich aus dem Spiel. Ich fürchte mich schon vor dem Augenblick, da

Lotte mir ihre Mitbringsel präsentiert. Hoffentlich ist sie gnädig und macht die Preise vorher ab."

„Du wirst es überleben", lachte Weber.

„Du kennst meinen bescheidenen Lebensstil. Ich bin nicht gemacht für solche Messen. Spätestens am Nachmittag hätten die Sanitäter mich mit einem Anfall klaustrophobischer Brieftaschenenge aus der Menschenmenge retten müssen. Und abends wäre dann der Streit mit meiner empörten Frau dazugekommen. Warum ich mich einfach auf den Boden werfe und unkontrolliert zu schreien beginne."

„Du solltest unter die Kabarettisten gehen..."

„Danke, Heinrich. Als Hobby demnächst in diesem Programm. Aber meine feste Gehaltsabrechnung jeden Monat ist mir wichtig. Außerdem bin ich ja drum rumgekommen."

„Denn der Himmel hatte ein Einsehen mit dir..."

„...und schickte mir einen Anruf deines Handys. Obwohl: Angesichts der Umstände war es eher die Hölle und ihr Besitzer. Trotzdem werde ich es jetzt öfter mit geheimen Gebeten versuchen. Man muss nur den Ansprechpartner ganz offenhalten. Womit wir endlich beim Thema wären. Was habt ihr denn diesmal?"

„Kommt aus dem Wasserloch da drüben", beschrieb Weber mit einer vagen Handbewegung in Richtung des trüben Tümpels. „Eine Frau, gut gekleidet. Etwas zu gut für die Gegend, meiner Meinung nach. Die Kollegen von der Streife haben sie vor circa zwei Stunden rausgefischt, in der Hoffnung, vielleicht noch was retten zu können. Aber es war schon zu spät.

Du kannst mir sicher gleich sagen, wie lange sie in der Pfütze gelegen hat. Auf den ersten Blick sah alles nach Unfall aus: Die Frau geht nachts ahnungslos auf eine Weide, wird von den Büffeln angegriffen und getötet. Aber schon beim zweiten Blick stutzt das kritische Ermittlerauge: Der Zaun wurde vom Weg aus mutwillig umgebrochen und es sind einige Misshandlungen an der Toten, die nichts mit Wasserbüffeln zu tun haben. Wir vermuten, dass ein Kampf stattfand. Die Kleidung des Opfers ist stellenweise aufgerissen. Könnte also genauso gut eine versuchte Vergewaltigung sein. Oder auch mehr."

„Raffiniert", warf Neddermeier-Lau zufrieden ein. „Ich liebe diese Fälle, in denen nichts so ist wie es scheint. Macht viel mehr Spaß, dann auf Details zu achten. Also zwischen banalem Unfall und perfidem Mord ist alles drin?"

Weber nickte bedächtig.

„Die Leiche", fuhr er fort, „wurde heute Morgen gegen 5 Uhr entdeckt. Eine ältere Dame aus Bückeburg und die Bauern, auf deren Weide das Ganze passierte, riefen die Polizei."

„Um fünf? Da gehen in Hannover gerade mal die ersten Kneipenbummler ins Bett. Seid ihr hier alle so drauf?"

„Klaus, du befindest dich auf dem Land. Finde dich damit ab."

„Hab ja gar nichts dagegen, schließlich ist mein Sonntag gerettet. Noch was?"

„Es ist wahrscheinlich, dass die Büffel heute Nacht mitgemischt haben. Nach Aussagen der Bauern sind sie über den kaputten Zaun ausgebrochen. Vermutlich erstklassige Zeugen. Leider reden sie nicht mit uns."

„Die schwarzen Viecher dahinten? Wie aggressiv sind sie denn?", erkundigte sich Neddermeier-Lau und registrierte die Hornträger mit Unbehagen.

„Die Bäuerin sagt, eigentlich sind sie friedlich. Aber bei Fremden können sie ganz schön hinlangen. Den Tierarzt haben sie bei der Blutabnahme mal so gegen die Stallwand gefegt, dass er kurz vor dem K.O. stand."

„Ja, ja. Immer diese *Ach-der-will-doch-nur-spielen*. Kein Beruf für mich. Gib mir zur Sicherheit die Nummer von den Bauern. Wenn sich Rückfragen ergeben. Du weißt, ich mache meine Arbeit gern gründlich."

„Wofür ich dir manches andere verzeihe, Klaus."

„Schleimer. Wieso habt ihr den ganzen Weg mit abgesperrt? Wollt ihr euch wichtig machen?"

„Wir bevorzugen derzeit die Theorie, dass es kein Unfall war, und wollen von Anfang an gründlich arbeiten."

Weber wies auf zwei seiner Leute, die sich den saubersten Arbeitsplatz gesichert hatten und den umgeknickten Eichenpfosten samt Stacheldraht millimetergenau unter die Lupe nahmen. Heute Nachmittag würde dieser Pfahl der porentief reinste in ganz Europa sein.

„Vielleicht sagen uns die Kollegen dort drüben bald mehr", schob der Nienburger nach. „Es hing ein wenig Kleinkram in dem Draht. Textilgewebe, Blut und so."

„Eine Eichenbohle ist umgenietet worden?" Neddermeier-Lau blies anerkennend die Backen auf. „Dafür braucht man aber schon viel Energie. Jetzt verstehe ich, warum du nicht mal Mord ausschließt. Apropos Vergewaltigung: Wie alt ist das Opfer denn?"

„In den besten Jahren, verglichen mit uns, Klaus. Irgendwas zwischen Ende 30 bis Mitte 40."

„Gib ruhig zu, dass du übers Beste hinaus bist, Heinrich. 40? Dass ich nicht lache."

„Wer im Glashaus sitzt,..."

„Du bist fast 60. Altes Eisen. Wann nullst du das nächste Mal?“

„... sollte nicht mit Steinen schmeißen.“ Weber ließ den Sarkasmus geübt abperlen.

„Haben deine Zwillinge schon *Opa* zu dir gesagt?“, stichelte der Hannoveraner. „In deiner Haut möchte ich nicht stecken, ehrlich. Mit so einem Riesensatz im Familienleben zu landen. In einem Alter, wo andere ihre ausgewachsenen Monstren gerade aus dem Haus jagen.“

„Zeig deinen Neid ruhig deutlich, er tut mir wohl“, gab der Kommissar mit verschlagenem Lächeln zurück. „Und meine Biene ist ein paar Jährchen jünger, wie du weißt. Außerdem darfst du dich jetzt um deine Arbeit kümmern.“

Der streitlustige Mediziner wandte sich der Toten zu. Man hatte sie unweit des Tümpels in einen Leichensack gelegt. Neddermeier-Lau öffnete ihn und ließ seinen Blick fachmännisch über den Körper wandern. Eine grünbraune Schlammschicht bedeckte die Haut, darunter wechselte Totenalabaster mit dem Beige eines teuren Jäckchens und dem seriösen Grau eines knielangen Rocks. Auf Höhe des Bauchs klaffte ein Riss im Gewebe, darunter schimmerte blauschwarz ein riesiger Bluterguss. Der Mediziner untersuchte die Stelle.

„Stumpfe Gewalt“, wandte er sich dem näher tretenden Weber zu. „Ganz massiv. Sagtest du nicht, Bluse und Jacke wären auch zerrissen?“

„An der Rückseite. Aber die meisten Risse sind im Rock, an den Beinen der Frau und einer Tasche, die sie trug. Du musst die Leiche drehen.“

„Vorne nichts weiter? Seltsam. Untypisch für Vergewaltigung. Wo sind ihre Schuhe?“

„Wir vermuten sie im Tümpel. Werden später noch das Wasser abpumpen lassen. Vielleicht kommt auch noch mehr zum Vorschein, wer weiß? Aber vorher muss der Uferschlamm sorgfältig untersucht werden. Der hat einiges für uns konserviert."

Neddermeier-Lau prüfte einige Parameter, um den Todeszeitpunkt einzuschätzen.

„Seit mindestens fünf Stunden tot", befand er danach und richtete sich wieder auf. „Aber nagele mich nicht fest. Die Kerntemperatur darf ich nur eingeschränkt heranziehen. Das Wasser pfuscht mir da ins übliche Auskühlungsmuster. Es fährt die Temperatur rascher runter als normal. Ich notiere mir nachher noch, wie warm der Teich ist. Das hilft bei der endgültigen Abschätzung.

Diese Sache am Bauch sieht böse aus, der Rest ist Peanuts. Mehr kann ich dir erst nach der Obduktion sagen. Sind Wiederbelebungsmaßnahmen durchgeführt worden? Muss ich mit gebrochenen Rippen durch das Wirken der Retter rechnen?"

„Die Streife hat schnell bemerkt, dass alles zu spät war. Keine Herzmassage, keine Mund-zu-Mund-Beatmung. Aber sie mussten die Leiche natürlich rausziehen und auf Lebenszeichen prüfen."

„Hm. Also vielleicht ein wenig Fremd-DNA."

„Du kannst dich mit den Kollegen unterhalten, sie stehen dahinten", wies Weber ihn auf die zwei grau-gesichtigen Streifenbeamten hin.

„Ja. Kommt als Übernächstes."

Neddermeier-Lau maß die Temperatur im Büffel-Badeloch und befragte anschließend die zwei Ordnungshüter, die die Tote geborgen hatten.

„Ich fahre gleich wieder nach Hannover zurück", verkündete er danach. Weber nickte zustimmend und folgte ihm mit fünf Metern Sicherheitsabstand zum Wagen.

„Sag mal", wandte der Mediziner sich kurz vor dem Einsteigen um, „ich dachte, ich komme in einen Sumpf. Bedeutet *Niederung* nicht soviel wie Sumpf?"

„Du kommst 50 Jahre zu spät", grinste Weber. „Früher war es mal richtig feucht. Einer von den Spusis erzählte vorhin, sein Vater wäre hier früher jeden Winter Schlittschuh gelaufen. Davon können die Kinder heute nur noch träumen, nachdem man die Ecke gründlich an die Vorflut angeschlossen hat."

„Ach so", machte Neddermeier-Lau und versuchte, sich nicht anmerken zu lassen, dass ihm der letzte Halbsatz schleierhaft blieb. „Aber eine hübsche Gegend ist es schon."

„Ja, nett", kommentierte Weber knapp und hoffte, seinen Freund ohne weitere Kommentare loszuwerden. Er wollte jetzt nicht noch mal an die Probleme erinnert werden, die sich vor drei Jahren zeitgleich mit dem Doppelpack an spätem Nachwuchs eingestellt hatten. Die seelischen Veränderungen seiner Frau und ihr Beharren auf seiner aktiven Mithilfe. Für einen Mann, der lange Jahre Bequemeres gewohnt war, schwer zu erlernen.

Noch schwerer aber trug er an den unfreiwilligen Selbstmordversuchen der Zwillinge. Seit sie laufen konnten, waren sie begeisterte Gefahrensucher. Seitdem fielen sie kopfüber in Teiche oder kletterten unter Zäunen durch, um fremde Tiere zu streicheln. Einmal hatten sie es bei einem Wisent versucht, was ihren Eltern Herzrhythmusstörungen und einen scharfen Verweis des Tierpflegers einbrachte. Sie sprangen von Spielgeräten, die sie eigentlich noch nicht erklimmen sollten. Der schnellere der beiden hatte im letzten Winter die Eisdecke des Steinhuder Meeres getestet. Die sich anschließende Rettungsaktion trieb dem Kommissar noch Monate später den nackten Angstschweiß auf die Stirn. Eigentlich hätte heute ein Familienausflug auf seinem Sonntagsprogramm gestanden. In einen Zoo. Ein normales, kindgerechtes Freizeitvergnügen, das jedoch in Weber sämtliche Argusaugen aktiviert hätte. 100 kleine Herzinfarkte.

Er war nicht undankbar für den dienstlichen Anruf heute früh.

Gleich nach Abfahrt des Gerichtsmediziners versammelte er sein Team, um es auf den neusten Stand zu bringen. Fanny Reichert und Kai Müller arbeiteten mit den Spurensicherern zusammen, Fanny am Zaunpfahl, Kai im Schlamm am Tümpel. Gerade hier erwies es sich als schwierig, die Menschen- von den Tierfährten zu trennen. Der zähe Morast konservierte sämtliche Fußsohlen jeden Lebewesens, das ihn in den letzten Wochen besucht hatte. Inzwischen sahen die Fährtendeuter aus wie frisch gesuhlte Wildscheine und rochen ähnlich.

Weber berichtete von den fachlichen Aussagen des Mediziners.

„Gibt es bei Ihnen auch was Neues?“, wandte er sich dann fragend an seine Zuhörer.

„Der Stacheldraht und der Zaunpfahl geben ganz ordentlich was her“, warf Fanny verheißungsvoll in die Runde.

„Muss aber erst analysiert werden“, schränkte ihr Kollege sofort ein. „Ohne Labor lässt sich im Moment nicht allzu viel erkennen. Freut euch auf morgen und übermorgen.“

„Bei uns“, fasste Kai schulterzuckend zusammen, „läuft's eher mühsam.“

Die beiden Schlammkriecher sahen sich unbegeistert an. Man merkte, dass Aufwand und Ergebnis für sie kein ausgewogenes Verhältnis bildete. Hinzu kam, dass die Sonne bereits jetzt die Spuren veränderte.

„Braucht schon jemand eine Pause?", deutete Weber vorsichtige Kompromissbereitschaft an.

„Wir würden gern gleich weitermachen, Chef", insistierte Kai. „Höchstens ein Kaffee im Stehen..."

„Ich bitte die Streife, uns was vorbeizubringen", stimmte der Kommissar rasch erleichtert zu. „Bis heute Nachmittag sind Sie doch fertig, Herr Müller? Ich brauche Sie dann auf der *Landpartie.*"

„Wird schon gehen. Notfalls macht der Kollege allein weiter. Ist ja nicht so schwer."

„Danke, du Wildsau", revanchierte der Genannte sich.

„Kai", bemerkte Fanny grinsend, „mit dieser Schlammkruste begleitest du uns heute nicht unter die Leute. So was können wir den Schlossbesuchern nicht zumuten."

Ihr Tonfall beinhaltete eine Spezialmixtur aus Spott und Kameradschaft. Alle Umstehenden grinsten, einschließlich Kai. Dieses kleine Spiel war vertraut zwischen den beiden: Zehn Dienstjahre und ein wenig Hierarchie zu Fannys Gunsten trennten sie. Keiner von ihnen nahm die Rangfolge tödlich ernst. Trotzdem spielte Fanny sich regelmäßig auf, sie provozierte einfach gern. Kai, der jünger wirkte, als er mit seinen 26 Lenzen tatsächlich war, übte seit Jahren, den Biss der verbalen Rempeleien stumpfzufeilen. Dummerweise stellte er sich mit seiner flapsigen Dienstauffassung manchmal selbst ein Bein. Kam es allerdings hart auf hart, hielten die beiden Bückeburger ähnlich gut zusammen wie ein ergrautes Ehepaar kurz nach der goldenen Hochzeit.

„Du hast recht, Fanny. Dann sollten wir“, schlug er mit hochgezogenen Augenbrauen vor, „jetzt gleich die Arbeitsplätze tauschen.“

„Damit wir nachher im Doppelpack stinken? Ach was. Ich bin überzeugt, dass du der perfekte Fährtensucher bist“, weigerte sie sich.

„Danke. Möchtest du gern zuschauen, wenn ich heute Nachmittag dusche?“, ging er bis kurz unter die Gürtellinie und deutete in einer schwülstigen Geste an, wie er sich Overall und T-Shirt abstreifen würde.

„Hast du's nötig?“ frotzelte sie, während einer der Spurensicherer anerkennend pfiff und begeistert „Weiter“ rief.

Sechs Stunden später durchschritten drei frisch gesäuberte Ermittler das Schlosstor. Genau gesagt, hätten sie es gern durchschritten, doch der Platz war hoffnungslos überfüllt mit Menschen. Die drängelnde Masse keilte die Polizisten zwischen großen, weißen Zelten und einem mobilen WC-Container mit obligater Schlange vor dem Damenklo ein. Mühsam wühlte Weber sich in Richtung der Infotheken und Kassenhäuschen, dicht gefolgt von Fanny und Kai.

Alle schwitzten, die Sonne schien warm und hatte den drei Ermittlern schon auf der Weide ordentlich zugesetzt. Die goldene Himmelsscheibe strahlte erst seit vier Tagen vom Himmel, Mitte dieser Woche war das Thermometer von frostigen 10 Grad auf angenehme 20 Grad Celsius geklettert. Gerade rechtzeitig zum Beginn der *Landpartie*.

Weber erreichte die Kasse und wies sich aus.

„Vertreibt jemand auf Ihrer Messe Taschen dieser Art?", fragte er und hielt der Kassiererin ein Foto des Gummireifengeflechts unter die Nase. Das Designerstück der Toten hatte schon heute Morgen Aufmerksamkeit erregt. Obwohl es innen jungfräulich wirkte: Kein Ausweis lieferte einen Namen, kein Handy wichtige Rufnummern. Geldbörse und Autoschlüssel fehlten, auch das sonst in Damentaschen übliche Utensilienchaos. Nur rudimentäre Kosmetik in Form von Lippenstift und Eau de Toilette. Dazu ein Kuli und ein Kollegblock, leider unbeschrieben. Ein Päckchen Zigaretten, ein Feuerzeug. Alles durchgeweicht vom nächtlichen Bad.

Die Gummimasse stand offenbar im Übergangsstadium zu einer normalen Frauenhandtasche. Und dieser Fakt wies auf ihre kürzliche Anschaffung hin. Gleiches tat ein Preisschild: handgeschrieben, klein, betont unauffällig: 189,- €.

Erst war den Ermittlern heute Morgen der Unterkiefer heruntergeklappt, dann machte Fanny allen klar, dass sowohl das Preissegment als auch die Bauweise der Tasche bei der Identifikation des Opfers helfen konnte. Die *Landpartie* kam ins Spiel. Und dieser Sonntag war zugleich letzter Tag der Messe.

„Über das Warensortiment bin ich nicht informiert", bedauerte die Kassiererin, nachdem sie Webers Foto lange betrachtet hatte. Das Ermittlerteam stürzte sich erneut ins Gewühl, um an die Infotheke zu gelangen. Nein, man kenne die Aussteller nicht, bedauerte auch hier das Personal.

„Wenden Sie sich doch", bewies eine der Angestellten Hilfsbereitschaft, „an Herrn Margaritus vom Organisatorenteam. Die Tasche ist Designerware, so was sieht man selten. Eigentlich eher in der Großstadt. Aber wir legen hier bei der *Landpartie* Wert auf besondere Angebote. Dinge, die man nicht in jedem Lädchen um die Ecke kriegt.

Auch wenn", sie zog abschätzig die Lippen hoch, „ich mir solches Zeug nicht umhängen würde. Da fühlt man sich ja wie ein Velo-Ciraptor."

„Ein was…?" beugte Weber sich irritiert vor. Zwei Falten auf seiner verschwitzten Stirn vertieften sich canyonartig.

„Ein gefräßiger Dinosaurier, der Fahrräder verspeist."

„Ich verstehe nicht…" stutzte der Kommissar.

„Ein Fahrradripper“, schob Fanny resolut dazwischen. „Sollte ein Witz sein, Chef. Weil die Tasche aus recycelten Fahrradpneus besteht.“

Sie tauschte ein Augenzwinkern mit der Angestellten. Gleich darauf ließ sie sich die Handynummer des Organisators geben. Margaritus ging sofort an den Apparat. Als er erfuhr, dass die Polizei anwesend sei, machte er sich Sorgen um die Reputation der Messe. Sowie er jedoch begriff, dass man nur sehr gezielt befragen wolle, erwies er sich als hilfsbereit. Er würde im Parkcafé warten, am Seiteneingang der *Landpartie*.

Die drei Ermittler nahmen den Weg dorthin in Angriff. Vor einer hoffnungslos überfüllten Schlossbrücke konnten sie nach rechts abschwenken und parallel zur Gracht gehen. Leerer wurde es auch hier nicht. Augenblicklich gerieten sie in Wolkenbänder nachschleppenden Parfüms. Eine schwitzende Gruppe nicht mehr junger Damen schlenderte vor ihnen und markierte die Lufthoheit mit erschlagenden Nuancen aus Chanel, Betty Barclay und Achselschweiß.

Kai zog den Hals ein und versuchte, durch den Kragen seiner Jeansjacke zu atmen. Plötzlich fielen einige der Frauen zurück und begannen, sich zwischen ihn und seine beiden Mitstreiter zu klemmen. Entschlossen drängte er auf Tuchfühlung an Weber heran. Das hier war ein Notfall, der den beinahe-Körperkontakt zuließ. Aus den Augenwinkeln sah er, wie die abtrünnige Kleingruppe zu einem Stand mit italienischer Mode abschwenkte. Ob die luftigen Trikotagen aus südlichen Gefilden besonders geeignet für dieses Klientel wären? Weber warf ihm einen amüsierten Blick zu, er schien ähnliche Gedanken zu hegen.

„Frauen unter sich“, flüsterte der Nienburger und blinzelte verschwörerisch.

„Das hab' ich gehört“, protestierte Fanny aus der Spitzenposition, ohne einen Millimeter Bodens vor sich aus den Augen zu lassen.

„Sie, Frau Reichert, nehme ich natürlich explizit aus“, beschwichtigte Weber sofort. „Führen Sie uns nur bitte rasch zum Parkcafé. Wir werden hier hinten gleich ohnmächtig.“

Eins wusste der Kommissar jetzt schon genau: Er würde Neddermeier-Lau bei nächster Gelegenheit zu seinem sicheren Instinkt gratulieren. Der spleenige Mediziner hätte spätestens eine Stunde nach Betreten der Messe seine Lässigkeit verloren. Wie hielten eigentlich andere Männer diesen Stresstest aus? Ihr rares Auftreten sprach für sich. Gab es Rückzugsgebiete für sie? Refugien für eine Spezies, die hier auf verlorenem Posten stand? Konnte man sie am Eingang abgeben und abends gut gelaunt wieder in Empfang nehmen?

Anstrengende 17 Minuten später hatten die drei das Café erreicht und Fannys Ahnung erwies sich als richtig: Margaritus erkannte die Machart der Tasche als Spezialität eines Ausstellers wieder. Auf einem kleinen Lageplan markierte er den betreffenden Stand, der in einem Nebengebäude, der so genannten Remise, sein Domizil besaß.

„Der Betreiber ist Niederländer“, berichtete der Organisator. „Er kommt seit etlichen Jahren. Ein bisschen schrill, der Herr, aber sehr fähig in seinem Fach. Ein zuverlässiger Kunde, der bisher noch immer seine Rechnungen bezahlt hat.“

„Kennen Sie eventuell diese Frau?“, startete Weber einen Identifikationsversuch und legte Margaritus das fotografische Antlitz der Toten vor. Der schüttelte bedauernd den Kopf.

„Nichts für ungut", versetzte Weber routiniert. „Ich hatte die vage Hoffnung, die Dame würde auch bei Ihnen ausstellen."

„Nicht dass ich wüsste", bedauerte der Organisator. „Finden Sie allein zur Remise?"

„Ja, danke", verabschiedete Fanny ihn kurz angebunden und dachte über die Streckenführung für den zweiten Hürdenlauf nach. Die Remise lag am entgegengesetzten Ende der *Landpartie*. Rein theoretisch hätte das Ermittlerteam durchs Schloss gehen können, es gab momentan eine Bedarfsbrücke über die Gracht, die den kurzen Weg ermöglichte. Aber im fürstlichen Gebäude herrschte derzeit massiver Besucherandrang. Ein zügiges Vorankommen war völlig ausgeschlossen, die drei hätten doppelt so lange gebraucht wie außen rum.

„Kai, komm endlich", pfiff sie den jüngsten aus dem Team heran. Er hatte sich gerade in die Angebote eines Tierzubehörhändlers vertieft. Nicht, weil er sich einen Vierbeiner zulegen wollte. Aber kostete dieses weiße Hundehalsband tatsächlich 249,-€? Ein nett verziertes Lederriemchen für eine Summe, mit der er seine halbe monatliche Miete bezahlen konnte?

Der Rückweg überbot den Hinweg mit Attraktionen. Diesmal erwies sich eine dreispännige historische Postkutsche direkt vor der Schlossbrücke als Publikumsmagnet. Drei wuchtige Kaltblüter zogen das historischgelbe Gefährt. Eine riesige, dichte Menschentraube umlagerte das Gespann und verstopfte die Wege. Weber und Kai fixierten sich darauf, Fanny nicht zu verlieren. Sie besaß den einzigen Lageplan, in dem der niederländische Händler eingezeichnet war. Erst auf Höhe eines Kiosks vor dem Hengststall wurde es leerer. Die Ermittler sammelten sich. Weber tropfte der Schweiß von der Stirn. Wie ein Karpfen auf dem Trockenen schnappte er reflexartig nach Luft.

„Das wird Fitnesstraining der besonderen Art", stellte Kai trocken fest, „wenn wir hier bis zum Abend Leute befragen müssen."

„Vielleicht kann uns schon der Taschenhändler den entscheidenden Tipp geben", versuchte Fanny es mit Optimismus.

„Du meinst, unser Opfer hat ihm wegen seines schönen holländischen Akzents gleich Adresse, Namen und Telefonnummer gegeben?", spöttelte er.

„Ich dachte mehr an ein Aufleuchten in seinen Augen und die Aussage, dass es sich um seine eigene Frau handelt, die er seit gestern Abend vermisst."

„Woraufhin wir ihn vom Ableben eben jener berichten dürfen", vollendete der Nienburger, nachdem er wieder zu Atem gekommen war. „Mir persönlich würde es schon reichen, wenn er sagt: Ja, die war hier."

Genau diese Aussage machte der Niederländer. Erst wirkte er sehr irritiert, als ihm drei Dienstausweise unter die Nase gehalten wurden. Befragt nach der Designertasche, legte er seine Scheu ab, inspizierte fachmännisch das Foto und bestätigte, der Hersteller zu sein.

„Haben Sie dieser Frau die Tasche verkauft?", wollte Weber wissen und legte ihm das Antlitz der Toten vor. Angestrengt starrte der Niederländer darauf. Mit einer Entschuldigung suchte er eine Liste heraus, fand den Handel für vergangenen Freitag eingetragen und besah sich noch einmal das Porträt.

„Ja. Doch, doch", kam er wieder in Fahrt. Er sprach gut deutsch. „Ich erinnere mich. Dies Foto trifft nicht sehr gut. Ist die Frau tot? Meine Kundin wirkte ganz anders, als sie am Freitagmorgen kam. Das blühende Leben. Es war noch richtig leer in der Remise. Ich wunderte mich, warum sie schon so früh an meinen Stand kam."

„War es vor zehn oder danach?", fragte Fanny. Um 10 Uhr öffnete die Messe jeden Morgen.

„Weiß ich nicht mehr. Aber sie war meine erste Kundin an dem Tag. Wirklich eine nette, aufgeschlossene Frau. Fast ein wenig... wie soll ich sagen..."

„Was Ihnen gerade auf der Zunge lag", ermunterte Weber neugierig.

„Für eine Deutsche ungewöhnlich aufgeräumt. Gut gelaunt. Vielleicht hatte sie ein Gläschen Sekt vorher. Bestimmt. Wir haben einige Späße gemacht, ich fragte sie nach ihrer Handynummer, aber sie lachte nur. Na ja. So eben..."

„Schade", brummte Weber. „Jammerschade."

„Wirklich. Ganz unverzeihlich." Der Niederländer schnalzte mit der Zunge. „Sie wirkte so lebensfroh. Wie eine mooie vrouw, mit der man sich wirklich gut unterhalten kann."

„Also am Freitagmorgen hat sie die Tasche bei Ihnen gekauft. War es das letzte Mal, dass Sie die Frau gesehen haben?"

„Ja. Leider. Wissen Sie, wenn ich länger nachdenke, glaube ich fast, dass sie selbst ausstellte. Sonst wäre sie nicht so früh bei mir gewesen."

„Sind Sie sicher?", bohrte Fanny prüfend.

„Nein. Wo Sie mich so mit Ihren scharfen Augen fixieren, exacte politieagente: nein."

„Das wär' dann auch zu leicht für uns geworden."

„Trotzdem. Vielen Dank“, zeigte Weber sich zufrieden. Er ließ sich die Personalien des Niederländers geben, „für eventuelle Rückfragen“, und zog sich mit seinem Team zurück.

„Violá“, machte Fanny. „Der erste Volltreffer. Sie war hier. Wenn wir Glück haben, sogar als Aussteller. Nun müssen wir ihre weitere Spur auf dieser Messe finden.“

„Hätte der Margaritus sie als Aussteller nicht auf dem Foto erkennen müssen?“, wandte Kai ein.

„Stimmt auch wieder.“

„Aber auf jeden Fall hat sie hier irgendwo übernachtet, wenn sie schon Freitag da war. Kein Tagestourist, der abends wieder nach Hause verschwindet“, befand Weber nachdenklich.

„Es sei denn, sie wohnt sowieso in der Nähe“, schränkte Fanny ein.

„Niemand, der hier wohnt und bei klarem Verstand ist“, erklärte Kai mit tiefster Überzeugung, „wird sich eine Tasche aus alten Fahrradreifen für 189,- € leisten. So was machen nur Großstädter und Verrückte.“

„Vielleicht war sie Begleiterin“, fiel Weber ein. „Eine Angestellte oder die Ehefrau eines Ausstellers, die beim Verkauf mit zur Hand ging. Darum kam sie Freitag so früh. Weil sie danach keine Zeit mehr hatte. Ich denke, wir sollten diese Spur verfolgen, zumal die Messe heute Abend endet.

Wenn sich die Aussteller erst in alle Winde zerstreut haben, ist es zu spät. Die kommen ja teilweise sogar aus dem Ausland. Nutzen wir unsere Zeit. Carpe diem. Hopp, hopp.“

„Ich könnte noch mal zu den Spusis rausfahren“, bot Kai unvermittelt an.

„Sie bleiben selbstredend hier, Herr Müller.“

Weber durchschaute den Jüngsten im Team sofort, wahrscheinlich, weil ihn die Aussicht auf weitere drei Stunden drangvoller Enge ebenfalls nicht begeisterte. „Wir teilen uns auf für die Befragung. Frau Reichert, geben Sie mal den Lageplan rüber. Jeder von uns bekommt sein Revier zugeteilt und fragt sich mit den Fotos der toten Frau und ihrer Tasche an den Ständen durch. Alle bitte recht freundlich und ohne viel Tamtam, wie wir es Margaritus versprochen haben. Keine Axt im Walde.

Sobald jemand auf eine heiße Spur stößt, informiert er die anderen. Dann ziehen wir uns dort zusammen und grenzen das Feld weiter ein."

Mit einem Kuli malte der Nienburger aufs Geradewohl Schraffuren in den Lageplan. Er hatte wenig Ahnung von den Räumlichkeiten. Trotzdem schaffte er es, den aufgelockerten Bereich von der Remise bis zur Schlossbrücke für sich zu reservieren. Kai musste in den Park, den sie vorhin schon durchquert hatten, und stöhnte auf. Fanny bekam den Hauptgewinn: Schlossinsel samt Prachtbau, momentan bevölkert von abertausend Menschen. Sie starrte ihren Chef an, als habe er sich in ein giftgrünes Monster verwandelt.

„Ich weiß nicht", versuchte sie leichten Protest, „ob ich das bis Ende der Messe alles schaffe."

„Fangen Sie erst mal an", ermunterte Weber gut gelaunt. „Bisher hat sich Ihre Idee, auf der *Landpartie* nachzuforschen, als sehr gut erwiesen. Großes Lob. Wir müssen das Eisen schmieden, solange es noch heiß ist."

„Verbrenn dir nicht die Finger", riet Kai ihr grinsend, während er sich rasch in Richtung seines eigenen Reviers davonmachte.

Opferbereit stürzten sich die drei in ihre Arbeit. Weber begann in der Remise. Hier erwies es sich als relativ einfach, Standbetreiber zu befragen. Viele von ihnen waren ganz Ohr, sobald der Polizeiausweis emporgehalten wurde. Helfen konnten sie jedoch in der Regel nicht. Komplizierter wurde die Sache nur, sobald der Kommissar das Refugium eines stark beschäftigten Ausstellers, eines Workaholics, betrat. Diese Händler redeten pausenlos auf ihre Kunden ein und fädelten dabei offenbar gewinnträchtige Aufträge ein. Sie ließen sich von niemandem aus dem Konzept bringen. Ihrem aalglatten „Ich bin gleich für sie da" folgte meist ein langer Redeschwall, gerichtet an geduldig lächelnde Kundschaft. Aber auch das Gegenteil dieser Spezies erwies sich als schwierig. Menschen, die nach vier Tagen Messetrubel absolut nichts mehr interessierte. Die apathisch wirkten und pausenlos an ihr heimisches Sofa dachten. Sie alle bildeten unergiebige Zeugen.

Obwohl die erhoffte Eingrenzung des Ermittlungsfelds nicht vorankam, tat Weber zwei Händler auf, die sich an die Unbekannte auf dem Foto erinnerten. Der eine war sehr unsicher, so dass der Kommissar ihn als Zeugen gleich wieder aussortierte. Der andere, ein Hutmacher aus dem Allgäu, bestätigte selbstsicher, die Frau mehrfach gesehen zu haben.

„Zuletzt…lassen Sie mich nachdenken", sinnierte er, „zuletzt saß sie Samstagnachmittag mit einem Herrn im Schlosshof. Beide sehr stilvoll gekleidet. Manche der Besucher vergreifen sich hier ja völlig im Geschmack, man möchte ihnen gern einen Bekleidungsknigge schenken.

Dort im Schlosshof ist Gastronomie, wissen Sie? Man kann schön im Schatten sitzen, wenn es heiß ist. Und überhaupt."

„Was haben Sie im Schlosshof gemacht, wenn Ihr eigener Stand hier ist?", forschte der Nienburger überrascht.

„Meine Angetraute hat das hier solange betreut", berichtete der Hutmacher. „Wir wechseln uns ab, sonst hat man als Aussteller nämlich gar nichts vom Ambiente. Die Remise ist nett, aber das am besten zahlende Publikum trifft man doch drüben im Schloss. Prominente gibt es gratis dazu, sofern man die Augen aufhält. Es ist einfach wundervoll. Kennen Sie den großen Saal? Den *müssen* Sie sich ansehen. Die Deckenmalereien und überhaupt...

Alles vom Feinsten.

Vielleicht leiste ich mir nächstes Jahr einen Stand im Schloss. Oder wenigstens auf der Insel. Kommt auf die Umsätze an."

Er beschrieb Weber eingehend, wo er die Unbekannte gesehen hatte. Sein Versuch, ihren Partner zu beschreiben, mit dem sie den Tisch samstags im Schlosshof teilte, ergab ein unscharfes Bild. Helle Leinensakkos, dunkle, kurze Haare und eine Brille im bartlosen Gesicht trugen viele der männlichen Messebesucher.

Kai litt im Park. Seine Probleme trugen Vor- und Zunamen, die er gut kannte. Sie kamen aus Rusbend, wo er selbst wohnte. Oder aus Meinsen, Warber, Scheie und weiteren Dörfern. Er war hier aufgewachsen, natürlich besaß er zahllose Bekannte. Dummerweise besuchten etliche davon heute die *Landpartie*. Sie freuten sich, ihn zu sehen, und begannen ein Schwätzchen, getreu dem Gebot: Rede mindestens fünf Minuten, ganz egal, über was, wie viel Zeit du gerade hast und wo ihr euch trefft.

So gern Kai seine Fahndertätigkeit damit aufgelockert hätte: Die Zeit zerrann ihm zwischen den Fingern. Also verwies er kurz angebunden darauf, dienstlich hier zu sein. In der Regel erntete er neugierige Augen, die ihn röntgenstrahlartig durchdrangen. Obligat kam danach: „In welcher Sache denn?“ Eine Fangfrage, denn seine Antwort würde eine zweite Frage nachziehen und das ging so lange weiter, bis alles offen lag. Schlechte Erfahrungen in der Vergangenheit hatten ihn vorsichtig werden lassen.

„Liest du Montag in der Zeitung“, erklärte er also regelmäßig, verabschiedete sich rasch und wusste, dass man ihn hinter seinem Rücken einen Geheimniskrämer schimpfen würde. Manche seiner Bekannten, soviel konnte er erkennen, gingen wie zufällig an den Stand eines eben von ihm befragten Händlers und verwickelten diesen in ein Gespräch. Klar wie Kloßbrühe: Die hiesige Gerüchteküche wurde eingeheizt.

Zum Trost lieferte der Nachmittag auch Lichtblicke: Eine Ausstellerin, nicht mehr ganz jung, aus Freiburg angereist, um mit bunten Holzvogelhäusern zu handeln, hatte die Unbekannte auf der Messe gesehen. Detailverliebt beschrieb sie Kai verschiedene Männer, mit denen die Frau unterwegs gewesen war. Jeweils am Donnerstag, am Freitag, am Samstag. Die Schilderungen wirkten sehr genau. Der Ermittler schrieb eifrig mit und glaubte sich im Besitz der besten Zeugin des Jahrhunderts. Bis das Freiburger Vogelhäuschen plötzlich erwähnte, dass es die Unbekannte für eine Agentin halte.

„Ich vermute", nickte die Ausstellerin eifrig, „diese Frau trat als harmlose Besucherin der *Landpartie* auf, um das Zusammenströmen so vieler Menschen zu nutzen. Die hat sich mit lauter zwielichtigen Leuten getroffen. Ganz sicher."

„Wie konnten Sie das erkennen?" Kai bemühte sich, weder Zweifel noch Ironie durchscheinen zu lassen, obwohl beide gerade in seinem Inneren aufschrien.

„Sie kam mir vor wie Mata Hari. Diese berühmte Spionin, Sie wissen doch? Attraktiv, raffiniert und immer mit einem Auge am Aufpassen. Der entging nichts. Als ich sie ansah, spürte sie es sofort. Ihr Gegenblick hat mich fast zu Tode erschreckt. Kaltschnäuzig. Abgebrüht, hinter dieser hübschen Fassade."

„Mata Hari?"

„Die ist schon tot. Haben Sie denn noch nie von Mata Hari gehört? Was lernt denn die Jugend heute eigentlich noch? Nein, diese Frau auf ihrem Foto, Herr Müller. Die war abgebrüht. Die hat hier irgendwas eingefädelt. Todsicher. Auf dieser Messe wimmelt es von Leuten, die uns Normalen vorgaukeln, sie wären ganz harmlos. Dabei brauchen sie uns nur als Tarnung."

„Waren bestimmt alle vom Geheimdienst. BND."

„Genau. Oder organisierte Kriminalität. Alles Netzwerkflicker. Das sind die Schlimmsten, sag ich ihnen, Herr Müller. Damit müsste die Polizei sich mal beschäftigen, nicht mit diesem neumodischen Computerkram. Netzwerkflicker."

Kai spürte den Drang, laut herauszulachen, doch die Selbstzerstörung seiner Jahrhundertzeugin deprimierte ihn zu tief. Erstens kam er nicht jugendlichfrisch von der Schule, auch wenn manche Leute ihm so was unterstellten. Zweitens hatte hier jemand offenbar zu viel James Bond geschaut. Ernüchtert ließ er das schon gezückte Handy, mit dem er die Kollegen herbeirufen wollte, zurück in die Jackentasche gleiten. Die These, hier wäre eine Agentin am Werk gewesen, würde er vorläufig nur mit spitzen Fingern anfassen. Das Auftauchen doppelbödiger Personen im Schaumburger Land ließ sich nicht ausschließen. Aber ein Spion hätte sein Opfer vermutlich in einer ruhigen Ecke der Stadt erschossen, schallgedämpft natürlich, statt sie auf eine Büffelweide ins Nirgendwo zu locken.

Gegen 18 Uhr 15 sagte ihm der erste seiner vielen Bekannten auf den Kopf zu, dass er *wegen dieser Toten auf der Büffelweide von Freimuth* da sei. Örtlich betrachtet, musste das Gerücht über Schreie hergetragen worden sein. Kai verweigerte weiterhin Auskunft, allerdings war ihm um diese Zeit schon beinahe alles egal. Inzwischen hatte er 19 Aussteller befragt, sich durch Sintfluten von Touristen gequält und fast eine halbe Stunde auf einen dauerbeschäftigten Steinmetz gewartet, der sich schier nicht unterbrechen lassen wollte.

Momentan bewegte er sich an der Grenze seiner mentalen Kräfte und dachte bevorzugt an den Feierabend. Die Aussteller machten es ihm vor. Gegen 18 Uhr 20 begannen sie zu packen oder Waren zu „Super-Messepreisen" anzubieten. Man roch das Ende dieses Arbeitstags. Kai sog den Duft hoffnungsfroh ein: Vielleicht fand der Nienburger Chef ein Einsehen und ließ ihm wenigstens einen freien Abend. Trostpflaster für diesen missratenen Sonntag, an dem er eigentlich viel mit seiner Freundin hatte unternehmen wollen. Amalia war verdammt frustriert gewesen, als der Dienstanruf schon morgens die lauschige Frühstück-im-Bett-Szenerie aufbrach.

Als könne er Gedanken lesen, meldete Weber sich per Handy. Doch er zerstörte Kais Hoffnung wie ein Funke die Silvesterrakete.

„Frau Reichert hat was rausbekommen", verkündete seine energische Stimme. „Treff am Hauptportal des Schlosses. Äußerst zügig."

Fannys Gemüt hatte geklagt und gejammert, als sie sich nachmittags vom Publikumsstrom in ihr Befragungsrevier tragen ließ.

„Den schwersten Brocken zuerst", beschloss sie pflichtbewusst und nahm sich den Prachtbau vor. Im komplett übervölkerten Obergeschoss, wo die meisten Aussteller standen, pulsierte es heiß und stickig. Jedes Molekül Atemluft schmeckte wie parfümierter Berliner Wintersmog: tausendmal ein- und wieder ausgeatmet, unnatürlich warm, nahezu sauerstofffrei. Dazu kam die drangvolle Enge zwischen tausenden Besuchern. Zunehmend ertappte die Ermittlerin sich bei leichten Gewaltfantasien.

„Nicht die Axt im Walde sein", erinnerte ein tiefsitzender Reflex an Webers Vorgaben. Außerdem mochte Fanny die *Landpartie*. Letztes Jahr war sie selbst Gast hier gewesen, mit einer Freundin. Im dienstfreien Zustand ließ sich die Messe stressfrei genießen. Doch derzeit saßen ihr eine Leiche und jede Menge Zeitdruck im Nacken. Immer mühsamer kämpfte sie sich von Stand zu Stand. Sie schwitzte unaufhörlich und wollte lieber gar nicht wissen, wie sie derzeit auf Fremde wirkte. Ein Sonnenbrand von heute morgen hatte sich auch eingestellt, Gesicht und Hals leuchteten tief hummerrot.

Was für ein Tag: erst Stunden voll sengender Sonne auf einer Büffelweide und nun dies Bad in der Menge ohne verwertbare Atemluft. Kollapsverdächtig.

Dann jedoch wendete sich plötzlich das Blatt: Ein Standinhaber erinnerte sich vage an die Frau auf dem Foto. Der nächste ebenfalls, danach ein dritter. Einen Namen kannte niemand, aber die pure Dichte der Hinweise weckte neue Hoffnung. Kurz darauf meinte ein Aussteller, die Gesuchte mal hinter dem Tresen seines Nachbarstands gesehen zu haben. Gespannt stellte Fanny sich dort vor. Eine Angestellte betreute das übersichtliche Sortiment eines mittelständischen Unternehmens: Scherzartikel in gehobener Preislage. Doch mit dem Porträt der Toten konnte sie nichts anfangen.

„Normalerweise wird der Stand von Herrn Cordwitz betreut", bedauerte sie achselzuckend. „Ich bin nur eingesprungen, weil er gestern kurzfristig umdisponieren musste. Heute Nacht hat mein Chef mich aus dem Bett geklingelt und nach Bückeburg beordert. Seitdem versuche ich, den Leuten diese ...*Mätzchen* hier anzubieten."

Sie betonte das Wort, als würde sie die Waren genau dorthin wünschen, wo der Pfeffer wächst. Tatsächlich interessierte sich kaum jemand für ihr Angebot. Allerdings rührte die Angestellte auch nicht in der Werbetrommel, weil sie so begeistert über ihre Sonntagseinlage war. Fanny konnte es ihr gut nachfühlen.

„Lebt Ihre Firma etwa von den Scherzartikeln?", erkundigte sie sich ungläubig.

„Gott bewahre, nein."

Die Frau wirkte ehrlich entrüstet und berichtete, welches Standbein ihr Betrieb besaß: ein Material namens Gedächtnismetall.

„Gedächtnismetall wird normalerweise für ernsthafte Produkte wie medizinische Stents verwendet", erklärte sie. „Die benutzt man vor allem, um stark verengte Adern aufzuweiten. Ein klassischer Fall sind Herzinfarktpatienten."

Sie ließ sich über Gedächtnismetall aus und man erkannte rasch, dass Stents in ihren Augen entschieden die bessere Verwendungsform waren. Offenbar probierte die Firma aus, ob auf dem Scherzartikelsektor Potenzial bestünde. Ein leitender Ingenieur namens Cordwitz hatte die Initiative ergriffen und einige Prototypen entwickelt. Doch Verkaufszahlen und Folgeaufträge standen nach vier Tagen *Landpartie* in keinem Verhältnis zu den Kosten. Fanny lauschte der Angestellten und verbuchte einen Schuss in den Ofen. Wenn der Standbetreiber ein Mann war, konnte er nicht das Todesopfer sein.

„War Herr Cordwitz in Begleitung seiner Frau oder half ihm eine andere Angestellte?", versuchte sie Plan B.

„Soweit ich weiß, sind die Scherzartikel seine Idee und er kümmert sich allein drum."

„Ist er überhaupt verheiratet?"

„Ja. Aber wir haben 70 Leute in der Firma. Ich kenne nur ihn vom Sehen, nicht seine Ehefrau. Die arbeitet nicht bei uns. Man sagt, sie sei mit ihrem eigenen Beruf verheiratet. Jedenfalls war sie nie auf den Betriebsfeiern."

„Könnte sie ihn hierher begleitet haben?"

„Warum nicht? Cordwitz wohnt südlich von Hannover, das ist nicht aus der Welt. Wollen Sie seine Nummer haben, um ihn selbst zu fragen?"

„Natürlich. Her damit."

Fanny wählte und fragte sich insgeheim, warum sie erst von einer Fremden auf die Idee telefonischer Nachfrage gebracht werden musste. Ihrem Kopf schien es im Moment gar nicht gut zu gehen. Sowohl Festnetz als auch Handy blieben unergiebig. Cordwitz' Stimme erklang nur höflich von AB und Mailbox. Fanny hinterließ ihre Bitte um Rückruf. Danach begrub sie die zarte erkeimte Hoffnung auf Identifikation, notierte die Adresse der Firma und verabschiedete sich. Resigniert tauchte sie in die Niederungen ihres Reviers zurück: Hitze, Zeitdruck, zu viel Publikum.

Ihre Laune sank rascher als ein Bergwerkslift, jetzt zogen Ärger und Erschöpfung wie schwarzer Dunst heran. Den Erfolg in Armeslänge greifbar zu wissen, hatte die Kräfte beflügelt. Doch mit der Enttäuschung schlich Frust heran und biss herzhaft zu. Fanny verzweifelte an ihrer Aufgabe. Ein Blick auf die Uhr zeigte nur noch eine knappe Dreiviertelstunde bis zum Ende der Messe. Sie brauchte Hilfe. Vorweisen ließ sich auch was: Die Dichte der Ausstellerhinweise war beachtlich.

Erschöpft musterte sie ihre Notizen und suchte eine ruhige Ecke, um mit Weber zu telefonieren. Er sicherte zu, samt Kai ins Schloss hinüberzukommen. Seine Stimme wirkte ausgeruht. Der Treffpunkt, den sie vereinbarten, lag so nahe, dass Fanny eine kurze Rast einlegte. Müde lehnte sie sich zurück, schloss die Augen. Eine Viertelstunde würden die beiden anderen mindestens brauchen. Zeit zum Ausruhen. Ihre Gedanken drifteten davon. Das plötzliche Klingeln ihres Handys fraß sich schmerzhafter als sonst in die Ohren.

„Wir haben nur noch eine halbe Stunde bis zum Ende der Messe“, informierte Weber hektisch. „Machen Sie bitte sofort weiter dort drüben, Frau Reichert. Es wird eine Weile dauern, bis Herr Müller und ich das Gewühl durchdrungen haben. Wir sprechen uns wieder, wenn wir im Schloss sind.“

Fanny war am Limit. Trotzdem verschluckte sie den Protest, der ihr auf der Zunge lag, und steuerte wankend einen neuen Saal im Schloss an.

„Konzentrier dich“, versuchte sie es mit Strenge. „Andere Leute bezahlen 13 € Eintritt, um hier reinzukommen. Reiß dich am Riemen, Weichei!“

Die Ansprache versank ungehört im Inhalt ihres Kopfes. Dieses graue Zeug ähnelte Zuckerwatte momentan mehr als einem menschlichen Denkorgan. Es blockierte komplett, sämtliche Synapsen hatten sich in aufgeblähte Nichtstuer verwandelt. Alles hier roch nach dem Ende ihrer persönlichen Fahnenstange: Schnatgang von innen.

Dass Weber ihr nur zufällig dieses Revier übertragen hatte, mochte sie schon lange nicht mehr glauben.

„Okay, dieser Saal noch, danach ist Kaffeepause“, handelte sie mit sich aus. Ob sie den Kompromiss einhalten konnte, wusste sie selbst noch nicht.

Der Misserfolg schien jetzt als kleiner Teufel mitzuspielen. Im nächsten Saal verlor sich die Spur der Unbekannten komplett. Niemand konnte sich erinnern. Es war, als liefe man gegen eine Mauer aus Desinteresse. Als der letzte Stand im Raum erreicht war, summten Fannys Ohren. Drohender Tinnitus. Die Rache des Zuckerwattehirns.

„Der eine noch vor der Pause“, hielt sie sich bei der Stange. Ein Spirituosenhändler namens Schmidt. Obstler-Schmidt. Er verkaufte neben Fruchtlikören auch Whisky und wusste seinen Stand professionell in Szene zu setzen: Ein großes, perfekt ausgeleuchtetes Regal ließ alle Flaschen darin glitzern und flirren wie Kristalle. Dazu die samtigen Farben der Flüssigkeiten: Goldbraun, Orange, Grün, Gelb. Auch kräftiges Rot und Azurblau. Farben wie ein Italienurlaub.

Vor dem Leuchtspektakel hatte er einen Tisch aus dunklem Holz und vier gemütliche Armlehnstühle aufgebaut. Die perfekte gute Stube. Gerade verkostete Schmidt dort bestens gelaunt mit seiner Kundschaft einige Tröpfchen. Seinem Redefluss nach gehörte er zur Workaholicfraktion, die charmante Unterabteilung. Es wurde ständig gekichert. Warmherzig vertröstete er Fanny auf „Aber sofort, in 10 Minuten, liebe Dame“ und widmete sich den zwei türkisen Seidenblazern an seinem Tisch. Ältere Damen, die wie fleischgewordene Dekoration fürs Regal wirkten. Sie trugen ihre teure Staffage mit dem Selbstverständnis von Menschen, die Kleidung als Beweis ihrer Solvenz ansahen.

Fanny hätte sie gerade gern unter einem Vorwand zum Notausgang hinausgejagt, trotz der Berufsehre als Freund und Helfer. Doch ihr Zuckerwattehirn funkte SOS und eigentlich war sie auch viel zu erschöpft, egal wofür. Ausgelaugt wie ein alter Wischmopp. Müde ergab sie sich der Zwangspause und sackte auf einem Hocker in der Nähe zusammen.

Ihre abschweifenden Gedanken ignorierten das Verkaufsgespräch, kamen zur Ruhe. Die Farben des Likörregals zogen ihren Blick magisch an. Sollte sie mit ihrem Mann mal wieder an die Adria? Andalusien? Die Kanaren? Vielleicht diesen Herbst? Bilder von gelber Sonne, türkisblauem Meer und magentafarbenen Blüten an hellgrünen Pflanzen gaukelten durch ihre Fantasie. Feiner, heller Sand am Strand. Gutes Essen, liebevoll angerichtet. Zeit für sich und andere. Wellness. Milde Abende, die man an einer Bar oder Tanzfläche zubringen konnte. Die Leichtigkeit des Lebens neu entdecken.

„Womit kann ich Ihnen dienen, meine Liebe?", störte der Händler plötzlich ihre Halluzination. Wie ertappt zuckte sie zusammen und zog automatisch den Ausweis hervor. Zum zweiten Mal, er hatte das Kärtchen vorhin schon gesehen. Nachsichtig lächelte er, nickte und schwieg erwartungsvoll. Mit bleierner Zunge leierte sie ihren Spruch herunter und nestelte umständlich das Foto der Unbekannten hervor. Interessiert nahm Schmidt das Totenporträt und betrachtete es minutenlang. Er sank in eine Erinnerung. Schließlich sah er auf. Sein Gesichtsausdruck wechselte.

„Sie brauchen eine Stärkung", entschied er mit analysierendem Blick auf Fanny.

„Danke, ich bin im Dienst."

„Wollen wir uns nicht trotzdem bei mir setzen?", er wies auf seine gute Stube.

„Ja, eine einladende Idee. Ich bin seit Stunden auf den Beinen. Und diese Hitze hier..."

„Dann erlauben Sie, dass ich Ihnen etwas anbiete. Es gehört sich nicht, seine Gäste unbewirtet zu lassen."

„Wirklich nicht, Herr Schmidt", protestierte sie lahm, während ihr müder Körper ganz von selbst auf den Armlehnstuhl glitt. „Ich bin im Dienst. Oder haben sie auch Kaffee?"

„So ähnlich. Was ganz Harmloses", lächelte er und griff eine der bauchigen Flaschen aus seinem glitzernden Regal heraus. Darin klare, farblose Flüssigkeit. Er mischte sie mit einer anderen, sanftgelben, in einem kleinen Plastikbecher und reichte ihr den Trunk.

„Was ist das?", wollte sie wissen und schnupperte. Es roch angenehm. Erfrischend. Alkoholfrei und eindeutig nach Gran Canaria, fand sie spontan.

„Probieren Sie. Dann sagen Sie mir, wofür Sie es halten."

„Ich habe heute noch was anderes vor."

„Was denn?" Er setzte sich ebenfalls und rückte seinen Stuhl ein Stück näher.

„Meine Kollegen treffen, die gerade auf dem Weg hierher sind. Danach sämtliche Aussteller auf der Schlossinsel befragen nach dieser Frau auf dem Foto. Kennen Sie die Dame?"

Sie beobachtete ihn und nippte vorsichtig an dem Becher. Feines Zitronenaroma mit ganz leichter Schärfe. Erfrischend überlagerte es den Dunst im überhitzten Schloss, floss in Fannys Stirn, befreite beide Ohren vom drohenden Hörsturz. Angenehm überrascht kippte sie den Rest hinunter. Der Tropfen biss nicht in der Kehle, er schien wirklich harmlos zu sein. Durstig war sie auch, fiel ihr jetzt auf. Und wie.

„Noch einen?", fragte er.

„Lieber nicht. Obwohl ich gerade einen Liter Wasser wegtrinken könnte."

Er lachte auf, nahm das Foto wieder zur Hand und runzelte die Stirn.

„Sie kennen die Dame, Herr Schmidt?"

„Aber ja. Natürlich kenne ich sie. Sie trinkt mit Vorliebe Pflaume."

„Was?"

„Pflaume. Ihrer, liebe Frau Reichert, war übrigens ein ganz, ganz milder Limettengeist, gestützt von einer Prise Ingwerwasser, wenn es Sie interessiert. Diese Limette ist ein wunderbares Werk aus einer kleinen Kelterei auf Menorca. Waren Sie mal da?"

„Wo?"

„Auf Menorca. Hat ein exzellentes Klima für solche Früchte. Mein Lieferant behandelt die Limetten sehr vorsichtig. Manchmal denke ich, er bespricht sie jeden Tag. Oder ihren Geist."

Jetzt lachte er breit übers ganze Gesicht. Sein Bauch hüpfte dabei.

„Wollen Sie mir nicht was über die Frau auf dem Foto erzählen, Herr Schmidt?"

„Gern. Wie gesagt, sie gehört zur Pflaumenfraktion. Madame Prune."

„Sie *gehörte*."

„Nein! Sagen sie nicht, dass ihr etwas passiert ist."

„Was ziemlich Unangenehmes."

„Sie ist tot. Schon dieses Foto von ihr verrät es und warum sonst sollte die Polizei in der Vergangenheit sprechen. Ich hätte es mir denken können."

„Wieso?"

„Nun, diese Frau schwankte zwischen den Extremen. Sie konnte sehr liebreizend sein, wenn Sie mir diesen altertümlichen Ausdruck erlauben. Doch andererseits besaß sie eine Furchtlosigkeit, die mir gefährlich vorkam. Gefährlich für andere und damit auch für sie selbst."

„Wie gut kannten Sie die Pflaumendame?"

„Sie kam ab Donnerstag jeden Morgen um 20 nach neun bei mir vorbei. Dann haben wir auf einen erfolgreichen Tag angestoßen und erzählt. Es war immer sehr unterhaltsam. Man hatte gute Laune danach."

„Wie hieß sie?"

„Keine Ahnung. Ich horche meine Kundschaft nicht aus, meine Liebe." Er lehnte sich zurück und faltete die Hände über dem gewölbten Bauch. „Mögen Sie nicht doch noch eine Limette? Es tut Ihnen gut. Sie sehen nur noch halb so erschöpft aus wie vorhin. Nicht, dass ich Sie beobachtet hätte, aber ich besitze ein Gespür für Leute. Wir können auch eine Minze und vielleicht einen Hauch Soda probieren. Das macht den Kopf richtig frei. Warten Sie."

Er trat wieder vor sein Regal und begann, verschiedene Zutaten zu mischen. Fanny sah ihm zu und fragte sich, was hier gerade passierte. Ihr Ordnungssinn konnte sich einfach kein Gehör verschaffen. Als habe sich zwischen ihren zwei Hirnhälften eine schalldichte Mauer etabliert. Es war ihr sogar egal, ob Weber und Kai demnächst im Schloss ankamen. Die Zuckerwatte im Kopf blähte sich inhaltsleer.

Entspannt lehnte Fanny sich in den bequemen Stuhl zurück. Als hätte es seit Stunden auf diesen einen Moment gewartet, wurde ihr mit einem Mal das Schloss bewusst. Seine gediegene Schönheit, die den Räumen Majestät verlieh. Und eine Form von gelassener Hoheit. Nachsichtig schaute das Gebäude auf dieses hitzige Treiben, was die Touristen hier veranstalteten. Seine Wände hatten schon viel gehört, Gutes und weniger Gutes. Sie würden die *Landpartie* rasch vergessen, wie jedes Jahr. Dekadent glotzte ein mittelalterlich bunt gekleideter Adliger von einem riesigen Gemälde auf Fanny herunter. Sie war froh, nicht in jener Zeit geboren zu sein. Der Gesichtsausdruck des Mannes nervte sie schon jetzt. Am liebsten hätte sie ihm den Mittelfinger gezeigt. Ihre Hand zuckte.

„Kosten Sie den", flüsterte ihr der Händler, fast schon vertraulich, ins Ohr. Ertappt fuhr sie zusammen und mahnte sich peinlich berührt zu mehr Aufmerksamkeit. Wie hatte er sich nur so dicht anschleichen können?

„Danke, Herr Schmidt", entgegnete sie überdeutlich und laut. Sofort brachte er wieder mehr Abstand zwischen seinen Mund und ihre Tinnitusanwärter. Diesmal konnte sie den Alkohol im neuen Plastikbecher riechen und beschloss, nicht zu kosten. Wie spät war es eigentlich? Wirklich schon lange nach sechs?

„Nach sechs oder nach Sex", dachte sie amüsiert und kicherte leise. Dann begriff sie endlich und richtete sich mit energischem Einatmen auf. Ein Schwips auf Zuckerwatte. Flambierte Hirnmasse. Peinlich genug, sich von winzigen Spuren eines Limettengeistes ausschalten zu lassen. Die Minze war tabu.

„Ich wüsste jetzt gern", beharrte sie auf ihre angezählte Ermittlerwürde, „was Ihnen die Unbekannte alles über sich verraten hat. Hat sie ausgestellt oder jemanden begleitet?"

„Die Pflaumendame?" Schmidt überlegte. „Wie gesagt: Madame Prune war leutselig, aber sie hielt sich bedeckt. Vielleicht war das ihre Spielart von Vorsicht."

„Worüber haben Sie sich unterhalten?“

„Über Weine. Über Obstler. Über Menorca und Spanien, Südfrankreich, Nordafrika. Über die Medien, über versteckte Kriminalität. Über die *Landpartie* natürlich. Madame Prune war zum ersten Mal hier und fand die Messe herausragend. Ach ja, sie kam aus Hannover oder hatte viel dort zu tun.“

„Dann war Hannover ihre Heimatstadt?“

„Soweit würde ich mich nicht festlegen.“

„Schade. Und sie trafen sich immer 20 nach neun? Das ist vor Beginn der Öffnungszeiten. Gehörte die Frau zu den Ausstellern?“

„Ja und nein. Sie muss Anhang gewesen sein, sonst wäre sie nicht so früh da gewesen. Aber über irgendwelche Waren hat sie nie geredet. Als ich danach fragte, winkte sie einfach nur ab und machte einen Witz. Ich glaube, sie nahm ihren Mann nicht sehr ernst.“

„Ihren Mann?“

„Sie erwähnte ihn mal. Ohne seinen Namen zu nennen, um gleich ihre nächste Frage vorwegzunehmen, meine Liebe. Er wird wahrscheinlich derjenige gewesen sein, der hier ausstellte.“

„Könnte er Scherzartikel aus einem besonderen Metall vertrieben haben?“

„Kein Ahnung. Wirklich, Madame Prune wusste ihre Worte zu setzen. Ich glaube fast, sie arbeitete in der Medienwelt. Wollen Sie nicht doch mal kosten?“

Er wies auffordernd auf den vollen Becher. Fanny schüttelte abwehrend den Kopf. Ihre Lebensgeister erwachten gerade wieder, reaktivierte Synapsen durchdrangen die Zuckerwatte. Kaffee wäre jetzt gut.

„Englische Minze“, ermunterte der Händler. „ Gesammelt an klaren Bächen im Walisischen Bergland.

Mein Zulieferer hat eine kleine Farm dort. Eine wunderschöne Ecke. Man verwendet nur Sorten mit intensivem Aroma. In diesem Tropfen sprudelt die Frische eines ganzen Bergbachs. Gut gegen Verkalkung und Tinnitus."

„Wirklich nicht", lehnte sie lächelnd ab. „Hat Ihnen die Pflaumendame noch mehr verraten?"

„Gestern war sie ein wenig aufgeregt. Sie wollte einen wichtigen Mann treffen. Ich neckte sie damit, dass es wohl nicht ihr eigener sei. Sie blies die Backen auf und meinte, das wäre eine völlig andere Geschichte."

„Haben sie zufällig später noch jenen wichtigen Mann mit der Pflaumendame gesehen?" Fanny spürte wieder festen Boden unter den Füßen. Endlich ein guter Zeuge. Ein sehr guter sogar.

„Nicht so richtig." Schmidt schüttelte bedauernd den Kopf. „Sehen Sie, ich muss meinen Stand betreuen. Hier laufen viele potenzielle Kunden mit sehr empfindlichen Geschmacksknospen herum. Die wollen sorgfältig beraten werden. Ich verkaufe kaum etwas auf dieser Messe. Aber die Folgeaufträge sind immens, davon lebe ich mindestens ein halbes Jahr. Zuerst verkosten die Damen bei mir. Herren übrigens manchmal auch, dafür habe ich das 2. Standbein mit dem Whisky. Einige Tage später schwärmen sie ihren Bekannten davon vor und erinnern sich an mich. Ich gebe natürlich allen eine Karte von mir mit. Wollen Sie auch eine?"

„Ja. Ich muss sowieso ihre Personalien notieren, falls wir im Zuge der Ermittlungen Rückfragen haben. Also, Sie sahen diesen Mann, den ihre Madame Prune am Samstag traf?"

„Ich erinnere mich, sie einmal im Gewühl mit einem Mann gesehen zu haben."

„Und es war nicht ihr Ehemann?“
„Wegen dem wäre sie nicht nervös gewesen.“
„Konnten Sie ihr das ansehen?“
„Sie hat mich nicht gegrüßt, was sie sonst immer tat. Ihr Gesicht wirkte anders. Ganz anders. Sie schien irgendwie...professionell.“
„Hm. Das ist vage. Können Sie den Begleiter beschreiben, Herr Schmidt?“
„Wenn Sie mich ein wenig darüber nachdenken lassen, vielleicht.“
„Versuchen Sie es. Und ich hätte dann gern Ihre Karte für eventuelle Rückfragen.“
„Sicher. Wollen Sie nicht doch probieren?“
Diesmal schob er Fanny den Minzebecher direkt unter die Nase.
„Haben Sie auch was mit Koffein?“, fragte sie aufs Geradewohl.
„Natürlich. Obwohl das den Geist oft weniger klärt. Der Kaffeelikör regt wohl an, aber auch auf. Dadurch verwirrt er den Verstand statt ihn aufzuräumen.“
„Vergessen Sie den Likör“, gab sie freundlich zurück. „Ehrlich gesagt, mir wäre purer Kaffee jetzt am liebsten. Ohne alles.“
„Frau Reichert! Das ist doch wohl...“
Diese Stimme kannte Fanny gut. Wie eine Messerklinge spürte sie Webers empörten Blick im Nacken. Aber: Wer ihr das Schloss aufdrückte und sich selbst die entspannte Remise, verdiente keinen Respekt, fand sie und blieb locker.
„Ihr Chef?“, stocherte der Spirituosenhändler verwirrt und taxierte ihre Miene dabei.
„Wer sonst“, versetzte sie mit gerümpfter Nase und drehte sich langsam um. Neben dem Kommissar stand

Kai, beide schwankten in der Einschätzung des sich bietenden Anblicks.

„Wirklich", polterte der Nienburger, „können Sie uns erklären, wie Sie mit dieser Form der Befragung zügig vorankommen wollen, Frau Reichert?"

„Das hier", konterte sie gelassen mit einer Handbewegung in Richtung des Händlers, „ist derzeit unser bester Zeuge für die Pflaumendame."

„Pflaumendame?", schnarrte Weber aufgeregt. „Wovon reden Sie?"

Zwischen seinen Augenbrauen bildeten sich zwei tiefe, senkrechte Falten. Man sah ihm an, dass seine persönliche Interpretation der Lage gerade beendet wurde.

„Irre ich, Frau Reichert, oder sind Sie gar nicht mehr fähig, Ihre Arbeit noch sachgerecht durchzuführen? Sie reden ja schon wirres Zeug."

„Setzen Sie sich und lassen Sie mich berichten", erwiderte sie betont trocken. Er ging rasch auf den Tisch zu, hob ihren Becher und roch daran. Mit bohrendem Blick setzte er die Minze wieder ab.

„Möchten Sie", wurde er ironisch, „noch einige Fotos vom Tatort haben, damit Ihr derzeit bester Zeuge über unsere Ermittlungen wirklich hinreichend informiert ist?"

Fanny hielt seine Reaktion für kolossal übertrieben und suchte nach Bestätigung in Kais Gesicht. Doch der schüttelte nur stumm den Kopf.

„Was haben Sie meiner Kollegin eingeflösst, Sie …schmieriger Reusenaal?", nahm sich der Kommissar den Händler vor und verletzte dabei seine eigenen Höflichkeitsregeln aufs derbste.

„Meine beste Mitarbeiterin ziehen Sie hier aus dem Verkehr, ist Ihnen das klar, Herr…", ein suchender Blick, der das Firmenlogo fand, „…Herr Schmidt?"

„Sie war völlig erschöpft, Herr…“, lächelte der Beschuldigte ihn an.

„Weber. Oberkommissar Weber. Polizeiinspektion Nienburg-Schaumburg. Wir untersuchen einen Mord.“

„Ja, das dachte ich mir. Sehr angenehm, Oberkommissar Weber. Entschuldigen Sie meine Deutlichkeit. Aber Ihre Frau Reichert brauchte nur noch einen Stups, um zu kollabieren. Ich habe eigens für sie etwas zusammengemixt, kreiert auf ihren ganz speziellen Zustand frustrierter Erschöpfung. Jeder gute Chef sollte merken, wann er seinen Mitarbeitern zu viel abverlangt.“

So leutselig die Antwort kam, enthielt sie einen Stachel, der Webers schwache Stelle sofort perforierte. Noch im selben Moment wurde er umgänglicher.

„Sind Sie hier fertig mit der Befragung?“, wollte er in ruhigem Tonfall von Fanny wissen.

„Eigentlich noch nicht.“

„Dann werden wir uns dazugesellen. Drei Paar Ohren hören mehr als eins.“

„Und die Aussteller auf der Schlossinsel?“

„Können warten. Sie sagten, dieser hier wäre der beste Zeuge.“

„Ja, setzen Sie sich“, strahlte der Händler und machte eine weite Bewegung über die zwei freien Stühle. „Nur herein. Was darf ich Ihnen anbieten?“

„Wasser“, antwortete Kai rasch, bevor er sich niedersinken ließ. Zu Fannys Überraschung trat Schmidt neben sein Regal und hob eine Seltersflasche. Er füllte zwei Plastikbecher und setzte sie vor seine neuen Gäste auf den Tisch.

„Das hätten Sie mir vorhin auch geben können“, beschwerte die Ermittlerin sich mit funkelnden Augen.

„Sie fragten nicht danach", konterte der Händler lachend und sein Bauch hüpfte wie ein Flummi. „Außerdem wusste ich, dass es Ihnen nicht geholfen hätte."

„Aber jetzt hilft es mir", beharrte sie. Wie ein Stehaufmännchen sprang Schmidt hoch und befüllte einen weiteren Becher, den er direkt neben die Minze setzte. Fanny berichtete derweil ihren Kollegen von der Pflaumendame.

„Fällt Ihnen", setzte sie die Befragung fort, „noch was zu dem Mann ein, den Madame Prune am Samstag getroffen hat?"

„Er schien vermögend zu sein. Sie sagte, er lebe in Saus und Braus auf anderer Leute Kosten."

„Hat sie das näher erklärt?"

„Nein."

„Aber Ihre Wortwahl deutet an, dass der Mann sein Geld unehrlich verdient?"

„Ja. Ich hatte den Eindruck."

„Warum wollte sie ihn treffen? Vorhin sagten Sie, er sei ‚wichtig'. Warum war er wichtig?"

„Das erschloss sich mir nicht. Ich glaube, das Treffen war für sie persönlich wichtig. Aber ihre Nervosität passte nicht zu ihrem sonstigen Wesen. Zu der Leichtigkeit, mit der sie sonst alles anpackte."

„Und es fiel keine Andeutung, womit er so reich geworden sei?"

„Ich bedaure", zuckte der Händler die Schultern. Danach berichtete er von allgemeinen Details seiner Unterhaltungen mit Madame Prune. Weber lauschte dem Gespräch schweigend, machte sich hin und wieder Notizen. Langsam überzeugte er sich davon, dass Fanny nicht dienstuntauglich war. Aber immer wieder bemerkte er, wie Kais Blicke auf den leuchtenden Spirituosen hängen blieben. Auch Obstler-Schmidt hatte es längst registriert. Es war nur eine Frage der Zeit, bis er sein nächstes Angebot nachschieben würde.

Als die Aussagen immer unergiebiger wurden, beschloss der Nienburger, sein Team aus der Gefahrenzone zu bugsieren. Die Schlossinsel wartete. Dankend erhob er sich und forderte die zwei anderen unmissverständlich auf, ihm zu folgen. Noch während Weber der guten Stube den Rücken kehrte, langte Kai hinüber zur Minze, schüttete den Becher in sich hinein und zwinkerte Fanny verschwörerisch zu.

„Danke für die Gastfreundschaft", verabschiedete er sich vom Händler. Der nickte jovial.

Vor dem Schloss teilten sie die restlichen Aussteller untereinander auf. Für jeden vier. Innerhalb von 15 Minuten hatten sie die Arbeit erledigt, ohne tiefschürfende, neue Erkenntnisse.

„Wie habt ihr mich eigentlich so schnell gefunden?“, erkundigte sich Fanny, als die drei zum Kommissariat zurückfuhren. Sie versuchte, sachlich zu wirken. Und vor allem nüchtern. Diese Befragung beim Spirituosenhändler war wirklich hochgradig unprofessionell gelaufen. Normalerweise lieferte nur Kai solche Fehltritte ab.

„Handyortung“, flachste ihr junger Kollege vom Steuer aus. Im nächsten Moment musste er stark bremsen. Das Ende der *Landpartie* hatte ein Verkehrschaos ausgelöst. 4000 Ortsfremde wollten gleichzeitig nach Hause fahren. Lange Trecks aus motorisiertem Blech irrten auf der Suche nach Ausfallstraßen im Schritttempo umher. Zu Fuß wäre das Dreierteam momentan schneller ans Ziel gelangt.

„Kriminalistischer Instinkt lenkte uns auf ihre Spur“, ergänzte Weber steif. Niemand außer ihm wusste, ob es ein Witz sein sollte. Er war noch dabei, den Fehltritt seiner rechten Hand zu verdauen.

„Nächstes Mal rufen wir vorher an“, ergänzte Kai grinsend. „Damit du rechtzeitig dein Dienstgesicht wieder hinrücken kannst. Aber lach ruhig öfter mal, es stand dir gut. Könnte ich mich glatt dran gewöhnen.“

„Ihr habt nicht annähernd so geschuftet wie ich“, verteidigte sie ihre Ehre.

„Aber von dir kam die Idee mit der *Landpartie*.“

„Jetzt sag auch noch, dass sie schlecht war.“

„Die Idee war super. Leider haben wir immer noch keinen Namen. Pflaumendame reicht nicht.“

„Aber wir kommen ihr näher“, kommentierte Weber dazwischen. „Die *Landpartie* ist unser Schlüssel zu der Unbekannten. Und der Schnapsverkoster hatte recht“, wandte er sich reumütig direkt an Fanny. „Ich entschuldige mich bei Ihnen, Frau Reichert. Ihr Revier hätte wirklich jeden ins Hadern gebracht.“

Gegen 20 Uhr meldete sich Ingenieur Cordwitz. Er wollte „Kommissar Reichert, Polizei Bückeburg“ sprechen. Fanny stellte das Telefon auf laut. Der Anrufer bestätigte, samt Gattin auf der *Landpartie* gewesen zu sein. Zusammen wollten die beiden Samstagabend nach Hannover zurückfahren und hatten sich für 21 Uhr auf der Raststätte Auetal an der A 2 verabredet.

„War Ihre Frau nicht selbst motorisiert?“, wunderte sich Fanny. Das passte überhaupt nicht zu der Person, deren Geist als Madame Prune gerade den Raum erfüllte.

„Normalerweise schon“, schränkte der Ingenieur ein, „aber sie stammt aus Bückeburg. Sie wollte alte Bekannte wiedertreffen. Das geht in einer Kleinstadt am besten zu Fuß. Also fuhren wir Mittwoch nur mit meinem Wagen.“

„Und wie kam Ihre Frau dann zur Raststätte?“

„Sie kam nicht, aber verabredet war, dass ihr Bruder oder ihr Vater sie fahren. Die wohnen in Bückeburg und bei ihnen hatten wir auch Quartier.“

Die drei Ermittler warfen sich ahnungsvolle Blicke zu.

„Herr Cordwitz“, schaltete Weber sich dazwischen, „Sie haben also seit geschlagenen 23 Stunden nichts von ihrer Gattin gehört und machen sich trotzdem keine Sorgen?“

Der Anrufer reagierte erstaunlich derb. Seine Angetraute neige zur Unzuverlässigkeit und das nicht erst seit gestern. Er habe bis Sonntagmorgen, neun Uhr, auf der Rastanlage gewartet. Die Nacht sei sehr unspaßig gewesen. Sein Rücken fühle sich an wie eine Baustelle. Mit einer Mütze voll Schlaf wäre er heute Morgen zu einem Kunden aufgebrochen, der dringend auf einen Fachmann wartete. Und man dürfe ihm ruhig glauben: Er sei verdammt stinksauer auf seine Frau.

„Wieso rufen Sie denn nun überhaupt an?", verlangte er danach barsch Auskunft.

„Was könnte passiert sein", ätzte der Nienburger dagegen, „wenn die Polizei sie dringend sprechen möchte und Ihre Frau seit einem Tag verschollen ist?"

„Ist sie das? Guter Mann, kommen Sie mir bloß nicht auf die Tour. Wenn Sie wüssten, was ich schon alles erlebt habe mit Gianna. Außerdem: Wie kommen Sie überhaupt in die Leitung? Ich spreche eigentlich mit Frau Reichert."

„Und ich bin Frau Reicherts Chef!", trompetete Weber, während sich rote Flecken hektisch auf seinem Gesicht ausbreiteten. Heute war wirklich nicht sein Tag. „Oberkommissar Weber, Polizeiinspektion Nienburg-Schaumburg, wenn das genehm ist, Herr Leitender Betriebsingenieur."

„**Ja doch.** Geht's nicht noch lauter? Nun regen Sie sich ab. Also: Was ist mit Gianna? Hat sie Juwelen aus dem Schloss mitgehen lassen? Nackt in einer Cocktailbar getanzt? Bückeburger Promis kompromittiert?"

Weber verdrehte die Augen, sein wutroter Teint leuchtete gefährlich.

„Beschreiben Sie bitte das Äußere ihrer Frau", verlangte er. Cordwitz reagierte diesmal ohne verbale Schienbeintritte. Größe, Haarfarbe, Kleidung: Alles stimmte mit der Leiche überein. Zum Schluss erwähnte er die Designertasche.

„Wir müssen Sie leider hierher bitten", informierte Weber ihn betont kühl. „Es besteht Grund zu der Annahme, dass Ihre Gattin einem…" Er zögerte einen winzigen Augenblick, „…Unfall zum Opfer fiel."

„Ein Unfall?", echote der Ingenieur verwirrt. „Liegt sie im Krankenhaus?"

„Nein. Können wir heute Abend noch mit Ihnen rechnen, Herr Cordwitz?"

„Ich bin vorhin erst nach Hause gekommen. Nach einer 12-Stunden-Tour. Ist was passiert? Jetzt reden Sie mal Klartext."

„Ich teile so was äußerst ungern übers Telefon mit", informierte der Nienburger. „Aber vermutlich lebt Ihre Gattin nicht mehr."

Dem Mann am anderen Ende der Leitung verschlug es die Sprache. Als er sie wiederfand, hatte sein Sarkasmus sich verabschiedet. Geschockt sicherte er zu, noch heute Abend nach Bückeburg zu kommen. Weber war zufrieden, während Fanny und Kai sich einmal mehr als Boten mit schlechter Nachricht fühlten. Ein emotionaler Cocktail, an den man sich nie gewöhnte: Achtung vor der Trauer der Angehörigen zeigen, Mitleid spüren, zugleich aber wachsam bleiben. Nachdem das Telefonat beendet war, herrschte unbehagliches Schweigen.

„Volltreffer", zerbrach Weber routiniert die gedrückte Stimmung und nickte Fanny anerkennend zu. „Erst die *Landpartie,* dann Cordwitz. Sie sind rehabilitiert, Frau Reichert."

„Ist trotzdem ein Scheißgefühl", stellte sie fest. „Immer wieder."

„Wir werden es überstehen. Und sind einen Schritt weiter."

„Sie sprachen vorhin von einem Unfall", flüchtete sie in Sachlichkeit. „War das Absicht? Wir haben doch heute Morgen nicht die halbe Büffelweide mikroskopiert, weil diese Frau durch einen Unfall starb."

„Vorläufig fehlen die Aussagen der Spusis und des Mediziners. Bis dahin ist alles offen. Deshalb bitte ich nachher um einen wachen Blick auf den Ehemann."

„Führen Sie die Befragung durch, Chef?"

„Sicher. In ihrer beider Beisein." Er nickte den Teamgefährten zu, womit gleichzeitig klar war, dass sich der Feierabend noch weiter nach hinten verschob.

„Dann mach ich uns jetzt mal einen Kaffee", schlug Kai vor und ging enttäuscht in sein kleines Büro. Dort stand sein Prunkstück, eine chromblinkende Espressomaschine, die freudig röchelnd alles herstellen konnte, was Koffein enthielt. Während er den Apparat aktivierte, telefonierte er kurz mit seiner Freundin. Das Restwochenende war gelaufen. Fanny, die einen Riecher für Privates hatte, steckte den Kopf zur Tür herein.

„Erstens darfst du ruhig klopfen", wehrte Kai ihren Prüferblick ab. „Und zweitens ist dein doppelter Espresso gleich fertig."

„Danke", grinste sie. „Was willst du essen? Ich gehe jetzt rüber zum Imbiss."

Arnim Cordwitz erschien 40 Minuten später. Ein Mann von mittlerer Größe, dabei schlank. Brünette Haare, dunkelbraunes Jackett, schwarze Jeans. Seine grauen Augen blickten durch eine schmale, dunkelrandige Brille, das Gesicht entsprach komplett der Kategorie *Unauffällig*. Über der Stirn glänzte sehr diskret eine beginnende Platte durch. Er wirkte angespannt, als er sich auf den ihm offerierten Stuhl setzte. Mit einfühlsamen Worten legte der Kommissar ihm das Foto der Toten vor.

Die Reaktion zerstreute letzte Zweifel. Nach dem Blick aufs Bild kämpfte der Mann um seine Fassung, fuhr mit den Händen durchs Gesicht und schüttelte immer wieder stöhnend den Kopf. Weber sprach ihm sein Beileid aus, danach steuerte er die Befragung an. Cordwitz antwortete wie ein Automat. Er wirkte abwesend, während er über seine Frau berichtete: Gianna Mercator sei ihr Name. 42 Jahre alt. Keine Kinder. Von Beruf Journalistin, angestellt in Hannover bei einem Radiosender.

„Sie mochte sich nicht von ihrem Mädchennamen trennen", vertiefte er ein Detail, nach dem niemand gefragt hatte. „Gianna Cordwitz, das findet sie altbacken. Angeblich wurde sie während eines Italienurlaubs gezeugt."

Er schluckte, sein Adamsapfel hüpfte sichtbar.

„Auf der *Landpartie* half sie beim Aufbau meines Standes und vertrat mich manchmal."

Allerdings wollte sie vor allem alte Bekannte wiederfinden, berichtete der Ingenieur weiter. Meist war sie deshalb unterwegs. Übernachtet hätten beide in der Fürst-Ernst-Straße, Giannas Elternhaus. Fanny protokollierte Namen, Adressen, Fakten und fragte nach den typischen Begleitern erwachsener Europäer: Brieftasche, Handy oder iPhone.

Seine Frau trage eine kleine, karierte Handtasche bei sich, sagte Cordwitz.

„Wir haben keine karierte Handtasche gefunden", wunderte sich Fanny und erfragte die Handynummer von Gianna Mercator. Spontan probierte sie einen direkten Anruf. Das Klingelzeichen erscholl, doch plötzlich wurde die Verbindung gekappt.

„Funktionieren tut es jedenfalls noch", stellte sie fest. „Auch, wenn niemand rangehen will."

„Was, wenn tatsächlich jemand rangegangen wäre?", flachste Kai und verdrängte den Ernst der Situation für einen Moment.

„Ja?", säuselte er mit hoher Stimme, „Gianna hier, wer spricht dort?"

„Wir können es orten", blieb Fanny sachlich und warf ihm einen strafenden Blick zu.

„Hervorragend", erwachte Weber zu neuem Leben. „Leiern Sie das sofort an, Herr Müller. Und beantragen Sie demnächst beim Provider einen Auszug aller Handydaten seit letztem Mittwoch."

Kai machte sich an die Arbeit.

„Haben Sie", wandte der Kommissar sich an Cordwitz, „während der *Landpartie* etwas mit Ihrer Frau unternommen? Abends, nach der Messe?"

„Wenig", erzählte der Ingenieur. „Mittwoch bummelten wir nach Aufbau des Standes noch umher, machten Shakehands mit den benachbarten Ausstellern. Es wurde 23 Uhr, bevor wir in Giannas Elternhaus ankamen. Dort gab es einen Imbiss, aber weil alle müde waren, beschlossen wir, am nächsten Abend ausführlich zu reden.

Wissen Sie, seit mein Schwiegervater in Rente ist, verbringt er die meiste Zeit allein. Giannas Bruder Laurenz arbeitet viel. Meine Schwiegermutter lernte ich nie kennen, sie verschwand vor 30 Jahren aus der Familie."

„Die Eltern sind geschieden?"

„So ähnlich. Giannas Mutter tauchte vor 30 Jahren unter. Sie hinterließ einen Abschiedsbrief, in dem vom Auswandern die Rede war. Am Flughafen Langenhagen räumte sie das gesamte Geld einschließlich Dispo vom Girokonto ab, danach verliert sich ihre Spur. Man munkelte von einem Liebhaber. Mein Schwiegervater und die Kinder haben hinterher monatelang von Brot und Wasser gelebt, weil sein Monatslohn nicht reichte, den Fehlbetrag plus der üblichen laufenden Kosten auszugleichen. Ersparnisse gab es so gut wie keine.

Es muss die Hölle für alle gewesen sein. Gianna war damals 10. Sie und ihre beiden Geschwister sind seitdem mutterlos aufgewachsen. Der Vater mochte nie wieder heiraten."

„Ungewöhnlich", wunderte sich Weber.

„Bei den Mercators redet man nicht über die Geschichte", ergänzte Cordwitz. „Es gab immer sofort miese Stimmung, wenn ich nach der Mutter fragte. Ich habe es mir abgewöhnt."

„Also Donnerstag war Familientag", kehrte Weber ins eigentliche Thema zurück. „Was taten sie am Freitag- und Samstagabend?"

„Freitag kam Gianna erst sehr spät. Ich dagegen ließ den Tag wieder mit ihrem alten Herrn ausklingen. Es war völlig typisch: Sie rief gegen zehn Uhr abends an und sagte, sie hätte in einer Kneipe einen alten Schulfreund aufgetan. Es sei *super-super* spannend und *wahnsinnig* interessant. Das ist O-Ton. Ich verwies darauf, dass ihr Vater sich ebenfalls freut, wenn seine Tochter mit ihm spricht. Da lachte sie, meinte, wir sollen nicht warten und unterbrach die Verbindung.

Absolut typisch. Man weiß bei ihr nie, woran man ist. Unzuverlässig wie ein altes Auto. Nur, damit sie meine Reaktion vorhin besser verstehen, Herr Kommissar."

„Ist schon gut. Wir lernen ihre Frau gerade kennen. Unsere Befragung auf der *Landpartie* war recht interessant. Was taten Sie beide gestern Abend?"

„Samstag? Da kann ich nur für mich reden: Ich wartete. Dreimal dürfen sie raten, auf wen. Ich musste am

Sonntag zu einem wichtigen Kunden nach Kassel. Er kämpfte mit einem Schaden im Werk und kam nicht weiter. Deshalb hatte ich mit Gianna verabredet, um 21 Uhr an der Raststätte Auetal zu sein. Sie versprach mir, rechtzeitig zu kommen. Und ich solle auf jeden Fall warten. Was ich Trottel dann auch noch tat."

„Haben Sie versucht, sie telefonisch zu erreichen?"

„Klar. Sie ging nicht ran. Das Übliche."

„Noch mal zurück zum Samstagnachmittag: War Ihre Frau anders als sonst? Benahm Sie sich irgendwie auffällig? Nervös?"

„Gott, das ist schwer zu beurteilen." Cordwitz legte die Stirn in Falten. „Gianna ist immer quirlig wie ein Sack Flöhe. Sie kann einen ganz fusselig machen mit ihrer Art. Sobald sie ihren Morgenkaffee getrunken hat, sprudelt sie über. Das kommt ihr bei diesem Radiosender in Hannover zugute, *Lifestream* heißt er. Reden ist ihre zweite Natur. Meine Frau kann keine fünf Sekunden den Mund halten und alle wickelt sie um den Finger damit."

Er verstummte abrupt, senkte die Lider und fuhr sich mit den Fingern hart über die Augen.

„Das ist wie ein Alptraum", schob er leise nach. „Ich kann einfach nicht glauben, dass sie tot ist."

Plötzlich stöhnte er auf und sackte abrupt in sich zusammen. Mit beiden Händen bedeckte er sein Gesicht. Ein langer, gequälter Ton folgte, der die Schultern zitternd anhob. Das Schweigen der Zuhörer versteinerte den Raum.

„Es tut uns sehr leid", redete Fanny ihm leise zu. Er nickte, während seine Selbstbeherrschung sich auflöste. Nach vier quälenden Minuten fing er sich und schnaubte seine Nase.

„Entschuldigung", quetschte er heraus.

„Wir verstehen Sie gut“, half sie ihm.

„Warum“, tastete Weber sich erneut vor, „ist Ihre Frau nicht allein zurückgefahren? Es gibt jede Menge Züge nach Hannover. Sie hätte Sonntag problemlos zurückkehren können.“

„Warum?“ Cordwitz sah dem Kommissar voll ins Gesicht. „Ich weiß es nicht. Warum tut man etwas so und nicht anders? Keine Ahnung. Und ich wünsche mir tausend Mal, alles wäre anders gelaufen.“

„Ja.“ Weber verstand. „Warum läuft jemand seinem Unglück in die Klauen? Schicksal.“

Niemand antwortete. Das Schweigen wurde fast unerträglich. Kai hatte das Bedürfnis, die Fenster sperrangelweit aufzureißen, blieb aber wie gelähmt sitzen.

„Ich habe mich für heute Abend noch mal bei Schwiegervater angemeldet“, wechselte der Ingenieur schließlich das Thema. „Ist es in Ordnung, wenn ich von Gianna berichte oder erledigen Sie das lieber selbst?“

„Sie haben sicher schon Andeutungen gemacht?“, erkundigte sich Weber.

„Ich sagte nur, dass ich in Bückeburg etwas Wichtiges vergaß.“

„Gut. Dann lassen Sie uns noch warten. Sie müssen mich morgen in die MHH begleiten, Herr Cordwitz. Ist die Tote offiziell identifiziert, suchen wir den Rest der Familie auf und überbringen die traurige Botschaft.“

Der Nienburger verabredete für Montagmorgen die Tour nach Hannover und entließ den deprimierten Ingenieur. Cordwitz wollte für heute in der Fürst-Ernst-Straße bleiben, er verspürte keine Lust mehr zum Autofahren.

„Ich glaube", mutmaßte Fanny, als die Ermittler wieder unter sich waren, „der hat jetzt seine zweite schlaflose Nacht."

„Aber diesmal wenigstens mit Bett", unkte Kai.

„Fahren Sie allein mit ihm zur MHH?", wandte sie sich an Weber.

„Ja", entschied der rasch. „Sonst wächst uns der Papierkram hier über den Kopf. Unsere Notizen von der *Landpartie* müssen ausgewertet werden. Ich bin Ihnen dankbar, wenn Sie diesen Part morgen erledigen, Frau Reichert."

„Cordwitz hat die Sache ganz schön mitgenommen", kam sie auf den Beinahe-Zusammenbruch zu sprechen.

„Dabei wirkte der Typ am Anfang wie ein Ekel", ergänzte Kai. „Aber er hatte wohl auch Grund bei so einer Sorte Frau. Ich hoffe, mir passiert das nie."

„Such' dir ein passendes Weibchen, das brav zu Hause bleibt."

„Danke für den Tipp, Fanny. Man merkt dir dein Alter gar nicht an."

„Das ist Lebensweisheit."

„Hui."

„Cordwitz will die ganze Nacht auf der Raststätte Auetal gesessen haben", meldete Weber erste Zweifel an. „Finden Sie das normal? Oder ist er einer von der sehr gutmütigen Sorte?"

„Harte Schale, ganz weicher Kern?", vermutete Kai. „So wie der vorhin zusammengeklappt ist..."

„Ich hatte schon Angst, der Notarzt wird fällig", pflichtete Fanny ihm bei.

„Mir scheint Cordwitz ziemlich mit seiner Arbeit verheiratet", befand Weber sachlich. „Als sei ihm die Firma wichtiger als seine Ehe. Mag sein, dass seine

Gattin ähnlich dachte. Wobei ihre Umgangsformen deutlich chaotischer wirken. Leichtlebig."

„Sie nahm jedenfalls sein Scherzartikelprojekt überhaupt nicht ernst", erinnerte Fanny sich an Obstler-Schmidts Aussage. „Vermutlich hat sie auf der *Landpartie* ihr völlig eigenes Ding gedreht. Und womöglich lag dieses Vogelhäuschen aus Freiburg, das Kai mit Mata Hari zutextete, gar nicht so völlig daneben. Wenn Gianna Mercator nämlich wirklich einen Kriminellen traf und deshalb nervös war."

„Aber irgendwie passt das nicht zu der Frau", fand Kai. „Von allen wird sie als lebenslustig beschrieben. Sie war zwar langweilig verheiratet, kompensierte das aber mit ihrer Arbeit und hatte einen guten Job. Die genoss ihr Leben. Was wollte die von einem Kriminellen?"

„Sie arbeitete bei einem Radiosender", argumentierte Fanny. „Solche Leute haben immer ein offenes Ohr für unsaubere Geschichten."

„Mein Allgäuer Huthändler in der Remise", resümierte Weber, „hat sie jedenfalls Samstagnachmittag mit einem Herrn im Schlosshof Kaffe trinken sehen."

„Obstler-Schmidt sah sie auch mit jemandem", ergänzte Fanny. „Und es war vermutlich nicht Cordwitz."

„Also wen traf unsere Pflaumendame?", stocherte der Nienburger. „Einen Kriminellen? Lassen Sie uns eins und eins zusammenzählen: nachmittags dieses Treffen, in der Nacht darauf stirbt die Frau: Das ergibt dann…"

„…einen Verdächtigen," vollendete Kai.

„Dürfen wir uns wirklich auf die Aussagen eines angesäuselten Spirituosenhändlers verlassen?" goss Fanny Wasser in den Wein.

„Sie haben ihn", beschwerte sich Weber, „vorhin als *unseren derzeit besten Zeugen* tituliert, Frau Reichert. Es ist noch gar nicht so lange her."

„Angesäuselt warst höchstens du", bekräftigte auch Kai. „Der Schmidt hatte zwar den ganzen Tag über Kundschaft. Aber der bleibt auch bei einigen Promille klar in der Birne."

„Im Gegensatz zu mir, willst du sagen?", giftete Fanny, während ihr das Blut in den Kopf schoss.

„Was ich auch weiterhin schätzen werde", stemmte der Nienburger sich gegen das Geplänkel. „An ihnen beiden, übrigens.

Verschwenden wir unsere Kräfte nicht sinnlos. Es kommt jede Menge Arbeit auf uns zu: Identifizierung dieses Unbekannten auf der *Landpartie*. Daneben traf Frau Mercator alte Freunde wieder. Wer weiß, mit wem sie sich in den Nächten rumtrieb. Außerdem frage ich mich immer noch, warum sich Cordwitz geschlagene 23 Stunden keine Sorgen macht."

„Sie können ihn morgen im Auto ausquetschen", schlug Fanny vor. „Zeit haben sie genug. Irgendwo ist immer Stau auf der A 2."

„Den Ehemann können wir auch mithilfe der Videoüberwachung auf der Raststätte überprüfen", bekam Kai einen abendlichen Geistesblitz. „Wir lassen uns die Bänder geben und suchen nach ihm."

„Das wäre eine nette Hilfe. Gute Idee, Herr Müller." Weber rieb sich die Augen und unterdrückte ein Gähnen. „Besorgen Sie morgen als Erstes die Bänder der Raststätte. Und zwar die gesamten 12 Stunden, die Cordwitz dort gesessen hat. Was macht übrigens die Ortung des Handys? Gibt es Ergebnisse?"

„Nichts. Das Gerät ist ausgeschaltet", antwortete Kai.

„Ich bin mir sicher, dass vorhin eine Verbindung bestand", beharrte Fanny. „Es ging nur keiner ran. Habt ihr den Klingelton nicht auch gehört?"

„Du hattest nicht auf laut gestellt." Kai schüttelte den Kopf.

„Somit haben Sie als Einzige das Klingeln gehört, Frau Reichert", resümierte Weber. „Aber wir glauben Ihnen trotzdem. Stellt sich die Frage, wer das Handy jetzt hat? Die Besitzerin wird es nicht sein."

Fanny Reichert war allein, als sie Montagmorgen ihr großes Büro betrat. Zunächst versuchte sie erneut, das verschollene Handy zu erreichen. Ohne Ergebnis, wie auch die Ortung. Sie war gespannt auf die Liste sämtlicher Verbindungen, die der Provider demnächst liefern würde. Mit etwas Glück fand sich die Nummer des Mannes, den Gianna Mercator am Samstagnachmittag getroffen hatte.

Danach ließ es sich nicht mehr aufschieben: Die *Landpartie*-Notizen warteten. Mit schaumgebremster Laune machte Fanny sich an die Arbeit und versuchte, verständliche Worte aus vielen hingeklierten Satzfetzen zu filtrieren. Webers Schrift war gut lesbar, die Gedankengänge dahinter vollständig abgearbeitet. Mustergültig, 1 +. Aber Kais Gekrickel konnte man bestenfalls als sprunghaft bezeichnen. Sie würde ihn heute Nachmittag fragen, ob er Steno oder Chinesisch für Notizen verwendete. Allerdings wirkten auch ihre eigenen Schriftzüge ab Obstler-Schmidt reichlich hingewischt. Stellenweise musste Fanny sogar Webers Notizen mit heranziehen.

Kai holte in der Zeit die Bänder der Überwachungskameras von der Raststätte Auetal. Es gab acht Spähapparate, verteilt über die ganze Anlage. Nachdem er dem Betriebschef die Lage erläutert und einige Angestellte befragt hatte, nahm er innerlich aufstöhnend 96 Stunden Auetal in Empfang. Selbst TV-Soaps boten mehr Unterhaltungswert. Sofort nach Rückkehr ins Kommissariat besorgte er sich die Unterstützung seiner Espressomaschine und begann mit der Auswertung. Fanny schaute ihm mittags kurz über die Schulter und war wieder zufrieden. Sogar die Provokation mit dem Steno unterließ sie. Der schwarze Peter heutiger Ermittlungsarbeit lag eindeutig nicht mehr bei ihr. Dachte sie.

Webers Weg führte schon morgens an die MHH zur Identifizierung der Leiche. Offenbar hatte Cordwitz nachts doch von dem tragischen Geschehen erzählt, denn der Vater der Toten bestand darauf, mitzukommen. Der Kommissar ahnte zu diesem Zeitpunkt nicht, wie wichtig das Beisein des Rentners noch werden würde. Auf der Autofahrt nutzte er die Gelegenheit, sich mit dem Ingenieur zu unterhalten. Der Mann schien tatsächlich mit seiner Arbeit verheiratet, er hielt langweilige Fachvorträge über Gedächtnismetall. Seine tiefe Betroffenheit vom Vorabend wiederholte sich nicht. Wie erwartet, wurde die Tote offiziell als Gianna Mercator identifiziert.

Mittags telefonierte Fanny mit den Spurensicherern und erhielt weitere Details: Am Stacheldraht und dem kaputten Zaunpfosten habe man Fasern von Rock, Jacke und Bluse des Opfers sichergestellt, aber auch Fädchen aus einem Wollgemisch, das nicht von der Kleidung der Toten stammte. Die Analyse laufe noch. Derzeit am interessantesten seien Blutspuren, die man gerade genetisch untersuche.

„Wenn wir Glück haben", verstreute der Spurensicherer Optimismus, „hat der Besitzer der Wollfasern sich gepiekt, und damit kriegen wir die Genetik in der Datenreserve. Mal abwarten."

Und ob dieser Hannoversche Griesgram von Gerichtsmediziner wohl bald die Kleidung des Opfers rüberschicken könne? Sie würde für die Analysen gebraucht. Fanny versprach, Neddermeier-Lau diesbezüglich Beine zu machen, obwohl sie nicht die geringste Lust dazu verspürte.

„Erst hofften wir sogar", berichtete der Experte weiter, „euch fix und fertig Haarsträhnen und DNA einer zweiten Person präsentieren zu können. Hing auch im Stacheldraht: schwarzes Haar und eingetrocknetes Sekret. Wir hätten beinahe eine Flasche Sekt drauf geöffnet. Aber wenn man Kummer gewohnt ist, untersucht man lieber erst mal die Fakten. Und prompt floppte die Spur. Spusipech."

„Ihr habt es schon schwer", heuchelte Fanny Mitleid.

„Der ganze Kram war von den Wasserbüffeln."

„Logisch, die sind an dieser Stelle aus ihrer Weide ausgebrochen."

„Und eins von den Viechern muss den Draht abgeleckt haben. Vielleicht ein Wasserbüffel mit SM-Allüren. *Shades of grey* for bufallos."

Aus der jetzigen Datenlage rekonstruierte man, dass Gianna Mercators Rückfront tief im Stacheldraht gesteckt hatte. Eine weitere Person, von der die Wollgemischfasern stammten, musste ebenfalls dort festgehangen haben. Der am Wegesrand gefundene Kram, eine Zigarettenkippe, mehrere Kronkorken, drei Stück Plastik und die zerfledderte Hülle eines Luftballons, würde derzeit haarklein untersucht.

Ergebnisse gab es auch zu den Fußspuren am Ufer des Tümpels. Leider keine prägnanten: Die Schuhabdrücke waren so unscharf, als habe ihr Verursacher sich dort wild gedreht und gewendet. Mit allem Vorbehalt kam man auf eine Schuhgröße von 44 bis 46, eventuell sogar 47. Zwischen der Personengröße von

1,80 m und amerikanischer Basketballliga war alles denkbar.

„Die Sohlen hatten so gut wie kein Profil", betonte der Spurensicherer. „Eine glatte Ledersohle. Elegante Männerschuhe höherer Preislage. Wir versuchen, die Marke rauszukriegen. Aber die Dinger sind völlig unpassend für die Gegend. Wie die Kleidung der Frau. Mehr Infos gab der Morast nicht her. Diese Büffel haben alles gründlich zertreten. Schade um die Wühlerei im Schlamm am heiligen Sonntag."

„Wärst du sonst in die Kirche gegangen?", frotzelte Fanny.

„Lach nicht. Mein Sohn ist Konfirmand. Seitdem gehe ich öfter mit ihm in den Gottesdienst. Kann man sich mal ganz in Ruhe unterhalten, wenn man hinten sitzt. Ohne die Mutti. Du glaubst nicht, was mir der Junge schon alles erzählt hat. Ich lerne mein Kind neu kennen.

Aber zu unserem Fall zurück."

Die Schuhe des Opfers hatten sich am Grund des Wasserlochs gefunden. Graue, elegante Lederpumps, 9 cm Absatz und damit ebenso wenig geeignet für lange Wanderungen wie die hochwertigen Ledersohlenschuhe. Fanny schrieb eifrig mit, um ihre zwei Mitstreiter nachher auf den neusten Stand zu bringen.

Immer öfter fragte sie sich, mit wem Gianna Mercator so weit hinaus gelaufen war. Oder wurde sie dorthin geschafft, als sie schon tot war? Aber das passte nicht zu den Spuren am Stacheldraht. Und als Versteck für die Entsorgung einer Leiche schien eine von Wasserbüffeln besiedelte Weide denkbar ungeeignet. Zumal der dicht vorbeiführende Weg gut genutzt wurde. Gerade an einem schönen Sonntag fluteten hier Dutzende von Freizeitsportlern und Spaziergängern in die malerische Landschaft der Bückeburger Niederung.

„Habt ihr die Handtasche des Opfers auch im Wasserloch gefunden?", forschte sie nach einem fehlenden Detail. „Ein kariertes Täschchen. Darin waren die persönlichen Dinge."

„Sorry", bedauerte der Gesprächspartner. „Und so was Großes werden wir auch nicht mehr finden. Wir basteln ja jetzt schon an dem Restmüll vom Wegrand rum. Also grundsätzlich will ich Wunder nicht ausschließen, aber wenn das Täschchen am Tatort gewesen wäre, hätten wir es schon in den Fingern."

Jetzt fehlten nur noch die Ergebnisse des Gerichtsmediziners. Neddermeyer-Lau war ein Mensch der sehr gründlichen Sorte, so impertinent er manchmal auftrat und jeden damit nervte. Sicher hatte er den Sonntag über gearbeitet. Fanny beschloss trotzdem, zu warten. Vermutlich brachte Weber nachher den Obduktionsbefund mit. Kurz darauf meldete sich die Zentrale telefonisch bei ihr. Es wäre ein Mann in der Leitung, der behaupte, was über den Todesfall zu wissen.

„Nur zu", freute sich Fanny. „Stell ihn durch."

„Der Waschbärenbeauftragte des Landkreises", schob der Kollege mit eigenartigem Tonfall nach, bevor er auflegte. Verwundert nahm sie das Gespräch an. Der Anrufer stellte sich als ein Dr. Grollmeister vor. Seines Zeichens promovierter Agrarwissenschaftler, lange Jahre bei der Landwirtschaftskammer, inzwischen pensioniert, aufs Land gezogen und seitdem ehrenamtlich als Waschbärensucher unterwegs. Er selbst wohne ganz in der Nähe des Tatorts, betonte er wichtig und nannte seine Adresse in Petzen.

Fanny hätte aus dem Stehgreif behauptet, Petzen läge etliche Kilometer von der Büffelwiese entfernt. Aber sie kam gar nicht zu Wort. Der Beauftragte redete wie ein Wasserfall. Vor allem empörte ihn die simple Tatsache eines Leichenfundes in der Niederung. Als habe man versucht, ihn persönlich um die Ecke zu bringen. Die Ermittlerin lauschte seinen Klagen über die Schlechtigkeit der Welt geschlagene 22 Minuten, bevor sie mit Blick auf ihr Zeitbudget eingriff.

„Sie wollen uns eine Beobachtung zu dem Todesfall mitteilen?", erinnerte sie an den Grund seines Anrufs.

„Aber ja", fiel Grollmeister ein. Sofort berichtete er, wie weit ihn sein Ehrenamt herumkommen lasse. Zum Beweis referierte er über diverse Orte im Landkreis, an denen er Nachsuche gehalten habe. Man müsse, wetterte er, die kleinen, nordamerikanischen Eindringlinge gut im Auge behalten, damit sie dem heimischen Raubwild nicht die gesamte Nahrungsgrundlage entziehen.

Fanny pulte inzwischen an ihren Fingernägeln und mahnte sich zur Geduld. Es half nichts: Nach weiteren 13 Minuten beendete sie die Litanei der von Waschbären besiedelten Plätze.

„Was haben Sie denn nun", unterbrach sie den Doktor schon derber, „in Bezug auf den Todesfall zu berichten?"

„Ich kam vom Thema ab. Verzeihen Sie", haspelte er. „Natürlich bin ich auch oft in der Niederung unterwegs. Wir haben dort mindestens fünf Waschbären, davon ein Pärchen, bei dem ich mir sicher bin, dass es im Frühjahr Junge hatte. Vermutlich weiß ich auch, wo. Es gibt da eine alte, aufgebrochene Kopfweide an der …"

„Sicher, Herr Doktor. Aber uns geht es nur um das **aktuelle** Geschehen."

Fannys Adrenalinpegel stieg jetzt. Ihr Puls zeigte parallele Tendenzen. Dieses Gewäsch hatte so viel mit dem Todesfall zu tun wie eine Wellblechhütte mit den ägyptischen Pyramiden. Sie war drauf und dran, Grollmeister weitere Referate über die Biologie jedweden Wildtiers zu verbieten. Er schien es zu ahnen, denn innerhalb der folgenden 5 Minuten landete er am Tümpel auf der Büffelweide.

„Waren Sie etwa gestern Nacht am Wasserloch?", unterbrach Fanny und sorgte sich um die Unversehrtheit des Tatorts. Hätte dort nicht eine Streife Wache schieben müssen?

„Nein, ging nicht", bedauerte der Anrufer. „Da ist eine Absperrung, Frau Reiners. Das müssten Sie als Polizistin doch am besten wissen."

Fanny war jetzt geladen, ihr Geduldskonto kippte ins Minus. Sie spürte den mächtigen Wunsch, eine Störung in der Leitung vorzutäuschen.

„Reichert", fauchte sie in den Telefonhörer. „Ich heiße Reichert. Nicht Reiners. Und im Moment machen Sie sich strafbar, sobald Sie am Wasserloch rumschnüffeln. In einer polizeilichen Absperrung hat kein Unbefugter was verloren. Haben Sie gehört? **Niemand** darf das Gelände betreten, bevor das Flatterband entfernt wird!"

„Da sind aber schon Leute auf der Weide rumgekrochen", bekam Grollmeister wieder Oberwasser. „Die habe ich heute Morgen deutlich gesehen."

„Das waren unsere Spurensicherer", bölkte Fanny ihn noch lauter an. „Die haben gestern nicht alles geschafft und sind noch mal draußen. Die kommen immer mit einem Bulli, verstehen Sie? Das waren meine Kollegen! Aus Nienburg!"

„Ach so", meinte der Anrufer verdutzt. „Und ich mache mir schon Gedanken, wer da mit Nienburger

Kennzeichen einfach so das Fahrverbot missachtet. Das ist verboten. Da fahren schon zu viele private Pkw rum. Vor allem, seit das Schalltor dicht ist. Dürfen die alle gar nicht. Ich habe erst letztens wieder einen angezeigt…"

„Aber *unsere* dürfen das", versetzte Fanny kriegerisch und kämpfte mit dem Drang, den Kabelstecker ruckartig aus der Buchse zu ziehen. „Das sind Spurensicherer der Polizei! Zum letzten Mal!"

„Und der um halb vier Uhr nachts, war das auch ein Spurensicherer?"

„Um halb vier? So früh morgens?" Fanny steckte ganz leicht zurück. „Keine Ahnung, ob die schon um halb vier anfangen. Ich möchte es aber bezweifeln. Was hatten die Leute um halb vier denn an? Weiße Overalls? Waren die mit einem Bulli da?"

„Zu Fuß. Und es war nur einer. Was Weißes trug der nicht, das hätte anders geleuchtet. Der war in Zivil."

„Und wie konnten Sie das sehen?"

„Ich besitze ein Nachtsichtgerät."

„Was tat die Person?"

„Stand am Graben und starrte auf die Weide. Die ganze Zeit. Es wirkte unheimlich."

„Und wo waren Sie selbst?"

„Ich saß ein wenig tiefer im benachbarten Unterholz. Vielleicht 80 Meter entfernt."

„Aha." Fanny rief sich das Gelände ins Gedächtnis. Unmittelbar neben der Absperrung verlief ein buschgesäumter Graben. Die Frage drängte sich auf, warum mindestens zwei Leute nahe dem Wasserloch herumschlichen, ohne die Aufmerksamkeit amtlicher Bewacher zu wecken.

„Stand denn kein Streifenwagen dort", bohrte sie nach, „der am Tatort aufgepasst hat?"

„Doch, doch. Aber es war ja dunkel. Und die Person ging auch gar nicht durch die Absperrung. Die guckte nur. Die Herren im Streifenwagen haben sich die ganze Zeit nicht gerührt. Ohne Nachtsichtgerät erkennt man nicht, ob jemand durch die Gegend schleicht.

Übrigens: Dieses kleine Wehr am Graben scheint defekt zu sein, wenn Sie mich fragen. Haben die beim Landkreis denn keine Handwerker, die die Anlage wieder in Betrieb setzen können? Ist doch schade drum. Das wurde alles aus unseren Steuergeldern bezahlt."

„Keine Ahnung. Fragen Sie selbst nach."

„Tue ich auch. Ich denke, ich werde mich mal beschweren in Stadthagen. So geht das nicht. Wissen Sie zufällig, wer dafür zuständig ist?"

Notgedrungen wurde Fanny wieder umgänglich. Eins zu null für Grollmeister. Anscheinend verbarg sich in seinem Sermon doch etwas Brauchbares. Ihr war klar, dass sie mit dem Gespräch von vorn beginnen musste. Wer interessierte sich nachts für einen frischen Tatort? Wichtig war jetzt eine detaillierte Beschreibung des neuen Unbekannten. Heldenhaft ertrug sie weitere 50 Minuten Telefonat.

Gegen 15 Uhr kehrte Weber aus Hannover zurück, im Arm eine Kuchenplatte von einer örtlichen Bäckerei. Die Angehörigen der toten Frau hatte er zuvor in der Fürst-Ernst-Straße abgeliefert. Auf dem Weg durch die Flure des Kommissariats hielt er an Kais Tür.

„Hier kommt die Torte", betonte er aufgeräumt und hob sein Päckchen mit lockender Geste. „Würden Sie freundlicherweise den Kaffee beisteuern, Herr Müller?"

„Kein Problem", stimmte der zu. Er war zutiefst dankbar für jede Pause von 96 Stunden Auetal. „Latte für Sie? Wie immer?"

Weber nickte freudig und verschwand. Der jüngste im Team arbeitete pfeifend die Bestellung ab. Fannys Spezialwunsch wusste er sowieso. Mit drei gefüllten Tassen tauchte er nach 10 Minuten in ihrer derzeitigen Zentrale auf und nahm an der Umverteilung aktueller Neuigkeiten teil.

Fanny berichtete von den Aussagen der Spurensicherer.

Das 90-minütige Telefonat mit dem Waschbärenbeauftragten fasste sie kurz zusammen. Den von ihm beschriebenen Unbekannten hatte sie *Wasserlochstarrer* getauft. Leider besaß die Zeugenaussage jene Qualität, die ein Nachtsichtgerät mit Vergrößerungsfaktor 1,5 befürchten ließ. Unergiebig wie der Melkversuch an einem männlichen Rindvieh. Wohin der Wasserlochstarrer kurz vor Einsetzen der Dämmerung geschlichen war, blieb offen. Grollmeister hatte ihn weder verfolgt noch die Polizeistreife alarmiert.

Weber machte sich Notizen, nippte an seinem Kaffee und schwieg. Als Fanny endete, ging Kai auf die Videobänder der Raststätte Auetal ein.

„Cordwitz saß günstig für uns", berichtete er, „eine der Kameras hat ihn gefilmt. Mit einigen Angestellten der Gaststätte habe ich auch schon geredet. Eine von ihnen konnte sich gut an ihn erinnern, eine Servicekraft. Er hat nachts wohl ein wenig Alleinunterhalter für sie gespielt. Zeitweise war ausgesprochen wenig los. Unsere besten Zeugen sind allerdings die Videobänder."

„Er hat also tatsächlich die ganze Nacht an einem Tisch in Auetal gesessen?", hinterfragte Fanny. „Musste er nicht auch mal für kleine Jungs in den 12 langen Stunden?"

„Ist das wichtig für unseren Mord? Meinst du, er hat in den 10 Minuten seine Frau nördlich von Bückeburg abgemurkst?"

„Blödsinn. Aber ich finde, wir sollten genau arbeiten."

„Ich sitze dran. Wie exakt ist dein ‚genau'?"

„Wir brauchen die gesamten 12 Stunden, Herr Müller", ordnete Weber an. „Mit minutengenauen Uhrzeiten für jeden Ort, an dem er sich aufhält. Egal, was diese Zeugin behauptet. Servicekräfte sind manchmal abgelenkt. Wenn Cordwitz schon perfekt in der Bildmitte eines Videos sitzt, dürfen wir diesen Fakt auch nutzen."

Kai übermittelte ein telepathisches Dankeschön an Fanny und den Chef.

„Gibt es noch weitere Zeugen?", setzte Weber nach.

„Bisher nicht." Kai bemühte sich, beiläufig zu klingen. „Allerdings konnte ich noch nicht alle Angestellten befragen. Hab' mir die restlichen Namen aufgeschrieben, die telefoniere ich so bald wie möglich ab."

„Genau. So bald wie möglich." Weber schien zufrieden. „Cordwitz' Alibi ist also in guten Händen. Damit hätten wir einen der üblichen Verdächtigen abgedeckt. Dann erzähle ich jetzt von Neddermeier-Laus Ergebnissen. Der Todeszeitpunkt bereitete Klaus einige Mühe. Mit leichtem Bauchgrummeln hat er sich auf 24 Uhr Samstag bis 2 Uhr Sonntag festgelegt. Plus minus einer halben Stunde Schwankungsbreite. Wir haben also das Spektrum zwischen 23 Uhr 30 bis 2 Uhr 30 zur Verfügung."

„Drei Stunden?", empörte sich Fanny. „Das ist mehr als üppig. Die Mercator hat doch nicht tagelang in der Lache gelegen, sondern nur eine Nacht."

„Klaus ist zu sehr Wissenschaftler, um unpräzise Aussagen zu machen. Wir müssen damit leben. Wenn wir herausbekämen, wann die Büffel aus der Weide ausgebrochen sind, hätten wir vermutlich eine weitere Zeiteingrenzung. Die Tiere werden nicht stundenlang gewartet haben, als erst mal ein Loch im Zaun war."

„Stimmt." Kai erinnerte sich an die Erzählungen der Bauern aus seinem Heimatdorf. „Die Löcher im Zaun findet jedes Rindvieh mit schlafwandlerischer Sicherheit. Und schwupp, sind sie plötzlich alle getürmt. Geht super schnell."

„Todesursächlich war stumpfe Gewalt in den Bauch", kam Weber auf den nächsten Punkt. „Die Portader ist dabei zerrissen. Diese Vene versorgt die Leber mit Blut. Eine sehr wichtige Versorgungsbahn im Bauch. Ihr Zerreißen führte innerhalb von wenigen Minuten zum innerlichen Verbluten. Kreislaufkollaps, Herzversagen, Exitus.

In der Wunde waren feine Fremdpartikel, die Klaus erst nicht zuordnen konnte. Deshalb fuhr unser Perfektionist Sonntagabend noch auf den Auenhof und entnahm eine Probe Wasserbüffelhorn. Fragen Sie mich nicht, wie und zu welcher Uhrzeit. Ich glaube, die Bauern dort sind im Moment nicht gut auf die Polizei zu sprechen. Kurz gesagt: Die stumpfe Gewalt stammt eindeutig von einem Büffelhorn."

„Also doch ein Unfall", schlussfolgerte Kai.

„Aber jetzt wird es interessant", ignorierte der Kommissar den Einwurf. „Zusätzlich wurde Frau Cordwitz - pardon - Frau Mercator mit einem Elektroschocker misshandelt. Klaus fand eine Stelle an ihrem Dekolleté, die sich nur solch einem Gerät zuordnen lässt."

„Also erst ein Elektroschock, dann wird sie in den Stacheldraht gedrückt", mutmaßte Fanny. „Haben wir doch versuchte Vergewaltigung. Aber was störte den Täter? Und wie kam das Opfer ins Wasserloch?"

„Der Pfahl kippte um, die Mercator riss sich los und flüchtete auf die Weide", bot Kai an. „Dort mischten sich dann die Wasserbüffel ein."

„Und der Triebtäter flüchtete, während die Frau mit ihrem Leben bezahlte", spann Fanny den Faden weiter. „Dann haben wir Körperverletzung. Mit Todesfolge, obwohl das juristisch gesehen Auslegungssache ist. Jedenfalls kein Kavaliersdelikt und wir sollten unbedingt weiterermitteln, bevor der Täter sich das nächste Opfer schnappt."

„Leider gibt es noch viel harmlosere Alternativen", schränkte der Nienburger ein. „Nämlich die Möglichkeit eines dummen Streichs, der gewaltig in die Hose ging. Mit Elektroschockern trieb man früher Schlachtvieh an, bis diese Geräte aus Tierschutzgründen verboten wurden."

„Moment mal. Verstehe ich Sie richtig?" Fanny blies ungläubig die Backen auf. „Sie meinen wirklich, zwei erwachsene Leute spazieren nachts elegant gekleidet in die Bückeburger Niederung, um dort Wasserbüffel zu ärgern? Mit einem alten Elektro-Viehtreiber? Wie abgefahren ist das denn? Sind wir im Kindergarten?"

„Und weshalb hat sich der Elektroschocker ins Dekolleté der Mercator verirrt", monierte auch Kai, „statt auf den Hintern eines Büffels zu treffen?"

„Mir gefällt da zu viel zu wenig", verweigerte Fanny den Vorschlag ihres Chefs. „1. Die Kleidung des Opfers passte nicht zu einem Dumme-Jungen-Streich. Gummistiefel wären das Mindeste. Ihr Kostüm war komplett ungeeignet, ebenso die Pumps. So leicht ruiniert keine Frau ihre Ausgehkleidung.

2. Die Spuren am Zaun belegen, dass Gianna Mercator rückwärts dort drinsteckte. Vier Lagen Stacheldraht, liebe Leute, das tat sicher verdammt weh. Freiwillig hing sie da wohl nicht."

„Aber vielleicht…", wurde Kai nachdenklich.

„Wie sieht es mit Alkohol aus?", wandte er sich an Weber.

„Ganz heiße Spur, Herr Müller", lobte der Nienburger. „Denken wir mal an unsere eigene Jugend. Aus einer Sektlaune heraus wird noch ganz anderer Blödsinn unternommen. Wenn der Promillewahn zuschlägt, spielt unpassende Kleidung meist überhaupt keine Rolle. Und Frau Mercator traf sich wahrscheinlich mit alten Freunden."

„War sie denn betrunken, als sie starb?"

„Nach Neddermeier-Lau hatte sie 1,1 Promille. Und ihre ominösen Freunde können wir leider nicht testen. Inzwischen werden die auch wieder nüchtern sein."

„Wir fragen in den Kneipen der Stadt rum", schlug Kai vor. „Mit einem Foto von ihr aus besseren Tagen. Sie war eine Frau, die auffiel."

„Ja. Eine Möglichkeit", räumte Weber ein. „Aber es kann sein, dass die alten Schulfreunde sich den Suff privat geholt haben. Es gibt nämlich eine weitere Spur, die vermutlich nicht in einer Gaststätte entstand. Die Frau hatte wenige Stunden vor ihrem Tod Geschlechtsverkehr. Klaus versucht sich gerade im Heranzüchten eines Gencodes. Er schimpft wie ein Austernfischer auf den Schlammteich, der ihm die schöne Spur verwässert hat."

„Auch Spuren von Gewalt beim Sex?", fragte Fanny gespannt.

„Nein. Allem Anschein nach geschah es einvernehmlich."

„Mit ihrem Mann?", wollte sie weiter wissen.

„Wir fragen ihn ganz diskret. Aber er ist wahrscheinlich aus der Nummer raus. Er hatte eigentlich gar keine Zeit dafür, wenn er Samstag erst auf der Messe und ab 21 Uhr im Auetal saß. Meiner Meinung nach ließ unser Opfer sich mit jemandem ein, den wir noch nicht kennen. Sie tranken was, feierten ein bisschen und nachts kam es dann zu dem verhängnisvollen Geschehen."

„Hammer", machte Kai nur und verstummte gleich wieder. Womöglich hatten sie hier schlicht einen tragischen Unfall. Einen von der Sorte, den man höchstens noch in der Landwirtschaft erwartete: Alkohol, ein falsch gehandhabter Viehtreiber und Unvorsicht mit wehrhaften Tieren. Kein Mord, kein Totschlag, nicht mal richtige Körperverletzung.

„Sollen wir die Ermittlung einstellen?", fragte der Jüngste im Team spontan. Nicht, dass er sich vor den 96 Stunden Auetal drücken wollte. Parallel zu Fanny starrte er ein Fragezeichen in Webers blütenweißes Hemd. Der Kommissar rührte sich nicht, vermied auch den Blickkontakt.

„Nein", entschied er dann. „Die Unfalltheorie ist so gut oder schlecht wie jede andere, da unsere Datengrundlage noch zu dünn ist. Hinzu kommt eine Sache, die mir seit heute Morgen nicht mehr aus dem Kopf geht: die Reaktion von Frau Mercators Vater. Er war beim Termin in der MHH anwesend. Ich hätte ihn gern zu Hause gelassen, aber ihn trieb ein persönliches Interesse."

„Klar", kommentierte Kai sofort. „Das Opfer ist seine Tochter."

„Richtig." Weber hielt einen Moment inne. „Aber wie reagieren Eltern, deren Kind gewaltsam stirbt? Was tut ein Vater?"

„Entsetzen und Rachsucht", erläuterte Fanny. „Selbstvorwürfe. Manchmal Rückzug in die Isolation. Tränen und bevorzugt bei Müttern gern ein Nervenzusammenbruch. Suchen Sie sich eins aus."

„Was ist, wenn der Vater den Eindruck erweckt, mit solch einem Ende gerechnet zu haben?"

„Wie drückte er das aus?"

„Er sah ins Gesicht seiner Tochter und sagte dann: *Das musste ja so kommen.* Mehrmals hintereinander. Cordwitz wurde die Sache langsam peinlich, er versuchte, ihn abzulenken."

„Haben Sie nachgefasst, Chef?"

„Es blieb bei dem erfolgslosen Versuch. Der alte Herr beharrte nur darauf, dass alles so hätte kommen müssen, und Cordwitz betonte, er wüsste nicht, was damit gemeint sei."

„Glauben Sie Cordwitz?"

„Weiß ich noch nicht. Aber wir werden an dieser Sache dranbleiben. Mercator senior muss uns mehr dazu sagen. Dem ging irgendwas im Kopf rum und genau das möchte ich wissen."

„Es sagt allerdings nichts darüber, ob er die Sache für Mord oder Unfall hält", wandte Kai zweifelnd ein.

„Aber er weiß Dinge von seiner Tochter, die ihr plötzliches Ableben nicht überraschend machen", interpretierte Fanny. „Und so etwas wirkt auf jeden Fall verdächtig. Es kann sogar wesentlich für diesen Fall sein. Jedes Geheimnis, das wir aufdecken, hilft uns weiter."

Ihr hatte die Unfalltheorie von Anfang an nicht geschmeckt.

„Den Unbekannten von der *Landpartie* gibt es auch noch", ergänzte Kai. „Und weiß du, was mir dabei einfällt? Ich habe vorhin die Fotos vom Leichenfundort angeschaut. Im Schlamm am Wasserloch scheint mir doch noch eine Fußspur zu sein. Aber dort ist am Sonntag kein Abdruck genommen worden. Ich will gleich noch mal hin und das überprüfen."

„Und danach verfolgen Sie bitte ihre Kameraauswertung weiter", machte Weber zur Auflage. „Außerdem können Sie den Kollegen draußen gleich berichten, dass heute früh zwei Fremde um die Absperrung geschlichen sind. Ich verlange, dass man mit mehr Aufmerksamkeit bei der Sache ist. So schwer kann das doch nicht sein. Übermitteln Sie es den Diensthabenden."

„Mach ich", antwortete Kai, zog die Jacke über und verschwand. Eine Wolke von Eifer umhüllte ihn. Fanny und Weber sahen sich erstaunt an: So viel Elan, obwohl der Jüngste im Team erfahrungsgemäß um diese Uhrzeit eher Gedanken an den Feierabend verschwendete?

„Er wird noch mal richtig gut", lobte der Kommissar gönnerhaft.

Was er nicht wusste: Kai hatte sich mit seiner Freundin verabredet. Sie jobbte derzeit auf dem Auenhof. Dieser altehrwürdige Betrieb, dessen Ursprung um das Jahr 1562 lag, war aktuell ein moderner Biohof mit Obst und Gemüse, Ackerbau und Viehzucht. Im Sommer brauchte man hier immer Hilfskräfte. Amalia Spitzer, Kais Flamme, war Schülerin an der hiesigen Blindowschule, kämpfte aber gleichzeitig mit einem finanziellen Engpass. Deshalb versuchte sie, Ausbildung und Job parallel zu schultern. Ganz nebenbei verschaffte ihr der Auenhof gute Freunde, die mit beiden Beinen im Leben standen. Hilfreich, denn auf Amalia wartete ein Gerichtsverfahren.

Gestern, nach Kais später Rückkehr, hatten die beiden bemerkt, wie dicht ihre derzeitigen Arbeitsplätze beieinanderlagen. Sie beschlossen, den Umstand zu nutzen. Heute Abend war ihr erster Versuch. Der Ermittler fuhr bis zur Bückeburger Kläranlage und ging von dort zu Fuß weiter. Amalia wartete am Rand des kleinen Waldes, der den Auenhof wie einen Mantel einhüllte. Ihre zierliche Gestalt fiel zwischen den Bäumen kaum auf. Erst, als Kai auf 15 Meter heran war, erkannte er sie.

„Hey, Ama", rief er ihr zu. „Bist du ein Waldwesen, das sich unsichtbar macht?"

„Ich übe täglich", lachte sie zurück und drückte ihm einen Kuss ins Gesicht. „Grüß dich. Was tun wir mit unserer freien Stunde?"

„In die Stadt können wir nicht, falls einer von meinem Verein da rumstreift. Wie ist dein Hunger?"

„Ich hatte Brote dabei. Kein Problem. Und bei dir?"

„Alles okay. Weber hat vorhin Plattenkuchen ausgegeben, um uns bei Laune zu halten."

„Hätte ich ihm gar nicht zugetraut. Den plagen doch sonst keine Hemmungen, euch bis nach Mitternacht im Büro festzuhalten."

„Eben. Jemand hat ihm wohl gesteckt, dass er dafür manchmal guten Wind machen sollte."

„Dann ist er doch noch lernfähig. Also, was machen wir?"

„Nach Rusbend fahren?"

„Nee. Zu Hause fällt mir im Moment gern mal die Decke auf den Kopf, wenn du nachher wieder weg musst."

„Machst du dir immer noch Sorgen wegen des Verfahrens?"

„Ja. Lässt sich kaum vermeiden, wenn ich an das Schlammassel denke."

Das „Schlamassel" war die Folge einer dreisten Falschaussage, die Kais Freundin sich mitten in einer Mordermittlung geleistet hatte. Seitdem hing auch der Haussegen bei Familie Spitzer schief, was zu Amas finanziellen Problemen geführt hatte.

„Lass uns ein Stück wandern", lenkte Kai ab. „Ich kenne einen Weg, der versteckt hinter Büschen liegt, so dass niemand uns sieht. Von dort aus kann ich nachher noch mal zum Tatort rüber, das geht aber schnell."

„Meinst du den Weg, der an den zwei Kastanien lang führt?"

„Nein, ein Parallelweg. Mit einem grünen, stacheligen Sichtschutzwall", lachte er. „Und dort können wir tun und lassen, was wir wollen."

Bei der Aussicht vergaß er sogar das Frustpotenzial der Überwachungsvideos aus Auetal.

„Kai, wir haben bloß eine Stunde und du willst zwischendurch eben noch zur Büffelweide?" Ama stemmte ihre Arme in die Hüften und bemühte sich, empört zu wirken. Es ähnelte dem Wutausbruch eines Kuscheltiers. Er hatte sie zum Fressen gern, wenn sie so aussah.

„Du denkst bestimmt grade was Falsches", wiegelte er gut gelaunt ab. Arm in Arm gingen die beiden los. Obwohl bis zur Dämmerung noch drei Stunden fehlten, duftete die Erde bereits jetzt nach abendlicher Fülle. Geschwätzig unterhielten sich fliegende Wildgänse. Ihr Geschnatter verlor sich wie das Geräusch einer entfernten Wandergruppe. Der heisere Schrei eines Reihers zerschnitt die Luft. Aus großer Entfernung fort hörte man das leise Tuckern eines Treckers. Kai und Ama sprachen von den heutigen Erlebnissen. Allerdings umging er den aktuellen Todesfall, es war Tabuthema zwischen ihnen. Selbst in der Zeitung würde sich nur eine fragmentarische Notiz finden. Die Polizei hatte gegenüber der Presse um Zurückhaltung gebeten.

„Weißt du", erzählte Ama, „dass der Auenhof eigentlich ein Tierasyl ist?"

„Ich dachte, dafür gibt es Tierheime?"

„Und den Auenhof. Beim Möhrenputzen haben die anderen mir erzählt, was alles in den letzten 20 Jahren auf dem Hof gestrandet ist: Ziegen, Schafe, Kaninchen, Katzen, Enten, ein Hund, ein Esel und ein Pferd."

„Auch ein Elefant?"

„Würde man aufgrund der Größe wohl bei der Polizei abgeben", lachte sie.

„Und die ist nicht zuständig. So was Großes passt nicht durch unsere Eingangstür."

„Kennst du Reinhilde?", fragte sie. „Reinhilde redet permanent. Ihr Schnabel steht nie still. Sie könnte längst draußen sein, in der großen Freiheit. Ihre Flügel sind unkupiert, ihre Artgenossen leben überall auf den Bächen und Seen. Aber Reinhilde versucht lieber, den großen Flugentenmann zu becircen. Dabei ist sie so klein, dass er sie aus Versehen zur Briefmarke verarbeiten kann. Sie ist eine Stockente."

„Das nennt man dann wohl Geschmacksverirrung."

„Fehlprägung."

„Wie kam Reinhilde auf den Hof?"

„Als Ei. Aus einem zerstörten Gelege. Ohne die Brutmaschine wäre sie erfroren."

Ama rückte bei der Vorstellung des Erfrierens ganz dicht heran, Kai genoss es. Schweigend gingen sie durch die milde Luft und lauschten den Geräuschen der träumenden Landschaft. Eine blaue Stunde ohne jede Tageshektik. In 150 Metern Entfernung zeichneten sich rechts die mächtigen Kronen der zwei Kastanien ab.

Der Weg mit dem stacheligen Sichtschutzwall wurde von einer Brücke unterbrochen. Daneben säumten große, alte Pappeln den Weg. Ama lehnte sich gegen einen Baum und sah Kai an.

„Ich bin müde, war ein langer Tag" entschuldigte sie sich. „Wie weit wollen wir gehen?"

„Bis zur Aue? Und auf dem Rückweg sprinte ich rasch zu den Kollegen rüber."

„Es ist schön hier."

Sie rührte sich nicht, genoss nur den Abend. Sorgfältig platzierte er seine Hände neben ihrem Gesicht. Die raue Borke knarzte unter seinen Fingern.

„Da oben sitzt eine Eule und sieht uns zu", bemerkte sie und wies in die Baumkrone. Kai hatte keine Lust, sich von einem gefiederten Nachttier ablenken zu lassen.

„Solange die uns nicht verpetzt...", antwortete er, näherte sich ihren Lippen und küsste sie lange. So in etwa hatte er sich dieses Treffen vorgestellt.

„Hoffentlich ist das keine Posteule, die deinen Kollegen Bescheid gibt", flachste Ama. „Wie bei Harry Potter."

„Ich sehe hier gerade einen viel schöneren Vogel", blieb Kai auf dem Boden.

„Auf dem Auenhof", wurde sie plötzlich unromantisch, „erzählt man, dass selbst abends immer Leute in der Niederung unterwegs sind."

„Wirklich?" Wie ertappt richtete er sich auf und schaute umher. Niemand zu sehen. Aber er musste an Grollmeisters Wasserlochstarrer denken. Der war auch niemandem aufgefallen.

„Einer sitzt immer in den Büschen", blieb Ama vorsichtig. „Wahlweise Jäger, Naturfreaks oder die vom Militär. Meistens haben sie auch noch Ferngläser."

„Au. Dann stehen wir ja hier richtig auf dem Präsentierteller".

„Gehen wir lieber noch das Stück bis zum Fluss."

Sie stießen sich gleichzeitig von der Pappel ab und schlenderten weiter. Rechter Hand kam ein Acker mit einem von Unkraut überwucherten Erdhügel in Sicht. Wohl vier Meter hoch war der Miniberg und ein dunkler, menschlicher Umriss ruhte darauf. Er war direkt auf der Hügelkuppe abgelegt. Ama sah es im selben Moment wie Kai. Abrupt blieben beide stehen.

„Was ist das?“, flüsterte sie angespannt. „Noch ein Toter?“

„Der hält den Kopf aber ziemlich hoch“, gab er leise Entwarnung. „Der ist definitiv am Leben.“

„Ich glaube, er beobachtet was“, stimmte sie zu. „Haben die Auenhofler doch recht. Es steckt immer irgendwo einer in den Büschen.“

„Ich frag ihn“, entschied Kai und wurde wachsam. „Hammer, wieso glotzt der Kerl eigentlich auf unseren abgesperrten Tatort?“

„Ich komme mit“, wurde Amalia laut, ihre Stimme klang jetzt besorgt.

„Du bleibst schön hier“, schob er sie energisch zurück. Die Worte schreckten den Umriss auf. Eine Sekunde lang wurde er völlig starr, dann warf er einen hektischen Blick nach hinten. Plötzlich sprang er auf und rannte los, als sei der Teufel persönlich hinter ihm her. Quer über den Acker in Richtung einer Hecke.

„Halt! Moment mal!“

Kai schrie auf und spurtete los. Ganz schön lebendig, der vermeidliche Tote. Ein Fernglas trug er auch, man konnte es jetzt deutlich erkennen. Hatte der Bursche tatsächlich den Leichenfundort ausgekundschaftet? Luftlinie waren es bis drüben 120 Meter, ohne Sichthindernisse dazwischen.

Der Flüchtige kannte das Gelände bestens. Wie ein Wiesel überquerte er den Acker, sprang über zwei Gräben, durchbrach eine Hecke genau dort, wo sie löchrig war. Sein Verfolger hatte Mühe, hinterherzukommen. Ein echter Hindernislauf. Tiefer, weicher

Boden, halbhohes Getreide, wassergefüllte Gräben und in der Hecke verfilztes Dornengestrüpp. Kai suchte das Loch, das der Fremde benutzt hatte. Rasch fand er es, schlüpfte hindurch und sah, dass seine Chancen noch gut standen: kein verstecktes Auto.

Jetzt liefen beide auf festem Untergrund. Kai konnte alles aus sich herausholen. Und er tat es. „Deine Waffe", motzte sein Polizeiverstand in ihm. „Zieh endlich deine Waffe."

Er ignorierte es, um das Tempo halten zu können. Mit Erfolg: Der Abstand verringerte sich ständig. Sie umrundeten zwei lang gezogene Kurven und näherten sich der Aue, die hier tief ins Gelände einschnitt. Der keuchende Atem des Fremden flog herüber, er pfiff auf dem letzten Loch. Unmittelbar bevor sie auf eine Betonstraße stießen, war Kai auf 20 Meter heran.

„Stehen bleiben, Polizei!", brüllte er, so laut es noch ging. Der Ruf zeigte prompte Wirkung: Fast abrupt blieb der andere stehen. Er hielt sich die Seite und schnappte verzweifelt nach Luft. Ein schwarzhaariger Mann in mittleren Jahren, olivgrüne Jack-Wolfskin-Kleidung, deren Taschen sehr vollgestopft aussahen. Kai bremste ebenfalls und zog die Pistole. Ihm fiel auf, wie erleichtert der Flüchtige plötzlich wirkte. Und nicht sehr mörderhaft mit einer Nickelbrille im glattrasierten Gesicht.

„Sie - sind - wirklich - von - der - Polizei?", wollte er japsend wissen und stützte sich mit den Armen erschöpft auf seinen Oberschenkeln ab.

„Ja", bellte Kai kurz heraus und bemühte sich, nicht genauso abgekämpft zu wirken. „Was sollte das hier gerade?"

„Gott sei Dank. Haben Sie auch einen Ausweis, bitte sehr?"

Kai widerstand der Versuchung, den Jack Wolfskin am Kragen durchzuschütteln. Stattdessen nestelte er in der Jackentasche. Mit dem legitimierenden Plastikkärtchen kehrte die Zivilisation zurück. Der Fremde entschuldigte sich, Hals über Kopf geflohen zu sein. Er nannte seinen Namen, Berend Klausnizer.

„Was machen Sie hier?", fragte Kai barsch und verstaute die Waffe wieder im Holster. Sein Adrenalinpegel war noch reichlich hoch.

„Ich überprüfe sämtliche Blänken der Niederung auf ihre Amphibienpopulation", erklärte Klausnizer, jetzt mit Würde in der Stimme. „Mehrmals im Monat."

Nur beim Tümpel auf der Büffelwiese wüsste er nicht, wie er derzeit herankommen könne. Ob man ihm wohl den Zutritt erlauben würde? Seine Zählung weise sonst eine erhebliche Fehlstelle auf.

„*Was* überprüfen Sie?", bestand Kai auf mehr Transparenz.

„Den Bestand an Fröschen, Kröten und gegebenenfalls Molchen."

„Da ist eine Absperrung ums Wasserloch", polterte der Ermittler. „Das bedeutet: Niemand hat etwas hinter dem rot-weißen Band zu suchen. Es kann sein, dass wir immer noch neue Spuren finden. Es gab dort einen Leichenfund."

Habe man ihm schon erzählt, gab der Jack Wolfskin zu.

„Aber", wurde er erneut wissenschaftlich, „wir erhoffen uns durch die Blänken eine Protegierung der Amphibien. Jetzt, da die Paarhufer gerade weggesperrt sind, ergibt sich die einmalige Gelegenheit, eine wirklich gründliche Zählung durchzuführen. Ich hoffe, dass dieses temporäre Gewässer inzwischen einen stabilen Bestand an Hyla arborea aufweist. Zu vermuten wäre natürlich auch Rana temporaria. Bufo bufo wie immer als Begleiter. Und das trotz der mikrobiologischen Belastung durch die Büffelkotdestruenten, Herr Müller."

Kai fühlte sich veräppelt. Was hatte der Mann gerade erzählt? Oder wollte der ihn bloß austricksen? Vielleicht sollte man ihn seine Hieroglyphen noch mal schön langsam auf dem Kommissariat darstellen lassen. Am besten unter Beteiligung eines beschlagenen Übersetzers von der Uni Hannover.

Andererseits: Klausnizer wirkte ehrlich und eifrig. Wahrscheinlich redete er jeden Tag so. Dann erinnerte der Ermittler sich an Grollmeisters Aussage: der Wasserlochstarrer.

„Wollten Sie heute früh auch schon an den Tümpel?", forschte Kai streng. Es wäre ein perfekter Abschluss für den Montag, gleich das erste Mysterium aufzuklären.

„Was meinen Sie mit *heute früh?*", erkundigte sich Klausnizer.

„Gegen halb vier."

„Morgens? Lieber Gott. Um die Zeit lag ich im Bett. Ich werde doch in der Dunkelheit keine Amphibien erfassen. Das sind wechselwarme Organismen. Da macht es wesentlich mehr Sinn, sich die Abendgesänge der maskulinen Hyla arborea anzuhören. Man kann diese Art sehr exakt akustisch kartieren."

„Also was genau", beharrte Kai entnervt, „wollen Sie denn jetzt an einem polizeilich abgesperrten Tatort machen?"

„Frösche suchen", informierte Klausnizer kurz und prägnant. Für einige Millisekunden ging ihm auf, dass er nicht vor Biologiestudenten referierte.

„Wie geht das?"

„Ich muss einige Zeit am Tümpel zubringen und notieren, was sich tut", informierte der Fachmann. „Erst inspiziere ich die Uferregion, dann das tiefere Wasser. Unter uns gesagt und ganz im Vertrauen, Herr Müller, halte ich die Theorie, hier noch andere Spezies als Hyla arborea und Rana temporaria zu finden, für sehr abwegig. Ich suche nur auf Drängen eines Freundes. Das Habitat ist suboptimal. Man könnte höchstens auf Zuwanderungsbewegungen in allerdings marginaler Dimension hoffen."

„Sie wollen in den Matsch am Rand des Tümpels?", interpretierte Kai das Fachkauderwelsch. „Ist Ihnen klar, dass Sie dabei die schwierige Spurenlage zerstören? So was wäre Vernichtung von Beweismitteln. Außerdem ist kein Wasser mehr im Teich. Das mussten wir gestern schon abpumpen."

„Großer Gott!" Der Jack Wolfskin zuckte empfindlich zusammen. „Alles trockengelegt?"

„Es geht hier um einen Todesfall. Eine Frau ist gestorben. Das dürfte wohl ein wenig wichtiger sein als drei Frösche."

„Die übliche Leier", klagte Klausnizer frustriert. „Der Mensch geht vor, natürlich, natürlich. *Immer* geht er vor. Seit *Hunderten* von Jahren."

Kai schwieg irritiert und wusste nicht, wie ernst er den anderen eigentlich nehmen durfte.

„Kann ich das abgepumpte Wasser untersuchen?", schob der Fachmann mit blitzenden Augen nach. Aufkeimende Hoffnung spiegelte sich darin.

„Da haben unsere Spurensicherer schon alles rausgefiltert."

„Wie ärgerlich! Und wohin haben Sie die Reste entsorgt? Könnte ich eventuell…?"

„Das geht jetzt wirklich zu weit!"

„Ich dachte ja nur..."

„Warum liefen Sie eigentlich vor mir weg?", erinnerte Kai an die wilde Verfolgungsjagd.

„Woher soll ich denn wissen", rechtfertigte sich der Biologe, „dass Sie Polizist sind? Ohne Uniform und so. Hätten Sie bloß gleich was gesagt. Diese Rennerei in meinem Alter ist nicht schön. Ich stand kurz vor einem Herzversagen. Der Schreck fährt einem ja dermaßen in die Glieder..."

Er wirkte plötzlich zickig und schnippte einen Zweig von seinem Hosenbein, den er beim Durchqueren des Gestrüpps aufgegabelt hatte.

„Rennen Sie vor allen Leuten weg, die überraschend auftauchen, Herr Klausnizer?"

„Normalerweise nur vor aggressiven Paarhufern, speziell Wasserbüffel und Limousinbullen. Nein, ich denke, das vorhin war ein Reflex. Wahrscheinlich hatte ich Angst vor einem Mörder. Wer kehrt bekanntermaßen immer an den Ort seiner Untat zurück? Der Mörder."

Diesmal musste Kai bis über beide Ohren grinsen. Wie einfach wäre Ermittlungsarbeit, wenn jeder Mörder obligat an den Tatort zurückkehren würde? Möglichst mit Adressaufkleber am Jackenaufschlag.

„Lassen Sie uns zurückgehen", schlug er vor und wandte sich um. Hoffentlich machte Ama sich nicht allzu viele Sorgen. Hinüber zum Wasserloch musste er auch noch und den Kollegen Bescheid geben. Wo blieb nur die Zeit?

„Mein Mitsubishi steht jenseits der Auebrücke", verweigerte Klausnizer den Gang.

„Dann muss ich Ihre Personalien jetzt sofort aufnehmen. Ihren Ausweis bitte", forderte Kai misstrauisch. Der Wissenschaftler klopfte umständlich seine

Blasebalgtaschen ab, bis er die richtige fand. Daraus zog er seine Autopapiere samt Führerschein hervor.

„Reicht das auch?", fragte er nervös. „Den Perso habe ich wohl im Wagen gelassen."

„Aber die Autopapiere schleppen Sie mit?"

„Die waren aus Versehen in der Tasche. Ich verliere manchmal den Überblick."

Es reichte Kai, da sich ein Lichtbild des Mannes in seinem Uraltführerschein fand. Er glich das Foto mit dem Gesicht des Originals ab, notierte Namen, Adresse, ließ sich die Telefonnummer geben und betonte, dass er seine Kollegen informieren müsse. Danach entließ er den Froschexperten.

„Vorläufig", schob er nach.

„Gibt das eine Anzeige?", wollte der andere befangen wissen.

„Mal sehen. Haben Sie einen guten Abend, Herr Klausnizer."

Seiner hatte sich ja jetzt erledigt, soviel war klar. Es blieb kaum noch Zeit für Zweisamkeit mit seiner Freundin.

Später am Abend kehrte Kai auf das Kommissariat zurück. Er hatte eine Weile gebraucht, Ama zu beruhigen und die Wacheschieber vom Streifendienst darauf einzueichen, heute Nacht wirklich das zu tun, weshalb sie in der Walachei herumstanden.

Fanny und Weber saßen beide noch im Büro. Sie wirkten allerdings so, als ob sie demnächst Schluss machen wollten. Natürlich sorgte Kais jüngstes Erlebnis dafür, dass genau dies nicht passierte. Alle Teammitglieder bekamen schon am zweiten Ermittlungstag den Eindruck, es würden zu viele unbekannte Größen mitpokern im Spiel um Unfall oder Mord. Dieser Fall drohte Dimensionen anzunehmen, die in keinem Verhältnis zu seinem möglichen, banalen Ende standen. Völlig Unbeteiligte legten Blindspuren. Wie leicht dürfte es dazwischen einem Mörder fallen, ihnen eine lange Nase zu drehen, sofern doch ein Verbrechen vorlag?

„Steckt denn hier hinter jedem Busch ein Mensch?", ereiferte sich der Nienburger ärgerlich. „Man sollte doch meinen, der Tatort wäre weit genug vom Schuss, damit Neugierige fernbleiben."

„Weit vom Schuss?" Fanny schnaubte geringschätzig. „Entschuldigung, aber weit vom Schuss liegen Örtlichkeiten im Nienburgischen, Chef. Hier im Landkreis hocken die Leute dichter aufeinander. So ein Schätzchen wie die Bückeburger Niederung hat für Hunderte eine Funktion: Die einen wollen sich erholen, die anderen Sport treiben, die dritten Wild beobachten und hin und wieder eine Jagd abhalten. Dann noch die Hundehalter in allen Variationen. Ein paar Angler als Zugabe. Und last but not least gefühlte Heerscharen von Naturschützern, die sich seit Jahren nicht einigen können, wer jetzt die blaue Blume der Weisheit in den Händen hält. Mal wollen sie Vögel, mal Frösche, mal seltene Pflanzen unterstützen. Schon mal was vom Wachtelkönig gehört? Nein? Dann lesen Sie mal die hiesige Zeitung.

Hin und wieder läuft noch ein Leaderprojekt, zur Dokumentation kommen dann Leute aus Brüssel, die das hier alles toll und entwicklungsfähig finden..."

„Keine weiteren Beleidigungen bitte, Frau Reichert", stoppte ihr Chef den Sermon. „Weder gegen die Weite des Nienburger Lands noch gegen harmlose Menschen, die nahe unseres Tatorts nur ganz unschuldig ihrem Vergnügen oder ihrer Arbeit nachgehen."

„Es gibt sogar noch zwei Gruppen, die man nicht vergessen darf", führte Kai die Liste fort. „1. die Landwirte. Der Auenhof und die anderen, die ihr Vieh dort hineintreiben. Und 2. das Militär. Das benutzt die Niederung gern für Konditionstraining. Sowohl tagsüber als auch nachts."

„Wie schön", reagierte Weber sarkastisch. „Fällt noch jemandem eine Interessengruppe ein? Sollen wir morgen hier im Haus eine Tombola veranstalten, in der jeder mit weiteren Ideen einen Preis erhält?"

„Wir können erst mal diesem Froschzähler auf den Zahn fühlen", wechselte Fanny ins Konkrete. „Vielleicht hat er Kai einen Bären aufgebunden."

„Langsam, langsam", befand ihr Chef. „Sie werden morgen Klausnizers Angaben überprüfen, Frau Reichert. Er ist Wissenschaftler, wenden Sie sich auch an die Uni, um seine fachliche Qualifikation zu überprüfen. Wir behalten ihn im Hinterkopf, aber meines

Erachtens ist er eine der vielen Blindspuren. So wie der komische Wasserlochstarrer von Grollmeister.

Mir scheint die Sache mit Mercator senior wichtiger."

„Ich glaube nicht, dass man den alten Herrn heute Abend noch dazu befragen kann."

„Richtig", stimmte der Nienburger zu. „Heute ist es zu spät. Aber morgen. Und morgen, Herr Müller, möchte ich auch die Aufzeichnungen, die Cordwitz' Aufenthalt in Auetal belegen, vollständig ausgewertet wissen. Mit exakten Angaben, wo er um welche Uhrzeit war. Bei acht Überwachungskameras dürfte das machbar sein."

Kai nickte schweigend und hoffte, dass Weber damit für heute sein Pulver verschossen hatte. Es war inzwischen halb elf. Ama lag wahrscheinlich schon im tiefen Schlummer, sie gehörte zur Spezies der Frühaufsteher. Er würde nichts mehr von ihr haben.

„Ich überlege", riss Weber ein neues Thema auf, „am Tatort eine Überwachungskamera zu installieren und die Streife abzuziehen. Eine scheinbare Freigabe also. Die Spurenlage ist abgearbeitet. Mithilfe eines Ortskundigen wie Dr. Grollmeister wäre es möglich, weitere Personen zu identifizieren, die durch zu viel Neugierde auffallen. Vielleicht tauchen die alten Schulfreunde von Frau Mercator auf. Mit einem empfindlichen Mikro kommen wir an die Gespräche dieser Leute heran. Gerade, weil sie sich unbeobachtet fühlen."

„Dafür müssten wir aber ganz sicher sein, keine weiteren Spuren mehr zu finden", wandte Fanny ein. „Und wir sollten die Bauern bitten, den Behelfszaun stehen zu lassen."

„Das gibt ein Freudenfest", ergänzte Kai trocken. „Weil kurz nach Tatortfreigabe mindestens fünf

Frosch-, Vogel- oder Waschbärenzähler im Morast kreisen werden. Wahrscheinlich kursiert in der Szene schon eine Anmeldungsliste für das Schlammloch."

Am Dienstagmorgen meldete Weber sich zu einem Besuch bei Mercator senior an. Der Sohn des Rentners ging ans Telefon und versprach, den Vater zu informieren. Er selbst müsse zur Arbeit. Wenn es dringend sei, würde er aber freinehmen, um zu helfen...

„Wir kommen sicher noch auf Sie zurück", versprach der Kommissar. „Doch zunächst haben wir Fragen an Ihren Vater."

Gegen 10 Uhr brach der Nienburger mit Fanny auf in die Fürst-Ernst-Straße. Cordwitz öffnete die Tür und führte sie zum Senior. Der alte Herr war höher gewachsen als sein Schwiegersohn und ähnlich schlank. Er hielt sich kerzengrade. Dunkle Wollhose, dunkler Pullover, in dessen V-Ausschnitt ein weißer Hemdkragen den Gesamteindruck aufhellte. Dazu ein schmaler, goldbrauner Schal. Gepflegte Distanz umschwebte ihn, während sein Rasierwasser die Raumluft erfüllte. Schlohweiße, sorgfältig gestutzte Haare, das markante Gesicht mit wachen Augen. Ein Mann, der Abstand bewahren wollte.

Wenn man Fanny gebeten hätte, einen leicht verschrobenen, englischen Lord zu beschreiben, wäre ihr sofort dieser Rentner eingefallen. Eigentlich fehlte nur noch das karierte Wollsakko mit kreisrunden Lederflicken am Ellbogen. Der Raum, in dem er seine Besucher erwartete, passte dazu: alles penibel aufgeräumt, dunkle Möbel, distanzierte Behaglichkeit. Ein offener Kamin mit prasselndem Feuer fehlte, hätte aber problemlos dazwischengepasst.

„Benötigen Sie meine Anwesenheit?", bot Cordwitz an. Weber lehnte ab, worauf der Ingenieur betonte, dass man in seiner Firma zunehmend auf ihn warte.

„Brauchen Sie mich eigentlich noch in Bückeburg?", wollte er wissen.

„Wir prüfen gerade Ihr Alibi", verweigerte Weber eine klare Antwort. „Reine Routine. Es dürfte nicht mehr lange dauern."

„Haben Sie schon eine Spur?" Cordwitz machte ein neugieriges Gesicht. „Wie sieht es mit den alten Freunden aus, die Gianna Samstag traf?"

„Sind diese Leute Ihrer Meinung nach relevant?", blieb der Kommissar nebulös.

„Nun, sie dürften nachts mit meiner Frau zusammengewesen sein. Es reicht ja schon, wenn einer von ihnen..."

Der Ingenieur verstummte kurz und schüttelte den Kopf.

„Sie konnte so blauäugig sein", setzte er hinzu. „Und zu ehrgeizig. Das brachte ihr Beruf so mit sich. Aber sie ist sehr behütet aufgewachsen. Deshalb fehlte ihr manchmal einfach der Sinn für die Gefahr."

„Wir sollten uns darüber mal unterhalten", zeigte Weber Interesse. „Passt Ihnen morgen gegen 10 Uhr auf dem Kommissariat? Bis dahin weiß ich auch, ob Sie noch in Bückeburg gebraucht werden."

Cordwitz nickte und verließ den Raum. Sofort begann Weber das Gespräch mit Mercator senior. Er benutzte altmodische Ausdrücke und praktizierte sein formelles Beileid geradezu rituell. Dieses steife Verhalten schien den Rentner anzusprechen. Seine Reserviertheit wich, wie von selbst begann er nach einer Weile, über Giannas Kindheit zu reden. Sie war die lebhafteste und frechste unter drei Geschwistern gewesen. Der fünf Jahre ältere Laurenz trug den Part des ernsten Erstgeborenen, die deutlich jüngere Annika war das brave Nesthäkchen. Nur Gianna hatte den Kampf um väterliche Aufmerksamkeit vorwiegend mit kleinen Vergehen geführt.

Fanny nahm die Personalien der Schwester auf. Sie lebte in Stadthagen. Weitere nahe Verwandte gab es nicht.

„Keine Onkels oder Tanten?“, fragte die Ermittlerin überrascht. „Auch nicht von der mütterlichen Seite?“

„Wir reden seit 30 Jahren nicht mehr miteinander“, antwortete der alte Mercator schroff. Fest presste er die Kiefer aufeinander, machte ein beleidigtes Gesicht und starrte auf ein Ölbild an seiner Zimmerwand. Sachte übernahm Weber wieder das Gespräch und animierte den Rentner, weiter von seiner Tochter zu erzählen. Der Vater öffnete sich erneut, wobei er auf befremdliche Weise abgeklärt wirkte. Gianna hätte die größte Entfernung zwischen sich und das Elternhaus gebracht. Ihr wäre es auch recht gewesen, berufsbedingt in englischsprachiges Ausland zu gehen. Sie fühlte sich wohl in der Fremdsprache und sicher in ihrer eigenen Ausstrahlung. Doch bisher blieb es bei dem Radiosender in Hannover.

„Wir haben heute Nachmittag einen Termin dort“, berichtete Weber und redete weitschweifig über Kinder und ihre verschlungenen Lebenswege. Fanny beobachtete ihn neugierig, sie wartete ab. Was Weber eigentlich wollte, hatte er gestern schon angekündigt. Aber statt den Rentner frontal nach dem Sinn seiner eigenartigen Todesrede zu fragen, pirschte der Nienburger sich auf versteckten Pfaden an. Unverhofft störte Cordwitz, indem er den Kopf zur Tür hereinsteckte und Kaffee anbot.

„Ich danke dir, Achim", stimmte sein Schwiegervater zu. Eine kleine Zeremonie unterbrach das Gespräch. Der Ingenieur räumte sorgfältig drei Gedecke auf und platzierte die volle Kaffeekanne nebst Milch und Zucker in der Mitte. Am liebsten hätte er sich mit dazugesetzt, aber keiner lud ihn ein.

Weber ließ sich so konzentriert wie der alte Mercator auf das Eingießen und Abschmecken des schwarzen Tranks ein. Fanny begann innerlich, mit den Hufen zu scharren, und linste auf ihre Uhr. Sie versuchte, Webers Strategie und seinen vielen Jahren Berufserfahrung zu vertrauen. Wieder kam die Unterhaltung in Gang, erneut landete man bei Giannas Beruf.

„Aber diese Lebensweise in Hannover ist nicht gut für sie", betonte der Senior. Seit der Kaffeepause verwechselte er häufig Gegenwart und Vergangenheit, ohne es zu bemerken. Als sei ihr Tod ihm manchmal präsent, doch kurz darauf wieder entfallen.

„Früher, in Bückeburg", berichtete er, „war sie frech und schlagfertig, aber sie hat auf sich und ihren guten Ruf geachtet. In der Großstadt denken die Leute anders. Und Gianna hat es wohl leider übernommen."

Weber stimmte zu, dass die Werte in Hannover anders seien. Abwechselnd zählten die beiden Granden negative Einflüsse großer Städte auf. Fehlende Zivilcourage, Raubüberfälle, Anonymität, exaltierter Modegeschmack, schlechte Luft, mangelnder Anstand...

„Trotzdem gefiel es Gianna dort", würgte der Kommissar schließlich das Herunterbeten weiterer Missstände ab.

„So muss man es wohl sehen. Sie kommt kaum noch nach Bückeburg, seit sie in Hannover lebt."

„Aber letztens war sie da. Zur *Landpartie.* Vor drei Tagen, am Samstag, saß sie mit ihnen und Arnim am Frühstückstisch zusammen."

„Ja." Mercator nickte erinnernd. „Aber am Abend vorher fehlte sie, obwohl sie versprochen hatte, zu kommen. Wir wollten spielen. Wie früher. Kennen Sie Halma?"

„Sicher. Was mag Gianna dazu bewogen haben, den Abend nicht hier zu verbringen?"

Der Rentner zuckte mit den Schultern. Er schaufelte sich Zucker in seinen Kaffee, probierte und verzog das Gesicht.

„Zu süß", beschwerte er sich. Er schaute sich suchend um, sagte „Entschuldigen Sie" und kippte seinen Kaffee in den Kübel eines großen Gummibaums. Schweigend goss er sich eine neue Tasse ein.

„Hat Gianna gesagt, warum sie Freitagabend fernblieb?", blieb Weber beharrlich. Plötzlich schien er Witterung aufzunehmen. Fanny spürte, wie sich die Atmosphäre mit Spannung auflud. Sie begriff: Mercator hielt mit etwas zurück und beschäftigte sich nur zur Ablenkung mit seinem Kaffee. Weber schwieg und wartete, ließ dem anderen Zeit. Die unbeantwortete Frage hing wie eine Aromawolke im Zimmer und legte sich über alles. Sie ließ sich nicht abstreifen.

„Ihre Tochter traf jemanden am Freitagabend", behauptete der Nienburger, als verkünde er ein bewiesenes Faktum. „Und sie traf jemanden am Samstagabend. Oder sogar nachts."

„Das mag wohl sein", antwortete der Senior zögernd.

„Was wissen Sie davon?"

„Wenig. Jämmerlich wenig."

„Erzählen Sie. Niemand wird es an die große Glocke hängen."

„Es ging schon eine ganze Weile so", gab Mercator langsam seinen Widerstand auf. „Ein unmögliches Verhalten."

„Hat sie Ihnen davon berichtet?"

„Gianna?" Bitter lachte er auf. „So viel Anstand besaß sie noch, es zu verheimlichen. Aber ich habe es trotzdem gemerkt. Schon seit mindestens zwei Jahren ist etwas zwischen ihr und Arnim. Meine Tochter strahlte immer Herzenswärme aus, egal wie unmöglich sie sich benahm. Ich sehe es genau, wenn sie das gegen Herablassung austauscht. Und Arnim hat es auch gespürt, selbst wenn er nicht darüber reden will."

„Hatte sie eine andere Beziehung? Vielleicht weil sich ihre Lebensweise in der Großstadt änderte und sie die Ehe als zweitrangig empfand?"

„Ja!"

Das Wort kam kurz und laut wie eine Explosion. Viel zu heftig. Und als habe der Senior jetzt eine wichtige Grenze überschritten, begann er zu erzählen: Schon Donnerstagabend sei ihm klar geworden, dass die beiden keine heile Ehe mehr führten. Giannas Fernbleiben am Freitag, ihre Weigerung, eine angemessene Erklärung dafür abzugeben, das peinliche Bemühen seines Schwiegersohns, kein Wort darüber zu verlieren...

Alles spräche eine eindeutige Sprache.

Mercator redete sich in Rage. Mittendrin klopfte es an der Tür. Cordwitz wollte wissen, ob noch Kaffee gewünscht werde. Der Rentner verstummte abrupt. Weber bedachte den Ingenieur mit einem Blick, der einer wütenden Bulldogge zur Ehre gereicht hätte.

„Magst du uns Mineralwasser bringen?", ließ der alte Herr sich ablenken. „Und drei Gläser? Du weißt doch, wo sie stehen?"

„Aber sicher, Gottfried. Brauchst du sonst noch etwas? Einen kleinen Imbiss? Denk an deinen Zucker. Nicht zu viel auf einmal, regelmäßige, kleine Mahlzeiten, hat der Doktor gesagt."

Weber atmete gequält und verzog das Gesicht. Innerlich schäumte er gerade, Fanny las es aus seinen verkniffenen Mundwinkeln. Sie nutzte die Zwangspause, um das Gehörte zu überdenken. Alle Hinweise auf einen Liebhaber, die der Senior an seiner Tochter zu entdecken glaubte, stammten aus der Mitte des letzten Jahrhunderts: Sie wollte kein Halma spielen, sie erklärte nicht, was sie abends machte, sie reagierte kühl auf ihren Ehemann...

„Kein Wunder bei so einem Typen", dachte Fanny. „Bei dem läuft sie doch nur unter TOP 10 oder 11. Weit nach dem Gedächtnismetall und der Firma."

Unangenehm spürte sie einen Besitzanspruch, den der alte Mercator ausstrahlte. Er war auf altmodische Weise regelverliebt. Wobei ihm egal zu sein schien, ob diese Regeln nach heutigen Maßstäben die Persönlichkeit anderer verletzten. Als ob er seine Kinder als Eigentum betrachtete.

Fanny begriff, dass sie nicht mit seinen Vorstellungen von Ehre und Moral aufgewachsen war. Ihre eigenen Eltern besaßen mehr Toleranz. Wie viel von Gianna Mercators manchmal provokantem Auftreten war vielleicht dem Versuch geschuldet, aus dem Wertesystem ihres Vaters auszubrechen?

„Um den *Mord* an Ihrer Tochter aufzuklären", meldete Weber sich mit ungewohnt drastischen Worten zurück, „ist es für uns essenziell wichtig, mehr über diesen Liebhaber von Gianna zu erfahren. Können Sie uns einen Hinweis geben? Eine Telefonnummer würde schon helfen. Oder vielleicht ein Vorname? Ein

Ort, an dem sie sich verabredete? Forschen Sie in ihrem Gedächtnis, Herr Mercator. Wir brauchen alles."

Der Senior sah ihn mit steinerner Miene an.

„Ich hätte", sagte er leise, aber sehr bestimmt, „das längst selbst in die Hand genommen, wenn ich auch nur den geringsten Hinweis besäße, Herr Oberkommissar. Glauben Sie mir."

„Das verstehe ich", heuchelte Weber und ignorierte Fannys Erstaunen. „Mir ginge es ähnlich. Aber wir von der Polizei haben wesentlich mehr Möglichkeiten, jede noch so winzige Spur auszuwerten. Es ist unser Beruf und unsere Pflicht, die wir ernst nehmen. Denken Sie darüber nach, informieren Sie uns, wenn Ihnen noch etwas einfällt."

Der Rentner schüttelte kurz den Kopf. Sein Blick wirkte abgekehrt.

„Könnte es nicht auch sein", prüfte Fanny seine magere Wertungsbasis, „dass Ihre Tochter hier berufliche Termine hatte und deshalb so wenig Zeit fand? Vielleicht recherchierte sie in einer Sache, die sie nicht breittreten durfte, um niemanden zu gefährden."

Mercator schaute sie humorlos an. Einen Moment lang wirkte er überrascht, als nähme er ihre Anwesenheit zum ersten Mal richtig wahr.

„Sie war wie ihre Mutter?", antwortete er und die Worte schienen ihm Übelkeit zu bereiten.

„Inwiefern ähnelte sie ihrer Mutter", griff Weber das neue Thema auf. „Meinten Sie das, als sie im Angesicht der Leiche sagten: *Das musste so kommen?*"

„Ich rede nicht darüber. Es geht niemanden etwas an. Wir sind darüber hinweggekommen. Ich habe die Kinder allein großgezogen. Punktum."

„Ich kann Sie natürlich nicht zwingen, über die Vergangenheit zu sprechen", knetete Weber auf der Weigerung herum. „Aber es würde uns helfen, davon zu erfahren. Vielleicht haben wir es hier mit einem *Familientrauma* zu tun?"

„Was ist das?"

„Ein manchmal zu beobachtendes Phänomen, das mehrere Generationen einer Familie durchläuft. Unangenehme Dinge scheinen sich zu wiederholen, um den Sachverhalt einfach auszudrücken. Zum Beispiel gibt es immer wieder Selbstmorde in manchen Sippschaften. Oder eine Art Draufgängertum, das regelmäßig Opfer findet. Diese Dinge entziehen sich bisher der logischen Erklärung, aber sie existieren. Die Psychologie beschäftigt sich noch nicht lange mit diesem Thema."

„Pah. Neumodischer Kram", urteilte der Rentner. „Gehen Sie mir damit."

Weber lehnte sich nach vorn und fasste ihn fest ins Auge.

„Was geschah mit der Mutter von Gianna?", konkretisierte er.

„Sie verschwand", entgegnete der alte Mann kurz.

„Warum verschwand sie?"

„Einfach so."

„Es gab sicher einen Grund dafür?"

„Wegen eines Liebhabers."

„Könnte nicht damals auch ein Verbrechen der Grund gewesen sein?", mutmaßte der Kommissar.

„Kann ein Verbrechensopfer am Flughafen Langenhagen ein Konto plündern?", schoss der Senior zurück. Langsam geriet er wieder in Rage. „Hinterlässt es einen Brief, in dem es seine Auswanderung ankündigt?"

„Unwahrscheinlich." Weber wirkte plötzlich distanziert. „Wurde die Vermisste damals polizeilich gesucht?"

„Ich machte Meldung. Aber die Sache mit der Geldabhebung wertete man noch nicht mal als Diebstahl, weil meine Frau das Zugriffrecht auf unser gemeinsames Konto hatte. Uns mit einem derartigen Verlust einfach sitzen zu lassen…

Aber in ihren Augen war ich ja sowieso nur einer, der abgehauen war."

„Abgehauen wovor?"

„Ich bin 1963 über die innerdeutsche Grenze gegangen. Was sage ich… gegangen. Das ist viel zu leicht. Es hätte mich fast das Leben gekostet. Um ein Haar wäre ich in der Ostsee ersoffen wie ein räudiger Hund. Dabei liebte ich Margarete so sehr, dass mich ihr Bild über Wasser hielt. Sie wartete ja auf mich, in Travemünde, und war krank vor Angst. Ich konnte sie doch nicht einfach so warten lassen und still und leise ertrinken."

Der Rentner verschluckte sich, hustete und rieb etwas Glitzerndes aus seinen Augen.

„Meine eigenen Eltern hatten so viel Ärger dadurch, dass sie nie wieder mit mir redeten. Wenn es nach ihnen gegangen wäre, hätte ich absaufen können. Ich war tot für sie. Nie beantworteten sie meine Briefe. So viele Jahre lang.

Und wofür das alles? Wofür?

Für eine Frau, die mich Jahre später mit drei kleinen Kindern sitzen lässt. Mir Hörner aufsetzt. Fliegt die mit ihrem Liebhaber und unserem sauer verdienten Geld in die große, schöne Freiheit und lässt uns im Sumpf zurück."

Mit verzerrtem Gesicht hielt der alte Mann inne und atmete schwer. Schweißperlen standen auf seiner Stirn. Er räusperte sich laut und tupfte sein Gesicht mit einem weißen Stofftaschentuch ab.

„Verstehen Sie", wandte er sich dann Weber zu, „dass ich über diese Schlampe nicht mehr reden möchte? Sie hat im Gedächtnis meiner Familie keinen Platz."

Mercator stammte aus einer Zeit, in der das Wort *Schlampe* tausendmal mehr ausdrückte als im aktuellen Sprachgebrauch. Er hatte die Mutter seiner Kinder in Gedanken an die Wand gestellt und eigenhändig den Schießbefehl gegeben.

Nach der Rückkehr ins Kommissariat widmete Weber sich Telefon und Computer. Ausgiebig recherchierte er den Vorfall, von dem Mercator senior erzählt hatte. Weil die Sache 30 Jahre zurücklag, kein leichtes Unterfangen. Nachmittags bat er Fanny, den Termin in Hannover an der Arbeitsstelle der Getöteten allein wahrzunehmen. Sie liebte Dienstreisen. Ob allein oder zu zweit, war ihr egal. Alle ihre Reiseziele hatte sie mit einer Stecknadel in der Deutschlandkarte neben ihrem Schreibtisch festgehalten. Im Rot von Hannover steckten schon einige Pieker.

Gut gelaunt rauschte sie ab in Richtung des Radiosenders *lifestream*. Das siebenstöckige Gebäude, in dem der Sender neben anderen Unternehmen seine Heimat hatte, war modern inszeniert und bestens geeignet, Hannovers Anspruch einer futuristischen Metropole zu unterstreichen. Viel Glas, viel Stahl. Schräge Außenwände. Dazu ein komplett belegter Parkplatz und eine verwinkelte Tiefgarage.

Fannys Uhr zeigte eine viertel Stunde nach Terminbeginn, als sie endlich ankam. Das Verkehrsgebaren auf Hannovers Straßen besaß einige Unterschiede zum Bückeburger Pflaster. Zwei Schweißtropfen aus gewagten Abbiegemanövern perlten noch in Richtung Schwerkraft, während Fanny die Firmentafel des Gebäudes absuchte.

Lifestream saß in der dritten Etage. Die Ermittlerin sputete sich. Ein Pförtner wäre ihr jetzt gerade recht gewesen. Den hätte sie nachher noch über Gianna Mercator ausfragen können. Stattdessen konfrontierte das Schicksal sie mit Herrn Boltersen, dem Chef des Senders. Er zeigte sich zwar nicht tief traurig, aber doch betroffen vom Tod seiner Angestellten. Man musste dafür allerdings seine schnodderige Art zu nehmen wissen. Ungeniert ließ Boltersen den abgebrühten Journalisten heraushängen. Nach Fannys Geschmack zu deutlich. Mit Anfang 40 braucht niemand mehr den jungen Wilden zu spielen, fand sie. Schon gar nicht, wenn ihm die Bierwampe über den Gürtel hing wie der ausgeleierte Beutel an einer Kängurumama. Vermutlich hatte der Hannoveraner den Besuch aus der Provinz in die Kategorie *Dorfcop auf Aktivurlaub* einsortiert und zeigte dies auf seine Art.

„Wer tut unserer Giannina denn so was an?", wollte er nach den ersten Worten wissen. Und: „Wisst ihr Mehlmützen schon, wer das Schwein war?"

Fanny unterdrückte den Wunsch, den Typen gleich hier und jetzt mit der Handkante zweizuteilen.

„Sie gehen so selbstverständlich von einer Gewalttat aus, Herr Boltersen", sagte sie stattdessen. „Wie kommen Sie darauf?"

„Giannina war hübsch, sexy und immer gut drauf. Die hat sich bestimmt nicht freiwillig aus dem Leben verabschiedet", erklärte er unverfroren.

Fanny nahm die Einschätzung zur Kenntnis und bat dann um eine Beschreibung von Giannas Arbeit, ihrem Charakter, ihrem Ruf im Unternehmen. War sie beliebt? Wo lagen ihre Aufgaben? Hatte sie in letzter Zeit an einem besonderen Projekt gearbeitet? Verfolgte sie auch Skandalgeschichten? Besaß sie enge Vertraute?

Der Senderchef lobte die Verstorbene. Auf eine trockene, nicht übertrieben wirkende Art. Sie sei „echt fleißig" gewesen, nie um Worte verlegen, relativ pünktlich, engagiert auch, sofern sie nicht gerade über ein Schützenfest berichten musste. Themen, die sie von zu Hause kannte, langweilten sie. Eigentlich habe sie immer nach dem prallen Leben gesucht.

Und sie sei „wirklich eine super nette Frau“ gewesen.

„Was meinen Sie mit *wirklich eine super nette Frau*?“, hakte Fanny nach.

„Man konnte immer was mit ihr unternehmen. Nach Arbeitsende oder auf den Betriebsausflügen. Sie ging gerne noch mit auf ein Feierabendbier. Außerdem hatte sie immer gute Ideen. Verrückte Ideen, manchmal. Das war ihre Art. An manchen Tagen kam sie morgens so aufgekratzt ins Büro, dass wir dachten, sie wäre auf Stoff.“

„War sie's?“, wollte Fanny wissen und dachte an Cordwitz' Worte: *Gianna ist immer quirlig. Sie kann einen ganz fusselig machen.* Wie war dieses Ehepaar eigentlich miteinander ausgekommen? Indem beide sich so selten wie möglich sahen? Jedenfalls lebten sie in völlig verschiedenen Welten.

„Das“, grinste Boltersen unverschämt, „könnte Ihr Polizeidoc am besten über seine Analysemethoden rausfinden. Lassen Sie mich wissen, was es war? Muss ein ziemlich wirksames Zeug sein. Können wir hier gut gebrauchen.“

„Darüber kann ich Ihnen leider keine Auskünfte geben“, hielt sie ihn am ausgestreckten Arm auf Distanz und fragte sich, ob er es darauf anlegte, eine Drogenrazzia in seinem Sender zu erleben. Der süffisante Blick, mit dem er die Polizistin bedachte, wirkte herausfordernd. Sie ignorierte das Wilde-Kerle-Gehabe und steuerte ihr nächstes Thema an. Neddermeier-Lau wären Drogen nicht entgangen.

„Hatte Frau Mercator jemanden hier, dem sie besonders vertraute? Eine gute Freundin?“

„Wohl eher einen guten Freund.“

Boltersen wollte sich sein undezentes Grinsen gar nicht verkneifen.

„Wie heißt er?“

„Balduin Boltersen.“

„Sie selbst?“

„War ein Scherz. *Balduin.* Schrecklicher Name, was? Wie kommen Eltern eigentlich auf die Idee, ihren eigenen Sprössling nach der Filmfigur eines französischen Komikers zu benennen?“

„Pech“, lächelte Fanny und ließ sich nicht ablenken. „Hatte Frau Mercator eine Affäre mit Ihnen?“

„Gott, ihr miefigen Kleinstädter.“ Der Senderalpha blies die Backen auf. „Was heißt Affäre? Wir haben mal probiert, wie's miteinander ist. So was als Affäre zu bezeichnen, macht aus einer Mikrobe einen Dinosaurier. Wir sind hier doch nicht Hort der Sünde, bloß weil wir aus unseren einsamen Herzen keine Mördergruben machen.“

„Nach dem Feierabendbierchen?“

Boltersen verschränkte die Arme und ließ seinen Blick dreist an Fanny hinabgleiten. Für einen Moment wurde ihr das eigene Äußere bewusst: die beachtliche Größe von 1,75 m, dazu ein Pagenschnitt, der an ihr völlig anders wirkte als an dem Model im Friseurmagazin. Die dunklen Haare rahmten ihr kühles, eher hartes Gesicht ein. Außerdem bevorzugte sie bequeme Kleidung. Und wie Kai schon festgestellt hatte, geizte sie mit ihrem Lächeln. Denn zu oft, fand sie, ging das auf Kosten des Respekts.

Der Chef von *lifestream* drehte den inneren Daumen nach unten. Man sah es auch ohne jedes Wort. Fannys Hornhaut gegen solche Angriffe unter der Gürtellinie war stabil genug. Sie würde sich später rächen, vielleicht heute Abend, wenn sie ein Foto von ihm auf ihren Boxsack pinnte und mitten hineinschlug.

„Schon gut", umging sie den Zündstoff. „Uns interessieren eigentlich nur die wirklichen Dinosaurier, um ihr Bild aufzunehmen, Herr Boltersen. War Ihnen bekannt, ob Frau Mercator eine längere Beziehung mit einem Mitarbeiter des Senders pflegte? Irgendwas deutlich über dem Mikrobenstadium?"

Es fühlte sich gut an, den Senderfritzen mit halbparasitären Untertieren auf eine Stufe zu stellen.

„Darauf wollen Sie jetzt nicht ernsthaft eine Antwort, oder?", rüpelte er.

„Doch. Natürlich. Wir müssen bei diesem Mord in alle Richtungen ermitteln."

Bei dem Ausdruck *Mord* hätte Fanny sich beinahe verhaspelt. Die Hypothese mit dem nächtlichen Alkoholunfall auf der Büffelweide stand immer noch im Raum.

„Ich liefere ihnen doch nicht meinen halben Sender als verdächtig frei Haus", beschwerte sich Boltersen beleidigt. „Reicht schon, wenn ich jetzt aus Versehen mich selbst belastet habe, um das mal mit Ihren Augen zu betrachten."

„Niemand wird Sie verdächtigen, wenn Sie zweimal Herzenströster bei *Giannina* gespielt haben. So von gestern sind wir auch nicht, selbst wenn in den Kleinstädten die Uhren anders ticken."

„Ich würde Ihnen", wurde er plötzlich kooperativ, „ein längeres Gespräch mit Alwin Borgert empfehlen. Alwin wusste am besten über Gianninas Aktivitäten Bescheid. Er ist ein Fuchs, hat immer pfiffige Ideen. Arbeitet schon lange hier. Darüber sind ihm die Haare ausgegangen, unserem Plattenmann.

Die zwei steckten in letzter Zeit öfter die Köpfe zusammen. Wir anderen waren schon alle am Tratschen, denn Giannina hat sich gern mal einen Ersatz für ihren ewig arbeitenden Gatten gegriffen. Aber Alwin ist so was von Anti-Frauentyp, dass keiner verstand, was sie an ihm fand. Vielleicht kriegen Sie es ja raus, Frau Reichert. Wenn ja, lade ich Sie hinterher noch auf einen Absacker in die *Ständige Vertretung* ein und sie erzählen mir unter vier Augen, was Alwin besser gemacht hat als ich. Einverstanden?"

Fanny grinste nur und dachte an parasitäre Mikroben.

„Vielleicht stand sie mehr auf rasierte Typen", revanchierte sie sich für vorhin.

„Soll ich Ihnen mal meinen Athletenkörper zeigen?", wurde Boltersen lebhaft und begann unaufgefordert, an seinen Hemdknöpfen zu zerren. „Viermal die Woche Sportstudio. Plus Massage und Peeling. Was das kostet!"

„Sie schlittern gerade in Richtung Beamtenbeleidigung", würgte sie ihn humorlos ab.

„Gott, seien Sie doch nicht so vergrämt", kokettierte der Senderchef. „Verstehen die Cops in der Provinz denn gar keinen Spaß?"

„Ich bin wegen einer Mordermittlung hier."

„Jaja." Er winkte beleidigt ab.

Fannys Schnüfflerinstinkt meldete Interesse an. Boltersens Angebot betreffs *Ständige Vertretung* roch aus Ermittlersicht gar nicht schlecht. Wahrscheinlich würde er mit einigen Bierchen intus gesprächiger werden, er war genau der Typ dafür. Allerdings: zutraulicher bestimmt auch. Darauf verspürte sie keine Lust.

Mit dem Versprechen, über sein Angebot nachzudenken, ließ sie sich den Weg zu Alwin Borgerts Zimmer beschreiben. Das Gespräch mit dem Anti-Frauentypen erwies sich als Volltreffer. Borgert war im Auftreten der komplette Antipode zu seinem Chef. Er versuchte ganz einfach, der Polizei zu helfen. Der vierschrötige, kahlköpfige Endfünfziger gewährte Fanny Einblick in Gianna Mercators Arbeitsplatz und Recherche, soweit er vermochte. Fast zweieinhalb Stunden wühlten die beiden sich durch unwichtige Berichte.

Dann fand Borgert plötzlich eine Datei, in der es um Scheingeschäfte ging. Die Journalistin war einem Unternehmen auf der Spur gewesen. Borgert kannte den Computer seiner Kollegin recht gut, er bohrte tiefer und legte Textfragmente offen, die in Richtung einer Veruntreuung von Geldern ging. Einmal fiel der Begriff *Wirtschaftskriminalität.* Allerdings war Gianna noch im frühen Recherchestadium gewesen, so fehlten Namen, Orte und vor allem hieb- und stichfeste Beweise.

War das der kriminelle Hintergrund, wegen dem die Journalistin sich Samstag mit einem Unbekannten im Bückeburger Schlosshof getroffen hatte? War sie tatsächlich ein kleines bisschen Mata Hari gewesen? Fanny beschloss, Computer und Laptop der Toten von Spezialisten der Polizei auswerten zu lassen. Mit etwas Glück existierten geheime Ordner, von deren Existenz auch Alwin Borgert nichts ahnte.

Gegen 20 Uhr 30, nachdem alle Mitarbeiter des Senders noch einmal befragt worden waren, beendete die Ermittlerin den Termin bei *lifestream.* Balduin Boltersen hatte die Arbeitsgeräte seiner toten Mitarbeiterin, die sich jetzt hinten in Fannys altem Kombi stapelten, freiwillig und fast ohne Machoallüren rausgerückt. Ein Zeichen seines guten Willens.

Dorfcop Reichert ließ sich trotzdem nicht von ihm in die *Ständige Vertretung* einladen. Sie fand es zu früh für Alkohol, vor ihr lag noch die lange Fahrt nach Nienburg. Es würde einige Zeit dauern, bis die Computerspezialisten Laptop und Festplatte gründlich auseinandergenommen hatten. Sollte sich bis dahin herausstellen, dass das Opfer tatsächlich durch einen Unfall gestorben war, konnte man immer noch zurückrudern. Ohne einen balzenden Balduin aus Ermitterräson ertragen zu müssen.

Kai beendete seine Auswertung gegen späten Nachmittag. 96 Stunden Auetal. Ein Killerprogramm. Aber es hatte sich gelohnt. Nahezu lückenlos konnte er Cordwitz' Anwesenheit in der Rastanlage dokumentieren und übergab seinem Chef die Liste mit Uhrzeiten, Tätigkeiten und Orten. Dankend vertiefte der Nienburger sich hinein.

„Die fünf Zeiträume ohne Aufzeichnungen haben Sie als *WC-Gang* bezeichnet?", fand der Kommissar schnell die Stellen mit dünner Datenlage. Wie Kai geahnt hatte.

„Jedes Mal, wenn er zur Toilette geht, fehlen einige Minuten", erklärte er. „Vom Innenbereich des WCs gibt es keine Aufnahmen. Aber eine der Kameras zeigt, wie er in den Gang zum Klo geht. Da er im Außenbereich der Rastanlage nicht auftaucht, kann er nur in der Latrine sein."

Weber schmunzelte und studierte noch einmal gründlich die Liste. Fünf etwa zehnminütige Fehlzeiten in unregelmäßigen Abständen. Cordwitz schien kein Anhänger der halbstündigen Morgenreinigung zu sein. Vielleicht benutzte er lieber die doppelte Deodosis.

„Gute Arbeit", lobte Weber dann endlich. „Damit ist Cordwitz raus. Einige WC-Gänge liegen zwar in unserem Suchzeitraum, aber in den paar Minuten kommt er nicht bis zur Niederung, um mit seiner Frau Wasserbüffel zu erschrecken. Er darf nach Hause fahren.

Dann haben wir beim alten Mercator endlich freie Bahn.

Ist mir auch lieber so. Auf dem Termin gestern platzte dieser Gedächtnismetallpoet immer dann ins Zimmer, wenn der Senior gerade so richtig in Fahrt kam. Einmal hätte ich ihn vierteilen können. Er scheint ein Händchen für den falschen Zeitpunkt zu besitzen."

„Es gibt solche Leute", nickte Kai. „Die haben's mit sich selbst nicht leicht. Soll ich Cordwitz gleich von der Leine lassen oder haben wir noch abschließende Fragen an ihn?"

„Eigentlich habe ich ihn für morgen aufs Kommissariat bestellt. Aber das war eher eine Notmaßnahme, um ihn bei seinem Schwiegervater aus dem Weg zu bekommen. Wir brauchen uns wirklich nicht mehr Arbeit zu machen als jetzt schon anliegt.

Und außerdem ist er ja nicht aus der Welt, wenn er abschwirrt. Hauptsache, ich muss mir nicht noch mal eine Stunde lang Anekdoten über Gedächtnismetall anhören. Wussten Sie, dass es bei den medizinischen Stents inzwischen schon Konkurrenzprodukte aus Milchsäure gibt? Und dass Cordwitz diese Entwicklung bedenklich findet?"

„Hammer. Sind das recycelte Jogurtbecher?"

Beide lachten.

„Die neuen Stents", erklärte Weber, „zersetzen sich selbst, was Gedächtnismetall natürlich nicht tut. Aber Verträge über solche Details sind grenzwertig, wenn man auf dem Weg in die Gerichtsmedizin ist und eigentlich Infos zum Todesopfer bekommen möchte. Obwohl ich ein sehr geduldiger Mensch bin."

„Er ist halt Ingenieur. Ich sag ihm Bescheid, dass er fahren kann", antwortete Kai und wollte gehen.

„Moment noch", hielt sein Chef ihn zurück. „Der Provider hat endlich die Daten des Handys geschickt. Besser spät als nie. Ich möchte Sie bitten, Herr Müller, sich das Zahlengewirr mal vorzunehmen. Wir brauchen zu sämtlichen unbekannten Ein- und Ausgängen den Grund für den Kontakt zu Gianna Mercator."

„Ich nehme mir die Liste gleich vor", stimmte Kai zu und verzog sich in sein Zimmer. Der Abend auf dem Kommissariat war wieder mal bis Mitternacht gerettet, aber so viel hatte ihm sein Instinkt sowieso schon zugeflüstert. Gut, dass die geheime Sonderregelung mit Ama existierte. Dabei war ihm immer noch keine Ausrede für den heutigen Ausflug zum Tatort eingefallen. Aber auf das Treffen würde er nicht verzichten.

Er verabschiedete Cordwitz fernmündlich und begann, die Handydaten auszuwerten. Offenbar hatte sich das Mobiltelefon Sonntagnacht von allen Funktürmen verabschiedet und zwar anlässlich Fannys Probeanrufs. Die Polizeinummer tauchte im Eingang auf. Also funktionierte das Gerät noch, als die Besitzerin längst tot war. Wo steckte dieser kleine Kasten, diese Blackbox ihrer letzten Lebensstunden, jetzt gerade? Von einem lieben Mitmenschen geklaut? Oder war einfach nur der Akku leer und es lag stumm auf der riesigen Büffelweide?

Jedenfalls wurde es nicht mehr aktiv benutzt seit Samstag, 17 Uhr 33. Um diese Zeit hatte Gianna zum letzten Mal telefoniert. Die angerufene Nummer stammte weder von Cordwitz noch der Familie Mercator. Keine schlechte Ausgangslage, fand Kai und tippte die Zahlen an seinem Apparat ein. Das Glück hatte schlechte Laune. Fortuna gönnte ihm noch weniger Erfolg als Fanny am Sonntagabend und ließ das Empfangsgerät ausgeschaltet sein. Die Mailbox bat höflich darum, eine Nachricht zu hinterlassen.

Er legte auf. Interessant war nur der Mensch hinter dieser Nummer, nicht sein AB. Auf eine Vorwarnung konnte man gut verzichten. Bei näherer Durchsicht der Liste erschien die fragliche Handynummer insgesamt sechs Mal. Mal als Empfänger, mal als Anrufer. Ein bemerkenswert reger Austausch.

Kai begann, weitere unbekannte Nummern abzuklappern, die zwischen Mittwoch und Samstag auftauchten. Doch alle, die sich meldeten, konnten neutrale Gründe für ihr Telefonat mit dem Opfer angeben. Gegen sieben rief Ama auf seinem Handy an. Zum Glück hielt er nicht gerade das Diensttelefon ans andere Ohr. Sie fragte, ob er jetzt Zeit habe.

„Bin gleich da", versprach er. „Gib mir 25 Minuten. Ich muss den Umweg über Petzen machen."

„Fahr nicht so schnell, die blitzen manchmal", neckte sie ihn und unterbrach die Verbindung. Er streckte seinem Handy stellvertretend die Zunge raus. Danach schlenderte er hinüber zu Weber.

„Gibt's was Neues von Fanny und Hannover?", erkundigte er sich unverfänglich. Sie war schon so lange fort, dass man auf interessante Infos hoffen konnte.

„Sitzt noch mitten in der Arbeit bei diesem Sender in unserer Landeshauptstadt", gab der Nienburger abgelenkt zurück. „Aber es fanden sich Hinweise auf Mercators Computer, dass die Frau Recherchen über jemanden anstellte, der sein Geld unsauber verdient. Mehr weiß ich selbst noch nicht. Und es wird spät heute, sagte Frau Reichert. Wir sollen nicht warten."

„Toller Tipp."

Weber hob den Kopf und reckte die steifen Schultern.

„Und wie kommen Sie voran, Herr Müller?"

„Geht so. Zaubern kann ich nicht." Schließlich hatte Weber ihm die Liste erst vor gut einer Stunde in die Hand gedrückt. „Vier Teilnehmer konnte ich bisher erreichen, die sind harmlose Zeitgenossen. Fünf andere Nummern stehen noch aus. Am Handyanschluss, den das Opfer zuletzt anwählte, nimmt bisher niemand ab, das Gerät ist ausgeschaltet. Das ist die heißeste Spur: Die beiden hatten allein sechs Mal telefoniert in der letzten halben Woche. Ich frage mich, ob man den Besitzer jetzt schon amtlich feststellen lassen sollte?"

„Bleiben Sie erst mal bei der Handarbeit", ordnete Weber an. „Wann war das letzte Telefonat?"

„Samstag, kurz nach halb sechs abends."

„Das ist meilenweit von unserem Tatzeitraum. Vermutlich handelt es sich ebenfalls um einen harmlosen Zeitgenossen. Machen Sie heute Abend mit der Einzelnachweisliste weiter."

„Kein Problem." Kai ging in Richtung Zimmertür. Jetzt oder nie.

„Übrigens", wandte er sich beiläufig um, „ist mir noch eine Idee zum Tatort gekommen. Der Zaunpfahl. Sie wissen schon, der, den mindestens zwei Leute, darunter unser Opfer, umgenietet haben. Ich muss noch mal zur Büffelwiese".

Sofort öffnete er die Tür und schlüpfte hinaus, noch bevor dem Restteam eine Auflage einfiel. Tiefe Stille folgte ihm über die Flure. Er atmete auf.

Wieder fuhr er bis zur Kläranlage und ging Amalia von dort aus entgegen. Heute hingen graue Wolken am Himmel. Wie so oft, hatte die *Landpartie* die einzigen sonnigen Tage des Monats erwischt. Vorher herrschte Schafskälte mit Dauerregen, jetzt hielt das Wetter es lieber mit Schauern. Zu kühl für die Jahreszeit. Nur während der Messe war der Himmel über Bückeburg blank gewesen. Ob Organisator Margaritus einen exklusiven Beratervertrag mit Petrus unterhielt? Und wie bezahlt man einen Himmlischen? Mit guten Seelen?

Über dem Wasserloch hatte man gegen das norddeutsche Schietwetter ein Zelt aufgespannt, sonst wären alle Spuren schon im Laufe des Tages still und heimlich im Morast versunken.

„Wie immer zu schnell", begrüßte Ama ihren Galan am Waldrand.

„Ich dachte, dann bleibt uns mehr Zeit", grinste er und nahm sie in den Arm.

„Wofür denn?"

„Was hältst du davon", schlug er vor, „wenn wir diesmal ganz harmlos zum Tatort spazieren?"

„Meinst du das ernst?", fragte Ama überrascht. Er nickte siegesgewiss. Seine Vorbereitung war perfekt. Wohin wagten sich im Moment die wenigsten Fernglasträger? In die Nähe des Polizeiwagens. Besser zwei eingeweihte Beobachter als diverse Unbekannte.

„Ich kenne die beiden Leute, die jetzt im Streifenwagen Wache schieben", erklärte er. „Die erzählen niemandem, ob ich allein oder in Begleitung hingekommen bin."

„Hauptsache, es passiert diesmal nichts", zeigte sie sich einverstanden. Eine zweite Verfolgungsjagd brauchte niemand, Amas Nerven am allerwenigsten. Gestern Abend hatte sie sich stundenlang Gedanken darüber gemacht, was gewesen wäre, wenn tatsächlich ein bewaffneter Mörder auf dem Erdhügel gelegen hätte. Und wie es Kai jetzt ginge, nach dem Versuch, diesen Mann allein zu stellen. Sogar geträumt hatte sie davon. Es war schwer, so ein Sorgenkarussell abzustellen. Allzu leicht sprang ihr anderes Problem gleich mit auf, dieses Damoklesschwert in Form eines Gerichtsverfahrens.

„Was gibt' s Neues auf dem Auenhof?", riss Kai sie aus den ersten Drehungen, die das Karussell in Amas Kopf vollführte.

„Oh. Lass mich überlegen."

Sie ordnete ihre Gedanken, hakte sich bei ihm ein und atmete tief aus. Das war es, was im Moment am meisten half: Normalität ohne jede geheime Angst. Eine kleine, entspannte Wanderung mit Kai, dazu Geschichten vom Auenhof.

„Hast du schon von dem aufgespießten Dackel gehört?", begann sie, während die beiden in Richtung Wasserloch losgingen.

„Nein. Hört sich an wie schwarzer, englischer Humor. Der Ripper vom Auenhof?"

„Ach Quatsch. Also: Vor vielen Jahren gab es eine Dackeldame auf dem Hof. Sie gehörte zum Sammelsurium wie die anderen Tiere auch. Die Bauern wunderten sich nur, dass sie nie Junge bekam, obwohl damals noch viele Rüden frei umherliefen. Sobald die von einer läufigen Hündin wussten, ließen sie keine Chance ungenutzt."

„Das kenne ich noch", lachte er. „Auf meinem Dorf gab es immer einige von der Sorte. Wenn Hundehochzeit angesagt war, saßen drei bis vier vor dem Haus mit der Hündin, jammerten und pinkelten die Blumenbeete voll. Ab und zu kam der Hausbesitzer raus und jagte sie weg. Nach 10 Minuten waren sie wieder da."

„Wie romantisch."

„Kommt ganz drauf an, ob man vor oder hinter der Haustür sitzt. Die Besitzer der Hündin waren immer froh, wenn mit der Läufigkeit auch die Rüden wieder verschwanden."

„Spießbürger."

„Finde ich nicht. Weißt du, das ist wie eine mittelalterliche Burgbelagerung. Mit dem Unterschied, dass dein Feind jeden Geheimgang sofort riecht. Aber wie ging dein Märchen mit dem Dackel weiter?"

„Eines Tages, die Dackeline war bereits 12 Jahre alt, jagte sie mal wieder am Misthaufen nach Mäusen. Während der Bauer den Miststreuer mit dem Trecker belud."

„Hört sich nicht gut an. Hat der Bauer sie gesehen?"

„Nein. Er schob den Frontlader unter eine Fuhre Mist, hob das Ganze an und erkannte dann erst, dass plötzlich der Dackel dazwischengeraten war. Die alte Dame steckte auf einer der Zinken. Beide wurden fast ohnmächtig vor Schreck, der Bauer und der Dackel."

„Immer wieder solche Unfälle", nickte Kai und musste an früher denken. „Ich kenne diese Gruselgeschichten von meinen Großeltern. Zum Glück gibt's inzwischen den Arbeitsschutz, der hat die meisten Gefahren abgestellt."

Gleichzeitig musste er an Gianna Mercator denken. Bei ihr hatte sicher kein Arbeitsschützer aufgepasst.

„Die Auenhofler", fuhr Ama fort, „zogen den kleinen Hund vorsichtig aus dem Frontlader und holten den Tierarzt. Denk dir: Es gab keine lebensgefährlichen Verletzungen! Die Zinke hatte die Wirbelsäule verfehlt und keine inneren Organe getroffen. Aber die Wunde war tief und ging einmal quer durch den Hund. Der Arzt versorgte sie, dann legten die Hofleute den Unglückswurm nach drinnen ins Warme und hofften.

Aber die Dackeline war ja schon alt. Sie wurde krank. Heimlich schlich sie nach wenigen Tagen aus dem Haus und versteckte sich. Man fand sie in einem Erdhügel, in den sie sich eingegraben hatte."

„Sie wollte sterben."

„Die Leute holten sie wieder rein und machten ihr ein Lager auf dem Sofa. Am nächsten Morgen war dort lauter Blut, der Dackel aber verschwunden. Die Decke, auf der er gelegen hatte, war kaputtgerissen... Und jetzt bist du dran: Rate, was passiert ist."

„Ach nein! Ama!", protestierte Kai. Durfte er nicht einmal am Tag einfach nur Mensch sein?

„Ich will nicht!", weigerte er sich energisch.

„Los, Rätselexperte. Du bist gut, du schaffst das. Ich vertraue auf dich."

„Austesten willst du mich." Er stöhnte, fühlte sich gleichzeitig genervt, amüsiert und herausgefordert. „Weil du es bist, zähle ich jetzt eins und eins zusammen: Der Dackel war in der Nacht verblutet und hatte in seinem Schmerz vorher noch die Decke zerbissen."

„Wieso lag sein Körper dann nicht auf dem Sofa?"

„Du hast ja nicht gesagt, wo Dackeline geblieben ist. Gab es tatsächlich keine Leiche?"

„Nein. Ganz falsch."

„Aber wenn nicht alle Fakten auf dem Tisch liegen, kann ich nicht raten."

„Bei deiner Arbeit kriegst du auch nicht alle Fakten auf einmal."

„Daran wollte ich jetzt gar nicht erinnert werden. Also: Wieso lag der Hund nicht auf dem Sofa?", sinnierte er nachdenklich. „Ich weiß: Er ist runtergefallen und unter dem Möbel verendet."

Inzwischen waren die beiden alten Kastanien, das Tor zur Niederung, nähergerückt. Kai reckte den Hals, um den Streifenwagen ausfindig zu machen. Der blausilberne Polizeikombi stand 200 Meter weiter, unmittelbar an der Absperrung. Kai und Ama tauchten unter den Baldachin der mächtigen Bäume und hielten an. Der Geruch nach feuchter Erde und milchreifem Getreide war beherrschend. Er machte Appetit.

In der Ferne, kurz hinter dem Klärwerk, wurden plötzlich viele Leute sichtbar. Fast 40 Personen ergossen sich über die Brücke am Schlossbach. Ihr Weg zielte in Richtung der beiden Kastanien. Wie eine ausfransende Perlenschnur zogen sich einzelne Grüppchen immer weiter auseinander. Vorne joggten Leute, hinten walkten andere. Sportler, die offenbar hier entlang wollten.

Von denen dürfte keiner was mit dem Geschehen um Gianna Mercator zu tun haben, vermutete Kai. Oder doch? Sollte er einfach mal fragen, ob einer von ihnen Samstagnacht hier unterwegs gewesen war? Vielleicht jemand mit chronischen Schlafstörungen? Wenn einer kurz nach Mitternacht hier vorbeigekommen war, ohne auf Büffel zu treffen, ließ das Zeitfenster sich weiter verengen.

„Du denkst nicht mit", zupfte Ama an seiner Aufmerksamkeit. „Was geschah mit Dackeline?"

„'Tschuldige. Ich bin abgelenkt. Erzähl mir das Ende der Geschichte, ich komme nicht drauf."

„Der Hund hatte Fetzen aus der Decke in eine Zimmerecke geschleppt und lag darauf."

„Wollte er lieber in der Ecke sterben?"

„Dackeline säugte drei neugeborene Welpen", verkündete sie mit strahlendem Lächeln. Kai durchzuckte der heftige Wunsch, es zu fotografieren, einzurahmen und im Arbeitszimmer aufzuhängen. Als Rettung vor 96 Stunden Auetal oder anderen Katastrophen.

„Wie bitte?", fragte er stattdessen. „Ich denke, der alte Hund war sterbenskrank? Was war denn das für ein Tierarzt?"

„Keine Ahnung. Aber sie war hochschwanger gewesen. Das hatte nur niemand gemerkt, weil sie früher nie Junge bekam."

„Das ist endlich mal ein Ende wie im Märchen. Hielt man Schneewittchen nicht auch für tot, bevor sie dem Prinzen gefiel?"

Beide lachten, gleichzeitig hielt Kai Ausschau nach der ausfransenden Perlenschnur.

„Sind nur Sportler", unterbrach Ama seine Beobachtung. „Die werden uns nicht stören. Hier ist wirklich ständig jemand unterwegs."

„Hat die Dackeldame wirklich alles überlebt? Wie Schneewittchen?"

„Hat sie. Der Tierarzt schüttelte nur den Kopf und meinte, durch die Jungen hätte sie jetzt einen Grund, am Leben zu bleiben."

„Und die vier lebten glücklich bis an ihr Ende? Wie im Märchen?"

„Nicht ganz. Zwei der Jungen gingen ein. Aber das dritte wurde groß. Und die Dackeline lebte auch noch drei Jahre."

„Fantastisch! Eine schöne Geschichte. Ama, ich will diese Sportler fragen, ob zufällig einer von ihnen

Samstagnacht hier unterwegs war. Manchmal gibt es komische Zufälle. Wir brauchen dringend noch eine Eingrenzung des Todeszeitpunkts."

„Hätte ich mir ja denken können." Sie verdrehte die Augen, während ihr Lächeln erlosch und einer frostigen Miene Platz machte. „Brauchst du vielleicht auch noch eine extra große Rechtfertigung für Kollegin Reichert?"

„Ist gleich vorbei. Höchstens 10 Minuten, bitte, Ama. Sei nicht sauer."

Entschlossen widmete er sich den Grüppchen, von denen gerade die ersten bei den Kastanien anlangten. Er wies sich aus und stellte seine Frage. Die Antworten kamen kurz und verneinend, rasch setzten die Leute ihren Weg fort. Aber in den hinteren Abschnitten der ausgefransten Perlenschnur ging es gemütlicher zu. Hier stellte man neugierige Gegenfragen. Der Pulk um Kai wuchs, da immer weitere Grüppchen am Tor zur Niederung stehen blieben. Die dringendste Frage der Sportler: Wann würde der Weg endlich wieder freigegeben werden?

Zwar hatte sich auf der Nachbarwiese ein Trampelpfad gebildet. Doch der wurde auch von Treckern und Autos befahren und war inzwischen nur noch eine rutschige Schlammpiste. Die Walker klagten über Unfallgefahr und verdrecktes Schuhwerk. Mit der Gewissheit, einen Verantwortlichen in den Klauen zu haben, begannen sie zu diskutieren.

Kai fing Amas schweigenden Vorwurf auf und zuckte hilflos die Schultern. Langsam näherte sich inzwischen der Polizeiwagen. Die Wacheschieber schauten nach, was der Menschenauflauf bedeutete. Weber sollte sich nicht beschweren können, dass man zu unaufmerksam sei. Leider beendete das Erscheinen weiterer Ordnungshüter die Zwickmühle nicht. Im Gegenteil. Jetzt gab es zwei Experten mehr, die kritisch fragten, was man vier Tage nach einem Todesfall an einem matschigen Wasserloch eigentlich schützen müsse.

Kai hätte sich über die juristischen Gründe auslassen können. Er wollte momentan aber gar nicht, vor allem, wenn er die bösen Blicke seiner Freundin auffing.

Erst nach 20 unerbittlichen Minuten kam den Sportlern die Idee, eigentlich zu einem anderen Zweck hier zu sein. Sie verabschiedeten sich, brachen auf, allmählich verloren ihre Gestalten sich in den Weiten des Naturschutzgebiets. Ama und Kai waren mit den beiden Uniformierten allein. Die vier unterhielten sich noch einige Minuten.

„Wir müssen wieder nach hinten und ihr wollt euch sicher ein bisschen amüsieren“, empfahlen sich dann auch die zwei von der Streife mit süffisantem Grinsen. Als stände man hier inmitten eines üppigen Maislabyrinths und nicht im Visier jedes verfügbaren Fernglases. Trotzdem: Die wieder hergestellte Zweisamkeit fühlte sich schön an. Bis ein lauter Schrei aus Richtung des Tatorts die Stimmung erneut kippen ließ.

„Das soll wohl heute nicht sein“, stichelte Amalia entnervt. „Erst diese Sportler und jetzt der Geist der toten Frau.“

„Quatsch, Geist. Ich muss hin. Da ist was passiert“, wurde Kai nervös.

„Ist mir schon klar“, entgegnete sie reserviert. „Soll ich mal wieder hier warten?“

„Wenn's dir nichts ausmacht.“

„Gott, ich stehe gern so für mich in der Gegend rum. Zu Hause fällt mir ja sowieso nur die Decke auf den

Kopf. Lauf los, Kai. Hier kann ich mich wenigstens mit den Kastanien unterhalten."

Er lachte unsicher und spurtete rasch zum Tatort. Dort erwartete ihn der Anblick zweier zornesroter Wangen im Gesicht eines Kollegen.

„Die haben einfach das Absperrband zerrissen", schnaubte der Mann in seinen üppigen Seehundsbart. „Dreiste Bande! Sind wir hier vielleicht in Panama?"

„Wir fahren hinterher und stellen sie zur Rede", schlug sein Gefährte vor. „Kai bleibt hier und passt auf die Schlammkuhle auf. Und flickt das Flatterband wieder zusammen."

„Wartet mal", hielt der Jüngste im Team die beiden zurück. Sofort erinnerte er sich, dass Weber darüber nachgedacht hatte, den Tatort zum Schein freizugeben. Womöglich nahm ihnen die Realität gerade eine Entscheidung ab. Außerdem hatte er dann endlich seinen Grund, regelmäßig in Richtung Auenhof zu fahren: Einer musste schließlich den Speicher der versteckten Kamera austauschen.

„Aber die dürfen hier nicht einfach Selbstjustiz üben", bestand der Seehundsbart auf Vergeltung. Seine Wangenröte griff auf die Stirn über. „Wir müssen denen auf jeden Fall Bescheid stoßen. So was macht man nicht. Ich lass mich doch nicht veräppeln."

„Wie willst du denn rauskriegen, wer's gewesen ist?", hielt sein Kollege dagegen. „Wenn die ganz frech sind, behaupten sie sogar, das Band war schon kaputt, als sie hier ankamen. Und wir können nicht mal das Gegenteil beweisen."

„Möglich", bestätigte Kai. „Und ihr kriegt Ärger dafür, dass ihr den Menschenpulk an den Kastanien überprüft habt, statt wie Ölgötzen auf einen Tümpel zu starren."

„Stimmt auch wieder." Der Seehundsbart entfärbte sich in Richtung normaler Hautfarbe. „Aber so können wir es nicht lassen. Oder, Kai? Sag mal was. Ist doch euer Tatort, die Schlammkuhle."

„Ich muss mit Weber reden. Unsere Chance auf Tatortfreigabe ist ganz gut. Ich erkläre ihm, was passiert ist."

„Guter Junge. Und dann marschierst du gleich zu deiner Freundin zurück. Die sah vorhin schon ganz schön angepisst aus."

Mittwochmorgen. Kai versuchte, weitere Telefonate der Toten zu überprüfen. Gleich als Erstes probierte er die Nummer, die ihn schon gestern brennend interessiert hatte. Diesmal kam eine Verbindung zustande.

„Fink", erklang es kurz angebunden aus dem Lautsprecher.

„Herr Fink?"

„Na sicher. Hört man doch. Wer sind denn Sie?", gab die Stimme brüsk zurück. „Warum rufen Sie an? Ich kaufe keinen Wein und nehme nicht an Umfragen teil."

„Müller, Polizei Bückeburg", enttarnte Kai sich. „Wir haben einige Fragen an Sie, Herr Fink."

„Polizei Bückeburg?", wiederholte der Mann. „Was wollen Sie denn? Hat jemand verkehrt rum in unserer Einbahnstraße geparkt? Haha."

„Es geht um Ihre Beziehung zu einer Frau Mercator."

Noch im selben Moment wurde abrupt die Verbindung gekappt. Kai glaubte, zuvor einen Luftschnapper des anderen gehört zu haben und musste genüsslich grinsen. Endlich ein Lichtstreif am Horizont. Dieser Fink glaubte doch wohl nicht, unsichtbar werden zu können? Rasch wiederholte der Ermittler den Anruf. Diesmal meldete sich die Mailbox. Jetzt brodelte Kais Jagdinstinkt. Das hier war der gerechte Ausgleich für zwei Tage Videoauswertung. Sofort informierte er Weber.

„Wir lassen gleich die Anschlussinhaberfeststellung durchlaufen", freute sich der Nienburger. „Es lebe die moderne Technik. Bin gespannt, wie schmutzig dieser Vogel ist."

„Mit dem Namen Mercator konnte er hundertpro was anfangen. Der hat was zu verbergen."

„Giannas alte Freunde. Mal sehen, wer da nachts mitgespielt hat."

Finks Adresse würden sie innerhalb weniger Stunden erhalten.

Kurz nach 10 Uhr traf auch das dritte Teammitglied ein. Ein wenig übernächtigt. Fanny war mit den Computern der Journalistin noch Dienstagabend nach Nienburg gefahren und hatte die Geräte übergeben. Einschließlich kilometerlanger Ampelstaus auf der hannoverschen Ausfallstraße und eines angefahrenen Junghasen während des Heimwegs nach Bückeburg hatte diese Tour bis lange nach Mitternacht gedauert.

„Morgen", grüßte sie mit einer Laune, bei der man sich spontan fragte, ob sie im Straßengraben übernachten musste.

„Wie war's?", blieb Kai unbeeindruckt.

„Der Senderchef in Hannover heißt Balduin und ist ein A…, unsere Computerfreaks in Nienburg nehmen nach Feierabend keine Arbeit mehr an, zumindest nicht von Landeiern aus Bückeburg, die nur einen Unfall mit Weidevieh untersuchen.

Und der junge Hase, den ich heute Nacht auf der Straße anfuhr, hat ganz grässlich geschrien, als er den Fangschuss bekam. Wie ein kleines Kind. Ich krieg den Ton nicht mehr aus dem Kopf. Sonst noch was?"

„Sagten die wirklich *Landeier* in Nienburg?", empörte sich Weber.

„Sie haben es gedacht. Ich merke so was."

„Ich mach dir erst mal einen Begrüßungsmokka", zog Kai sich zurück. Mithilfe der dreifachen Dosis fabrizierte er ein hochwirksames Gebräu, das Fanny in ihren Normalmodus half.

Danach stand der Infoaustausch der drei an: die scheinbare Tatortfreigabe und ein Unbekannter namens Fink, der das Opfer kannte. Im Anschluss berichtete Fanny ausführlich und kaum noch boshaft, was ihre Tour in die Landeshauptstadt ergeben hatte.

„Wir müssen also jetzt mehrere Stränge aufdröseln", resümierte Weber, „Es gibt 1. wohl einen Wirtschaftskriminellen, über den uns hoffentlich die Nienburger Computerexperten bald Auskünfte erteilen können. Gut möglich, dass Frau Mercator diese Gefahr unterschätzte.

Und 2. ließ sie sich mit mindestens einem alten Freund ein. Cordwitz war nicht beteiligt, ich habe ihn gefragt. Unsere Tote scheint ja auch am Arbeitsplatz einen recht flotten Ruf besessen zu haben."

„Dieser Ruf wird vor allem vom Senderchef verbreitet", schränkte Fanny ein. „Das Obermännchen von *lifestream* hat ein echtes Problem mit seinem zweiten oder dritten Frühling. Die Kollegen der Toten hielten sich mit anzüglichen Sprüchen zurück. Und Alwin Borgert, der in den letzten Wochen am meisten mit ihr zu tun hatte, machte überhaupt nicht den Eindruck, als hätten die beiden getechtelt. Ihre Zusammenarbeit war sachlicher Natur."

„Also war Boltersen vielleicht nur beleidigt, dass sie ihn nicht mehr ranließ", schlussfolgerte Kai. „Oder die anderen Leute beim Sender halten sich einfach daran, dass man über Tote nichts Böses sagen soll."

„Sowohl als auch", gab Fanny sich zweigleisig. „Viele sahen in ihr einfach eine liebenswerte Kollegin, die manchmal allen mit ihrem Temperament auf die Nerven ging. Bei einigen allerdings reichte die Betroffenheit über ihren plötzlichen Tod tiefer. Ob man daraus gleich eine Affäre basteln kann, bezweifle ich. Eher so was wie bei Balduin: Sie haben's mal miteinander probiert."

„Aber auch der Vater ist überzeugt, seine Tochter sei fremdgegangen", schob Weber dazwischen.

„Fanden Sie seine Argumente einleuchtend?", hinterfragte Fanny und dachte an die gestrige Unterhaltung zurück. „Wann fängt für den Senior so ein Fremdgehen an? Wenn sie kein Halma mehr spielen möchte?

Der Mann hat eine stockkonservative Einstellung und nach dem Debakel mit seiner getürmten Ehefrau hasst er alles, was ihn an sein eigenes Unglück erinnert. Aber Gianna Mercator spielte nur gern. Manchmal auch mit dem Feuer. Und ihr Göttergatte ist viel zu sehr mit seiner Arbeit verheiratet, um das als Stein des Anstoßes zu nehmen.

Vielleicht ging ihrem Vater nur gegen den Strich, dass sie seine Moral verwarf. Sie war nicht brav. Sie zog nach Hannover und kam nicht mehr nach Hause. Lebte ihr eigenes Leben."

„So weit war sie doch gar nicht weg", kommentierte Kai. „Bis Hannover sind es gut 40 Kilometer. Ein Katzensprung. Ama und ich fahren manchmal abends rüber. Gibt super Diskos dort. Und richtig fette Konzerte mit Spitzenstars. Neulich haben wir Silbermond gehört. War richtig g...", er verschluckte das Wort bei Webers Anblick, „gut."

„Reden Sie ruhig, wie Ihnen der Schnabel gewachsen ist", ermunterte der Nienburger altväterlich. „Ich muss mich sowieso an Kraftausdrücke gewöhnen, die Zwillinge kommen Ende des Jahres in den Kindergarten. Meine Frau freut sich schon auf die ruhigen Vormittage."

Kai grinste konspirativ, hielt aber den Mund.

„Für Mercator senior", erinnerte Fanny, „geht es um Lebenswelten, nicht um 40 Kilometer. Hannover ist für den alten Herrn wie Südamerika."

„Er hat seine Frau an eine fremde Welt verloren", stimmte Weber zu und öffnete sich der eigenen Erinnerung. Sein Körper saß in Bückeburg, sein Geist wanderte in die DDR.

„Dabei stammt auch er selbst aus der Fremde. Erst 1963 kam er in den Westen. Aus einem anderen Deutschland. Die Kommunisten hatten drüben schon gewaltig umgeräumt. Mercator gab damals seine eigene Vergangenheit auf. So etwas tut man, wenn man jung ist. Jung und ungestüm. Oder völlig verzweifelt.

Jeder, der in den Westen flüchtete, wusste, dass man seine Angehörigen im Osten polizeilich vernehmen würde. Sie galten als Mitwisser und wurden richtig in die Mangel genommen, schon um Nachahmungstäter abzuschrecken. Und die Vopos waren damals nicht zimperlich. Nennen wir es ruhig Sippenhaft. Der Flüchtende lieferte die eigenen Verwandten der Willkür eines rachsüchtigen Staatsapparats aus. Und selbst, wenn sie auf freiem Fuß blieben, kamen sie danach schlechter an Güter. An Autos, Telefone, Wohnungen etc. Oft stockte ihre Berufskarriere. Sie wurden bespitzelt, ihre Post wurde heimlich geöffnet.

Sofern die Flüchtlinge heil im Westen ankamen, schickten sie bald Waren und Devisen hinüber. So sorgten sie für Ausgleich. Die Westmark war nach dem Dollar die härteste Währung drüben.

Nur: Unser Gottfried Mercator konnte seine ostdeutsche Familie nicht entschädigen. Sie wollte nie wieder mit ihm zu tun haben. Was muss das für ihn bedeutet haben? Er flieht unter Lebensgefahr zu seiner Frau und büßt dafür die Eltern ein. Um dann Jahre später auch noch die Sicherheit seiner Ehe zu verlieren. Ihm blieben drei halbwüchsige Kinder und seine Arbeit hier."

Nachdenkliches Schweigen folgte auf Webers Monolog. Fanny kannte einiges aus 14 eigenen Jahren, sie war in Brandenburg geboren, Mitte der Siebziger, und wusste noch genau, was einer ihrer Onkel immer heimlich zu dem Staatskürzel DDR gesagt hatte. Es war wenig schmeichelhaft für diejenigen, die nicht beizeiten *rübergemacht* hatten. Damals, als es noch ging, als die Grenze noch nicht Todesstreifen geworden war.

Aber niemand sagte offen, was er dachte. Bis die großen Montagsdemos begannen, 1989, unter dem Dach einer Kirche, die die Obrigkeit hatte auslöschen wollen. Selbst das lag jetzt schon über 20 Jahre zurück. Trotzdem blieb die Erinnerung, wie Phantomschmerz, von einer längst verheilten Wunde ausgelöst.

Kai dagegen war so jung, dass er die DDR nicht mal richtig kennengelernt hatte.

„Meines Erachtens", orientierte Weber sich wieder in die Gegenwart, „müssen wir Mercator senior am Köcheln halten."

„Warum?", fragte Fanny und überlegte, ob sie gestern wichtige Infos überhört hatte.

„Der alte Herr hält mit etwas hinter dem Berg, was wir ihm entlocken werden."

„Den Liebhaber seiner Tochter", schlug Fanny vor.

„Vielleicht ist er nur mitgenommen von ihrem Tod?", monierte Kai skeptisch.

„Er sagt uns nicht alles, was er weiß", behauptete der Nienburger. „Wieso nicht? Wir müssen weiterbohren, auch, wenn er sich verweigern will. Er spielt mit uns Versteck."

„Aber wir brauchen doch einen konkreten Verdacht", zwang Fanny ihren Chef auf den Boden der Tatsachen. „Meinen Sie, er kennt diesen Liebhaber? Ich fand seine Antworten gestern glaubhaft."

„Wir wissen noch nicht einmal", krittelte Weber „ob er zur Tatzeit wirklich im Bett war. Sein Sohn gibt ihm ein Alibi und er seinem Sohn. Aber beide sagten sich abends gute Nacht und sahen sich bis zum Morgen nicht mehr. Das ist kein Alibi, für keinen von beiden."

„Chef", empörte sich Kai. „Glauben Sie allen Ernstes, der alte Mercator steht mit seinen 68 Jahren um Mitternacht auf, um seine eigene Tochter über den Jordan zu bringen? Bei einer sportlichen Einlage mit Wasserbüffeln? Weil sie einen Liebhaber hat? Wie abgefahren ist denn das?"

„Nun, der alte Herr ist beileibe kein Krüppel", entgegnete Weber. Kai blieb der Mund offen stehen angesichts des Verdachts, den der Nienburger implizierte.

„Also mal ehrlich", bohrte auch Fanny. „Chef, Sie denken, dass der Senior nachts mit seiner Tochter in die Niederung fährt, sie mit einem Schocker traktiert, in den Stacheldraht drückt und schließlich einem Wasserbüffel überlässt? Zwei Tage später leugnet er vor der Polizei alles seelenruhig ab und spielt Unschuldslamm?"

„Natürlich nicht. Das wäre nicht sein Stil", ruderte der Kommissar zurück. Einen Moment lang suchte er nach Worten. „Aber der Mann weiß mehr, als er zugibt. Wir werden in seiner Vergangenheit anfangen. Wieso verweigert seine eigene Ost-Familie jeden Kontakt mit ihm?"

„Weil die sauer auf ihn waren", behauptete Kai. „Sie haben die Folgeprobleme doch eben selbst dargestellt, Chef."

„Zu DDR-Zeiten war D-Mark stets hoch willkommen. Diese Leute haben freiwillig 26 Jahre lang drauf verzichtet? Es wusste doch niemand, dass die Mauer 1989 fällt."

„Sind Sie sicher, dass das mit unserem Fall was zu tun hat?", zweifelte Kai.

„Ja. Auf die eine oder andere Art schon."

„Ich fände es eigenartig", blieb auch Fanny reserviert, „jemandem, der wahrscheinlich nicht als Täter infrage kommt, weiter zu befragen. Es hilft uns nicht die Bohne. Wozu das Wühlen in der Vergangenheit? Der alte Mann hat genug Schlechtes erlebt."

„Er hat was mit diesem Fall zu tun", beharrte Weber und wirkte dabei wie ein bockiges Kind. „Das Verbindungsglied ist unsere Tote. Gianna Mercator. Beim Anblick ihrer Leiche sagt er: *Das musste ja so kommen*. Finden Sie so was normal?"

„Nein. Aber seine Vorgeschichte…"

„Eben. Was genau ist seine Vorgeschichte? Ich habe über ihn recherchiert, aber die Sache mit seiner Ehefrau liegt schon recht lange zurück. Es gab eine winzige, polizeiliche Notiz. Und über seine eigene Flucht finden sich so gut wie keine Einträge. Nur das *Travemünder Tagesblatt* berichtete am 12. Juni 1963, dass wieder ein Flüchtling über die Ostsee in den Westen gelangt ist. Man kann kaum erahnen, was für Kraft und Mühe dieser Mann aufwandte, um tatsächlich in die Freiheit zu entkommen. So was hinterlässt Spuren."

„Aber deshalb bringt er doch nicht seine eigene Tochter auf einer Büffelwiese um", erinnerte Kai genervt.

„Er weiß etwas, dass uns weiterhilft", blieb Weber stur.

„Nehmen wir mal hypothetisch an", ließ Fanny sich auf seinen Instinkt ein, „Gianna fragt ihn aus bezüglich dieses Kriminellen, über den sie recherchierte. Wäre das ein Ansatz? Vielleicht kennt der Senior den Typen ja. Aber dummerweise erklärt sie nichts zum kriminellen Hintergrund. Mercator senior wiederum spricht den werten Herrn ganz arglos darauf an und eröffnet damit unwissentlich, dass Gefahr im Verzug ist.

Aber: Hätte er dann nicht anders reagiert beim Anblick seiner toten Tochter?"

„Woher soll er denn wissen", spekulierte Weber mit, „dass der Mann seiner Tochter Böses will? Selbst wir können bis heute nicht entscheiden, ob es Mord, Totschlag, Körperverletzung oder ein Unfall war. Mercator senior hat noch nicht begriffen, in welchem Maße er das entscheidende Zünglein an der Waage war. Dieser Unbekannte aber wusste Bescheid und führte Giannas Tod herbei…"

„…indem er sie auf die Wiese lockte und mittels E-Schocker dafür sorgte, dass sie tödlich verunfallt", vollendete Kai. „Interessante Hypothese."

„Also noch mal", wurde Fanny praktisch. „Welche Aufgaben stehen jetzt für wen an?"

„Sowie die Adresse vom Fink vorliegt", plante Weber, „nehmen wir ihn in die Mangel. Er ist einer der alten Freunde, darauf verwette ich meine Spürnase. Er hat Priorität. Aber sobald uns die Computerexperten aus Nienburg Daten zu den Recherchen der Gianna Mercator liefern, muss auch dort einer am Ball bleiben."

„Bis die fertig sind, können einige Tage vergehen", ketzte Fanny gegen Leute, die sie als Landei abfertigten. „In Nienburg hofft man inständig, dass wir endlich einen Wasserbüffel schuldig sprechen, seine sofortige Schlachtung anordnen und uns dann dem friedlichen Einerlei einer Kleinstadt widmen."

„Glaube ich nicht", prognostizierte Weber. „Sie selbst, Frau Reichert, haben gestern schon Notizen zu einem Wirtschaftskriminellen gefunden. Ohne Spezialkenntnisse, nur mithilfe von dem Senderfritzen. Unsere Fachleute sind mit Sicherheit längst dort gelandet, wo ihre Ermittlungen gestern stoppten, und werten das gerade munter aus. Spätestens heute Abend bekommen wir die erste Meldung.

Zur Erinnerung: Wir dürfen vermuten, dass der Mann auf der *Landpartie* war."

„Ich vermute ungern", entgegnete Fanny widerspenstig. „Haben wir eigentlich einen einzigen harten Beweis, dass der stilvoll gekleidete Mann identisch ist mit dem in Frau Mercators Recherchen?"

„Frau Reichert", bat Weber mit herablassendem Lächeln. „Bitte mehr Spürsinn. Ich weiß, dass Sie darüber im reichen Maß verfügen. Vielleicht gehen Sie heute Abend einfach mal früher ins Bett." Er ignorierte ihren empörten Blick. „Unser Verdächtiger war da, glauben Sie mir. Wir brauchen sein Gesicht. Es steht Fotosuche bei den Lokalzeitungen und den Veranstaltern der *Landpartie* an. Wir brauchen alles vom Samstag. Optimalerweise lächelten Gianna Mercator und ihr obskurer Begleiter in eine Kamera. Vielleicht gibt es auch Überwachungskameras im Schloss? Ganz bestimmt sogar. Haben wir erst mal ein Gesicht, müssen die Zeugen kontaktiert werden, die den Mann in natura sahen. Also den Allgäuer Huthändler, Obstler-Schmidt und eventuell das Freiburger Vogelhäuschen."

„Die sind alle inzwischen in Süddeutschland."

„Das dürfte im Zeitalter von E-Mails ein kleineres Problem sein."

„Aber E-Mails", bremste Fanny, „sagen nichts über die Glaubwürdigkeit aus. Dieses Freiburger Vogelhäuschen würde uns sogar bestätigen, dass James Bond auf der Landpartie Polka getanzt hat. Zusammen mit Gianna Mercator, die am Jackenaufschlag ein Namensschild mit *Mata Hari* trug. Solche Leute können sie nicht ernsthaft als Zeugen verwenden."

„Ich dachte auch eher an die anderen beiden. Denen fehlt jedenfalls kein Rad im Getriebe. Es gibt auch die Möglichkeit, dass einer von uns eine Dienstreise in den Süden Deutschlands unternimmt, um die Zeugen Auge in Auge zu überprüfen. Vor der Erfindung des Internet war so was eine gängige Ermittlungsmethode."

„Für heute und hier", blieb Kai vor Ort, „liegt also dieser Fink an?"

„Im Wesentlichen, ja", bestätigte der Nienburger. „Und das, was die Computerexperten rüberschicken werden."

„Was ist mit Mercator senior?"

Fannys PC gab einen klagenden Ton von sich und enthob Weber einer Antwort: Auf dem Bildschirm erschien eine Adresse.

„Winfried Fink", las der Kommissar vor, „Herderstraße 98, 31675 Bückeburg."

„Das ist hier um die Ecke", wusste Kai. „Da sind wir zu Fuß schneller als mit dem Wagen."

„Ich liebe diese kleine Stadt", zeigte Weber sich mit dem Spaziergang einverstanden. Zur Abwechslung schien draußen die Sonne und lockte mit Sommertemperaturen.

„Dann wollen wir den alten Freund mal besuchen", freute der Jüngste im Team sich.

„Sie bleiben hier", bremste der Nienburger, „Terminieren Sie bitte Mercator senior auf heute Nachmittag. Dann für den frühen Abend den Sohn und ein, zwei Stunden später die Tochter. Diese Befragungen werde ich selbst durchführen. Bis dahin sind Frau Reichert und ich mit dem Fink weitergekommen.

Sie arbeiten bitte jetzt die Einzelnachweisliste des Opfers zu Ende ab. Es gibt immer noch die Chance, dass der Unbekannte von der *Landpartie* antelefoniert wurde."

Acht Minuten später standen zwei Ermittler vor der Herderstraße 98. Ein hübsches Fachwerkhaus, zweistöckig, schmal und sehr typisch für die Häuser dieser Gasse. Glänzende Messing-Namensschilder wiesen drei Mietparteien aus. Fink war in der Mitte. Weber klingelte und stellte sich über die Gegensprechanlage vor.

Der Wohnungsbesitzer ließ sie ein. Ein vierschrötiger Mann, Anfang 40, blaue Augen in einem fast quadratischen Gesicht. Kinn und Wangen wirkten durch einen kantigen Backenbart sehr energisch. Dazu eine militärisch anmutende Kurzhaarfrisur, die heftig ins Graue hinüber melierte. Alles ruhte auf einem untersetzten, muskulösen Körper, der Fanny um schlappe zwei Zentimeter überragte. Der Mann wirkte unerfreut, klemmte sich jedoch eine joviale Höflichkeit ab. Er wies den Besuchern zwei Sessel in der Wohnstube und wollte wissen, weshalb man ihn aufsuche.

„Mein Mitarbeiter sprach heute früh mit Ihnen", begann Weber. „*Müller* hieß er, wenn Sie sich erinnern, Herr Fink."

Wer ihn gut kannte, spürte, dass er lauerte. Jeder andere hielt ihn für einen gealterten Polizisten, der emotionslos seiner Arbeit nachging.

„Wirklich?"

„Sie zeigten", wurde der Nienburger konkreter, „eine auffällige Reaktion bei dem Namen *Mercator*. Leider entzogen Sie sich meinen Kollegen sehr rasch. Erkennbar war allerdings, dass Sie die Person, um die es geht, mit einer Erinnerung verknüpften. Wären Sie so freundlich, uns darüber aufzuklären?"

„Ich wüsste nicht, was Sie das angeht", wehrte Fink sich grob.

„Lesen Sie regelmäßig die Zeitung?"

„Sicher doch."

„Dann haben Sie vielleicht erfahren, dass es in der Bückeburger Niederung am Sonntag einen Leichenfund gab?"

„Ja, aber..." Der Bartträger verstummte. „Was wollen Sie denn eigentlich von mir?"

Man sah ihm an, dass er unsicher wurde, jedoch nicht bereit war, aus der Reserve zu kommen.

„Wie wir aus den aktuellen Verbindungsdaten von Frau Mercators Mobiltelefon ersehen können", palaverte Weber aufreizend umständlich, „haben Sie mit der Dame in den letzten Tagen regen Kontakt gepflegt."

„Mercator?"

„Ja doch", schaltete Fanny sich dazwischen. Sie war entschlossen, Finks Phase des Leugnens abzukürzen. „Seit letztem Donnerstag telefonierten sie sechsmal. Worum ging es bei diesen Telefonaten?"

„Passen Sie mal auf: Der Name Mercator gehört in mein absolutes Privatleben und ich möchte nicht, dass darin jemand herumstochert. Mit welcher Berechtigung kommen Sie hier denn reingeschneit, um mich darüber auszuhorchen? Wenn jetzt meine Frau zu Hause gewesen wäre..."

„Ihre Frau weiß also nichts von den Telefonaten?", hakte Weber sofort ein. „Und soll auch nichts davon wissen?"

„Das geht Sie einen feuchten ..."

„Ich glaube zu verstehen", fiel der Kommissar ihm süffisant ins Wort und riskierte einen siegesgewissen Seitenblick an Fanny. „Sie und Frau Mercator hatten ein Verhältnis?"

Der Backenbart schnappte hörbar nach Luft. Danach schnaufte er nur gestresst und sah sich in seiner Wohnstube um, als fände er dort ein Mauseloch, durch das man rasch verschwinden könnte.

„Ihre Beziehung bestand etwa zwei Jahre?", wertete Fanny sein Verhalten als Zustimmung.

Fink schwieg weiter. Sein Kopf färbte sich langsam rot.

„Wie lange war Frau Mercator am Samstagabend bei Ihnen?", bohrte Fanny. Fink kaute an einer Antwort.

„Hat das was mit dem Todesfall zu tun?", spuckte er plötzlich aus. Es kam gepresst, als hätte er eben erst seine Stimme wiedergefunden.

„Wir möchten wissen", wiederholte Fanny, „wie lange Frau Mercator Samstagabend bei Ihnen war. Und was Sie taten. Nicht bis ins kleinste Detail, aber doch so ungefähr."

„War Gianna die Tote in der Niederung?"

„Herr Fink", beharrte jetzt auch Weber. „Wann trafen Sie sich am Samstag mit Frau Mercator? Wo war das, was taten Sie und wann gingen Sie wieder auseinander? Wir haben guten Grund für unsere Fragen, können Ihnen aber keine Auskünfte geben. Antworten Sie einfach wahrheitsgemäß, wenn Sie nichts zu verbergen haben."

Weber hatte mit sehr ruhiger, tiefer Stimme gesprochen, was Finks Gesichtsröte um wenige Nuancen aufhellte.

„Hat sie deshalb ihre Tasche nicht abgeholt?", gab er indirekt Antwort. „Seit dem Wochenende liegt ihre Handtasche hier, mit allen wichtigen Papieren. Sie vergaß das Täschchen im Wagen. Ich fand es Sonntagmittag und holte es rein. Dummerweise klingelte das Handy abends. Als meine Frau gerade in der Küche mit dem Mixer beschäftigt war. Schwein muss man haben. Nicht auszudenken, wenn sie es gehört hätte. Ich stellte das Ding aus und versteckte alles schnell.

Gianna würde es schon merken, dachte ich, und ihre Sachen abholen. Sie ist ja nicht auf den Kopf gefallen."

„Der Anruf am Sonntag", informierte Fanny ihn, „war von mir. Nicht von Gianna Mercator."

„Wieso denn das?", fuhr Fink sie an. „Sind sie wahnsinnig? Ich wäre in Teufels Küche geraten, wenn meine Frau..."

„Das hätten Sie sich eher überlegen müssen", konterte Fanny scharf. „Vielleicht vor Beginn Ihrer Affäre. Wie lange waren Sie mit Frau Mercator am Samstag zusammen?"

„Ich ziehe hier doch nicht mein Privatleben vor Ihnen aus!", wurde der Mann laut. Sein Kopf nahm die Farbe eines reifen Rotweins an.

„Wir können uns auch auf dem Kommissariat weiterunterhalten!"

Fink schnaufte widerwillig, sein Teint wechselte in Richtung Rosé. Erneut suchte er nach dem Mauseloch in seiner Wohnzimmerwand.

„Wollen Sie mich etwa verhaften?", brach es anklagend aus ihm heraus.

„Dafür haben wir gegenwärtig keinen Grund", versetzte Weber betont gelassen. „Sie werden uns sicher gleich darlegen, wie der Samstag verlief. Danach entscheiden wir, was weiter geschieht. Beginnen wir mit den leichten Fragen: Woher kannten Sie Frau Mercator?"

„Erfährt meine Frau von dieser Sache?"

„Auch das kann ich zum jetzigen Zeitpunkt nicht sagen."

„Dann können Sie mich mal."

„Jederzeit. Moment." Der Nienburger fingerte sein Handy aus dem Sakko. „Ich telefoniere eben nach einem unserer Dienstwagen, der mit Blaulicht unten vor der Tür halten und uns alle drei ins Kommissariat transportieren wird."

Fink glotzte ihn an, als sei Weber der Abschaum seiner schlechtesten Träume.

„Gianna und ich gingen in dieselbe Schulklasse", würgte er hervor.

„Sicher eine Schule hier am Ort?"

„Das Adolfinum. Hinten bei den Hofwiesen. Sie kommen wohl nicht von hier?"

„Nein. Aber inzwischen kenne ich mich schon recht gut aus, Herr Fink." Weber erglänzte vor Liebenswürdigkeit. „Bestand nach der Schule eine weitere Verbindung zwischen Ihnen und Frau Mercator?"

„Nein. Wir verloren uns völlig aus den Augen. Sie wollte in die weite Welt hinaus, während ich in Hannover studierte und schließlich in Hameln eine Anstellung fand."

„Wie kam es zu dem Wiedersehen?"

„Vor zwei Jahren liefen wir uns aus Versehen in die Arme. Gianna erkannte mich wieder. In Hameln, vorm Rattenfängerhaus. Ich arbeite bei der LUFA dort, müssen Sie wissen."

Fink wirkte jetzt umgänglich, es fiel ihm leichter, in der Vergangenheit anzufangen.

„Sie erkannten einander wieder und fanden sich nach all' den Jahren immer noch sympathisch", schlussfolgerte Weber mit nachsichtigem Lächeln.

„Doch. Sehr." Der Bartträger nickte. Ein kleines Lächeln huschte über sein Gesicht und hinterließ in jeder Wange ein Grübchen. „Wissen Sie, meine Ehe…

Meine Frau und ich hatten damals nicht mehr viel Freude aneinander, es gab jeden Abend Zank. Mal ums Geld, mal um die Wohnung, mal um die Hobbys und ich weiß nicht, was noch alles. Sie ist ein sehr unzufriedener Mensch. Ich ließ mich nicht lumpen und gab Retour."

„Wenn man lange zusammenlebt, kommt so einiges zusammen", signalisierte Weber Verständnis.

„Das glauben Sie wohl", bestätigte Fink, wobei sich sein Bart sträubte. „Immer dieses Genörgel. Irgendwann sieht man nur noch das Schlechte. Und fragt sich selbst, ob Scheidung ein Ausweg wäre, traut sich aber nicht…

Und dann steht mir diese blühende, lebensfrohe Frau in Hameln gegenüber, nachdem ich sie aus Versehen an einer Hausecke fast über den Haufen gerannt hätte, und nennt auch noch meinen Namen. War ich perplex. Aber dann: Sofort kam die Vergangenheit wieder hoch. Gianna hat in der Schule immer den Klassenkasper gegeben. Alle Jungs waren in sie verknallt. Also bis auf die, die sie besonders gern bloßstellte. Das konnte sie gut und die ganze Klasse brüllte vor Lachen. Sogar die Lehrer mussten schmunzeln."

„Dann haben Sie einen Kaffee miteinander getrunken vor zwei Jahren", mutmaßte Weber gemütlich. „Oder mit einem Piccolo auf die alten Zeiten angestoßen?"

„Es blieb nicht bei einem", gab Fink zu. „Das war so schön, nach meinem ollen Drachen hier zu Hause mal wieder richtig mit einer Frau zu flirten. Ich hatte schon fast vergessen, wie so was geht. Mein Gott, hatten wir einen Spaß."

Er wirkte sanft und zufrieden. Fanny konnte kaum glauben, dass derselbe Mann ihnen vor einigen Minuten schnaubend Paroli geboten hatte. Sie notierte die Fakten, während ihr Chef nach bewährtem Muster daranging, den alten Schulfreund zu durchleuchten. Fink behauptete, sich Samstag gegen 18 Uhr mit Gianna getroffen zu haben. Das Getechtel dauerte bis in die Nacht. Gegen 23 Uhr 30 habe sie sich von ihm zum Schalltor chauffieren lassen.

„Und dann musste sie", empörte der Barttäger sich, „mit ihren guten Sachen durch den Matsch an der Baustelle waten, weil sie ein *Date* drüben auf der anderen Seite hatte. Dabei hätte ich sie doch auch drüben absetzen können."

Fink behauptete, er wisse nicht, wer jenseits der Bahnlinie gewartet hatte. Freimütig gab er zu, dass ihm die Gegend nicht sehr geheuer vorgekommen sei. Doch Gianna habe sich Einmischung strikt verbeten.

„Und sie kann so ganz verdammt energisch werden", rechtfertigte er seine Zurückhaltung. Also habe man sich am Schalltor getrennt und er wäre eine Viertelstunde vor Mitternacht zu Hause gewesen. Danach rückte der alte Schulfreund die kleine, karierte Handtasche heraus. Sie lag in einer abgeschlossenen Schreibtischschublade versteckt.

Fink wechselte während des Gesprächs öfter den Teint. Er war eingefleischter Choleriker und musste nach jedem Anfall langsam wieder auf den Teppich zurückfinden, geleitet von Webers betont umgänglicher Art. Gegen Mittag wurde er sehr nervös.

„Mein Drachen kommt bald von der Arbeit zurück", erklärte er und schon sein Tonfall bestätigte die erkaltete Glut der Ehe.

„Ihre Frau kann sicher bezeugen, dass Sie Samstag um 23 Uhr 45 wieder zu Hause waren?", vermutete Weber.

„Muss das sein? Ich schwöre Ihnen: Es ist die Wahrheit. Gianna hatte noch ihr *Date* und ich war bei meinem Drachen."

„Wir müssen Ihr Alibi überprüfen", bedauerte Weber.

„Aber wenn meine bessere Hälfte von der Sache erfährt, brennt hier ein Feuerwerk ab."

Weber erhob sich mit einer entschlossenen Geste.

„Wir können Ihnen das nicht ersparen", versetzte er. „Nehmen Sie es als Anlass, sich gründlich über Ihre Ehe auszusprechen. Jedes Ding hat seine Zeit. Diese Tricks, die Sie hier benutzen, führen nur in die Irre."

„Was erlauben Sie sich, Herr…,“ brauste Fink auf.

„Wir werden uns heute im Laufe des Nachmittags bei Ihrer Frau melden“, informierte der Kommissar ihn. „Nutzen Sie die Chance oder lassen Sie es bleiben. Aber Ihr Alibi muss überprüft werden. Eigentlich könnten wir Ihre Gattin auch gleich befragen, wenn Sie jetzt nach Hause kommt.“

„Ach“, haspelte der andere. „Nein, nein. Ich spreche lieber erst mit ihr. Ich habe ja nichts zu verbergen.“

Minuten später gingen die zwei Ermittler. Fanny begriff nicht, warum sie nicht jetzt gleich die Zeugin befragten. War es ein merkwürdiger Akt der Solidarität auf Kosten sauberer Polizeiarbeit? Denn Finks Version vertrug sich nicht mit Giannas Termin um 21 Uhr im Auetal. Oder lag die Unlogik einfach in ihrer Leichtfertigkeit? Wusste sie genau, dass Göttergatte Cordwitz auf sie wartete, selbst wenn sie Stunden zu spät kam?

Aber vielleicht hatte Fink sie doch in den Zaunpfahl geschubst, weil beide vorher zu reichlich becherten. Der früheste Todeszeitpunkt lag bei 23 Uhr 30. Knapp, aber theoretisch machbar. War er so abgebrüht? Und wenn er nicht log: Wer steckte hinter diesem *Date*? Wie viele alte Freunde hatte die Journalistin in Bückeburg eigentlich aufgetan?

Erst eine Stunde später bekam Fanny grünes Licht von Weber und telefonierte mit der Ehefrau, Irma Fink. Schon der Beginn des Gesprächs war seltsam. Die Frau bat, jetzt gleich aufs Kommissariat kommen zu dürfen. Schon fünf Minuten später empfing Fanny sie an der Eingangstür. Eine dauergewellte Brünette, Typ Metzgereiverkäuferin. Mindestens einen Kopf kleiner als Fanny, dafür standfest wie eine antike Tempelsäule. Energisch. Das Auffälligste an ihr war eine schwarze, dickrandige Brille, die ihrem Gesicht Ähnlichkeit mit einer Kobra verlieh. Irgendwie passte das Ding zu ihr, obwohl der Optiker, der dieses Modell empfohlen hatte, nachträglich die Todesstrafe verdiente. Die Ermittlerin behielt ihre Gedanken für sich, verfrachtete Irma nach oben, erklärte ihr, worum es ging und wo ihre Rechte und Pflichten als Zeugin lagen.

Die Tempelsäule nahm alles schweigend zur Kenntnis.

„Ihr Ehemann", begann Fanny die Überprüfung von Finks Alibis, „war also am Samstag 15 Minuten vor Mitternacht zu Hause?"

„Also, hm", setzte Irma Fink an und räusperte sich. „Ich will der Polizei die Arbeit ja nicht unnötig schwer machen. Mein Mann hat sich vorhin so seltsam ausgedrückt. Ich soll bestätigen, dass er Samstag um kurz vor Mitternacht zu Hause war und die restliche Nacht bei mir gewesen ist?"

„Uns interessiert", nickte Fanny und roch schon jetzt den Ärger, der ins Haus stand, „ob diese Aussage stimmt? Wir haben wichtige Gründe für unsere Fragen."

„Können Sie mir sagen, was er damit meint, wenn er sagt: *Ich kriege sonst fürchterlichen Ärger mit der Polizei wegen dieser Toten.*"

„Kann ich Ihnen leider nicht", weigerte Fanny sich und fluchte innerlich. Erst auf ihren Chef, dann auf den alten Schulfreund. Das Ganze stank nach Beeinflussung und Alibibeschaffung. Wer weiß, was Fink seinem Drachen noch alles auf die Nase gebunden hatte. Weber hätte gleich vorhin befragen müssen.

„Aber Sie ermitteln hier in einem Mordfall?"

„Ein Todesfall."

„War der Todesfall hier vor Ort?"

„Liebes bisschen, ja", kratzte Fanny den Rest ihres guten Umgangs zusammen. Wer befragte hier eigentlich wen?

„Dann kann es nur diese Leiche in der Niederung gewesen sein. Diese gut gekleidete Frau, die letzten Sonntag in einem Tümpel auf der Wasserbüffelweide von den Freimuths trieb."

Irma Fink war eindeutig besser informiert als die Zeitungen. Nachrichtensperre auf dem Land, eine Illusion!

„Wir reden natürlich unter den Kolleginnen drüber", tratschte der Drache vertraulich. „Eine von ihnen ist mit Engel Meier verwandt, die die Leiche gefunden hat. Seit Tagen sprechen wir von nichts anderem mehr. Man macht sich so seine Gedanken, was da eigentlich passiert ist. Ob wir jetzt Angst haben müssen, wenn wir auf dem nächsten Betriebsausflug durch die Niederung radeln?"

„Darüber kann ich Ihnen nichts sagen", antworte Fanny steif. „Ich brauche nur Ihre Aussage, ob Ihr Mann eine viertel Stunde vor Mitternacht zu Hause war und danach in der Wohnung blieb."

„Aber diese Tote? Was hatte er denn mit der zu tun? Wieso er?"

„Sprechen Sie ihn doch darauf an, Frau Fink."

„Hab ich ja. Er druckst nur rum. Ich kenne ihn seit 22 Jahren, der verbirgt was. Das verkörperte schlechte Gewissen. Und als er auch noch diese miese Laune bekam, wusste ich genau, dass er was vor mir verheimlichen will. Also: Er hatte was mit dieser Frau, die getötet wurde?"

„Frau Fink, das geht wirklich zu weit! Wir brauchen von Ihnen nur einige Zeitangaben. Oder Sie verweigern die Aussage, was wir entsprechend interpretieren werden."

„Ich ahne doch schon die ganze Zeit, dass er eine hat." Irma wandelte sich zur Kobra und bekam glänzende Augen. „Manchmal riechen seine Hemden nach ihrem Parfüm. Eine Frau merkt so was. Auch wenn der dumme Kerl glaubt, ich sei blind und taub und gehirnamputiert. Also deshalb bekommt er Ärger mit der Polizei. Weil die Schlampe jetzt tot ist. Nun ja. Er hat es so gewollt."

„Wann war er zu Hause? Und blieb er die ganze Nacht?", wiederholte Fanny und betete darum, gerade nicht in der Nähe zu sein, wenn die Eheleute heute Nachmittag darangingen, ihre Meinungen auszutauschen. Winfried Fink mochte ein Choleriker sein, aber mit seiner Ehefrau war genauso wenig gut Kirschen essen.

„Nein, er kam später", platzte es aus Irma heraus.

„Was?" Die Ermittlerin fuhr hoch. Sie hatte auf das sich anbahnende Ehedrama gestarrt und war bereits innerlich in Deckung gegangen.

„Er… er kam nicht um viertel vor 12?", wiederholte sie und bemühte sich, nicht allzu überrumpelt zu wirken.

„Nein. Kam er nicht, der feine Herr."

„Wann kam er?"

Fanny richtete sich auf, atmete tief durch und hätte am liebsten in die Hände gespuckt.

„Nach halb zwei ging die Tür", berichtete die Kobra resolut. „Ich lag schon längst im Bett. Hatte noch gelesen und war gerade am Einschlafen. Da kommt er rein und tratscht mich voll. Hätte einen alten Kumpel getroffen, mit ganz viel Jägerlatein und noch mehr Bieren in einer Kneipe. Dieses dumme Männergequatsche eben. Und ich wüsste ja, wie das ist, wenn zwei Waidmänner anfangen zu erzählen."

„Uns hat er was anderes zu Protokoll gegeben. Aber wenn er in der Kneipe war und mit jemandem redete, werden wir auch das überprüfen. Ihr Mann macht uns die Arbeit nicht eben leicht, Frau Fink."

„Er hat sowieso geschwindelt mit der Kneipe. Ich weiß das genau. Er roch nicht nach Bier, als er endlich ins Bett fiel. Ich kenne den Mief, nach dem er stinkt, wenn er sich mit Kumpels trifft, Bier säuft und nachts vollgequarzt nach Hause kommt. Er war nicht in der Kneipe."

„Fragten Sie ihn danach?"

„Er hätte sowieso nur eine dumme Antwort gegeben. Außerdem wollte ich schlafen. Wochentags muss ich früh um sieben aus dem Haus. Da teilt man sich auch am heiligen Sonntag seine Kräfte ein, statt sie beim Streit zu vergeuden."

„Harte Worte, Frau Fink."

Fanny war klar, dass sie Kai dazuholen musste. Das sowieso schon löchrige Alibi des Hauptverdächtigen war frisch geplatzt und zementierte damit seinen 1. Platz im Täterranking. Das wiederum passte zu einer Tatsache, die Fanny vorhin gewissermaßen über den Weg gelaufen war: Ein kurz vor der Rente stehender Kollege kannte Winfried Fink. Vor 23 Jahren hatte er einen anderen Mann krankenhausreif geprügelt. In dem Irrglauben, der andere wolle ihm die frisch verlobte Irma ausspannen. Der Unterlegene bezahlte mit sechs Wochen Hospital und rächte sich durch eine Anzeige. Fink musste seinerzeit eine Geldstrafe zahlen, danach fiel er, zumindest im hiesigen Raum, nie wieder behördlich auf.

Noch am frühen Abend wurde Winfried Fink vorläufig verhaftet. Als wäre er Hellseher, hatte er sofort einen Rechtsanwalt an der Hand, der ihm beistand. In den weiteren Vernehmungen bezeichnete er seine Frau nur noch als *Lügenmaul* und *Giftspritze*. Sie missgönne ihm einfach die Affäre und es habe keine Männerrunde mehr in der Kneipe gegeben. Da er zugleich derjenige mit den meisten Geheimnissen war, konnte er den Verdacht gegen sich nicht entkräften. Seine Ankündigung, *seine Alte könne was erleben, sobald er wieder zu Hause sei,* gefiel weder den Ermittlern noch seinem Rechtsbeistand. Der Jurist sorgte dafür, dass Fink sich zusammennahm. Danach wurde er für den Rest der Nacht auf Staatskosten untergebracht.

„Morgen hole ich dich hier raus", versprach sein Rechtsanwalt beim Abschied. Fink zeigte etwas Glitzerndes in den Augen und ließ die Hand seines Freundes nur ungern los. Er wirkte angeschlagen, als sich die Zellentür hinter ihm schloss.

„Morgen entreißen wir ihm die Wahrheit", kündigte Weber an, als das Dreierteam sich für die letzte Aussprache am Abend zusammensetzte. „Herr Müller, wie steht es mit Infos der Computerspezialisten?"

Kai berichtete davon. Mehr, als Fanny schon gestern erfahren hatte, lieferten auch die neuen Daten nicht. Gianna Mercator sei außerdem bei Facebook gewesen, man durchstöbere gerade alles auf verwertbare Hinweise.

„Frei übersetzt: Wartet auf morgen", kommentierte Weber. „Gut so, dann haben wir hier etwas Luft. Das Hauptaugenmerk liegt sowieso auf Fink. Frau Reichert und ich werden ihn morgen weiter in die Mangel nehmen, wir stecken jetzt schon am besten drin. Ich plane eine Hausdurchsuchung bei ihm. Sicher finden wir den Elektroschocker, der Frau Mercator verletzte. So wie ich unseren Mann einschätze, wirft der nichts weg. Er besitzt offenbar auch Verstecke vor seiner eigenen Ehefrau in der Wohnung, sonst hätte die

Handtasche nicht so lange unentdeckt bei ihm gelegen.

Bis Donnerstagabend müssen wir etwas vorweisen, was ihn hieb- und stichfest belastet, sonst haut uns der Haftrichter unseren Verdacht um die Ohren."

„Ich bin gespannt", freute sich Fanny. „Sein Temperament ist zwar anstrengend, aber damit kriegen wir ihn. Er achtet nicht mehr auf seine Worte, wenn er hochgeht."

„Mich wundert vor allem, wie schnell der Bursche einen Juristen bei der Hand hatte."

„Ich wette, der rechnete schon heute Mittag damit, dass wir wiederkommen."

„Und was sagt uns das? Er steckt tiefer drin, als er uns weismachen will. Dazu diese dummdreiste Art, seine eigene Frau zu bedrohen. Wie verbohrt ist der Kerl eigentlich?"

„Was ist mit den Aufzeichnungen der versteckten Kameras?", flocht Kai ein. „Sind die auch noch interessant für uns?"

„Die laufen ebenfalls am Rande mit", nickte Weber. „So ähnlich wie die Spur, die der Wirtschaftskriminelle in Gianna Mercators Computer hinterlassen hat."

„Dann setze ich mich noch mal da dran", beschloss Kai und wechselte in sein kleines Büro hinüber. Etwa eine halbe Stunde später rief Ama bei ihm an. Es begann bereits zu dunkeln.

„Wie sieht es aus bei dir?", wollte sie wissen. Es lagen mehr Fragezeichen als sonst darin.

„Gut", gab er zurück und reckte sich auf seinem Stuhl. Die Schultern waren steif, der Kopf war reichlich vollgestopft mit den überraschenden Entwicklungen. „Wir haben eine handfeste Spur in unserem Fall. Endlich."

Damit verstummte er: Achtung, Tabuthema.

„Tut mir leid", schob er lahm nach und ärgerte sich, dass sein Redefluss immer dann versickern musste, wenn es spannend wurde. Gerade heute hätte er sein Triumphgefühl gern im privaten Kreis hinausposaunt. Einen wie den Fink fasste man nicht alle Tage. Wie hielt Fanny dieses Schweigen eigentlich durch in ihrem Privatleben?

„Dann ist dir wohl lieber, heute Abend kein Treffen beim Auenhof zu machen?", erkundigte sich Ama zögernd.

„Doch, doch", entgegnete er sofort. „Ich kann nur nichts über unseren Fall sagen, aber im Moment tut sich eine Menge. Mir schwirrt der Kopf. Ist bestimmt ganz gut, erst mal eine Pause zu machen. Außerdem muss ich noch zum Tatort, um die letzten Kameraaufzeichnungen zu holen. Dafür hatte ich mir die Dunkelheit vorgenommen, braucht schließlich nicht jeder zu sehen."

„Ist gar nicht so einfach, mal allein mit dir zu sein."

„Dafür hat aber noch jeder unserer Abendgänge was für den Fall gebracht", lobte er.

„Ja. Du kannst richtig zufrieden sein." Ihre Stimme strotzte vor Reserviertheit. „Und Weber und Reichert auch."

Kai begriff im selben Moment, dass sein letzter Satz der momentan falsche gewesen war. Die Sache ging ihr wahnsinnig auf die Nerven, sie gab es nur nicht zu.

„Lass uns über was anderes reden", schlug er vor und fragte sich, warum sie so gereizt wirkte. Wuchs ihr die viele Arbeit über den Kopf? Oder zweifelte sie daran, dass er wirklich nur wegen ihr zum Auenhof hinauskäme? Dabei waren die Ereignisse der letzten zwei Abende schlicht Fügungen des Schicksals.

„Ich warte in 10 Minuten auf dich am Waldrand", versetzte sie kurz angebunden.

„Warum rufst du erst so spät an?“, wollte er wissen. „Hattet ihr heute viel Arbeit auf dem Hof?“

„Ich musste noch lernen. Übermorgen ist eine Klausur. Und in Rusbend kann ich mich derzeit nicht gut konzentrieren. Deshalb hab ich mich hier draußen auf eine Wiese gesetzt. Aber jetzt wird es zu dunkel und die Mücken saugen mich leer. Also in 10 Minuten?“

„Gut. Ich freu mich.“

Das Tuten der unterbrochenen Leitung gab unpersönliche Antwort. Er schüttelte den Kopf und machte sich auf den Weg.

Gut eine viertel Stunde später gingen die beiden über den freien Teil der Büffelwiese. Diesmal war Kai mit Amalia direkt zum Tatort weitergefahren. Seltsamerweise redete sie kaum, obwohl er schon zwei Mal nach neuen Geschichten vom Auenhof gefragt hatte. Aber sie gab vor, müde zu sein.

„Du arbeitest zu viel", bemerkte er. Schweigen war die Antwort. Kai wusste nicht, wie reagieren. Konzentriert tauschte er die Speicher von zwei versteckten Kameras aus. Die Techniker hatten die Geräte sorgfältig vor neugierigen Blicken geschützt, es war nicht einfach, an die Datenträger heranzukommen.

„So. Fertig." Er richtete sich auf und steckte die Speicherchips ein.

„Bin gespannt, wen wir darauf wiedererkennen", versetzte er dann, während Ama offenbar stumm geworden war.

„Sicher hilft es euch weiter", rang sie sich ab.

„Wir müssen bei der Auswertung mit dem hiesigen Waschbärenbeauftragten zusammenarbeiten. Der kennt die meisten Leute und kann uns bei der Identifizierung helfen. Damit wir die Spreu vom Weizen trennen."

„Ist er denn vertrauenswürdig?"

„Nee. Das wird noch schwierig, den zum Schweigen zu verdonnern. Mal sehen, wer das hinbekommt. Weber vermutlich, der kann gut mit Zuckerbrot umgehen und dabei unauffällig den Prügel raushängen lassen."

„Hm."

„Aber wenn unser derzeitiger Hauptverdächtiger vorher schon auspackt, können wir uns den Schwafelkopf sparen. Das wäre prima."

„Ihr habt schon einen festgenommen?"

Ein Funken Interesse glomm in ihrer Stimme auf. Kai nickte nur und biss sich auf die Zunge. Dies vorwitzige Organ hatte endlich das geschafft, was es sich vorhin am Telefon noch verkneifen konnte: das Tabu verletzen. Und dann auch noch mit der Hauptspur. Die war im Moment wirklich zu heiß.

„Tut mir leid", zuckte er die Schultern. „Ist mir rausgerutscht. Unsere Abmachung…"

„Na ja, ein staatstragendes Geheimnis hast du nicht gerade verraten, Kai", griente Ama kurz, bevor sie wieder in unergründliches Schweigen abkippte.

„Wollen wir gehen?", lenkte er ab. „Du hast heute bestimmt noch keine Wanderung gemacht und mir tut die Bewegung auch gut."

„Ja. Lass uns was machen."

Schweigend gingen sie zusammen in Richtung Auebrücke. Dort hatte man einen kleinen Rastplatz nahe beim Flüsschen eingerichtet, mit Bank, Tisch und Infotafel. Die beiden bogen vor dem Platz nach links ab und passierten die Brücke. Alles war friedlich. Sacht zunehmende Dämmerung tauchte die Landschaft in blaugraues Licht. Frösche lieferten ein Gesangskonzert, als bekämen sie hohe Gagen dafür gezahlt, einige Singvögel hielten gekonnt dagegen. Die sommerliche Abendluft war ein Genuss, diesmal sogar ohne Juni-Nieselregen. Aber Kai fühlte sich unwohl bei dem andauernden Schweigen. Etwas lag in der Luft.

„Gar keine Geschichten vom Auenhof heute?", wollte er erneut wissen. „Wie geht es Reinhilde? Hat der Erpel sie inzwischen zur Briefmarke verarbeitet?"

„Das besorgt gerade seine richtige Frau, die große Flugente.“

Er konnte nichts dafür: In dem Moment, als der Ausdruck *Flugente* fiel, erschien vor seinem inneren Auge Irma Fink. Er giggerte in sich hinein. Ama blieb ernst.

„Ach Kai“, erklärte sie plötzlich. „Mir fehlt derzeit echt der Sinn für Spaß. Erst Blindowschule, dann Unkraut jäten, Gemüse putzen und hinterher noch mal lernen, das haut ganz schön rein.“

„Sag ich doch: Du arbeitest zu viel. Dabei entspannen Reinhildes Abenteuer so schön.“

„Wer von uns beiden im Moment zu viel arbeitet, können wir auslosen. Aber ich wollte über was anderes mit dir sprechen.“

„Na klar. Was denn?“, versetzte er betont munter, obwohl Amas Worte ihn immer stärker irritierten. „Ist dir was über die Leber gelaufen?“

„Nicht direkt.“

„Also doch. Sag' s mir einfach.“

„Ach, du lachst nur drüber.“

„Bestimmt nicht. Nun komm.“

„Der Rechtsanwalt, den mein Vater bezahlt, hat einen Brief geschickt.“

„Wegen dem Verfahren?“ Kai spitzte die Ohren. „Gibt es was Neues aus Justizias Palast? Nach 25 000 Jahren Bearbeitungszeit?“

„Ganz harmlos. Er bittet um einen Termin. Ich habe für kommenden Montag zugesagt. Meine Mutter will sich bei der Gelegenheit mit mir treffen. Heimlich. Du weißt ja, sie führt Papi gern an der Nase rum. Deshalb fahre ich Samstag oder Sonntag runter nach Frankfurt.“

„Was für ein Hype. Geht das nicht telefonisch? Du bist schließlich keine Verbrecherin.“

„Nein, bin ich nicht. Ich fahre trotzdem, schließlich freue ich mich auf Mami. Aber seit dem Brief kann ich an gar nichts anderes mehr denken als an dieses Verfahren."

Sie wirkte jetzt kleinlaut und geknickt, der Kummer, den sie vorhin verborgen hatte, trat offen zutage.

„Du wirst sehen, die Sache geht mit einer Geldstrafe aus", tröstete er. „Warte einfach die paar Wochen, dann ist alles gut. Die reißen dir nicht den Kopf ab."

„Ich hab aber kein Geld dafür", protestierte sie viel zu laut. Täuschte es oder lag wirklich Panik in ihrer Stimme?

„Wir kriegen das schon zusammen", beruhigte er. „Du bist doch nicht allein auf der Welt."

„Ich mache mir solche Sorgen…"

Er legte den Arm um sie und fragte sich, wann sie begriff, wie überzogen ihre Reaktion wirkte. Dieses Verfahren war zwar ärgerlich, aber kein Beinbruch. Und der Frankfurter Rechtsanwalt hatte gute Worte gefunden, um das Handeln seiner Mandantin menschlich einleuchtend zu erklären. Der Mann verstand sein Fach.

„Außerdem bist du kein Richter", fiel ihr ein. „Du kennst doch den Spruch: Vor Gericht und auf hoher See bist du in Gottes Hand."

„Hör auf, Ama. Erstens hast du einen guten Lotsen, um mal im Bild zu bleiben, und zweitens kochst du da was hoch, was nachher in dreißig Minuten gegessen ist. Der Formalienkram vorweg, die Anhörung, ein bisschen Blabla, die Urteilsfindung… Eine Operation am Blinddarm dauert länger."

„Ich will das alles nicht, Kai." Jetzt konnte man die Angst in ihrer Stimme deutlich heraushören. „Es macht mich verrückt, wenn ich nur dran denke. Ich will nicht vor einen Richter."

„Aber der reißt dir doch nicht den ..."

Er verstummte abrupt und spähte in die Ferne. Weit hinten, wohl einen Kilometer entfernt, sah man ein kleines Licht schweben. Die Asphaltstraße ging hier stumpf geradeaus wie eine Panzertrasse. Und am Ende, gerade eben um eine Kurve gebogen, flackerte dieses winzige Licht. Es besaß etwas Unwirkliches. Wie die Irrlichter, die man früher in Mooren fand. Kleine Gasfackeln natürlichen Ursprungs, die dicht über dem Boden tanzten und Wanderer vom Weg abbrachten, sie in das trügerische Moor lockten.

Aber die Bückeburger Niederung war kein Moor. Und diese Fackel verharrte nicht an einem Platz. Sie wurde größer und zwar, weil sie näher kam. Sogar recht schnell. Inzwischen wirkte sie auch nicht mehr wie Feuer, sondern leuchtete kontinuierlich in Grüngelb: ein modernes Irrlicht. Außerdem konnte man jetzt erkennen, dass sie eine gleichmäßige Bewegung wiederholte.

Auf, ab. Auf, ab. Auf, ab.

Kein ruhiges Fahrrad- oder Mofalicht. Andererseits: Für einen abendlichen Jogger war das Licht zu schnell, zu ruckartig. Außerdem schwebte es höchstens einen halben Meter über dem Boden. Solche kleinen Menschen gab es nicht. Und dass hier eine neue Sportart praktiziert wurde, schien eher unwahrscheinlich.

Ganz eindeutig: Das Ding war unnormal.

„Lieber Himmel. Was ist *das*?", flüsterte Ama, die es ebenfalls bemerkte. Ihre Augen weiteten sich im Erschrecken.

„Keine Ahnung."

„Es kommt auf uns zu."

„Wir müssen von der Straße weg. Bin mal neugierig, wie das weitergeht."

Rechts gab es ein dichtes Weidengebüsch. Sie drängten sich unter die überhängenden, sperrigen Zweige, bemerkten vor Aufregung kaum die dichten Brennnesseln, in denen sie jetzt hockten. Wenige Meter vor ihnen verlief die Straße. Der Lichtschein kam näher.

„Das hier ist kein Naturschutzgebiet", flüsterte Ama angespannt, „sondern ein Irrenhaus."

„Glaube ich auch langsam", stimmte Kai zu und lockerte die Waffe im Holster. Gut, dass er noch im Dienst war.

„Blöde Brennnesseln hier." Mit dem Fuß trat sie einige der juckenden Pflanzen um. „An der Peene hatten wir nie so was. Mordopfer oder Gespenster bei Nacht. Da krochen nur Schmuggler durch die Büsche und die achteten gut darauf, dass wir sie nicht sahen."

„Pscht. Ist bestimmt harmlos", gab er zurück, aber sehr leise, denn der fahle Schein besaß jetzt ungefähr Hasengröße. Immer noch war er verdammt schnell. Das grünliche Leuchten wurde stärker, dann ließen sich Geräusche vernehmen. Ein leises Klackern, als wenn jemand mit den Fingerkuppen rhythmisch auf eine Tischplatte klopft. Ein Vierertakt. Pock, pock, pock, pock. Kurze Pause. Pock, pock, pock, pock. Immer weiter.

„Da läuft was", wisperte Ama. „Ein Tier."

„Gibt es Tiere, die leuchten können?", wollte er genauso leise wissen.

„In der Tiefsee. Quallen und so. An Land nur Glühwürmchen und vielleicht höchstens noch was im Urwald."

Glühwürmchen? Mutierte Glühwürmchen in Hasengröße?

Kai antwortete nicht mehr, das Leuchten war jetzt auf 30 Meter heran, jedes Wort hätte ihr Versteck verraten. Nervös fingerte seine Hand an der Waffe herum. Der rhythmische Ton spulte vor ihnen entlang, als das Tier auf Blickhöhe kam.

Ihnen stockte der Atem: Mitten auf dem Weg rannte das leuchtende Gerippe eines halbhohen, vierbeinigen Wesens. Mit leisem Atemgeräusch und schnell wie ein Vogel. Im Nu war es am Weidengestrüpp vorbei, während Ama einen entsetzten Schrei unterdrückte.

„Wir müssen hinterher", forderte Kai hastig.

„Bist du verrückt?"

„Hier verarscht uns doch einer nach Strich und Faden!"

Wie von der Feder geschnellt, spurtete er los. Das leuchtende Gerippe hatte inzwischen einen Vorsprung von fast 50 Metern. Es war über die Auebrücke gelaufen und hielt sich immer noch auf der Asphaltpiste, die hier eine leichte Kurve machte. Danach zog die Straße sich gut einen halben Kilometer schnurgerade durchs Naturschutzgebiet. Kai beschleunigte, er musste so rasch wie möglich die lange Gerade erreichen. Ob Grollmeister von diesem komischen Ding wusste? Oder der Biologe, der so gern Frösche zählte? Lief das Vieh etwa zum ersten Mal durch die Gegend? Und warum?

Seine Gedanken zerstoben, sein Brustkorb schien zu bersten vor Anstrengung. Trotzdem wurde der Abstand zu dem Wesen immer größer. Mit brennenden Beinen, Krämpfen im Magen und einem unguten Stechen in der Lunge kam er schließlich zum Stehen. Wohl oder übel sah er ein, dass hier seine Grenze lag. Außerdem war das Leuchten inzwischen verschwunden. Es hatte eine weitere Kurve mit üppigem Vorsprung erreicht und war weg, als sein Verfolger dort eintraf.

Laut keuchend hielt er an. Rechts von ihm grüßten die Straßenlaternen aus dem 300 m entfernten Scheie herüber, links leuchteten einige Fenster vom Fasanenhof. Dazwischen vermisste man jede Form von Licht und sei es nur ein fluoreszierendes Gerippe. Die ganze Rennerei umsonst. Wütend trat er mit dem Fuß gegen einen Maulwurfshaufen und fluchte. Immer noch völlig außer Atem zückte er das Handy, um Fanny zu informieren, und stammelte Worte ins Mobiltelefon. „Gerippe" ließ sich verstehen, „verschwunden" auch noch. Seine Kollegin erschrak und überlegte, sofort einen Krankenwagen in die Niederung zu schicken. Dann aber kam ihr einiges merkwürdig vor.

„Beruhige dich erst mal", versuchte sie, der Sache auf den Grund zu gehen. „Was ist jetzt genau passiert?"

Kai atmete mehrmals tief durch.

„Hier läuft ein Skelett rum", bildete er den ersten, verständlichen Satz.

„Was für ein Skelett?"

„Ein kleines mit vier Beinen. Kann sein, dass das Ding inzwischen schon in Scheie, Meinsen, Warber oder Achum ist", betonte er und zwang sich, deutlich zu reden. „Es war richtig schnell. Du musst einen Wagen rausschicken."

„Es war schnell? Ein Skelett?"

„Also, das ganze Ding. Es leuchtete dort, wo normalerweise Knochen sitzen. Irgendein Spuk, den sich ein gnadenloser Scherzbold ausgedacht hat. Keine Ahnung, was das soll."

„Du willst wegen einem Scherzkeks einige Polizeiwagen über die Dörfer hier verteilen?", meldete sie Zweifel an. „Dafür solltest du doch erst mal genau erklären, was du eigentlich gesehen hast."

„Na, ein Skelett eben. Halbhoch, wie ein riesiger Hase. Hab ich dir doch eben gesagt!“

„Du jappst hier zwar was in den Hörer, aber verständlich ist das nicht. Ehrlich.“

„Dann eben noch mal langsam: Es sah aus wie ein leuchtendes Hasengerippe. Ein sehr großer Hase.“

„Der so genannte Riesenhase vom Bückeburger Teufelssumpf?“

„Veralbern kannst du dich selbst!“

„Kai, du bist aber nüchtern, oder? Ich frage nur, bevor ich hier jetzt die Kollegen in Gang setze.“

„Ich bin wesentlich nüchterner als du zur *Landpartie*.“

„Werd nicht frech. Ich meine es nur gut. Gibt's denn noch andere Zeugen für das Ding in der Niederung? Oder nur dich und eine Flasche Schnaps?“

Er überlegte kurz, wie er auf die rotzige Fangfrage eingehen sollte. Ahnte Fanny was von seinen Treffen? Hatte jemand getratscht, vielleicht die beiden Streifenbeamten von gestern? Alle wussten, dass Fanny und Amalia eine Art Hassliebe verband. Und es war schwer zu beurteilen, ob die positiven oder negativen Gefühle dabei überwogen.

„Ja, gibt es“, antwortete er schließlich. „Ama war bei mir. Sie hat das Gerippe auch gesehen. Zufällig.“

„Ach ja?“ Die Ermittlerin versank in kurzes Schweigen.

„Das ist gut“, hörte man Weber aus dem Hintergrund rufen. „Andernfalls hätte ich jetzt ernsthaft an Ihnen gezweifelt, Herr Müller.“

Offenbar hatte Fanny den Lautsprecher des Handys auf Mithören eingestellt.

„Also unternehmt ihr jetzt was?“, fragte Kai, „oder wollen wir uns noch eine halbe Stunde übers Wetter unterhalten?“

„Es reicht, wenn ihre Freundin die Existenz von dem Riesenhasen telefonisch bestätigt", meldete sich Weber aus der Ferne. „Ich hätte sie gern gerade mal gesprochen."

„Moment. Ich muss erst zurück zu ihr."

„Sie haben sie allein mitten in der Niederung gelassen? Dann aber bitte Beeilung, junger Mann. Dunkel ist es auch schon."

Man konnte ahnen, wie der Nienburger fassungslos den Kopf schüttelte. Und Fannys diabolisches Grinsen saß nicht weit davon entfernt. Von Streifenwagen schicken war inzwischen schon gar keine Rede mehr.

Kai erreichte das Weidengebüsch hinter der Auebrücke fünf Minuten später. Der dunkle Schatten war beängstigend still. Er rief nach Ama, duckte sich ins Gestrüpp hinein, um sie zu suchen, verbrannte sich an den Brennesseln... Das war alles. Seine Freundin hatte sich in Luft aufgelöst. Nervös ging er zurück auf die Straße. Wie voreilig war es eigentlich gewesen, dieses Leuchtvieh zu verfolgen? Wer weiß, was in seiner Abwesenheit hier passiert war. Rasch zog er das Handy heraus und rief Amas Nummer an. Lauschte atemlos in die mit Froschgesängen durchwobene Dunkelheit.

Dann hörte man es: ihr Klingelton. Leise und aus einiger Entfernung. Die kurze Melodie kam aus der Richtung des Tatorts, verstummte aber mitten im vierten Klingeln abrupt. Sofort setzte er sich in Bewegung, versuchte, gegen die aufkeimende Sorge anzukämpfen. Wieso war das Klingeln so rasch abgebrochen?

Verzweifelt filterten seine Augen die Nachtdüsternis. Leise trabte er über den Betonweg. Schon nach drei Minuten glaubte er, einen Schatten auf der Straße vor sich zu erkennen. Zwischen dem Büffelbadeloch und dem Tor zur Niederung. Eine einzelne Person, eher klein. Kai näherte sich vorsichtig.

„Ama?“, rief er halblaut. Der Schatten hielt inne. Rasch schloss er auf: Sie war es. Allein, ohne Blessuren. Erleichtert atmete er auf.

„Wo willst du hin?“, fragte er, jetzt mit leisem Vorwurf. „Ich dachte schon, hier läuft inzwischen ein neues Komplott mit einem kleinen Spuk als Aufhänger. Wieso hast du nicht auf mich gewartet?“

„Weil die Brennnesseln mich so nett gestreichelt haben.“

„Mann, bist du aus Zucker?“

Sie schnaubte empört statt einer Antwort, wandte sich ab und begann, erneut in Richtung Auenhof zu marschieren.

„Dein Handy, was ist damit?“, wollte er wissen. „Es ging vorhin plötzlich aus.“

„Hab ich abgestellt.“ Sie wanderte wild entschlossen weiter, sah ihn nicht mal an.

„Ama?“ Er fasste ihren Arm und zwang sie, stehen zu bleiben. „Ich hab mir Sorgen gemacht.“

„Wieso merke ich davon nichts?“, parierte sie bissig.

„Wieso gehst du einfach weg?“

„Es reicht mir jetzt“, griff sie ihn an und entzog ihren Arm. „Jeden Abend dasselbe Theater. Mach doch, was du willst. Und mit wem du willst. Aber ohne mich.“

Sie wandte sich um und wollte weitergehen. Er vertrat ihr den Weg.

„Du glaubst doch nicht“, wehrte er sich, „dass ich dich absichtlich so behandele?“

„Ich glaube gar nichts mehr. Ich nehme die Fakten, wie sie sind.“

Sie schlug einen Bogen um ihn und hielt auf die zwei Kastanien zu.

„Verdammt, wie sind sie denn, deine Fakten?", rief er ihr nach.

„Du lässt mich ständig in der Pampa stehen, weil dir *euer* Fall so fürchterlich viel wichtiger ist. Also gut, Kai: Dann nimm ihn wichtig. Aber lass mich in Ruhe damit. Ganz und gar. Hab ich mich eben geirrt in dir. Wäre ja nicht das erste Mal."

„Was soll das nun heißen? Jetzt reagier doch nicht gleich über."

„Ich reagiere, wie ich will."

„Na gut. Meinetwegen. Tut mir leid wegen vorhin." Er musste an Webers letzte Ansprache denken. Und an Amas Sorge wegen dem Gerichtsverfahren. „Aber komm irgendwann wieder auf den Teppich zurück, hörst du? Ich lass dich wirklich nicht absichtlich hier allein. Das willst du mir doch nicht unterstellen?"

„Mir ganz egal, warum du das tust." Ihre Stimme klang hoch und schrill. „Ist komplett ausreichend, dass es passiert. Alles klar?"

„Ja, hast du laut genug gesagt. Ich verstehe, dass du wegen dem Gerichtsverfahren neben der Spur bist, aber…"

„Neben der Spur? Ich? Wer von uns ist hier neben der Spur?

Und ich will auch nicht mehr der Nebenschauplatz bei dir sein, Kai! Es reicht mir, wie wir krampfhaft versuchen, nicht über deine Arbeit zu reden. Und was kommt dabei raus? Dein Fall verfolgt uns, als wärst du magnetisch."

„Wir waren uns doch einig! Ich kann darüber nicht sprechen. Du hast selbst zugestimmt."

„Da wusste ich noch nicht, wie sich das anfühlt, neben jemandem her zu leben, dessen Gedanken ganz woanders sind. Und der hinter jeder Ecke ein neues Phantom verfolgen muss."

„Danke!"

Demonstrativ verschränkte er die Arme, obwohl sie es nicht sehen konnte.

„Bitte!"

Wütend ging sie schneller. Ihr Fahrrad stand auf dem Auenhof. Sie würde es holen, nach Rusbend fahren und einiges umorganisieren in ihrem Leben. Morgen. Dann am Freitag die Klausur und danach die Fahrt in die alte Heimat. Ohne ein weiteres Wort ließ sie ihn stehen. Kai fühlte sich wie vor den Kopf gestoßen. Immer schemenhafter wurden Amalias Umrisse in der Dunkelheit.

„Ich fahr dich mit dem Wagen zurück", rief er hinter ihr her.

„Spar dir die Mühe. Wie soll ich ohne Rad morgen nach Bückeburg reinkommen?"

„Ich nehme dich mit. Ich muss ja auch zur Arbeit."

Der Gedanke daran erinnerte ihn, dass Weber um ein Gespräch mit Ama gebeten hatte. Rasch rief er die Nummer seines Chefs auf.

„Warte mal", schrie er in die Dunkelheit vor sich. „Du musst dieses leuchtende Vieh bestätigen. Die Kollegen glauben mir sonst nicht."

„Und wenn ich mich weigere? Deine Arbeit geht mich schließlich nichts an. Wir waren uns doch einig."

„Werd nicht fies. Hast du es gesehen oder nicht?"

„Gib dein Handy her", war die eisige Antwort. Er schloss zu ihr auf und reichte den Apparat hinüber. Weber wartete schon am anderen Ende. Mehrfach hatten seine Fragen nach dem *Wer?, Was?* und *Hallo, warum?* aus dem Lautsprecher getropft. In denkbar knappen Worten bestätigte Ama den Anblick des seltsamen Tiers, ohne dabei stehen zu bleiben. Danach warf sie Kai das Mobiltelefon zu, als sei es ein Stück stinkender Müll.

„Ich fahre jetzt", betonte sie zornig. „Mit dem Rad. Danke für den Abend!"

Sie versprühte diese Art von Gereiztheit, die sich nur noch mit der rot aufblinkenden Warnleuchte eines explosiven Geräts vergleichen lässt. Kai hütete sich, den Gefahrenknopf zu berühren.

„Herr Müller?", quakte die Stimme des Nienburgers fragend aus dem Handy, „sind Sie noch dran?"

Der Jüngste im Team starrte abwechselnd auf die verschwindende Gestalt vor sich und den kleinen, silbernen Quälgeist zwischen seinen Fingern.

„Herr Müller?"

Er bekam Lust, das Gerät mit aller Wucht auf den Boden zu schleudern und wutentbrannt darauf herumzuspringen, bis es mikroskopisch kleiner Bestandteil des Weges war.

„Herr Müller!?!"

„Kai?", tönte jetzt auch Fannys Stimme aus dem Handy-Hintergrund. Stöhnend gab er sich geschlagen.

„Ja?", stellte er sich der Neugier der anderen.

„Ist was zwischen Ama und dir?"

„Eine Menge Arbeit", versetzte er hoch angesäuert. „Und ein lächerliches Gerichtsverfahren. Sonst nichts. Das renkt sich schon wieder ein."

„Kommst du noch mal hier vorbei?"

„Nur, wenn's unbedingt sein muss. Sonst renkt sich gar nichts mehr ein, schätze ich."

„Schenken Sie ihr ein paar Blumen", mischte Weber sich ein. „Nehmen Sie ruhig rote Rosen. Hilft immer."

„Nachts um elf gibt es keine roten Rosen mehr in Bückeburg."

„Wie geht's?", empfing Fanny den Jüngsten im Team am Donnerstagmorgen. Er blickte sie zerknirscht an.

„Danke der Nachfrage, gut", versetzte er gespreizt.

„Du müsstest mal in den Spiegel schauen, Kai. So kannst du keine Leute vernehmen, die kriegen ja Mitleid mit dir."

„Für den Fink seid ihr ja heute zuständig. Hast du noch mehr trostreiche Worte für mich?"

„Tatsächlich so schlimm?"

„Ama hat auf stur geschaltet."

„Das kann sie gut, ich erinnere mich."

„Ich glaube fast, die will tatsächlich zu einer Freundin ziehen. Hat gestern Nacht so was angedeutet. Sag mal, Fanny, wie kommt dein Mann damit klar? Mit deinem Beruf und dem ganzen Drum und Dran, meine ich. Wie macht ihr das?"

„Ach, wir haben auch keine richtige Strategie. Nur so eine Übereinkunft."

„Kannst du das näher erklären?"

Fanny's Handy klingelte.

„Weber", meinte sie entschuldigend nach einem Blick aufs Display und nahm das Gespräch an. Es ging um die weitere Vernehmung des Hauptverdächtigen. Der Nienburger erteilte Anweisungen, welche Unterlagen Fanny dafür zusammenstellen sollte. Und Herr Müller möge sich inzwischen mit Dr. Grollmeister verabreden, um die Kameraaufzeichnungen vom Tatort auszuwerten. Darin habe er ja schon Übung.

Fanny weigerte sich, über den Witz zu lachen. Gleichwohl war sie froh, dem wortgewaltigen Ehrenamtlichen nicht gegenübersitzen zu müssen. Das Gespräch mit Fink würde deutlich spannender werden.

„Dir gehört heute der Waschbärenbeauftragte", gab sie die Info an Kai weiter. Er starrte sie an, als habe sie verkündet, ihm jetzt noch den Fangschuss zu setzen.

„Ich denke, heute ist der Unbekannte von der *Landpartie* dran?", probierte er eine Fluchtstrategie.

„Und Grollmeister samt der versteckten Kameras. Halt die Nebenspuren."

„Mach keine schlechten Witze mit mir", beschwerte er sich. „Wenigstens heute nicht."

„Ist keiner", retourte sie trocken. „Weber und ich werden den Fink weiter ausquetschen, plus Hausdurchsuchung. Du schnappst dir den Grollmeister. Vergiss nicht, ihm klarzumachen, dass er sein Wissen nicht breittreten darf."

„Wenn's sonst nichts ist. Soll ich ihm auf der Grundlage von § 9 876 androhen, dass er sonst in Haft kommt?"

„Sofern er dir den Quatsch abnimmt, versuch es. Der Typ redet sonst jedem eine Kante ins Knie, wie wichtig seine Zusammenarbeit mit der Polizei ist."

Sie schwieg kurz, bekam dann jedoch Mitleid.

„Wieso hast du dich gestern Abend nicht ausgesöhnt mit deiner Amalia? Kann doch nicht so schwer sein?"

„Die reagiert im Moment phasenweise panisch wegen dem juristischen Verfahren gegen sie. Es nähert sich. Seitdem entwickelt sie eine Phobie gegen Richter und sagt, sie bräuchte jemanden, der ihre Sorgen wirklich versteht. Aber das könnte ich ja nicht sein. Ich jage ständig Verbrecher und wolle nur noch Märchen über Reinhilde von ihr hören."

„Reinhilde?"

„Ist eine Ente vom Auenhof."

„Meine Güte. Eine Ente." Die Ermittlerin schüttelte fassungslos den Kopf. „Ihr braucht wirklich ein bisschen mehr Zeit füreinander."

„Der Tag hat aber nur 24 Stunden. Wenn wenigstens dieses vermaledeite Verfahren nicht noch dazwischenpfuschen würde..."

Fanny runzelte die Stirn und schwieg. Den Hintergrund des Gerichtsverfahrens kannte sie, sogar näher, als ihr lieb war. Sie würde als Zeugin beteiligt werden. Und es war ihr auch nicht egal, wie alles ausging. Aber im Moment roch ihr Kais Gejammer zu streng nach Selbstmitleid.

„Lass uns jetzt erst mal die Arbeit erledigen", erwiderte sie und begann, sich in ihren Computer zu vertiefen. Kai schlich hinüber in sein eigenes Reich und tröstete sich mit einer Koffeindosis aus der Espressomaschine. Danach terminierte er Grollmeister auf zehn Uhr und verbrachte die restliche Zeit mit den Ergebnissen der Computerspezialisten. Wirkliche Geistesblitze ergaben sich nicht, das Material war schlicht noch zu dünn.

Etwa fünf Stunden später wusste er, dass folgende Personen um die Büffelbadewanne herumgeschlichen waren: der Biologe Klausnizer, ein Pächter des Jagdreviers in der Bückeburger Niederung, zwei bekannte Personen der örtlichen Naturschützerszene und fünf hiesige Fahrradfahrer, die Grollmeister aus seiner weit gestreuten Bekanntschaft kannte. Hinzukamen drei unbekannte Spaziergängerduos, die man bestenfalls als Katastrophentouristen bezeichnen konnte. Ihre Gespräche belegten eindeutig, dass sie Klatsch aufgeschnappt und diesen Ort aus schlichter Neugier aufgesucht hatten. Außerdem tauchten die Freimuths vom Auenhof auf, um den Behelfszaun der Wasserbüffel zu kontrollieren. Danach übten zwei Betrunkene Weitpinkeln in die Pfütze, die sich nach den letzten Regenfällen wieder im Wasserloch gebildet hatte. Schließlich suchte der Beauftragte selbst im Schlamm des Ufers mit hingebungsvoller Ausdauer nach frischen Fährten.

Im Büro neben Kai sitzend, sah Grollmeister perplex dem feucht-fröhlichen Werk der beiden Vollgetankten zu. Er glich seinen eigenen Suchpfad im Morast damit ab und rümpfte empört die Nase. Sein Kopf begann, zornesrot zu leuchten, während er sich geschlagene 20 Minuten über Rüpel und Alkoholiker aufregte. Es nützte auch nichts, dass Kai bekannt gab, die Spurensicherer hätten im abgepumpten Wasser des Badelochs fast mehr Büffelurin als normales H2O gefunden.

Nächtliche Besucher fanden sich ebenfalls: Neben zahlreichen Wildtieren erkannte der Doktor denselben Unbekannten, wegen dem er ursprünglich erstmals mit der Polizei telefoniert hatte. Die nächste Nebenspur. Der Fremde stand wieder dort, wo er dem Beauftragten auch zum ersten Mal aufgefallen war. Durch den Winkel der Kamera blieb jedoch sein Gesicht unkenntlich. Kai notierte sich, die Kollegen noch heute um eine Veränderung in der Kamerainstallation zu bitten. Falls die ominöse Person erneut auftauchte, wollte er gern mehr von ihr sehen.

Vielleicht würde auch der merkwürdige Riesenhase wieder über die Asphaltpiste des Naturschutzgebiets sprinten. Ob man heute Abend noch mal im Weidengebüsch lauern sollte? Kai wurmte es, dass seine Kollegen ihn deshalb für einen Quartalssäufer hielten. Andererseits musste er heute dafür sorgen, dass die

Beziehung zu Amalia gekittet wurde. Weber schien jedenfalls Verständnis für ihn zu haben, ein gutes Vorzeichen.

Derweil kramte Grollmeister per Selbstgespräch in seinem Gedächtnis. Er beharrte darauf, dass der Wasserlochstarrer, dessen Umriss klar zu erkennen war, ihm bekannt vorkäme. Vermutlich würde dies Rätsel den Rentner noch den ganzen Tag über beschäftigen. Deshalb schärfte Kai ihm energisch Verschwiegenheit ein. Er solle sich nicht selbst in Gefahr bringen. Als Köder warf er ihm die weitere Mitwirkung bei der Auswertung hin und verabredete gleich den nächsten Termin für den morgigen Freitag.

„Haben Sie mal ein seltsam leuchtendes Tier in der Niederung gesehen?“, stocherte er danach vorsichtig in Grollmeisters Mitteilungsfreude.

„Ein leuchtendes Tier? Ein Glühwürmchen?“

„Nein, größer.“

Der Doktor starrte ihn verdutzt an. Für circa vier Sekunden verschlug es ihm sogar die Sprache.

„So etwa einen halben Meter hoch“, erläuterte Kai zurückhaltend.

„Wie kommen Sie denn darauf?“

„Ein Passant sagte so was.“

„Ich könnte mich erkundigen“, bot der Ehrenamtliche an, streifte seine Überraschung ab und begann, Ideen zu entwickeln. „Haben Sie die Freimuths schon gefragt? Und die anderen Bauern? Oder die Hubschrauberpiloten? Das Militär marschiert nachts auch manchmal durch die Niederung, die könnten ebenfalls was gesehen haben. Der örtliche Jagdpächter?

Oder wir machen einen Aushang an dem neuen Rastplatz bei der Auebrücke: *Die Polizei Bückeburg sucht ein leuchtendes Tier, halbhoch, was kürzlich hier ge-*

sehen wurde. Wer kann Hinweise geben? Plus Telefonnummer und Ansprechpartner. Bei den vielen Menschen in der Niederung findet sich bestimmt ein Zeuge."

Kai beschloss angesichts dieses menschlichen Füllhorns, das leuchtende Gerippe lieber nur noch mit spitzen Fingern anzufassen. Vermutlich hatte es wirklich nichts mit ihrem Fall zu tun und Arbeit bekam er derzeit schon mehr als genug.

„Noch nicht", winkte er ab. „Vielen Dank, Dr. Grollmeister. Also, wir sehen uns morgen um neun Uhr wieder?"

Mit verschwenderischer Wortfülle sicherte der Beauftragte sein Kommen zu. Ebenso sein großes Ehrgefühl, bei dieser schwierigen Aufgabe helfen zu dürfen. Kai ließ ihn reden. Im Grunde war er dankbar für jede Ablenkung von seiner Privatfehde. Eine halbe Stunde später hatte der Doktor ihn verlassen. Er besorgte sich etwas zu essen und pirschte gegen 15 Uhr 30 zum Restteam hinüber.

Mal sehen, wie weit die inzwischen mit Fink waren.

Er fand seine beiden Kollegen mit rauchenden Köpfen vor. Die Wohnung des alten Schulfreundes war inzwischen von innen nach außen gestülpt worden, aber bis auf zwei Verstecke für halbvolle Schnapsflaschen blieb die Suche erfolglos. Auf einen Elektroschocker wagte kaum noch jemand zu hoffen.

Nach wie vor blieben die Eheleute Fink bei ihren gegensätzlichen Aussagen und bezichtigten den anderen der Lüge. Heute Morgen hatte Weber das Navigationsgerät des Verhafteten an die Experten in Hannover geschickt. Sie sollten untersuchen, ob sich aus den gesammelten GPS-Daten Infos zum Aufenthaltsort des Autobesitzers ziehen ließen. Das Ganze möglichst bis heute Abend.

Aber auch diese Strategie blieb nutzlos: Es ergaben sich keine harten Beweise.

Der Staatsanwalt hatte schon einige Male gefragt, was denn nun wäre. Man müsse abwägen, wie weiter mit dem Verdächtigen umzugehen sei. Gäbe es gute Gründe, ihn länger festzuhalten?

Finks Rechtsanwalt machte deutlich, dass er an den Aussagen der Ehefrau zweifelte und das geplatzte Alibi als juristisch nicht ausreichend einschätzte. Man möge Irma noch einmal genau auf den Zahn fühlen. Unter diesen Vorzeichen rückte die Freilassung des Hauptverdächtigen in greifbare Nähe. Der Choleriker trumpfte auf und warf jedem, der zu dicht an ihn herankam, schlampige Arbeit zulasten unschuldiger Bürger vor. Er würde diesen Vorgang in die Öffentlichkeit bringen, sobald er zu Hause aufgeräumt habe…

Die Ermittler begannen, sich um die Sicherheit der Ehefrau zu sorgen. Am frühen Abend schäumte Weber vor Wut, während Fanny und Kai immer wieder die Vernehmungsprotokolle durchgingen, um einen schwachen Punkt zu finden, an dem der alte Schulfreund sich verraten hatte. Ohne Ergebnis. Sie zogen noch eine letzte Befragung mit ihm durch. Vergebens: Er gestand außer der Affäre nichts. Notgedrungen ließ man ihn gehen.

Kurz zuvor konnte Irma Fink überredet werden, die Nacht nicht in ihren eigenen vier Wänden zu verbringen. Sie willigte wenig begeistert ein. Kai chauffierte sie in Richtung Norden. Er war gut gelaunt, denn Weber hatte ihm den Abend freigegeben, um sein Privatleben in Ordnung zu bringen.

„Tut mir leid“, begann er auf der Autofahrt ein Gespräch, „dass Sie so viel Ärger bekommen haben.“

„Ach, junger Mann, Sie wissen ja gar nicht, was sich in den letzten 20 Jahren schon alles angesammelt hat.“

„Sie sollten was dagegen unternehmen. Gewalt ist keine Grundlage.“

„Ich bin bisher noch immer mit Winnie fertig geworden. Man findet so seine Wege. Er regt sich zwar schnell auf, aber im Grunde seines Herzens ist er eine ehrliche Haut.“

Kai wurde stutzig. Die Eheleute hatten derart gegensätzliche Aussagen gemacht, dass einer von ihnen lügen musste. Warum hielt die Frau ihren Winfried trotzdem für ehrlich?

„Er redet wahrscheinlich immer so, wie ihm der Schnabel gewachsen ist“, vermutete er und sah Irma Fink dabei kurz ins Gesicht. Sie hielt eine Tasche mit ihren Utensilien auf den Knien und starrte nach vorn durch die Windschutzscheibe.

„Ich habe immer gewusst“, behauptete sie fest, „wann er flunkert. Manchmal hat er auch richtig gelogen, aber er war immer leicht zu durchschauen. Dass da ein Flittchen war, vermutete ich seit einiger Zeit. Aber jetzt bekommt er seine Lehre. Schuster, bleib bei deinem Leisten, sag ich nur.“

„Sie sind mutig, diese Aussage gegen ihn zu machen.“

„Muss ich das Ganze etwa auch beschwören?“

„Wenn es zum Verfahren gegen ihn kommt, schon. Vor Gericht werden Sie vereidigt“, gab Kai Auskunft und beobachtete die Frau aus den Augenwinkeln. Ihr Gesicht zeigte eine unbehagliche Miene. Sie dachte über etwas nach.

„Aber Sie haben sich ja nichts vorzuwerfen", schob er nach und verlangsamte das Tempo. Die Pension, in der Irma Fink übernachten würde, war fast erreicht.

„Er kriegt doch nicht etwa ein Verfahren an den Hals?", wandte sie sich besorgt an den Ermittler. In diesem Moment begannen bei Kai die Alarmglocken zu läuten.

„Wir werden sicher bald weitere Indizien für seine Täterschaft finden", flunkerte er drauflos. „Alles eine Zeitfrage. Und dann ist er dran. Er ist schon mal wegen Gewalttätigkeit aufgefallen, das passt ins Bild. Und diese Rachegelüste, die er gegen seine eigene Frau hegt, sind in den Vernehmungen durchaus negativ aufgefallen."

„Wieso lassen Sie ihn dann frei?"

„Wir müssen bestimmte Fristen einhalten, die gesetzlich vorgeschrieben sind. Aber er ist unser Hauptverdächtiger und wir werden ihn weiter überprüfen."

„Und dann nehmen Sie ihn wieder fest und ich muss einen Eid leisten?"

„Sie können die Aussage auch verweigern."

„Du lieber Gott, das wollte ich doch alles gar nicht."

„Wie meinen sie das?", hakte Kai nach und hielt vor der Pension. Die Frau antwortete nicht. Sie stieg aus, bezog düster schweigend ihr Zimmer und verabschiedete sich schlecht gelaunt von ihrem Chauffeur. Man bekam das Gefühl, am liebsten hätte sie irgendeinem Fremden die Schuld für alle Probleme in ihrem Leben zugeschoben.

Sofort telefonierte Kai mit Weber und übermittelte das seltsame Gerede der Zeugin. Der Nienburger nahm die Zweifel dankend auf. Wenn Finks Alibi nur geplatzt war, weil zwei Menschen einen Kleinstkrieg austragen mussten, konnte die Polizei mit ihren Ermittlungen wieder ganz von vorn beginnen.

„Hat die Auswertung der versteckten Kameras heute was ergeben?“, schob der Kommissar nach. „Neues zu den Nebenspuren?“

„Ziemlich wenig“, bedauerte Kai und erzählte vom Wasserlochstarrer und den Katastrophentouristen. Danach hatte er endlich frei und machte sich erleichtert auf den Weg nach Rusbend. Eine merkwürdig stille Wohnung starrte ihn dort an. Vorn im Flur stand ein CD-Player auf einem Stuhl. Angelehnt ans Gerät ein Brief. Mit mulmigen Gefühlen griff er danach und las. Eine Art Abschiedsbrief, tatsächlich. Es war von „Abstand“ die Rede, von „Verletztheit“. Immerhin nicht von Endgültigkeit.

„Ich wohne wieder bei Xynthia“, lauteten Amalias letzte Sätze. „Inszenier bitte nicht denselben Zirkus wie Heiko. Liebe Grüße, deine Ama“.

Langsam ließ Kai den Bogen niedersinken. Das ging alles viel zu schnell für ihn. Ein blinkendes Licht am CD-Player fiel ins Auge. Jemand hatte eine Scheibe eingelegt, gestartet und auf Pause gestellt. Fast ohne nachzudenken, drückte er die Play-Taste.

„Muss erst noch kurz die Welt retten“, erklang eine Melodie. Die helle Stimme eines Tenors. Tim Bendzko. *„Ich wär' so gern dabei gewesen, doch ich hab viel zu viel zu tun, lass uns später weiterreden. Da draußen brauchen sie mich jetzt, die Situation wird unterschätzt…“*

Eine Anklage!

Wutentbrannt schlug Kai mit geballter Faust gegen den Apparat. Polternd kippte der Stuhl um. Im Fallen riss das Kabel des Geräts aus der Steckdose und ließ Amas Plädoyer verstummen. Doch nur äußerlich.

Schließlich schallte das Lied regelmäßig über den Äther. Wer kannte sie nicht, diese Rechtfertigung eines Menschen, der seine Lieben wegen der Arbeit vernachlässigt?

Kais Gedanken begannen zu rasen. In ihm explodierte eine Kugel aus Zorn und Enttäuschung. Er fluchte heftig, rannte aus der Wohnung, nahm an der Treppe drei Stufen auf einmal, sprang ins Auto und jagte zurück nach Bückeburg. An der Kreuzung Scheier Straße/Hannoversche Straße bremste er scharf. Schlingernd, mit quietschenden Reifen kam der Wagen zum Stehen. Kais Kopf brummte wie ein hyperaktiver Bienenstock, sein Atem ging stoßweise.

Inszenier bitte nicht denselben Zirkus wie Heiko, hatte in dem Brief gestanden. Heiko war Amas Ex, ein aufdringlicher Typ, der nicht begriff, wann das Ende der Fahnenstange erreicht war. Kai fand es dreist, mit diesem Kerl in dieselbe Waagschale geworfen zu werden.

Andererseits: Was tat er hier gerade? Raste wie ein Amokfahrer in Richtung Sprekelsholzkamp. Xynthia wohnte dort. Jetzt gleich wollte er diese Sache klären, die doch nur ein riesiges Missverständnis sein konnte. Egal, wie spät es war, egal, wie aufgeladen seine eigene Stimmung. Er war drauf und dran, dasselbe Programm abzuliefern wie sein ehemaliger Nebenbuhler.

Wie ein Schlag traf ihn die Erkenntnis: Dieser Weg war verboten. Nur eine todsichere Strategie, um Ama tatsächlich zu verlieren. Mit den Fäusten schlug er aufs Lenkrad vor sich ein, ließ seine Wut daran aus. Dann setzte er mit aufheulendem Motor den Blinker nach links, fuhr über die Kreuzung ein Stück die Hannoversche Straße hinab, parkte den Wagen schräg in einer der Buchten. Direkt vor ihm leuchtete die unverwechselbare Fassade des alten Ostbahnhofs, das *Min-*

chen. In der Kneipe ergatterte er einen Stuhl an der Bar und ertränkte Tim Bendzkos Lied nach allen Regeln der Kunst.

Das Handy riss ihn aus den Federn. Falsch. Es versuchte, ihn zu foltern. Jedes Klingeln schmerzte bestialisch. Gefühlte 100 Schrauben bohrten sich gleichzeitig durch seine Hirnwindungen. In sämtliche Richtungen, kreuz und quer. Trotzdem gelang es ihm, das Gespräch anzunehmen, schon allein, um dem Läuten endlich ein Ende zu bereiten. „Kai", quakte Fannys Stimme viel zu laut. „Wo bist du? Hier steht der Grollmeister auf dem Flur, sülzt mich voll und will die versteckten Kameras mit dir auswerten."

Er hätte sie am liebsten angeschnauzt, sich endlich eine sanftere Tonlage zuzulegen. Jedes ihrer Worte drehte eine neue Schraube in seinen Kopf hinein. Mühsam versuchte er, sich aufzusetzen. Ein Schwindel schlug zu, der Magen kooperierte damit. Kai übergab sich lauthals.

Danach sah er die Bescherung: Offenbar war die Sauerei nicht zum ersten Mal passiert. Neben seinem Bett stanken verdächtige Anzeichen vor sich hin. Bei dem Geruch krampfte sein Magen augenblicklich von Neuem.

„Was hast du gemacht?!", verlangte Fannys Krötenstimme zu wissen. „Bist du krank?"

„Krieg ich nicht mehr zusammen", würgte er kurz vor der nächsten Attacke hervor. Sie war taktvoll genug, die paar Sekunden schweigend abzuwarten.

„Ich glaube, ich war im *Minchen*", stellte er danach mit einem tiefen Aufseufzen fest.

„Ich fass' es einfach nicht", trompetete sie, diesmal ohne Andeutung von Mitleid, ins Telefon. „Bestell dir das nächste Mal Malzbier!"

Aus seinem Inneren schwappte der nächste Brechreiz hoch.

„Schrei nicht so", wehrte er sich verbissen.

„Pass jetzt auf", befahl Fanny unbeugsam. „Ich gebe dir eine halbe Stunde. So lange kriegen wir den Grollmeister hier irgendwie beschäftigt, man muss ja nur einen danebensetzen, der ihm zuzuhören scheint.

Was viel wichtiger ist: Weber hat schon nach dir gefragt. Ich konnte ihn ablenken, aber er ist misstrauisch. Du schälst dich jetzt auf der Stelle aus deinem Suff, wäschst dich gründlich, wirfst drei Aspirin ein, holst diese Speicher aus den versteckten Kameras und läufst hier auf.

Klar? Eine halbe Stunde. Sonst garantiere ich für gar nichts."

„Warte! Ich weiß ja nicht mal, wo mein Auto steht. Selber gefahren bin ich gestern bestimmt nicht mehr. Und *schrei nicht so*, ich bin nicht taub, verdammt."

„Junge, dann ruf eine Taxe. Du bist ja schlimmer als ein Kleinkind!"

Er verzichtete auf die Frage, ob sie jemals Kontakt mit trotzenden Dreijährigen gehabt hatte. Weber hätte ihr vermutlich berichten können, wie hilflos sich das anfühlte.

Etwa eine dreiviertel Stunde später passierte er die Tür des Kommissariats und holte den bestens aufgelegten Grollmeister bei einem verschnupften Kollegen ab. Beide vertieften sich in die neuen Aufzeichnungen vom Wasserloch. Fanny und der Nienburger Chef waren ihm bis dahin noch nicht über den Weg gelaufen. Er spürte auch keine Sehnsucht, die zwei vorläufig zu sehen. Der Waschbärensucher machte ihm die Sache leicht: Er redete und redete. Hin und wieder waren auch brauchbare Aussagen dabei, wenn ein bekanntes Gesicht auf dem Bildschirm auftauchte…

Gegen 14 Uhr beendeten die beiden ihre Arbeit. Der Doktor wollte wissen, ob er am Samstag auch wieder gebraucht werde? Seine Augen bettelten um ein „Ja“. Kais Kopf puckerte und klagte, ganz zu schweigen von seinem Magen. Vor einer Stunde hatte er zwei neue Aspirin nachgeschmissen, aber jetzt wollte der Körper eine Pause.

„Sagen wir“, überlegte er sorgfältig, „morgen ein wenig später, Dr. Grollmeister?“

„Ihnen geht es wohl nicht so gut heute“, erkundigte der Beauftragte sich. Er schien tatsächlich etwas von Kais angeschlagenem Zustand mitbekommen zu haben.

„Im Privaten läuft es grade nicht so rund“, gab der Ermittler zu. Ein sanfter Hauch von Mitleid berührte ihn und streichelte seine flügellahme Seele.

„Kenne ich bestens“, reagierte Grollmeister milde und schilderte eine viertel Stunde lang, wie seine eigene Familie ihn manchmal abfertigte. „Das renkt sich wieder ein. Mit ein bisschen Zeit…“

„Also morgen um 14 Uhr?“, terminierte ihn der Ermittler, um die Sache zum Abschluss zu bringen.

„Aber herzlich gern.“

Der Rentner schüttelte ihm die Hand und empfahl sich. Ohne eine Menschenseele zu treffen, verließ der Doktor wenige Minuten später die Polizei. Selbst der Tresen war verwaist, obwohl zwei abgehobene Telefonhörer dort herumlagen. In dem einen monologisierte eine weibliche Stimme vor sich hin. Grollmeister starrte dies Bild der Verlassenheit 10 Sekunden lang an, bevor er mit irritierter Miene das Gebäude verließ.

In der oberen Etage atmete Kai befreit durch und zog Bilanz, während er seiner Espressomaschine einen neuen Auftrag erteilte.

1. Seine Freundin war bis zum nächsten Wochenanfang fort. Also hatte er Zeit. Noch besser: Er bekam 2. völlig freie Bahn, jene Freundin, bei der Ama nächtigte, ein wenig auszuhorchen. Sie kannten sich gut. Xynthia würde ihm 3. einen Tipp geben, wie am Besten weiter vorzugehen war. Licht am Ende des Tunnels. Noch stand er bei 1, aber bis Dienstag hatte er sich vorgewühlt auf 3.

Dann gab es jetzt genug Zeit und Raum für Gianna Mercator. Er ordnete die Gedanken, streichelte seinen Kater und ging kurz darauf mit einem frisch gebrühten Latte über den Flur in Richtung Restteam. Inzwischen fragte er sich doch, ob den beiden anderen heute mehr Erfolg beschieden war. Fink mochte noch so cholerisch sein, rüpelhaftes Auftreten allein lieferte keinen Beweis für seine Schuld.

Und was hatte es eigentlich mit diesem Wasserlochstarrer am Zaun zur Büffelweide auf sich? Musste der nicht allmählich ins Visier rücken? In der letzten Nacht hatte er nicht dort gestanden, so dass auch die veränderte Kameraperspektive im Moment nicht weiterhalf. Doch ein Gefühl sagte Kai, dass dieser Mensch wieder auftauchen würde.

Zu seiner Überraschung befand sich Fanny allein im Büro. Sie blickte schnuppernd auf.

„Ist der für mich?", fragte sie statt einer Begrüßung.

„Auf die Sorte ist eigentlich der Typ aus Nienburg abonniert", erklärte er und schwenkte seine Tasse. „Aber heute brauche ich auch was Magenschonendes."

„Ich würde mich auch mit einem Espresso zufriedengeben", bot sie an.

„Was habt ihr Neues?“, erkundigte er sich und setzte sich probeweise auf Webers verwaisten Stuhl. „Wo ist unser Alphatier? Spioniert er den Fink aus?“

„Ich glaube“, antwortete Fanny bedauernd, „den Vogel hat er vorläufig zur dritten Nebenspur ernannt.“

„Nicht möglich. Gestern stand der Kerl schon mit beiden Füßen im Knast.“

Die Ermittlerin schob sich mitsamt ihrem Stuhl nach hinten und betrachtete Kai aufmerksam. Man merkte, dass ihr Fink im Moment egal war.

„Wie geht es?“, fragte sie ruhig.

„Besser.“

„Das ist ja schon mal was.“ Sie lächelte kaum merklich.

„Danke für heute Morgen“, schob er nach. Sie nickte, jetzt seltsam vergnügt, und machte eine wegwerfende Handbewegung.

„Du kannst dich in Naturalien revanchieren“, bestand sie auf ihr Standardgetränk.

„Wie gehen wir weiter mit den Finks um?“, blieb er am ersten Thema. „Sitzt die Frau noch in der Pension?“

„Die wurde heute Morgen schon abgeholt. Seit ihrer Ankunft in Bückeburg befragt der Staatsanwalt höchstpersönlich Finks bessere Hälfte nach ihrem Gedächtnis“, wurde Fanny ausführlich. „Sieht so aus, als hättest du gestern Abend den richtigen Riecher gehabt, Kai. Die Dame ist inzwischen schon ganz kleinlaut geworden. Dürfte nur noch eine Frage der Zeit sein, bis der alte Schulfreund nach der Freiheit auch sein Alibi wieder zurückhat.“

„Also doch. Gehässige Schlange“, bemerkte Kai halblaut. „Die beiden scheinen aus dem gleichen Holz zu sein. Pack schlägt sich, Pack verträgt sich.“

„Ja. Und wir stehen wieder am Anfang. Vorhin haben die Kollegen aus Nienburg neue Erkenntnisse zu den Recherchen der Mercator geschickt. Immer noch keine festen Beweise, aber es geht wahrscheinlich wirklich um geschickt eingefädelte Wirtschaftskriminalität zulasten von EU-Geldern. Ziemlich hohe Beträge. Wir müssen diese Sache wieder mehr in den Fokus rücken, sie ist wichtig. Es wird Zeit, die Fotos zu sichten, die am Samstag auf der *Landpartie* geschossen wurden. Wir brauchen das Gesicht von dem stilvoll gekleideten Unbekannten. Oder noch besser: seine Identität."

„Was macht Weber? Hat er sich aufgehängt, weil der Fink doch nicht so schmutzig ist?"

„Der nimmt sich den alten Mercator noch mal vor."

„Hammer. Schon wieder?" Kai stöhnte auf. „Was will er von dem alten Knaben? Ihm einen Strick daraus drehen, dass er komisch reagierte, als er den Leichnam seiner Tochter sah? Wir ersticken in Arbeit und der trinkt Kaffee in der Fürst-Ernst-Straße."

„Ich verstehe ihn ebenso wenig wie du. Und leider wird er auch nicht konkreter, wenn man ihn fragt. Vermutlich reden die beiden Granden gerade über Gott und die Welt."

„Über die DDR reden sie. Und warum die drüben ihren eigenen Sohn geschasst haben nach seiner Flucht in den Westen. Wetten? Ich glaube fast, dass Weber gleichzeitig in seiner eigenen Vergangenheit wühlt."

Fanny antwortete nicht. Sie hatte keine Lust auf das Thema. Es setzte Erinnerungen in ihr frei, auf die sie gern verzichten wollte. In gewisser Weise beneidete sie Kai. Wie unbefangen er mit diesem Teil deutscher Geschichte umging. Sicher, er kannte es nicht anders. Jemand, der diese Sorte Leid nicht erlebt hat, kann seine

Tragweite nicht ermessen. Auch ihr selbst war eine Menge erspart geblieben, weil sie damals noch Kind war. 14 junge Jahre, als die Mauer fiel. Doch die Erinnerung an das Gefühl, überwacht und gegängelt zu werden, blieb erhalten. Und noch einiges mehr.

„Ist die Versöhnung mit deiner Freundin gestern Abend schiefgelaufen", lenkte sie rasch ab, „oder habe ich heute Morgen was falsch verstanden?"

Diesmal traf sie den richtigen Nerv. Kai begann zu erzählen. Von dem Abschiedsbrief, dem Lied im CD-Player, dem Auszug, der ihm wie eine kopflose Flucht erschien. Und seine eigene Enttäuschung.

„Hat Amalia noch Sachen von sich in Rusbend gelassen?", klopfte Fanny routiniert die Fakten ab.

„Jede Menge. Jedenfalls soweit ich das heute Morgen sehen konnte. Ich stand unter Zeitdruck."

Sie lachte kurz auf.

„Du könntest", schlug sie spaßeshalber vor, „deiner Kleinen mit einem neuen Lied von dem gleichen Sänger antworten. Vielleicht steht sie da drauf. Ein anderer Titel von Tim Bendzko lautet: *Ich weiß die Worte nicht.*"

„Woher kennst du denn Lieder von Bendzko?"

„Ich höre Radio. Und ich merke mir ziemlich viel."

„Klar. Während ich ja hier nur der Versager vom Dienst bin. Ich glaube, wir lassen das jetzt, Fanny. Besten Dank für den gut gemeinten Versuch."

„Entschuldige. War zu böse. Also: Wie kriegen wir euch beide wieder ins Gespräch?"

„Ich weiß die Worte nicht…"

Beide mussten grinsen.

„Aber eine Strategie hab ich schon", schob er schmunzelnd nach und dachte an seine drei Punkte.

„Prima." Sie glaubte ihm. „Wäre doch gelacht, wenn so ein blöder Leucht-Riesenhase deine Beziehung sprengt. Ich bin mir sowieso sicher, dass sich hinter eurem Streit was ganz anderes verbirgt. Dieser Auszug hat was von einer Phobie. Deine Freundin trägt da was mit sich rum, das euch beiden Knüppel zwischen die Beine wirft."

„Bitte kein Psycho jetzt, Fanny. Ich hatte eigentlich nicht vor, auch noch zu Hause Ermittler zu spielen. Im Moment reicht es hier völlig."

„Stimmt. Und auf jeden Fall", stellte sie zufrieden fest, „hast du den Kopf in den nächsten Tagen frei für deine Arbeit. Das ist am wichtigsten. Lass dich nicht hängen und bleib vorläufig von den Theken dieser Stadt weg. Mach aus der Mücke keinen Elefanten. Es ist für Frauen immer schwierig, zu merken, dass der ersehnte Traumprinz auf seinem Schlachtross nachher auch nur mit Wasser kocht und doch keine Wunder vollbringt. Amalia wird das hoffentlich bald begreifen. Und wenn sie es nicht tut, dann verdient sie dich einfach nicht."

Der letzte Satz war heilender Balsam auf seine Wunden. Als Dank besorgte er den Espresso und nahm sich die Aufgabe vor, bei den hiesigen Zeitungen und der fürstlichen Hofkammer alle Fotos vom letzten Samstag zusammenzutragen. Zu seiner Überraschung wurde es fast eine Herkulesaufgabe. Einige Stunden später stapelten sich bei ihm sage und schreibe 1349 digitale Bilder auf diversen Datenträgern.

Besonders die Hofkammer in Gestalt von Herrn Margaritus war kooperativ gewesen. Weil man neue Bilder mit typischen Impressionen für die nächsten Werbeprospekte brauchte, hatte man in diesem Jahr einen Fotografen auf die Landpartie geschickt und dieser Mann lichtete nahezu alles aus jeder nur erdenklichen Perspektive ab. *Papa's Razzi* nannte sich das Unternehmen passenderweise.

„Herr Hahnekamp war sehr fleißig", hatte Margaritus betont, als er über 1000 Bilder aus der Samstagsproduktion überspielen ließ. Kai fühlte sich erschlagen angesichts dieser Fülle. Es erinnerte an die acht Überwachungskameras von Auetal. Seine persönliche, digitale Bilder-Sintflut. Eine Arche Noah namens Ama Spitzer und kleine Humoresken von Reinhilde hätte er derzeit gut gebrauchen können. Doch offiziell gab es nichts zu meckern. Jedes Foto erhöhte die Chance, den Unbekannten von der *Landpartie* zu finden.

Kai begann mit der Sichtung. Parallel dazu versuchte Fanny, dem Phantom mit den Ergebnissen der Computerspezialisten auf die Schliche zu kommen. Gegen Abend schneite Weber wieder herein. Er habe sich lange mit Mercator senior unterhalten, verkündete er. Die zwei Bückeburger verdrehten die Augen. Sie waren drauf und dran, ihm zu stecken, wie gut es wäre, sich mit wirklich relevanten Spuren zu beschäftigen. Genug davon gab es inzwischen.

„Der alte Mercator weiß etwas über den Tod seiner Tochter", beharrte der Nienburger, als habe ihm jemand offen widersprochen. Niemand antwortete. Minutenlange Stille voll unausgesprochener Vorwürfe.

„Was gibt es Neues?", wollte Weber wissen, als ihm das Schweigen auf die Nerven ging.

„Wir kreisen das *Landpartie*phantom ein", erklärte Kai und verwies auf die 1349 Fotos.

„Hervorragend. Sobald Sie Frau Mercator mit Ihrem Galan gefunden haben", regte der Nienburger an, „sollten Sie auch mit dem Fotografen reden, Herr Müller. Vielleicht kann der Hahnekamp sich an die Situation erinnern."

„Ich versuche es", stimmte Kai zu. „Aber erst mal muss ich die beiden finden. 1349 Bilder. Wenn jemand Zeit hätte, wäre ein bisschen Hilfe nicht schlecht."

Wie auf ein Stichwort hin steuerte Fanny ein paar Brocken zur Computerauswertung bei und bewies, wie wichtig ihre momentane Arbeit sei.

„Außerdem hat der Fink sein Alibi wieder", fügte sie an. „Als seine Frau spaßeshalber Beugehaft angedroht bekam, wurde sie ehrlich. Wollte ihm eins auswischen mit ihrer Falschaussage."

„Kann es sein, dass ihr Mann sie vorher in der Mache hatte?", blieb Weber vorsichtig.

„Nein. Der kam gar nicht an sie ran. Unser Staatsanwalt hat es rausgekitzelt. Jetzt kriegt sie eine Anzeige wegen falscher Verdächtigung."

„Dann können die beiden ja ein richtig nettes Wiedersehen miteinander feiern", grinste Kai. Angesichts dieser Variante von Zusammenleben fand er seine derzeitige Misere plötzlich gar nicht mehr so schlecht.

„Ich fürchte", blieb Weber ernst, „wir haben da ziemlich was losgetreten. Hoffentlich gibt es in Bückeburg nicht bald den nächsten Toten. Wobei ich beim besten Willen nicht sagen könnte, ob der Fink oder die Finkin das kürzere Streichholz zieht. Die beiden scheinen wirklich füreinander gemacht."

„20 Jahre Ehe reichen", warf Fanny mitleidslos in den Raum.

„Ich gehe davon aus", schwächte ihr Chef ab, „dass es wesentlich gelungenere Experimente für Partnerschaft gibt. Sonst hätte ich mich gar nicht in diesen Hafen getraut."

Kai notierte in Gedanken, ihn demnächst mal nach seiner Strategie für *gelungenere Experimente* zu fragen. Vielleicht hatte Weber einen besseren Weg aufgetan als Fanny.

Der Samstag begann ruhig und lieferte Zeit fürs *Landpartie*phantom. Konzentriert sichtete Kai die Fotos, vergrößerte sie am Bildschirm auf ein Vielfaches, um die Personen im Hintergrund erkennen zu können. Weber half ihm einige Stunden. Er war heute sehr früh eingetroffen und berichtete leutselig, seine Frau sei mit den Zwillingen für einen Kurzbesuch an der See. Kai bekam den Eindruck, dass der Nienburger seiner besseren Hälfte diese Idee heimlich untergejubelt hatte, um freie Bahn zu bekommen. War *das* etwa seine Strategie für gelungene Experimente?

Zur allgemeinen Verstimmung hatte der Kommissar schon morgens angekündigt, nachher einen weiteren Termin bei Mercator senior wahrzunehmen.

„Ich brauche keine Begleitung“, entlarvte er sich als Solotänzer. „Der alte Herr kommt inzwischen schon ein wenig aus sich raus. Dieses labile Gleichgewicht will ich nicht durch eine fremde Person stören.“

Gegen späten Vormittag verschwand Weber aus dem Kommissariat. Nur eine Stunde später rief er Fanny an und bat, die geheimen Kameras in der Niederung umrüsten zu lassen. Er werde morgen früh mit dem Senior zum Tatort fahren. Da er unsicher bezüglich der Eigengefährdung sei, müssten seine zwei Teamgefährten in der Nähe sein und mittels direkter Kameraübertragung quasi am Geschehen teilhaben. Später könne man mit den Aufnahmen das Verhalten des alten Herrn genauer analysieren.

„Dann werden wir einen Bulli mit integrierter Technik einsetzen“, schlussfolgerte Fanny und verkniff sich nur mit großer Mühe die Frage, was dieser Eiertanz eigentlich sollte. Webers Strategie ging ihr zunehmend auf die Nerven. Worauf hoffte er eigentlich? Und wieso Eigengefährdung? Eher musste man mit einem Kollaps des Rentners aufgrund seelischer Schockreaktion rechnen. Nachdem sie kurz um ihren Sonntag getrauert hatte, machte sie sich daran, die Wünsche ihres Chefs umzusetzen. Danach ging sie hinüber zu Kai.

„Schon was gefunden?", fragte sie und stellte sich direkt hinter ihn. Foto Nummer 476 tauchte eben am Bildschirm auf.

„Nee", grummelte er schlecht gelaunt.

„Dir bleiben ja noch rund 850 Bilder. Konntest du gestern mit dieser Xynthia Versmold sprechen? Wegen deiner Freundin?"

„Spar dir deinen Hohn. Sonst kürze ich den Espresso." Er lehnte sich nach hinten und wandte die müden Augen vom Bildschirm ab. „Xynthia habe ich erreicht, ja. Erst pflaumte sie mich an. Ama muss gestern ziemlich fertig gewesen sein. Tränenreiches Drama. Sie haben dann stundenlang *Bauer sucht Frau* geguckt. Xynthia steht auf die Sendung und Ama ist ziemlich gut runtergekommen."

„Hoffentlich hat sie sich keinen netten Bauern ausgesucht."

„Xynthia vielleicht", lachte er. „Die ist eingefleischte Romantikerin. Darum wurde sie während unseres Telefonats auch bald wieder friedlich. Ich hab ihr geschildert, was tatsächlich passiert war. Manche Sachen fand sie dann zwar immer noch blöd..."

„Zum Beispiel, jemanden nachts im Dunklen stehen zu lassen, um Hasen zu verfolgen..."

„Es war erst dämmrig und kurz nach 10. Nennst du das nachts?"

„Dämmrig und einsam. Das reicht einer Frau, du Empathiekoloss."

„Ama war nicht ängstlich, die war einfach stinksauer."

„Was bleibt ihr anderes übrig, wenn ihr Beschützer einfach wegläuft?"

„Sie hätte doch nur warten müssen."

„Aber da war eben ihre Grenze überschritten, Kai."

Fannys Handy klingelte: Weber. Er fragte nach, ob die Kollegen dabei waren, alle technischen Änderungen durchzuführen.

„Zugesagt haben sie es. Ich kann rausfahren, um nachzuschauen", bot die Ermittlerin an. Ein wenig frische Luft wäre gar nicht schlecht. Für Leuchthasen war es noch zu hell, aber vielleicht lief ihr ja was anderes über den Weg. Wieso erlebte eigentlich immer nur Kai komische Geschichten rund um den Tatort?

„Auf jeden Fall", stimmte der Nienburger zu. „Ich möchte nicht morgen ohne Rückendeckung dastehen, weil irgendein Techniker unbedingt Wochenende feiern muss, statt der arbeitenden Bevölkerung zu assistieren."

„Okay, Chef. Und wir in Bückeburg schieben ja gern Überstunden." Sie unterbrach die Verbindung, bevor Weber sich aufregen konnte. Kai hatte runde Augen bekommen.

„Was will dieser Wahnsinnige machen?", kam seine perplexe Frage.

„Mit dem alten Mercator morgen früh zum Tatort fahren", antwortete sie und wirkte resigniert. „Übrigens, bevor ich es vergesse: Wir sind auch eingeladen, Kai. Dürfen das Ganze live über die versteckten Kameras mitverfolgen und dem Alpha notfalls aus der Patsche helfen. Wobei er uns hoffentlich im Laufe dieses Tages noch steckt, worauf wir eigentlich achten sollen."

Kai fiel die Kinnlade runter.

„Derzeit scheint er sich bei dem alten Mann die ergiebigste Spur zu versprechen", schob Fanny stirnrunzelnd nach. „Frag mich nicht, warum."

„Du denkst auch, dass er sie nicht mehr alle hat? Gib's zu."

„Das bleibt aber unter uns."

„Vielleicht ist er schon zu alt für den Job. Kann auf Dauer ja ziemlich hart sein, immer Leute aufzuspüren, die Böses tun. Vielleicht ist er betriebsblind geworden, reif für die Frührente."

„Der? Der hat schon gewusst, dass Fink unser lieber, alter Schulfreund war, noch bevor dieser Choleriker was zugab. Wenn du mich fragst, hat Weber ein ganz feines Näschen. Trotzdem könnte er ein bisschen teamfähiger sein. So kenne ich ihn gar nicht.

Wenn er bis heute Abend nicht auspackt mit seinem Verdacht gegen Mercator senior, ziehe ich ihm alles haarklein aus der Nase. Der schickt seine Frau samt Kindern doch nicht in Urlaub, weil im Moment das Wetter so gut ist an der Nordsee."

„Es regnet da oben. Ich hab vorhin im Internet nachgeschaut. Aber besser, du ziehst ihn am Riecher als ich. Mich hält er nur noch für einen minderbemittelten Säufer, der leuchtende Knochen verfolgt, Frauen nachts im Dunklen stehen lässt und ihnen hinterher keine roten Rosen schenkt."

Fanny lachte auf und ließ sich ablenken.

„Ich hab eine klitzekleine Bitte an dich", nutzte er ihre gute Laune.

„Um zwei kommt der Grollmeister zur Auswertung der Kameraaufzeichnungen."

„Der taucht jetzt wohl jeden Tag hier auf? Wir müssen die Leute unten rechtzeitig warnen, damit ihm niemand in die Arme läuft."

„Ich bin mächtig eingedeckt mit Arbeit bei diesen unerwarteten Fotomassen", erklärte er und grinste entschuldigend.

„Ich auch", parierte sie empört.

„1349 Bilder. Das schaff ich nicht mal, wenn ich ohne Pause bis Mitternacht durcharbeite."

„Du versaust mir diesen sowieso schon angefressenen Samstag", bröckelte ein Teil ihrer Abwehr. „Mein Mann lässt mich nachher nur bis in den Keller, wenn ich mit mieser Laune heimkomme."

„Fanny. Geh in dich. Du hilfst einem völlig überlasteten, menschlichen Wrack!"

„Nein! Und übertreib nicht so maßlos!" Sie verschränkte die Arme vor der Brust, hielt aber seinem Blick nicht stand.

„1349 Bilder", setzte Kai nach. „Wie soll ich auch noch den Doktor schaffen, wenn Weber derzeit ausschließlich Blindspuren verfolgt? Sei gerecht. Ich hab diesen Beauftragten bisher zweimal ertragen, du erst einmal."

„Das kostet dich einen dreifachen Espresso. Mindestens." Sie hasste sich plötzlich dafür, vorhin dieses Büro betreten zu haben.

Gegen spätem Nachmittag machte sich Kais Ausdauer bezahlt: Er fand Gianna Mercator. Mit Hilfe ihrer Fahrradreifentasche. Das lackierte Gummigeflecht produzierte einen auffälligen Lichtreflex. Bei genauer Betrachtung identifizierte der Ermittler auch die Trägerin der Tasche, im Hintergrund des Bildes 879. Und an ihrer Seite einen Mann, hell gekleidet.

Dummerweise stellte das Foto eins der prachtvollen Blumengestecke in den Mittelpunkt, die das gesamte Fürstenschloss während der *Landpartie* schmückten. Nur verschwommen tauchten dahinter die beiden Menschen auf, verdeckt von violetten Salbeirispen, weißen Lilienblüten und üppigem Farngrün. Die Spezialisten der Polizei würden das Bild nachbearbeiten müssen. Im Moment ließ sich nur erkennen, dass der Unbekannte, wie von den Zeugen beschrieben, helle, gepflegte Kleidung trug.

Nachdem der erste Erfolg gelandet war, ging es schneller. Man musste vor allem auf den Lichtreflex der Tasche achten. Bild Nr. 1024 bot den zweiten Treffer: Es zeigte die Journalistin mit einem hell gekleideten Mann im Anhang. Kai verglich die Bilder. Obwohl die Männer sich auf den ersten Blick ähnelten, bekam er den Eindruck, es handele sich um verschiedene Leute. Gespannt arbeitete er sich bis zum Ende vor. Nichts.

Er begann von vorn. Der Lichtreflex war ihm erst spät aufgefallen. Also konnte es gut sein, dass er die Gesuchte am Anfang übersehen hatte. Wie ein hungriger Habicht suchte er nach dem hellen Kamerablitz auf den schwarzen Pneus. Der nächste Erfolg, Nummer 475. Gianna Mercator und der hell gekleidete Mann. Kai druckte die Fotos aus. Die Bildqualität war verheerend, weil der Unbekannte jedes Mal im Hintergrund stand. Mit etwas Glück würde die Nachbearbeitung den drei Gestalten ein Gesicht verleihen.

Vielleicht besaß der Fotograf sogar noch mehr Aufnahmen? Kai griff zum Telefon und rief ihn an. Hahnekamp erfuhr, dass seine Bilder gegenwärtig bei der Aufklärung einer Straftat halfen. Auf Kais Frage nach weiteren Fotos versprach er, seine Dateien zu durchforsten. Er meinte, noch etwa 250 Bilder zu besitzen. Ihre künstlerische Aussagekraft wäre zu miserabel gewesen, um sie bei der Hofkammer abzugeben.

„Die hätte ich alle gern so kurzfristig wie möglich“, forderte der Ermittler den Rest an. Danach beschrieb er die Journalistin und ihren Begleiter in der Hoffnung, der Fotograf könne sich an die beiden erinnern. Als Gedächtnisstütze nannte er ihm eine der Bildnummern, auf denen die Gesuchten auftauchten. Hahnekamp rief das Foto sofort am eigenen PC auf. Rasch konnte er sich an die Lichtblitze erinnern, die die Tasche zurückgeworfen hatte.

„Diese Rückspiegelung versaut einem nämlich die Bildaussage“, berichtete er. Er war fast sicher, dass einige der nicht abgegebenen Fotos den gleichen Reflex enthielten.

Nach diesem Erfolg zapfte Kai den dreifachen Espresso und marschierte zu Fanny hinüber. Sie hatte den Waschbärenbeauftragten überlebt und ihn erfolgreich verabschiedet. Auch diesmal war keine verdächtige Person am Wasserloch aufgetaucht, nicht mal der nächtliche Starrer. Fanny hatte Grollmeister im Anschluss etwas von Wochenende-Machen vorgelogen und zum nächsten Termin auf Montag bestellt. Inzwischen saß die Ermittlerin wieder bei den Recherchen zu EU-Geldern. Ebenfalls ein frustrierendes Unterfangen: Es gab einfach zu viele Fördertöpfe.

Erleichtert ließ sie sich vom Kaffee ablenken und betrachtete neugierig die ersten drei Treffer. Auch ihr fiel auf, dass Nummer 879 wahrscheinlich einen anderen Mann zeigte als Nummer 1024. Nummer 475 gaukelte irgendwo in der Mitte.

„Wie viele Männer hat diese lebensfrohe Frau eigentlich auf der *Landpartie* getroffen?“, stöhnte sie bei der Vorstellung, statt einem gleich zwei bis drei neue Verdächtige zu finden.

„Warte erst mal die Nachbearbeitung von unseren Experten ab“, tröstete Kai optimistisch. Heute ging es ihm wesentlich besser. Der Freitagskater hatte sich heimlich fortgeschlichen, das ausgiebige Gespräch mit Xynthia neue Hoffnung keimen lassen...

Er beschloss, heute Abend auf Amalias Handy anzurufen.

„Ich muss noch raus in die Niederung“, unterbrach Fanny seine Gedanken. „Hast du Lust, mitzukommen? Der Fotograf wird sowieso noch eine Weile brauchen. Mal sehen, wie weit die Techniker inzwischen sind. Wir können ihnen einen Kaffee mitbringen, das muntert sie auf.“

„Kaffeekränzchen am Samstagnachmittag in der Bückeburger Niederung“, spöttelte er augenzwinkernd. „Wollen wir Apfelkuchen nehmen?“

„Aber bitte mit Sahne. Und Kai: Wenn wieder ein Riesenhase rumläuft, hast du gleich mehrere glaubwürdige Zeugen auf einen Schlag.“

Er atmete geräuschvoll ein.

„Ich rahme demnächst“, parierte er trocken, „dein Protokoll von der Befragung bei Obstler-Schmidt ein und hänge es dir mitten über deinen Schreibtisch.“

Der Fotograf meldete sich nicht. Kai schickte die drei bisher gefundenen Fotos zur Nachbearbeitung los. Im Laufe des Sonntags würden hoffentlich die ersten Ergebnisse eingehen. Um 19 Uhr hielten die Ermittler Besprechung. Der morgige Tag brauchte noch Struktur.

„Wie haben Sie sich Ihr Treffen mit dem alten Herrn vorgestellt?“, fragte Fanny ihren Chef geradeheraus.

„Man könnte sein Leben verfilmen“, verweigerte Weber eine konkrete Antwort. „Als abschreckendes Beispiel, was die Mauer damals angerichtet hat und wie sie noch heute in unser aller Leben hineinreicht. 1963 flieht er in den Westen, heiratet. 1968, ‘72 und ‘77 kommen ein Sohn und zwei Töchter zur Welt. 1982 verschwindet seine Frau und 2012 fällt seine Tochter einem Verbrechen zum Opfer.“

„Phasenweise zieht er wohl das Unglück an“, kommentierte Fanny und fragte sich, worauf Weber hinauswollte. Weil er schwieg, beschloss sie, den zweiten Versuch zu starten.

„Ihrer Meinung nach hat er was mit dem Tod von Gianna zu tun?“, bohrte sie. Der Nienburger starrte durch sie hindurch.

„Ich war zu DDR-Zeiten manchmal in Thüringen“, berichtete er weitschweifig. „Eine Cousine von mir wohnt dort mit ihrer Familie. Anlässlich großer Feiern band sie sich die Arbeit ans Bein, Visa für ihre Westverwandtschaft zu beantragen, damit wir hinüberkonnten. Wochenlang vorher musste sie auf die Ämter laufen.

Es wurden stets besondere Familientreffen, obwohl wir wussten, dass mindestens ein Spitzel mit am Tisch saß. Wir Westler versuchten natürlich, Dinge hinüberzuschmuggeln, die verboten waren. Einmal habe ich den Grenzern erzählt, ich wäre Karl-May-Liebhaber, damit sie mir nicht den dreibändigen *Winnetou* wegnehmen. Der sollte für meinen Neffen sein. Ich habe die Bücher vorher ordentlich aufgebogen, so dass sie gelesen aussahen. Können Sie das verstehen, Herr Müller? In Radebeul bei Dresden richtete die Kulturabteilung der DDR ein Karl-May-Museum ein, aber der *Winnetou* durfte im eigenen Land nicht vertrieben werden."

„Warum nicht?"

„Er spielt in den heutigen USA. Also kam er aus Feindesland. Und er glorifizierte sogar Einwohner der USA."

„Ich hatte eine Tante im Westen", erinnerte sich Fanny. „Sie schickte immer Pakete. Wissen Sie, was das Größte für uns Kinder war? Neben den Süßigkeiten natürlich? Der Zauberwürfel. Dabei hat dieses Ding ein Ungar erfunden. Haben unsere Bozen natürlich damals nicht drüber geredet. Es gab ihn einfach nicht und deshalb wollte jeder ihn haben. Dieses schöne, bunte Ding, mit dem man Stunden im Kampf um eine einfarbige Fläche verbringen kann. Verrückt, was?"

Sie lächelte. „Ich war damals erst zehn", fügte sie an, als müsse sie sich entschuldigen.

„10 Jahre", antwortete Weber. „Sie haben das Ganze noch am eigenen Leib erfahren."

„Als ich sechs war", erinnerte sich Fanny, „bekamen wir ein neues Auto. *Überdachte Zündkerze* nannten wir das Modell, aber wir waren trotzdem stolz wie Oskar. Ihr ahnt sicher, was es war?"

Kai schüttelte den Kopf.

„Trabant", löste Weber das Rätsel problemlos. „Ein Trabbi."

Er fand an den Erinnerungen denselben Spaß wie Fanny.

„*Rennpappe* sagte meine Cousine dazu. Die hatte auch einen. Elf Jahre Wartezeit."

„Thüringen. Lebte Ihre Verwandtschaft im Tal der Ahnungslosen oder hatte sie Westempfang?"

„Sie hatten Empfang. Erinnern Sie sich noch an Berlin, Frau Reichert? Der Palast der Tränen?"

„Als Kind hatte ich keine Ahnung, warum die Verabschiedungshalle an der Friedrichstraße so genannt wurde. Aber was Wendehälse sind, das bekam ich 1990 genau mit."

„Den Typus gibt es überall. Und wie fanden Sie den Schnitzler", schmunzelte Weber, „war er nicht ein begnadeter Hochstapler?"

„Der vom *Schwarzen Kanal*? Sagen Sie nicht, Sie haben den Blödsinn angeschaut? Dies Geschwafel hat doch außer den 150-prozentigen keiner mehr geglaubt. Wir brauchten bloß ins reale Leben zu schauen, um zu erkennen, wer überall hin durfte und alles kaufen konnte."

„Die 150-prozentigen", wiederholte Weber. „Diese vielen Tausend Stasileute. Bei denen wirkte ein Sohn, der in den Westen floh, wie Sprengstoff. Sie waren ab dem Zeitpunkt der Flucht kompromittiert. Was Schlimmeres konnte kaum geschehen."

„Deshalb wurde der alte Mercator zu Hause nie wieder aufgenommen?", mischte sich Kai ein. „Weil einer aus seiner Herkunftsfamilie bei der Stasi arbeitete?"

„Ja. Er mag es damals geahnt haben, aber sagen tat es ihm niemand. Seine Kontaktversuche nach der

Flucht liefen ins Leere. Erst nach der Grenzöffnung erfuhr er es schwarz auf weiß. Um 1990 versuchte er noch einmal, mit seinen Eltern ins Reine zu kommen. Er litt unter dem völligen Schweigen. Doch sein Vater war damals schon gestorben, die Mutter in zweiter Ehe verheiratet und äußerst abweisend. Auch sein Bruder lehnte ein Treffen kategorisch ab, schickte ihn aber nach Berlin, auf den Sozialistenfriedhof Friedrichsfelde. Dort fand er den Grabstein seines Vaters: *Ein verdienter Kämpfer für die gerechte Sache,* stand drauf. *Laurenz Mercator.* Danach sein Rang und eine Aufzählung seiner Orden."

„Laurenz?", wunderte sich Fanny. „Er hieß genauso wie sein Enkel hier in Bückeburg?"

„Exakt. Ein militärischer Würdenträger, dessen Welt zusammenbrach, als sein ältester Sohn floh und ihn damit in Bedrängnis brachte. Dafür rächte er sich mit tödlichem Schweigen, vielleicht sogar mit Verleumdung."

„Ein verstoßenes Kind, abgeurteilt von seinen Eltern."

Fanny und Kai nickten verstehend. Alle spürten den alten Schmerz, den die Vergangenheit heraufbeschwor. Trotzdem: Was hatte dies mit dem aktuellen Fall zu tun? Kai warf seiner Kollegin einen auffordernden Blick zu: „Los, zieh ihm seine Ideen aus der Nase."

„Die Liveschaltung am Tatort funktioniert", informierte sie Weber. „Wir haben es vorhin ausprobiert. Der Treffpunkt mit dem Techniker morgen früh ist geritzt. Sind Sie sicher, dass sechs Uhr nicht zu früh ist für den alten Herrn?"

„Es ist früh, aber für eine Aussprache genau richtig. Er hat eingewilligt. Ich hole ihn eine Viertelstunde vorher ab. Wo wird der Bulli stehen?"

„Etwa 150 Meter entfernt, hinter einer lang gestreckten Hecke. Kai kennt die Ecke, er hat den Klausnizer da aufgegabelt. Sie sind völlig auf der sicheren Seite, Chef, was immer der Senior tut. Aber rechnen Sie wirklich mit einer Eigengefährdung?"

„Ich werde ihn energischer als sonst auf seine verschollene Frau ansprechen. Seine Reaktion ist kaum vorhersehbar. Dahinter steht die Überlegung, dass das Schicksal der Mutter und der Tod der Tochter vielleicht Parallelen enthalten. Sagt Ihnen der Begriff *Familientrauma* etwas?"

„Ein Trauma innerhalb der Familie? Klar", stimmte Kai zu. Weber schüttelte den Kopf und begann, den Begriff noch einmal zu erklären. Er benutzte fast dieselben Worte, die er gegenüber dem alten Mercator verwandt hatte.

„Sie wollen so was wie einen bösen Fluch andeuten, Chef?" Kais gesunder Menschenverstand sträubte sich. Da sollte ihm noch einer was ins Zeug flicken, wenn er nachts leuchtende Riesenhasen sah...

„Es ist ein wenig erforschter Teilbereich der Psychologie", erläuterte Weber. „Tatsächlich hat man Heilungserfolge bei labilen Kindern aus belasteten Familien erzielt. Wobei diese Traumata teilweise aus moderner Sicht geradezu lächerlich wirken. Das hängt mit den geänderten Wertmaßstäben zusammen.

Und von außen betrachtet erscheint es tatsächlich wie ein böser Fluch. Sie empfinden das ganz richtig, Herr Müller. Nur dass wir heute den Aberglauben ablösen durch logisches Nachforschen. Die Psychologie wird hoffentlich in den nächsten Jahren noch interessante Neuigkeiten dazu herausfinden."

„Aber die Generationen einer Familie leben doch zeitlich getrennt", zweifelte Fanny. Das Ganze roch hoch angestaubt nach Mittelalter. Passte so was in die Welt des 21. Jahrhunderts oder hatten einige Wissenschaftler sich verrannt? Ein Irrweg, der bald wieder aussterben würde wie vor 40 000 Jahren die Neandertaler?

Andererseits: Auch Sigmund Freud war lange angefeindet worden, bevor viele seiner Theorien sich als brauchbar erwiesen. Familientrauma.

„Man nimmt an", referierte Weber, „dass unbewusst eine tiefe Scham oder Angst weitergegeben wird. Das jeweils sensibelste Mitglied der nächsten Generation zieht sich dann, ohne es zu merken, diesen unpassenden Schuh an."

„Brauchen wir jetzt wieder einen Profiler?", befürchtete Fanny und erinnerte sich an die schwierige Zusammenarbeit mit einer eigenwilligen Fallanalytikerin.

„Soweit ich beurteilen kann", zuckte Weber die Achseln, „könnte uns auch eine Frau Rotenbach hier nicht weiterhelfen."

Seine Mundwickel glitten nach oben, als er Kais erleichtertes Aufatmen hörte. Dann warf er einen Blick auf die Uhr.

„Halb neun. Wir sollten Schluss machen", befand er. „Morgen wird ein langer Tag. Gibt es noch Fragen?"

Die Bückeburger tauschten einen kurzen Blick und einigten sich spontan auf Schweigen. Fanny hatte keine Lust mehr auf DDR-Erinnerungen und Kai brauchte Zeit, um Punkt 2, vielleicht sogar Punkt 3, im Privaten anzugehen.

Später, nach einem ausgedehnten Telefonat mit Xynthia, rief er probeweise auf Amalias Handy an. Es war eingeschaltet. Gespannt lauschte er dem Klingeln.

„Ja?“, machte Ama plötzlich.

„Ich bin's“, antwortete er. „Wollte mich mal melden. Wie war deine Fahrt? Bist du gut runtergekommen?“

„Wieso runter?“

„Nach Frankfurt“, schob er nach und betete, dass sie seine Worte nicht ständig auf die Goldwaage legen möge. „Rein geografisch.“

„Ach so. Ja, ging alles glatt. Kaum Verspätung. Bist du schon zu Hause, so früh auf dem Samstag?

„Weber hat uns in den Feierabend entlassen. Wir können reden, bis uns die Ohren abfallen.“

„Das wird schwierig.“

„Hast du deine Mutter schon getroffen?“

„Vorhin. Ein konspiratives Treffen abtrünniger Familienmitglieder.“

Jetzt ließ sich am Tonfall ihr Grinsen erahnen.

„Deine Mutter ist echt okay“, verbreitete er gute Stimmung.

„Und wie. Hab' sie viel mehr vermisst als ich dachte. Außerdem will sie mir helfen. Wegen der Gebühren für die Blindowschule und so.“

Das „und so“ wirkte wie ein zerknickter, fortgeworfener Pappbecher. Kai beschloss, das Ding ebenfalls nicht aufzuheben.

„Du, Kai?“, kuschelte Amas Stimme plötzlich. Sofort spürte er Wärme, die ihm von den Zehen bis in die Haarspitzen hochzog. „Ich wollte dich am Mittwoch nicht so anschreien. Aber ich war wütend und hatte Angst und alles lief verkehrt.“

„Ich war der Idiot von uns beiden“, platzte er dazwischen. „Nie hätte ich diesen Aprilscherz verfolgen sollen. Ich hab gar nicht nachgedacht.“

„Du kannst halt nicht anders.“

„Ich versuche, es mir abzugewöhnen. Versprochen. Ziehst du jetzt wieder nach Rusbend?"

„Weiß ich noch nicht." Sie zauderte, gab sich dann aber einen Ruck. „Nein, vorerst nicht. Und ich muss jetzt Schluss machen. Hab mich mit ein paar alten Freunden von früher verabredet, die stehen hier und wollen los."

„Ach so", reagierte er überrascht. Vielleicht eine Spur zu laut.

„Eifersüchtig?"

„Nein. Dann viel Spaß."

„Danke. Und dir einen ruhigen Feierabend", verabschiedete sich Ama. Kai musste an Winfried Fink denken.

Der Sonntag toppte den bisherigen Juni nach unten: Er präsentierte sich herbstlich kühl. In aller Herrgottsfrühe waren Fanny, Kai und ein Techniker samt Bulli losgerumpelt und hatten sich in Stellung gebracht. Eine Hecke, ein Graben und eine sattgrüne Wiese trennten sie vom Wasserloch.

„Zu kühl für die Jahreszeit", hatte der Wetterbericht im Radio festgestellt. Und tatsächlich hing die Bückeburger Niederung voller Nebelschleier. Es wirkte, als habe jemand nachts aus lauter Langeweile weiße Seidenbahnen zwischen den Gebüschen aufgehängt. Der Kriechnebel trübte die Luft bis in drei Metern Höhe, am dicksten war er am Boden. Das Weidevieh zeichnete sich als vage Silhouette im Dunst ab. Selbst die Bäume wirkten irreal blass.

Die Innentemperatur im Polizeibulli konnte man getrost als *gefühlter Herbst* bezeichnen. Alle Insassen kämpften mit dicker Jacke und einer großen Thermoskanne Kaffee dagegen an. Hin und wieder warfen sie einen Blick auf den Monitor, der öde wirkte, sofern man nicht auf Romantik und nebelverhangene Wiesenlandschaften stand.

Kurz nach sechs Uhr traf Weber mit Mercator senior ein. Die beiden verließen fröstelnd den Wagen und verschafften sich einen Überblick. Hinter dem Behelfszaun streckten die Wasserbüffel sofort ihre Nasen in die Höhe und testeten den Geruch der Ankömmlinge. Eine Lerche stieg über den Äckern in die Höhe und schmetterte trotzig ihre Sommermelodie.

Der Kommissar begann, die Besonderheiten des Tatorts zu erläutern. Seine Ausdrucksweise wirkte distanziert, auch, als er auf die Umstände von Gianna Mercators Sterben zu sprechen kam. Sein Zuhörer schwieg, doch das Kamerabild zeigte seine aufmerksamen Augen. Keine Spur von Schläfrigkeit darin. In der Regel folgte sein Blick, wenn Weber auf bestimmte Stellen wies: Hier habe man den umgebrochenen Zaunpfahl gefunden, dort die Fußspuren im Matsch...

„Der erzählt ihm alles haarklein", wunderte Fanny sich kopfschüttelnd. „Was soll das? Nicht mal die Presse bekommt solche Infos."

„Er will ihn aus der Fassung bringen", vermutete Kai. „Mit schmutzigen Details."

Die beiden Granden betraten die Wiese. Begleitet von Webers ausführlichem Bericht stapften sie in Richtung Tümpel und umrundeten ihn im großen Bogen. Genau dort, wo die Leiche nach der Bergung einige Stunden gelegen hatte, blieben sie erneut stehen. Der Nienburger redete immer noch, jetzt über die gerichtsmedizinische Untersuchung.

„Man mag kaum glauben", kam der Kommissar zum Ende, „dass diese friedliche Landschaft der Ort von Gianna's Sterben war."

„Gut möglich", befand Mercator, „dass hier im Krieg auch gemordet wurde. Oder noch früher. Was wissen wir schon von der Vergangenheit?"

Er wirkte ungerührt, in sich gekehrt. Kühl gegen den Tod seiner Tochter. Zu kühl für die nahe Verwandtschaft. Oder war er ein hervorragender Schauspieler?

„Die Vergangenheit legt ihren Mantel über alles", stimmte Weber zu. „Jeder, der etwas erfahren möchte, muss nachgraben, interpretieren, forschen."

„Stellen Sie sich vor", wurde der Rentner ausführlich, „überall dort, wo innerhalb der letzen 100 Jahre ein Mensch getötet wurde, steckt eine kleine Fahne im Boden. Ein Wimpel, der nicht fortweht, nicht zerreißt und nicht entfernt werden kann.

Was hätten wir auf den Schlachtfeldern der Weltkriege für Fahnenmeere? Manche Blumenwiese wäre nicht bunt von Blüten, sondern von Wimpeln. Großstädte wie Berlin, Hamburg, Dresden, London, Petersburg würden ersticken unter Fähnchen."

„Auch Bückeburg hatte Verluste in den Kriegen", nickte der Nienburger. „Überall sind Fähnchen."

„Und immer sterben Unschuldige." Der Rentner richtete seinen Blick in den Nebel. „Die Welt ist ein finsterer Ort. Kennen Sie Trakl? Ein österreichischer Dichter."

„Ich las ein wenig von ihm."

„Ich mag Trakl. Kennen Sie die *Junge Magd*?"

„Nicht sehr gut."

„Ich kann es auswendig."

Mercator senior begann zu rezitieren. Weber hörte interessiert zu. Fanny, Kai und der Techniker starrten auf den Monitor. Trakl, das wurde allen rasch klar, war niemand, der sich der Schönheit oder Ästhetik verschrieben hatte. Durch jeden seiner Verse huschte etwas Schwarzes.

„Puh! Das ist nicht mein Wort zum Sonntag", beschwerte sich der Techniker und sprach Fanny und Kai damit aus der Seele. Weber sagte etwas Unverbindliches über Trakl und setzte ein bekanntes Mörike-Gedicht gegen die düstere Elegie.

„Im Nebel ruhet noch die Welt, noch träumen Wald und Wiesen…"

Das Totenweiß der Landschaft schien durch die Verse wieder wärmer zu werden. Der Senior lobte den

Mörike, dann holte er mit einem zweiten Trakl zum Tiefschlag gegen die Romantik aus. Ein Werk namens *Menschliches Elend*. Fanny fühlte die Gänsehaut am Rücken hinunterkriechen. Eisige Gefühle machten sich breit, selbst Weber wirkte jetzt leicht angespannt. Aber auch zufrieden, als habe er sich diesen Termin so vorgestellt. Der Techniker fröstelte, schenkte sich einen dampfenden Kaffee ein, schlürfte geräuschvoll.

„Was hältst du davon?", wandte Fanny sich an Kai.

„Passt zu meinem Gespensterhasen", meinte der und versuchte zu grinsen. Es fiel ihm schwer. Alle begriffen, wie düster die Welt des alten Mannes sein musste, wenn er auf solche Verse zurückgriff.

„An einem Sommermorgen, da nimm den Wanderstab…", benutzte Weber einen Fontane zur Gegenwehr. Die Reaktion des Seniors bestand aus einem verzeihenden Lächeln, die von Fanny im energischen Herunterregeln der Lautstärke.

„Ich ertrag' das nicht", schimpfte sie und lenkte sich mit einem Schluck Kaffee ab. Sie hasste Volkslieder, sie hasste Gedichte.

„Dreh wieder auf", forderte Kai. „Wir sitzen hier nicht zum Spaß."

„Mach du es", antwortete Fanny und rückte ein Stück zur Seite. „Das ist mittelalterliche Folter. So was gehört verboten. Wir leben in der Neuzeit."

Mit leisem Kichern drängte der Techniker sich vor und regelte den Ton wieder hoch.

„Sie antworten wie ein Seelsorger", lobte Mercator senior den Kommissar.

„Danke. Wann haben Sie sich Trakl zugewandt?", entgegnete Weber neugierig.

„In der Schule noch nicht", antwortete der Rentner und lachte ein wenig zynisch. „Da mussten wir ihn lernen, aber alle Schüler fanden ihn schauderhaft. Unser Deutschlehrer benutzte ihn vermutlich zur Disziplinierung seiner Horde.

Doch das menschliche Gedächtnis ist ein seltsames Ding. Es tut, was es will. Als meine Frau verschwand, erinnerte ich diese Verse und begann, in Trakls Werken zu lesen."

„Trakl behandelt oft Angst oder Bedrohung in seinen Reimen. Fühlten Sie sich damals bedroht?"

„Nein. Mich faszinierte sein Umgang mit Zerstörung. Wo andere über Amors Pfeile und leuchtenden Sonnenschein schwadronieren, wählt Trakl die dunkle Nacht. Er hat unter den Abgründen der menschlichen Seele gelitten, aber sie nicht gefürchtet. Er sprach meine eigene Wahrheit aus. Die Welt ist nicht heil. Sie ist vollgestopft mit Elend und Schwäche."

„Hat es Ihnen den Abschied von Ihrer Frau erleichtert? Und als Sie vorhin die *Junge Magd* rezitierten, dachten Sie dabei an Ihre verstorbene Tochter?"

„Mag sein." Der Senior versank ins Grübeln, während sein Blick über den Bodennebel wanderte. Tief atmete er ein.

„Sehen Sie, Herr Oberkommissar", wies er zu einem Einzelbaum. „Nachher wird es sonnig. Vorhin war nur der obere Kronenrand beschienen, jetzt ist das Licht schon bis in die Mitte vorgedrungen. Für heute ist der Trakl besiegt."

Webers Blick folgte seinem ausgestreckten Arm.

„Ja", stimmte er zu. „ Der Tag löst die Nacht ab. Waren Sie damals mit Ihrer Frau hier, in der Niederung?"

„Mag sein, aber das soll begraben bleiben. Damals drohte mich ihr Verlust zu vernichten. Aber die Kinder brauchten mich. Ich möchte nicht daran zurückdenken."

Weber begann, von mysteriösen Vermisstenfällen in seiner Laufbahn zu erzählen. Mercator senior stocherte während des langen Monologs unzufrieden mit der Schuhspitze im Gras.

„Was wollen Sie von mir, Oberkommissar Weber?", fragte er schließlich höflich, aber sehr bestimmt.

„Sie sollen wissen, wo und wie Ihre Tochter starb. Ich denke, dass es wichtig ist."

„Wichtig", wiederholte Mercator langsam. „Was ist schon wichtig? Was ist ein einziges Leben angesichts der vielen Fähnchen, die überall um uns her im Boden stecken?"

„Ist Ihnen das Schicksal Ihrer Tochter unwichtig?"

„War meiner Frau das Schicksal ihrer Kinder wichtig? Oder meins?"

„Sagen Sie es mir."

„Sie hätte ihre Kinder verleumdet", antwortete der Rentner scharf. „Sie hätte ihre Kinder verleumdet. Sie *hat* ihre Kinder verleumdet."

„Weil sie fortging?"

„Ja. Ich habe ihre Absicht nur zu spät gemerkt. Wegen so was schwimmt man eigentlich nicht über die Ostsee. Vielleicht hätte ich ertrinken sollen damals."

Er bohrte die Schuhspitze jetzt mit aller Kraft in den Boden, als müsse er etwas zertreten.

„Sind wir fertig?", fragte er Weber und sah ihm fest ins Gesicht.

„Noch ein letztes Gedicht?", fragte der lächelnd.

Im Bulli stöhnten alle laut auf. Trotzdem: Der dritte Trakl-Gruß aus der Dunkelheit ergoss sich in den Nebel. Diesmal nannte er sich *De profundis*. Webers Antwort kam nicht im Reim. Entweder ahnte er, wie seine Mitarbeiter gerade litten, oder er hatte den Rentner in der besten Position für seinen Angriff.

„Empfinden Sie gar kein Mitleid mit Ihrer Frau?", fragte er, nachdem das Gedicht verstummt war. Diesmal enthielt sein Tonfall Schärfe.

„Mitleid? Wie bitte?"

„Ihre Frau muss Gründe gehabt haben. Es wirkt wie eine Flucht."

„Sie hatte sich in einen anderen verguckt. Vielleicht besaß er mehr Geld als ich."

Mercators Stimme schwoll deutlich an.

„Sie betrog mich mit ihm, aber das reichte ihr nicht. Sie wollte mehr, wollte alles. Ein schönes, neues Leben in einer schönen, neuen Welt. Dabei hatte sie Verantwortung zu tragen für unsere Familie. Drei Kinder."

Sein Gesicht verzerrte sich.

„In meiner kriminalistischen Laufbahn gab es kaum eine Mutter, die ihre Kinder freiwillig verließ", provozierte Weber ihn.

„Dann hätten Sie damals diesen besonderen Fall untersuchen sollen", versetzte der Rentner bissig. „Man lernt nie aus. Schauen Sie ruhig in die alten Akten hinein."

„Das tat ich längst, Herr Mercator. Und ich frage mich nach wie vor: Empfinden Sie kein Mitleid mit Ihrer Frau?"

„Mitleid? Mit einer, die Mann und Kinder verrät? Verdient ein solches Flittchen Mitleid? Wer von uns ist denn gehörnt worden, Herr Oberkommissar, Sie oder ich?"

Schneller als geahnt, kam der Rentner auf 180. Seine Stimme hallte aggressiv durch den Bodennebel. Er schimpfe auf Untreue und die Illusion der Liebe. Manchmal schnaufte er dabei, als wäre seine Nase verstopft. Fanny hoffte, dass er zu wütend für einen weiteren Trakl war.

„Und Gianna?", goss der Nienburger Öl ins Feuer. „Die verdient auch kein Mitleid, weil sie so war wie ihre Mutter?"

„Ja, verdammt noch mal." Der Senior schlug die geballte Rechte klatschend in die flache Linke. „Beide waren aus demselben Holz. Beide haben ihre Quittung dafür bekommen."

„Woher wissen Sie das?"

„Gianna ging fremd", brach es aus dem alten Mann heraus. „Arnim wollte es nicht merken. Aber sie war genau so eine Schlampe. Meine eigene Tochter. Früher oder später musste ihr etwas passieren."

„Sie sprechen einen bösen Verdacht aus."

„Böser Verdacht?" Jetzt lachte der Senior kurz und meckernd. „Kein Verdacht, werter Herr Oberkommissar, ich habe sie sogar gesehen. Wie sie sich küssten und mehr. Im Auto. Es ging… wie sagt man heutzutage? Es ging zur Sache. Nun, lassen wir das. Ich will nicht darüber reden. Schlimm genug, dass es passiert ist."

„Aha", bekam Weber Oberwasser. „Jetzt aber Butter bei die Fische. Wo haben Sie Ihre Tochter überrascht?"

„Oben am Harrl. Ich war spazieren, abends. Die beiden vergnügten sich auf einem kleinen, versteckten Parkplatz. Am liebsten hätte ich die Tür aufgerissen und jedem eine Tracht Prügel verpasst. Aber weil ich nicht glauben konnte, dass es wirklich Gianna war, ging ich nach Hause und telefonierte mit Arnim. Ich wollte wissen, ob sie bei ihm ist. Er meinte, sie stecke noch bei der Arbeit. Ich machte eine entsprechende Bemerkung, auf die er nicht einging. Also ließ auch ich die Sache auf sich beruhen. Aber seitdem hatte sie ihren Platz in meinem Herzen verspielt."

„Wann war das?"
„Anderthalb Jahre ist es wohl her."
„Und seit dieser Zeit verachten Sie Ihre Tochter?"
„Sie besaß dieselbe Falschheit wie diese Schlampe, die mich verließ. Mein eigen Fleisch und Blut. Ich schäme mich abgrundtief dafür. Warum also sollte mir ihr Tod nahegehen? Sie hat nur bekommen, was sie verdient."
„Harte Worte. Haben Sie dabei nachgeholfen?", konfrontierte Weber ihn. „Um sich nachträglich an Ihrer eigenen Frau zu rächen? Nach all den Jahren eine späte Rache, die immer noch besser ist als gar keine?"
„Wie bitte? Was nehmen Sie sich heraus, Sie Windbeutel."
Die Wut des Rentners schäumte auf, suchte ein Opfer. Er fand viele altertümlich wirkende Schimpfworte, die den Nienburger wie bissige Hunde ansprangen.
„Sie reagieren nicht wie ein Vater", reizte Weber ihn, „sondern wie ein Richter. Steht Ihnen das überhaupt zu?"
„Halt endlich dein Schandmaul", brüllte es aus dem alten Mercator. Er spuckte aus, sein aggressiver Blick fixierte Weber, die Hände öffneten und schlossen sich rhythmisch. Die drei Beobachter im Bulli starrten alarmiert auf den Monitor.
„Entweder er wird handgreiflich", prognostizierte Fanny, „oder er kippt uns hier mit einem Schlaganfall um."
„Der kippt erst, nachdem er dem Chef so richtig schön die Fresse poliert hat", vermutete Kai und ging schon mal an die Tür des Wagens. Er war der Schnellste. Mal sehen, ob er gleich wieder durch die Niederung sprinten musste. Übung hatte er inzwischen.

„Je oller, je doller“, unkte der Techniker, der sich nicht für Personenschutz zuständig hielt.

„Beantworten Sie meine Frage“, beharrte Weber und erwiderte den Blick des Seniors. Betont langsam hob er die rechte Hand auf Brusthöhe. Der kürzeste Weg zu seiner Dienstwaffe. „Wollten Sie Rache? Waren Sie Giannas Richter?“

„Eine bodenlose Unverschämtheit“, giftete der Rentner, wandte aber diesmal die Augen ab. Er hatte begriffen, dass sein Gegenüber nicht wehrlos war. Die Drohung in seiner Körpersprache verflüchtigte sich. Schwer atmend fuhr er mit der Hand über seinen Jackenaufschlag und wühlte ein Taschentuch heraus, um sich Schweißperlen von der Stirn zu wischen.

„Er steckt zurück“, beobachtete Fanny. „Setz dich wieder, Kai. Der schlägt nicht mehr zu.“

„Ich würde zu gerne jetzt in seinen Kopf reinschauen“, überlegte der Jüngste im Team.

„Sobald du das kannst, hast du eine steile Karriere vor dir, Junge“, frotzelte der Techniker.

„Das glaubt man fast nicht“, flüsterte Fanny und schaute fasziniert auf die Szenerie im Monitor. Die Professionalität des Chefs war in ihren Augen wiederhergestellt. Selten hatte sie erlebt, dass sich jemand so systematisch in das Vertrauen eines Verdächtigen einschlich, bevor er zuschlug. Gegen den Wind angepirscht und gezielt zur Strecke gebracht, zumindest fast. Dummerweise hatte der alte Mercator sich inzwischen wieder in der Gewalt, statt zu verraten, wo ihm der Elektroschocker abhandengekommen war.

„Der verbirgt wirklich was“, wandte sie sich den beiden anderen zu. „Habt ihr gehört, was er sagte: *Beide waren aus demselben Holz. Beide haben ihre Quittung dafür bekommen.* Dieses Ausmaß an Selbstgerechtigkeit!

Wir müssen die Aufzeichnung nachher im Büro noch mal genau analysieren."

„Hättest du dir", kommentierte der Techniker, „seelenruhig die Ermordung deiner Tochter vorwerfen lassen? Ist doch normal, dass der pampig reagiert. Würde Weber das bei mir versuchen, wäre er um ein Veilchen reicher."

„Weil du deiner Tochter kein Haar krümmst. Aber bei dem da draußen stimmt was nicht", erwiderte Kai. „ Etwas war falsch an der Art des Leugnens."

Mercator senior verbrachte den Rest des Tages im Kommissariat, allerdings änderte sich an seinem Leugnen wenig. Er stritt alles kategorisch ab, was ihn in die Nähe zu einem Verbrechen rückte.

Bei der Analyse der morgendlichen Aufzeichnungen stolperten die Ermittler über mehrere Formulierungen. *Sie hat nur bekommen, was ihr gebührt,* war einer dieser Sätze. Oder die Sache mit demselben Holz und der Quittung dafür. Und warum benutzte er manchmal die Möglichkeitsform? Bezüglich seiner Ehefrau sagte er erst beim dritten Mal: *Sie hat ihre Kinder verleumdet,* vorher aber *Sie hätte ihre Kinder verleumdet.*

Immer wieder setzte Weber den Rentner mit Fragen unter Druck, assistiert von Fanny, die oft daran zurückdenken musste, wie herrschsüchtig ihr der Mann schon früh vorgekommen war. Doch Mercator senior beharrte darauf, dass sich nur Ehefrau und Tochter schuldig gemacht hatten.

Kai war ab Nachmittag mit dem Unbekannten von der *Landpartie* beschäftigt. Die Kollegen aus Hannover hatten zwei der drei Fotos ausgewertet und erste Ergebnisse geliefert. Das männliche Wesen, das herauskam, zeigte gut erkennbar einen Herrn, der die Dame an seiner Seite um circa 15 cm überragte. Um die 40 Jahre mochte er sein, mit dezentem Schmerbauch, bartlosem Kinn, fliehendem Haaransatz samt dunkelblonder Standard-Männerfrisur. Dazu helle, locker-elegante Kleidung, passend zum Anlass. Ganz eindeutig nicht Cordwitz.

Aber war dieser Mann auch der richtige? Derjenige, wegen dem Madame Prune nervös gewirkt hatte?

Denn immerhin gab es noch das dritte Foto. Die Nachbearbeitung dieses Bildes war derzeit im Gange. Kai rief bei Hahnekamp an, erhielt aber Auskunft, dass die Suche noch nicht abgeschlossen sei. Ob die Polizei sich bis Montag gedulden könne?

„Der hatte sicher schon sein Wochenende verplant", dachte der Ermittler. Da er kein Unmensch war, nahm er dem Fotografen das Versprechen ab, morgen wirklich die Sammlung parat zu haben. Seine Gedanken schweiften locker über die Landschaft der vielen, offenen Baustellen im Fall Mercator. Was hatte es wohl mit dem Riesenhasen auf sich, diesem Beziehungskiller? Sollte man ihm noch mal auflauern, am besten mit Dienstwaffe im Anschlag? Aber nach den Trakl-Versen von heute Morgen spürte Kai für heute keine Lust mehr auf gespenstische Vorgänge.

Er schaute aus dem Fenster. Draußen war der Sommer zurückgekehrt, endlich. Heute Mittag hatte die Sonne den Nebel aufgelöst, inzwischen war es richtig schön geworden und ungewohnt warm. Kein Wunder: Bückeburg schmückte sich gern mit den höchsten Temperaturen von Niedersachsen. Kai beschloss, nachher lieber noch einen ganz gepflegten Absacker zu nehmen. Er würde Fanny einladen oder einen anderen Kollegen. Draußen gingen gerade seine beiden Teamgefährten über den Flur.

„Zeigen Sie mir noch mal die Sequenz...," hörte man Webers Stimme, bevor die Zimmertür sich schloss. Die zwei schienen nicht voranzukommen. Dasselbe Spiel wie bei Fink. Neugierig spazierte Kai hinüber. Drüben fixierten Fanny und Weber eine Aufzeichnung vom Morgen. Ihr Gesichtsausdruck verriet Unzufriedenheit.

„Hat er schon was gestanden?", gaukelte Kai Ahnungslosigkeit vor.

„Alles und noch mehr", versetzte Fanny griffig, ohne überhaupt den Blick vom Bildschirm zu wenden.

„Erzählt doch mal."

„Er rückt nicht raus mit der Wahrheit", berichtete Weber frustriert. „Wir sind uns einig, dass er etwas auf dem Gewissen hat. Und es drückt ihn. Im wahrsten Sinne des Wortes. Aber er weist jede Verantwortung von sich und erklärt sich zum eigentlichen Opfer. Dabei verwechselt er immer wieder Möglichkeits- und Wirklichkeitsform."

„Meist redet er davon", konkretisierte Fanny, „ dass seine Frau ihn betrogen *hat.* Und das Gianna ihren Arnim betrogen *hat.* Aber manchmal wird daraus ein *hätte,* ohne dass er es bemerkt. Verstehst du den Unterschied?"

„Erklär es mir. Ich bin jung und lernfähig."

„Wenn ein Fakt", übernahm Weber den Part, *„hätte* sein können, muss das tatsächliche Geschehen sich nicht genau so abgespielt haben. Es steckt eine grammatikalische Verbiegung dahinter, die nahelegt, dass auch die Realität verbogen wird."

„Genau Dasselbe wie heute Morgen", begriff Kai. „Als wir alle den Eindruck bekamen, Mercator beginnt sich zu winden und wird grob, um von irgendwas abzulenken."

„Genau", nickte Weber kurz.

„Vorhin dachte ich, er steht kurz davor, endlich auszupacken und Klarschiff zu machen", resümierte Fanny. „Als Sie davon sprachen, Chef, wie gut es tut, das eigene Gewissen zu erleichtern. Das war die richtige Methode. Mercator hält viel auf Werte und Moral. Dazu gehört ganz offenbar auch ein reines Gewissen."

„Früher legten die Leute viel mehr Wert auf ein reines Gewissen", lächelte Weber geschmeichelt. „Manchmal habe ich den Verdacht, inzwischen ist es sogar eine Generationsfrage geworden.

Heutzutage muss man *clever* sein. Ein reines Gewissen war gestern, heute will jeder *mehr*. Mehr verdienen, mehr Spaß im Leben oder was immer dieses *Mehr* auch sein mag. Aber vielleicht sehe ich das zu altmodisch.

Zu unserem Fall: Wichtig ist, dass jeder Täter tief im Inneren weiß, wo er unrecht handelte. Und früher oder später möchte er mit sich selbst ins Reine kommen. Wie unser Mercator."

„Abgesehen von seinem unreinen Gewissen", wurde Kai pragmatisch. „Was ist mit seinem Alibi für die Tatnacht?"

„Er gibt an, geschlafen zu haben", sagte Weber. „Sein Sohn beteuert, dass ihm eine Abwesenheit des Vaters aufgefallen wäre. Aber ein Alibi ist das nicht.

Andererseits: Der alte Herr wäre sicher nicht zu Fuß bis in die Niederung gegangen. Er hätte einen fahrbaren Untersatz benutzt. Die Abfahrt eines Autos mag vielleicht einem Nachbarn aufgefallen sein, es ist eine ruhige Wohngegend."

„Wir können morgen rumfragen", schlug Fanny vor.

„Das werden wir. Der Sohn als Familienangehöriger wird seinen Vater stets decken. Die Nachbarn geben diesbezüglich bessere Zeugen ab."

„Vielleicht liefern sie uns Gründe", überlegte Kai, „den Senior zu verhaften."

„Erst mal abwarten…", bremste sein Chef. „Als Zeuge geht er uns auch nicht durch die Lappen."

Nach dem durchschlagenden Misserfolg mit Winfried Fink fasste der Nienburger das Thema Verhaftung lieber mit Glacéhandschuhen an. Man brauchte mehr als einige Kamerasequenzen, die aufgrund gezielter Provokation entstanden waren. Eine zweite Festnahme ohne harte Beweise barg hochgradiges Potenzial: sich sowohl vor dem Haftrichter als auch mit kritischen Pressefragen die Finger komplett zu verbrennen.

„Ich muss mich noch für die Gedichte entschuldigen“, grinste der Kommissar plötzlich verschlagen.

„Ach, wenn's weitergeholfen hat...“ Fanny winkte großzügig ab.

„War es sehr schlimm?“, heuchelte Weber Mitleid.

„Teeren und Federn hätte weniger Spaß gemacht. Aber Kai wäre fast aus dem Bulli gesprungen.“

„Nur, weil Mercator handgreiflich werden wollte“, stellte der Jüngste im Team klar. „Wir hatten Sie gut im Blick, Chef. Lässt sich eigentlich aus den Trakl-Versen noch was rausholen? Vielleicht enthalten sie versteckte Hinweise, ähnlich wie diese grammatikalischen Verbiegungen.“

„Natürlich, Herr Müller“, keimte in Weber Freude auf. „Wären Sie wohl so freundlich...?“

„Geht nicht. Ich bin gerade komplett eingedeckt mit dem *Landpartie*phantom. Demnächst kommen 250 weitere Bilder des Fotografen und die Auswertungen der Kollegen aus Hannover. Damit mache ich den Kerl dingfest. Hundertpro.“

„Ach ja. Die Nebenspur. Dürfen wir auf keinen Fall vergessen.“ Webers Augen wanderten durch den Raum. „Frau Reichert...?“

„Ebenfalls *Landpartie*phantom“, versetzte Fanny hastig. „Die Dateien, die die Kollegen aus Gianna Mercators Computer isolieren. Ist eine Menge Arbeit.“

„Dann ist für heute Feierabend“, murmelte Weber. „Ich bringe jetzt den Rentner nach Hause. Das wird eine schweigsame Tour. Montag um…", er rechnete im Kopf, „halb sieben sehen wir uns wieder."

„Morgens?", stöhnte Fanny auf.

„Fünf nach halb", bot der Nienburger an.

„Ganz sieben?"

„Wir müssen die Leute in Mercators Nachbarschaft befragen, *bevor* sie in Richtung Arbeitsplatz wegfahren.

„Okay. Halb sieben."

„Vielleicht", schob Weber nach, „habe ich mir bis dahin schon die Gedichte angesehen." Jammerschade, fanden die Bückeburger später beim Absacker, dass Weber seine Familie an die See geschickt hatte. Ein wenig Schonung wäre nach der heutigen Sonntagsarbeit vertretbar gewesen. Andererseits: Jetzt hatte er genug Muße für die Trakl-Verse.

Kai fuhr heim, sein Kopf wippte im Takt der Radiomusik. Der alkoholfreie Mix vorhin war optimal gewesen, der kleine Plausch mit Fanny nahezu konfliktfrei. Entspannt hatte er sich danach in Richtung Heimat auf den Weg gemacht. Er passierte die ersten Häuser von Meinsen, gemächlich fluteten seine Gedanken. Abendliche Gelassenheit beherrschte die Dörfer. Hinter dem Ort prunkte beim Blick nach links eine abendrote Sonne mit außerirdisch schöner Farbpracht. Blasses Orange überzog den gesamten Himmel, dazwischen Sprenkel aus einigen blaugrauen Wolken. Mutter Natur griff tief in ihren Farbkasten.

Die Luft hatte sich weiter aufgeheizt und tendierte inzwischen sogar leicht in Richtung Gewitterschwüle. Resolut arbeitete die Klimaanlage des Wagens dagegen an. Erinnerungen an die Dichterschlacht im Morgennebel tauchten auf. Szenen wie aus einer versunkenen Welt: zwei alternde Männer, passenderweise mit der Wortwahl des letzten Jahrhunderts. Unwirklich, als habe man am Monitor im Polizeibulli einen Film von 1950 angesehen. Die beiden Hauptprotagonisten entstammten einer Zeit, die richtig und falsch anders verstand. Vor 60 Jahren gab es viele Gesetze, die inzwischen antiquiert und abgeschafft waren. Die Jugend von damals hatte die Unantastbarkeit der alten Moral abgestreift.

Und heute? Reichte es wirklich schon, *mehr* von irgendetwas zu sein, wie Weber bedauernd festgestellt hatte? Die Werte der Generationen klafften weit auseinander. Der Zeitgeist war sprunghaft geworden, die

Moral hüpfte mit, so gut sie es schaffte – ein Gegensatz zu den beiden Granden von heute Morgen, die sich Gedichte zuwarfen, als führten sie einen Minnestreit.

Kai musste grinsen, als er an Fannys entnervte Reaktion zurückdachte. Aber auch das dunkle Gefühl, die Gänsehaut, war eindrücklich gewesen. Selbst jetzt, viele Stunden später, kroch sie einem wieder über die Schultern, sobald die Trakl-Verse anklopften. Welche Leiche verbarg der Senior in seinem Keller?

Plötzlich wurde Kai eine aus dem Radio tröpfelnde Melodie bewusst: *Und wenn ein Lied meine Lippen verlässt.* Söhne Mannheims und Xavier Naidoo. Ohne es zu merken, summte er schon die ganze Zeit den Liedtext mit. Es ging um Abschied nehmen. Ein endgültiger Abschied, wie nur der Tod ihn erzwingt. Keine kleine Reise, keine Wochenendtour. Aus den Stimmen der Sänger perlte tiefe Schwermut und füllte den Wagen. Spontan kam Kai der Freitagabend und Amas Flucht in den Sinn. Auch eine Form von Abschied. Die Klimaanlage störte plötzlich, es wurde zu kalt im Auto. Er stellte sie ab. Wie magnetisiert kreisten seine Gedanken um Amalia, zogen Parallelen zu den Mercators. Verstoßene Töchter. Aber war es nur das?

Nein. Es ging auch um Frauen, die anders wollten als ihr Partner. Gottfried und Margarete, Arnim und Gianna, Kai und Amalia.

Er versuchte, sich in den alten Mercator hineinzudenken, und zog seinen eigenen Streit mit Ama als Hilfe heran. Wie war das gewesen, im Flur seiner Wohnung mit Tim Bendzkos Anklage? Wie reagierte er? Mit riesiger Wut. Der Stuhl samt CD-Player war ihr zum Opfer gefallen. Beinahe auch Xynthia, hätte nicht rechtzeitig ein Fünkchen Verstand aufgeleuchtet. Wie hatte Mercator senior damals seinen Zorn abreagiert? Sicher nicht nur mit Gedichten. Und wo blieb das Mitleid, wie Weber es genannt hatte? Oder die Trauer?

Die Wehmut des Radiolieds nahm ihren Lauf, Kais Gedanken irrlichterten. Wie stand es um seine Beziehung zu Amalia? Kehrte sie nach Rusbend zurück? Mit welchen alten Freunden zog sie gerade durch die Kneipen ihrer Heimat?

Stopp! Ab dieser Frage wurde ihm schmerzlich bewusst, dass er seine Arbeit vom Privaten trennen musste. Nur: Wie schaltet man den eigenen Kopf ab?

„Du spinnst, Mann", sagte er laut und drehte das Radio leiser. Seine Schwermut blieb.

„In unserer Sanduhr fällt das letzte Korn", verkündete das Lied. *„Ich hab gewonnen und hab ebenso verlor'n."*

Kai passierte gerade die gewundene S-Kurve kurz vor Rusbend. Eine gefährliche Stelle. Holzkreuze und Blumen am Straßenrand erinnerten an Verkehrstote. Hier war für manchen das letzte Korn in der Sanduhr gefallen. Ahnung des Todes, dazwischen wie eine Vision die Szenerie heute Morgen im Nebel. Mitleid. Der Innenraum seines Wagens war voll davon. Das Lied beklagte den Tod, liebevoll erinnerte es an gute Dinge. Es bejahte alles, was der Rentner dort draußen empört verneint hatte.

„... Und eine bleibende Erinnerung. Zwischen Tag und Nacht legt sich die Dämmerung", verkündete der Sänger. Dämmerung war Tod. Ein Bild des Sterbens in poetischen Farben. Und Kai verstand aus tiefstem Herzen, warum sein Chef Mitleid eingefordert hatte. Derjenige, der flüchtete, der weglief, war der Schwächere. Er verdiente keinen Hass.

„Damit du keine Ängste mehr kennst."

Das Lied im Radio schlich davon. Ama war fort, weil sie ihre Sorgen nicht hatte teilen können. Und Margarete Mercator? Warum war sie geflohen, hatte ihre Kinder im Stich gelassen, meldete sich nie wieder? Hastig schaltete Kai das Radio aus. Er musste auf andere Gedanken kommen. Schluss mit diesem Experiment am offenen Herzen. Privat war privat, Dienst war Dienst.

Zur Ablenkung nahm er sich vor, wieder an Punkt 2 und 3 zu arbeiten. Xynthia ließ ihn nur bis zur ersten Hälfte kommen. Ihre wichtigste Mitteilung: Die alten Freunde waren ausnahmslos weiblicher Natur. So weit, so gut. Leider vertiefte die Sprekelholzkamperin danach 88 Minuten lang Probleme zwischen Frauen und Männern im Allgemeinen. Und Kai musste ihr zuhören, er brauchte sie als Verbündete. Als er kurz vor Mitternacht endlich bei Ama anrufen konnte, zeigte nur ihre Mailbox Mitleid und nahm seine Grüße auf.

Montagmorgen. Deutlich vor der Rushhour arbeiteten die Ermittler sich durch die Nachbarschaft der Mercators. Heute früh halfen drei Uniformierte mit, um die Befragung zügig zu erledigen. Ein Großteil der arbeitenden Bevölkerung war noch zu Hause. Allerdings zeigten viele der Befragten Gedächtnislücken, schließlich lag das Ganze mehr als eine Woche zurück. Jeder bekam ein Kärtchen mit Telefonnummern. Mit etwas Glück würden einige Nachbarn nachträglich anrufen, weil ihnen etwas eingefallen war.

Schwierig gestaltete sich der Umgang mit der allgegenwärtigen Neugier. Die Frage, ob das Auto der Mercators in der Todesnacht von Gianna an seinem Platz gestanden habe, ließ Interpretationen zu. Man könnte auch sagen: Die Gerüchte schossen wie frisch gedüngt ins Kraut. Oder, um es noch klarer zu formulieren: Wo Rauch war, musste auch Feuer sein. Eine Vermutung breitete sich langsam, aber erbarmungslos aus.

Gegen neun Uhr rief der Fotograf auf Kais Handy an: Die Ausschussbilder der *Landpartie* seien jetzt sortiert. Ob er mit seiner Sammlung vorbeikommen könne? Kai wollte die Speicher mit den Dateien selbst abholen. Aber der Anrufer blieb hartnäckig und vereinbarte einen Termin im Kommissariat. Ein zweiter Dr. Grollmeister?

Weber gab grünes Licht. Kai brauchte nicht lange zu warten, der Fotograf schien es nach dem geruhsamen Wochenende eilig zu haben. Zwei weitere Bilder hatten sich gefunden, auch sie zeigten den Unbekannten nur sehr unscharf. Doch statt nach dem Abliefern der

Fotos zu verschwinden, eröffnete Hahnekamp ein Schwätzchen über die Identität des Unbekannten. Als Kai drauf und dran war, seinen Informanten mit einem beherzten Dankeschön hinauszukomplimentieren, zog der plötzlich die geheime Reserve.

„Gestatten Sie mal, Herr Müller?“, fragte er, positionierte seinen mitgebrachten Laptop und fing an zu zaubern. Ganz eindeutig: Nicht nur die Polizei besaß gute Bearbeitungsprogramme. Pixel für Pixel holte der Fotograf mehr aus dem menschlichen Schemen. Doch dem Abbild, das die Kollegen gestern geschickt hatten, ähnelte die Gestalt nur entfernt. Kai begriff, dass es sich um ein zweites *Landpartie*phantom handeln musste. Er war gespannt, ob das Antlitz, das vermutlich heute aus Hannover eintreffen würde, mit diesem Bild übereinstimmte.

„So“, beendete der Fotograf seine Vorführung. „Das ist er. Und wie sieht es mit einem Namen aus?“

„Sagen Sie nicht, Sie wissen, wer das ist?“, erkundigte Kai sich perplex.

„Sehen Sie sich das mal an“, wechselte Hahnekamp die Strategie und rief ein anderes Bild an seinem Laptop auf. Es zeigte eine Reihe gut gelaunter Sakkoträger aus der Lokalpolitik. Sie lächelten siegesgewiss in die Kamera. Mitten zwischen ihnen ein Unternehmer, der sich mit breiter Brust in die amtlich wirkende Prozession einkeilte. Sofern man seinen dunklen Anzug gegen die helle Kleidung der *Landpartie* tauschte, sah er dem Gesuchten frappierend ähnlich.

„Woher stammt das?“, stürzte Kai sich sofort darauf.

„Aus einer Werbebroschüre für ein Tourismusprojekt vom Herbst vorletzten Jahres“, erwiderte der Fotograf und seine Augen schimmerten dabei. „Ich habe es selbst aufgenommen.“

„Verstehe ich recht? Sie haben selbst recherchiert?" Kai starrte ihn an.

„Also, ich kenne doch meine Fotos am allerbesten. Und Sie haben mir die Nummer eines der Bilder genannt, Herr Müller. Ich dachte, es hilft meinen grauen Zellen am besten auf die Sprünge, wenn ich den Mann exakt vor Augen habe. Als ich sein Gesicht nachbearbeitet hatte, kam er mir gleich bekannt vor. Aber es war wirklich eine Heidenarbeit, alle alten Dateien zu durchforsten. Hat mir das gesamte Wochenende weggefressen. Heute früh um zwei Uhr fand ich endlich diese Aufnahme."

Kai staunte dankbar. Tiefschläge gab es für ihn genug, aber dies hier war unzweifelhaft ein Ausreißer nach oben.

„Hammer. Das ist ja ... verdammte Kiste, das ist richtig gut", zeigte er seine Begeisterung. „Ich würd' Sie jetzt gern einladen, aber dann killt mich mein Chef. Kann ich Ihnen vielleicht einen richtig guten Kaffee anbieten?"

Er wies auf seine Maschine. Der Fotograf war zufrieden mit dem Angebot und ließ sich, begleitet vom koffeinduftenden Röcheln des Apparats, Einzelheiten zu dem Unternehmer entlocken. Ulf Schellfinger heiße der Typ, lebe in Bad Münder und betreibe ein Unternehmen, das die Umsetzung eines EU-Leaderprojekts begleite.

„Aber hinter vorgehaltener Hand munkeln viele", trat Hahnekamp regionalen Klatsch breit, „dass irgendwas nicht stimmt."

„Was denn?", fragte Kai, dachte an Gianna Mercator und Mata Hari.

„Ist nur so ein Gerücht. Ich will da niemanden reinreißen, weil ich bei der Polizei meine Klappe nicht halten konnte."

„Tun Sie nicht. Aber hinsichtlich eines Gewaltverbrechens interessiert natürlich jede kleine Besonderheit. Wir wissen, dass die getötete Journalistin über eine Sache recherchierte, die in Richtung Wirtschaftskriminalität driftete. Sie wollte einen der Beteiligten auf der *Landpartie* treffen."

„Ich verstehe. Also: Das Tourismusprojekt schluckt unheimlich viel Geld und jeder, der eins plus eins rechnen kann, fragt sich, wo die Millionen bleiben. Der Laden von Schellfinger scheint ein Fass ohne Boden zu sein. So, und das haben Sie nicht von mir, Herr Müller."

„Schon klar. Das haben wir bei unseren Ermittlungen rausgekriegt, Herr Hahnekamp."

Nachmittags kam das zweite, nachbearbeitete Gesicht aus Hannover im Bückeburger Kommissariat an. Es zeigte Schellfinger. Die Spur war richtig. Daraufhin stürzte sich Fanny mit Feuereifer ins World Wide Web. Sie glich die dürren Berichte über das EU-Projekt mit den Ergebnissen der Computerspezialisten ab und fand Übereinstimmungen. Was ehemals eine Nebenspur gewesen war, wurde stündlich heißer. Und da sie zu 0 % aus Gedichten bestand, schwebte Fanny im siebten Himmel.

Sie kontaktierte die beiden Zeugen, die Gianna Mercator samt Begleiter auf der *Landpartie* gesehen hatten. Der Allgäuer Huthändler zeigte sich telefonisch erreichbar, bekam die Fotos zugemailt und identifizierte eindeutig den Geschäftsmann als nachmittäglichen Galan. Obstler-Schmidt hatte nur seinen AB auf Empfang. Fanny sprach ihm eine Anfrage darauf und bat um Rückruf, gleichzeitig mailte sie ihm schon mal auf gut Glück die Bilder. Doch es kam keine Antwort.

Pünktlich um 17 Uhr lief Dr. Grollmeister auf. Im Ermittlerteam hatte man vorher beratschlagt, ob der Beauftragte die Bänder allein ansehen solle. Die Gefahr, dass er sie in Echtzeit betrachten und morgen früh immer noch im Büro sitzen würde, erschien allen zu groß. Bei der anschließenden Verlosung zog Kai das kürzere Streichholz und freute sich auf die nächste Nachtschicht.

Alphatier Weber widmete sich der schwierigen Aufgabe, die gestrigen Geschehnisse erst zu protokollieren, dann zu interpretieren. Mehrfach versuchte er, Mercator senior telefonisch zu erreichen. Einmal gelang es ihm, aber der Rentner legte sofort wieder auf. Die Vertrauensbasis war zerstört. Gegen frühen Abend rief sein Sohn an und beschwerte sich.

„Mein alter Herr sitzt nur noch am Schreibtisch", beklagte der Junior. „Er ist überhaupt nicht mehr ansprechbar."

„Was tut er?", wollte der Kommissar wissen und stellte die Antennen auf.

„Schreiben. Was, sagt er nicht. Und wenn ich komme, lässt er alles in der Schublade verschwinden. Ich soll es nicht sehen. Er wirkt bedrückt. Was haben Sie mit ihm angestellt am Sonntag?"

„Wir mussten ihn detailliert befragen."

„Er wirkt aber, als sei ihm der Himmel auf den Kopf gefallen."

„Können Sie an seine Aufzeichnungen herankommen?", forderte der Nienburger. „Zum Beispiel heute Nacht, wenn er schläft?"

„Was wollen Sie denn noch alles?" Die Stimme des Sohns wurde scharf. „Erst schleifen Sie ihn zum Tatort, traktieren ihn den lieben langen Tag mit Fragen und bringen ihn abends in einem Zustand zurück, den ich noch nie erlebt habe. Und dann soll ich ihn auch noch ausspionieren?

Was denken Sie sich eigentlich, wer Sie sind? Wieso rühren Sie hier in unserem Leben rum? Reicht es nicht, dass Gianna tot ist? Müssen Sie uns auch noch zur Zielscheibe übler Gerüchte machen? Wissen Sie eigentlich, wie die Nachbarn uns ansehen? Wie sie sich abwenden und nur noch leise reden, wenn ich in die Nähe komme? Möchten Sie mal ausprobieren, wie sich das anfühlt?"

Weber entschuldigte sich und wies mit viel Samt in der Stimme darauf hin, dass der alte Herr durchaus mehr vom Leben seiner Tochter gewusst habe, als er bei den ersten Befragungen zugab. Man wäre doch neugierig, zu erfahren, was er noch alles zurückhalte. Und ob Mercator junior nicht auch ein Interesse habe, zu erfahren, warum seine Schwester gestorben sei?

„Aber Sie tun ja so, als hätte mein Vater Gianna auf dem Gewissen", ereiferte sich der Anrufer und legte auf. Weber jedoch fragte sich, was der Rentner schrieb. Er tat sich im Moment schwer mit dem nächsten Schritt. Verhaftung? Völlig unmöglich. Hausdurchsuchung, um an diese Aufzeichnungen zu kommen? Auf welcher Grundlage? Und was, wenn es nur Trakl-Gedichte waren? Außer den schwer zu interpretierenden Kamerasequenzen vom Sonntagmorgen hatte Weber nichts in der Hand.

Was war Hauptspur, was Nebenspur?

Gegen 18 Uhr 30 meldete sich Obstler-Schmidt in blendender Laune bei Fanny.

„Ich stelle gerade auf einem Rittergut aus", gab er zu, schon wieder auf einer Messe unterwegs zu sein. Danach ließ er sich den Grund der behördlichen Anfrage erklären und bedauerte, keinen Blick auf die fraglichen Gesichter werfen zu können.

„Leider komme ich gerade nicht an meinen Computer heran“, begründete er.

„Wo sind Sie denn?“, erkundigte sich Fanny und spielte mit dem Gedanken an eine weitere Dienstreise.

„Gut Remeringhausen, Frau Reichert. Es läuft fantastisch, wie immer. Eine Ecke voller lebensfroher Gourmets hier, dieses Schaumburger Land. Wenn ich mich tatsächlich mal verändern möchte, werde ich die Gegend als denkbare Alternative in Erwägung ziehen. Ist es eigentlich immer so schwül hier? Man könnte ja fast überlegen, südländische Obstsorten anzubauen.“

„Limetten zum Beispiel? Seien Sie vorsichtig, Herr Schmidt. Diese laue Gewitterluft haben wir nur den halben Sommer über. Aber sagen Sie: Remeringhausen, meinen Sie das Rittergut bei Stadthagen?“

„Sicher, meine Liebe. Keine 20 Kilometer von Bückeburg.“

„Dann können Sie hier vorbeikommen, um die Gesichter zu identifizieren“, begrub Fanny ihren Dienstreisetraum. „Geht das demnächst?“

„Ein verlockendes Angebot, aber ich habe natürlich im Laufe des Tages einige Schätzchen mit meinen Kunden verkostet. Angesichts der Verkehrssicherheit und der Blitzerdichte in diesem Landkreis möchte ich mich nicht mehr hinters Steuer setzen. Es sei denn, Sie gewähren mir Kraft Ihrer amtlichen Position völlige Narrenfreiheit.“

Er lachte und es hörte sich an, als würde sein Bauch wieder hüpfen. Das Geräusch war ansteckend, Fanny musste kichern. Der Obstveredler hatte wirklich den Bogen raus, sie aus der Reserve zu locken.

„Damit würde ich meine Kompetenzen gewaltig übertreten", schmunzelte sie. „Aber ich könnte Ihnen einen Kollegen schicken, der Sie hierher kutschiert."

„Im Moment völlig unmöglich. Hier pirschen noch etwa fünf bis zehn zukünftige Kunden um meinen Stand. Aufträge für drei Monate, schätzungsweise. Gäbe es eine Alternative, meine Liebe? Ich möchte der Polizei wirklich sehr gern helfen."

„Ich komme mit den Bildern zu Ihnen", beschloss sie. „Geben Sie mir eine halbe Stunde, um das mit meinem Chef abzuklären."

Der Händler stimmte begeistert zu. Er schien sich auf Madame Limette zu freuen.

„Obstler-Schmidt ist auf Gut Remeringhausen bei Stadthagen", riss sie Weber aus seinen Trakl-geschwärzten Gedanken. „Unser bester *Landpartie*zeuge kann die Mail mit den Gesichtern der Verdächtigen derzeit nicht abrufen."

„Na, dann fahren Sie doch hin", grunzte der Nienburger, ohne von seinen Grübeleien aufzusehen. Fanny packte ihre Unterlagen zusammen und wollte den Kommissar seiner schlechten Laune überlassen.

„Obstler-Schmidt?", wiederholte er plötzlich fragend, als sei ihm gerade etwas aufgefallen. Langsam hob er den Kopf und nahm sie fest in Augenschein.

„Ja. Genau der."

„*Deshalb* haben Sie eben gelacht. Gnade Ihnen Gott, Frau Reichert, wenn Sie auch nur einen einzigen seiner guten Geister bei dieser Zeugenbefragung anrühren!"

Sie verkniff sich eine ernsthafte Antwort und schaute auf dem Weg nach draußen noch bei Kai vorbei. Er wirkte voll ausgelastet mit Grollmeister. Der Ehrenamtliche kommentierte seit zwei Stunden jede neu hinzutretende Figur in den Aufzeichnungen.

Zwar hatte man die Sequenzen mit Weber und Mercator senior übersprungen, aber es blieb noch genug Material, um jede Faser eines menschlichen Geduldsfadens zu strapazieren. Härtetest für polizeiliche Professionalität, ausprobiert am Nachwuchs. Aus der Zeitangabe, die auf dem Bildschirm mitlief, war abzulesen, dass die beiden bisher nicht besonders rasch vorankamen. Kai durfte sich noch auf 13 Montagsstunden freuen. Entsprechend verhalten wirkte er, als Fanny ihm vom Ausflug nach Stadthagen berichtete.

„Viel Spaß“, wünschte er ihr beleidigt. „Und denk an mich, wenn du heute Nacht zu einer vernünftigen Zeit ins Bett sinkst.“

„Du hast doch Zeit, dich erwartet ja niemand“, hackte sie zurück.

Tatsächlich gelang es ihr auf dem Rittergut, Schmidts leuchtenden Angeboten zu widerstehen. Allerdings kam die Zeugenaussage nicht recht voran. Der Händler unterhielt sich sehr leutselig mit ihr, wechselte immer wieder das Thema und fuhr dieselbe Strategie, mit der er auch seine Kundschaft auf den Messen umgarnte. Fanny dachte gerade über einen strengeren Umgangston nach, als der Herr der Geister sie zum Essen in ein Gourmetrestaurant einlud. In Richtung Bad Nenndorf läge dieses erlesene Lokal. Erst wollte sie ablehnen.

Andererseits: warum eigentlich?

Endlich konnte sie sich unter dienstlicher Hoheit mal einen netten Abend machen. Was erwartete sie in Bückeburg? Trakl-Gedichte. Ein übellauniger Weber. Womöglich würde er ihr welche vorlesen, um ihre Einschätzung zu hören. Oder Kai mit Grollmeister. Nicht ausgeschlossen, dass der Jüngste im Team einen Vorwand fand, um seine Arbeit umzuverteilen, woraufhin seine geschätzte Kollegin einspringen durfte.

Dabei konnte es gut sein, dass Obstler-Schmidt noch Brauchbares erzählte während des Essens. Er gehörte zu den Menschen, die viel beobachteten. Wenn man ihm Zeit gab, konnte sein phänomenales Gedächtnis auf Touren kommen. Und offenbar freute er sich, den Abend nicht allein mit einer Flasche Wein verbringen zu müssen. Fannys Würfel fielen.

„Ich bezahle aber selbst", stellte sie klar.

„Wie Sie wollen", freute sich der Händler. „Auf nach Riepen. Sie sind doch nüchtern und können fahren, meine Liebe? Hoffentlich ist kein Ruhetag."

Kai fraß sich mit dem Doktor durch die Aufzeichnungen der geheimen Kameras. Abends um 10 Uhr riss er das Fenster sperrangelweit auf, die Luft im Zimmer war zum Ersticken. Doch diese Nacht ähnelte dem Nachmittag: Schwül dünstete die Atmosphäre vor sich hin. Ein böiger Südostwind schaufelte feucht-warmen Sauerstoff mit Auspuffbeimischung in den Raum und sorgte für Hemden, die schweißnass auf dem Rücken festklebten. Ein äußerst wankelmütiger Juni.

Vorhin war Weber hektisch ins Zimmer gestürmt und hatte erklärt, dass er Frau und Kinder aus Oldenburg abholen müsse. An der Nordsee hatte es Probleme mit den Zwillingen gegeben und zu allem Überfluss auf dem Rückweg einen Beinahe-Unfall. Seine Angetraute weigerte sich kategorisch, die restliche Fahrstrecke mit dem überdrehten Doppelpack allein zu wagen.

„Ist ja übel", bedauerte Kai. „Dann bis morgen, Chef."

Danach versank er tief im Selbstmitleid. Grollmeister focht das nicht an. Er kreiste galaktisch hoch in seiner Sondermission. 007 von Bückeburg. Nichts konnte ihn erschüttern, beschleunigen erst recht nicht. Eine Stunde später bilanzierte Kai, dass sein Privatleben auch heute Abend der Arbeit zum Opfer fiel.

Ausgerechnet an dem Tag, an dem Ama ihren Termin beim Rechtsanwalt hatte. Aber Grollmeister klebte wie ausgehärtetes Kaugummi an seinem Stuhl. Seit heute früh wussten die drei Ermittler auch, dass „Grolli" längst kein unbeschriebenes Blatt war. Mehrere Kollegen kannten ihn seit Jahren: Er verteidigte einen Ruf als berüchtigter Zuträger für die Abteilung *Kleinvieh-macht-den-meisten-Mist.* Mindestens einmal pro Quartal zeigte er jemanden an. Seine Leib- und Magenspeise waren private Pkw auf nicht öffentlichen Straßen. Danach kamen Hundehalter, die den Leinenzwang ignorierten, und Angler, die keinen Berechtigungsschein hatten. Hin und wieder rächte sich einer der Delinquenten mit einer Gegenanzeige wegen Nötigung, Körperverletzung oder Amtsanmaßung. Diese Spielchen verliefen stets im Sande, es stand Aussage gegen Aussage. Sie taten dem Selbstverständnis des Doktors keinen Abbruch.

Und trotzdem: Kai musste sich gut mit ihm stellen.

Wenigstens ergab die Auswertung wieder einen Treffer: Der Wasserlochstarrer tauchte kurz vor der Morgendämmerung auf und machte seinem Namen alle Ehre. Etwa eine halbe Stunde lang, dann schlich er davon. Grollmeister wurde diesmal wirklich fuchtig, als er ihn sah. Er stieß obszöne Drohungen gegen den Mann aus, der einfach so herumstand und weder ein amtliches Kennzeichen noch ein Namensschild zur Identifikation trug.

„Ich kenne den Kerl", betonte der Doktor immer wieder. „Können Sie mir ein Foto von ihm machen?"

„Von dem Wasserlochstarrer?"

„Ja. Ich muss ihn kennen. Der ist mir schon über den Weg gelaufen, aber ich weiß nicht, wann. Wenn ich ihn deutlich vor Augen habe, wird es mir einfallen. Ich brauche ein Foto."

Kai spürte derzeit keinen Bedarf an neuen Unbekannten. Immerhin hatte ja schon eins der Phantome die Identität preisgegeben, sogar ein sehr vielversprechendes Exemplar. Aber: Man durfte keine Nebenspur ignorieren, bloß weil im Moment alle ausgelastet waren. Entschieden auffällig war dieser seltsame Mensch schon. Sein Name wäre nicht schlecht. Man könnte ihn dann fragen, wieso er eigentlich starrte.

Vielleicht waren danach auch die versteckten Kameras überflüssig. Seit Tagen lieferten die Aufzeichnungen keine neuen Ergebnisse mehr, aber der Waschbärensucher beschlagnahmte jeweils einen der Ermittler für mehrere Stunden. Das Kosten-Nutzen-Verhältnis stimmte nicht.

„Ich lasse Ihnen ein Bild ausdrucken", versetzte Kai mit plötzlichem Entschluss. „Sie behalten es für sich, Herr Grollmeister. Nehmen Sie es wirklich nur als Gedankenstütze. Alles andere kann Sie selbst gefährden. Keine eigenen Recherchen bei Freunden und Verwandten. Versprochen?"

„Hoch und heilig, junger Mann. Und ich finde es wirklich sehr aufopferungsvoll, wie Sie hier ihrer Arbeit nachgehen. Da könnte sich Ihr Chef mal eine Scheibe von abschneiden. Fährt der Mann einfach weg und lässt den eigenen Mitarbeiter im Stich…

Und die Frau Reiners hat sich wohl auch schon verdrückt, was? *Un-mög-lich!*"

Kai ließ ihn reden. Er ahnte, dass Grolli mit dem Foto am besten einzubinden war. Konzentriert suchte er nach einem Ausschnitt, der den Unbekannten klar wiedergab, stoppte und notierte die genaue Uhrzeit. In einigen Stunden würde sich jemand im Kommissariat damit beschäftigen, ein brauchbares Foto daraus zu erstellen.

„Dieses Bild", versetzte er und wies auf den Monitor, „holen Sie sich morgen Mittag ab, ich lasse es am Tresen hinterlegen. Zur Auswertung brauchen wir Sie am Dienstag nicht, bis dahin kommt nicht genug Material zusammen."

„Schade", murmelte der Doktor. „Aber das Foto bekomme ich?"

„Mittags. Sobald Sie sich über die Identität des Wasserlochstarrers im Klaren sind, informieren Sie uns sofort. Keine eigenmächtigen Aktionen. Tote Helden gibt es schon genug, das will hier niemand."

„Keine Frage, Herr Müller. Ich bin ja nicht mehr der Jüngste."

„Dann sehen wir uns jetzt den letzten Teil der Aufzeichnungen an. Es ist schon spät, ich würde gern vor Mitternacht fertig sein. Wenn es Ihnen gelänge, sich auf das Wesentliche zu beschränken..."

Auch der Beauftragte schien langsam müde zu werden, zumal Kai sich eisern weigerte, seine Espressomaschine anzuwerfen. Die sei kaputt, hatte er vor drei Stunden geheuchelt, als der Doktor forsch nach „einem schönen Tässchen Kaffee" fragte. Gerade wollten die beiden wieder loslegen, als Kais Handy den typischen SMS-Ton abgab. Er entdeckte Ama als Absenderin.

Wie geht es dir?

Am liebsten hätte er Grollmeister stehenden Fußes hinausgeworfen und seine Freundin angerufen. Nur: Auf eine Dienstaufsichtsbeschwerde konnte er gut verzichten. Also täuschte er einen WC-Gang vor. Auf dem Flur wurde ihm klar, dass Telefonieren derzeitig zu gefährlich war. Wenn Ama sich bei ihm ausheulen wollte, bekam er ein massives Zeitproblem. Also blieb nur die Kurzform. Eine SMS.

Super, aber du fehlst. Wann kommst du? Ich hole dich ab. Ehrenwort.

Danach hatte er noch bis 1 Uhr 25 zu tun. Als er endlich allein war, packte ihn der Frust mit eiserner Faust und schüttelte ihn durch. Was für eine hirnrissige Idee von Fanny, Grolli auf 17 Uhr zu bestellen! Bloß weil sie angenommen hatte, er bräuchte sein Abendessen um 18 Uhr und würde sich beeilen. Ein sattes Eigentor. Und wer musste es einstecken? Kollege Kai, der Hansel vom Dienst.

Er hasste sie dafür und bekam Lust, ihr seinen Ärger in harschen Worten unter die Nase zu reiben. Schlecht gelaunt marschierte er hinüber ins andere Büro. Einsamkeit und extrem miefige Luft sprangen ihn an. An Webers Platz spielten diverse Papiere Chaos-Ringelreihen, alles lag durcheinander. Außerdem lief sein Computer und der Bildschirmschoner dümpelte fleißig über den Monitor.

Gereizt fuhr Kai die EDV herunter, öffnete ein Fenster und ließ frische Nachtluft ein.

Einige tiefe Atemzüge lang blieb er dort stehen, spürte seinen Adrenalinspiegel langsam sinken. Draußen hatte es sich abgekühlt, endlich. Zehn Minuten schaute er hinauf in den funkelnden Sternenhimmel. Das Weltall zauberte ein wenig und blinzelte seinen Unmut einfach fort. Kai merkte, dass er keine Lust hatte, nach Rusbend in die leere Wohnung zu fahren.

Plötzlich kam ihm eine Idee für den Rest der Nacht. Als er fünf Minuten später an den Empfangstresen trat, schob der Beamte dort ihm eine Mappe zu.

„Für deinen Chef", kommentierte der Uniformierte das Papierwerk knapp. „Wurde gegen 20 Uhr abgegeben."

„Wieso hast du nicht nach oben durchgerufen? Vielleicht ist es das Geständnis, auf das wir seit Tagen warten."

„Keine Zeit. Außerdem ist es nicht eilig."

Kai gab den Auftrag für Grollmeisters Foto ab, dann warf er einen Blick auf die Mappe. In schnörkeligen Buchstaben war der Adressat benannt: Oberkommissar Weber.

„Okay. Ich bring' es auf seinen Schreibtisch", seufzte er und ging ein letztes Mal hinauf.

Seine Neugierde siegte, als er die Mappe auf Webers Papierchaos ablegte: Ein kurzer Blick musste erlaubt sein. Mehrere Blätter eines edlen Büttenpapiers mit Wasserzeichen lagen vor ihm. Alles duftete leicht nach Herrenparfüm. Einige Bögen sahen alt und vergilbt aus, andere neu und cremeweiß. Alle waren vollgeschrieben mit großer, schnörkeliger Schrift. Fast wie ein Tagebuch, rührend altmodisch in Zeiten allgegenwärtiger Computerausdrucke.

Auf gut Glück zog Kai eins der gelblichen Blätter heraus. Weniger rührend war der Absatz, den er las: *Mit Herrn G. versteht sie sich gut. Sie spricht auch hinter meinem Rücken ab, wie ich feststellen konnte, und warnt ihn vor mir, etwa so: Aufpassen, er hat ganz schlechte Laune!*

Was soll man dazu sagen? Damit macht sie mich doch lächerlich, auch nach außen! Und das nehme ich nicht hin!

Kai brach die Lektüre ab. Wusch hier tatsächlich einer schmutzige Wäsche in einem alten Tagebuch? Die verblasste Schrift wirkte ähnlich gealtert wie der Papierbogen. Er griff zum Telefon und fragte den Wachhabenden, von wem die Mappe gekommen sei.

„Die hat so ein großer, alter Herr im karierten Sakko abgegeben. Klebt die Notiz nicht mehr drauf?"

„Nein. Hieß er Mercator?"

„Ich glaube schon. *Mercator* kommt hin. Er sagte, sein Werk würde die Herren und Damen von der Polizei interessieren. Ist was damit?"

„Scheinen alte Aufzeichnungen zu sein. Oder alte und neue durcheinander. Aber da sie an Weber adressiert sind, bin ich dafür heute Nacht nicht mehr zuständig."

„Mach endlich Feierabend, Kai. Grolli ist weg, ich hab sein Auto abfahren sehen. Hau dich aufs Ohr und schlaf ein bisschen schneller."

Der Jüngste im Team ging. Er merkte nicht, dass das Bürofenster sperrangelweit offen stand.

Dienstagfrüh herrschte ungewöhnlich tiefer Friede in den Büros der Ermittler. Gegen halb zehn betrat Fanny die ruhige Idylle. Sie hatte endlich mal ausgeschlafen. Der Abend gestern war wohltuend gewesen. Hochamüsant, geprägt von Schmidts gereiftem Erzählerkönnen und dem fantastischen Essen in Riepen. Sie konnte kaum glauben, dass dabei tatsächlich zwei Flaschen Rotwein leer geworden waren. Aber heute Morgen hatte sie die leisen Nachwirkungen in ihrem Kopf gespürt.

Als sie die Bürotür öffnete, pfiffen ihr plötzlich Sturmböen um die Ohren. Das weit geöffnete Fenster sorgte für kräftigen Durchzug, der wie ein unsichtbarer Besen einmal quer über die Schreibtische fegte. Besonders auf Webers Platz fand die Windsbraut reiche Beute. Verspielt wirbelte sie sämtliche losen Blätter durch den gesamten Raum. Fluchend drückte Fanny die Tür zu, sammelte alles wieder auf und stapelte es zurück auf den Tisch. Ein heilloses Durcheinander. Sie stellte das Fenster auf Kipp, jetzt war es windböentauglich.

„Kai!", schrie sie nach dem kleinen Intermezzo quer über den Flur. „Weißt du, warum das Fenster bei uns offen stand?"

Keine Antwort. Entweder er bekam gerade ein ganz schlechtes Gewissen oder war gar nicht da. Sie öffnete sein Büro. Leere gähnte sie an. Am Platz des jungen Kollegen fanden sich die mageren Ergebnisse der Kameraauswertung: ein Satz zu dem Wasserlochstarrer und der Auftrag: Bild ausdrucken… Eine Uhrzeit war angegeben. Hinter dem Auftrag klemmte ein Häkchen. Weiter unten auf dem reichlich weißen Blatt Papier waren Strichfigürchen gemalt. Eins hing am Galgen, daneben stand eins im Frauenkleid und hielt Händchen mit einem herkömmlichen Männchen. Unter dem naiven Gemälde zeigte sich ein ebenso gehaltenes Blümchen mit Blütenblättern von der Sorte, die man gern als Liebesorakel benutzt: Sie liebt mich, sie liebt mich nicht, sie liebt mich...

„Was soll *das* schon wieder?", fragte Fanny sich stirnrunzelnd, ahnte die Antwort aber schon. Sowohl betreffs des offenen Fensters als auch des Liebesorakels. Weil sie es furchtbar albern fand, zählte sie die Blütenblätter nicht nach. Schmunzelnd ging sie zurück in ihr Büro. Dass der Nienburger nicht schon seit Stunden hier saß, erschien ungewöhnlich.

Sie schaute über die verwüstete Papierlandschaft seines Schreibtischs. Die Büttenbögen mit der schnörkeligen Handschrift fielen ihr auf. Die Windböen hatten die Mappe aufgeklappt und beherzt zugepackt. Nur zwei vergilbte Bögen lagen noch darin, die anderen stapelten sich im Chaos der restlichen Zettel. Entschlossen stopfte Fanny alles Büttenpapier wieder in die Mappe und schloss die Sammlung. Da das Werk an Weber adressiert war, ließ sie die Finger davon und rief stattdessen auf Kais Handy an. Er meldete sich nach längerem Klingeln. Mit einer Stimme, die man ungelogen *tiefer als normal* nennen durfte. So, wie offenbar auch sein Schlaf gewesen war.

„Na, wieder in der Kneipe gewesen?", schlussfolgerte sie angesäuert.

„Das *Minchen* hatte nachts um zwei geschlossen", brummte er trocken und gähnte herzhaft.

„So lange hat er dich gequält, der Herr Doktor? Armer Junge."

„Ich war danach noch bei der Büffelweide und hab ein bisschen Wache geschoben. Die leere Wohnung in Rusbend kotzt mich an und vielleicht wäre ja unser Wasserlochgucker wieder aufgetaucht. Dann hätte ich ihn mir geschnappt. Blieb aber alles ruhig, darüber muss ich wohl eingeschlafen sein."

„Du solltest Ama mitnehmen. Mit ihr passiert mehr. Hast du sie schon erreicht?"

„Nur per SMS. Aber ich versuche es demnächst gleich mal."

„Kannst du mir sagen, wo unser Alpha ist? Lebt der seit gestern im Streik, weil der zweite Verdächtige auch nicht gestanden hat?"

„Hammer, der ist noch nicht da? Starkes Stück. Wird doch nichts Ernstes passiert sein gestern?"

Kai berichtete vom überhasteten Aufbruch des Nienburgers. Danach eröffnete er Fanny die Chance auf die nächste Schicht mit Grollmeister und rieb ihr gleichzeitig die Unerträglichkeit von 17-Uhr-Terminen unter die Nase. Kurz riss er die Mappe von Mercator senior an. Ob Weber schon hineingeschaut habe?

„Der ist doch noch gar nicht da", wiederholte Fanny irritiert. „Besonders gut hast du nicht geschlafen, oder? Wie wär's, wenn du dir hier die Zähne putzt und mir ein bisschen bei der Arbeit hilfst? Frische Brötchen kannst du auf dem Weg auch gleich mitbringen."

Kai stimmte zu. Fanny ging zurück und warf einen prüfenden Blick auf die Mappe mit der schnörkeligen Schrift. Also Mercator senior. Offenbar hatte er am Montag etwas abgearbeitet. Das passte zu den Vorwürfen, die der Sohn gestern an die Ermittler gerichtet hatte. Hoffentlich war keiner der Büttenbögen hinausgeweht worden. Aber diese Sache war Webers Steckenpferd und jetzt nicht dringlicher als der ehrenwerte Schellfinger.

Entschlossen setzte sie sich an ihren Platz und fuhr den Computer hoch. Gegen 11 Uhr trudelte Kai ein, inzwischen blendend gelaunt. Er erwartete Amalia heute Abend zurück.

„Um 20.45 Uhr hole ich sie von Gleis drei ab", schwor der Jüngste im Team. „Und wehe, der Chef hat kurz vorher wieder eine seiner abgefahrenen Ideen."

„Klar, Kai, dann gibst du's ihm mal richtig."

„Du nimmst mich wohl nicht ernst?"

„Tu mir bloß den Gefallen und lass nachts keine Fenster mehr sperrangelweit offen stehen."

„Mist. Das hab' ich völlig vergessen. Ist doch nichts passiert?"

„Wahrscheinlich nicht. Das wissen wir erst, wenn Weber seinen Schreibtisch neu geordnet hat. So lange halten wir erst mal den Mund."

„Was lässt er auch immer alles rumliegen", meckerte Kai. Dann ging er hinüber in sein Büro und gab für 20 Uhr 30 einen Weckalarm ins Handy ein. Diesmal würde alles passen und vielleicht hatte er sogar bis dahin eine rote Rose.

Weber tauchte abgehetzt gegen Mittag auf und setzte eine Besprechung für 15 Uhr an. Er entschuldigte seine Verspätung mit den „Hornochsen bei der Versicherung" und „mindestens 1000 langatmigen Telefonaten". Die gestörte Ordnung seiner Papiere verstimmte ihn, als er aber die Mercator-Mappe fand, vertiefte er sich sofort in die Aufzeichnungen.

Bei der Besprechung am Nachmittag ging es vorrangig um Schellfinger. Wie Gianna Mercator mit ihm Kontakt aufgenommen hatte, blieb ihr Geheimnis. Es gab weder Handydaten noch E-Mails. Trotzdem waren die Zeugenaussagen eindeutig: Sowohl der Huthändler als auch Obstler-Schmidt hatten ihn als Begleitung des Opfers am Samstagnachmittag auf der *Landpartie* identifiziert. Der Herr der Geister war sicher, dass Madame Prune wegen dieses Mannes befangen und nervös gewirkt habe. Und die Fotos von Hahnekamp bewiesen das Treffen schwarz auf weiß.

Pikanterweise rankten sich um Schellfingers Firma sowohl offizielle Lobpreisungen als auch weniger schmeichelhafte Gerüchte. Fanny hatte mit etlichen Würdenträgern im Landkreis telefoniert und war fündig geworden. Allerdings blieben alle negativen Aussagen auf der vagen Ebene von Lokalklatsch. Allein ihre große Anzahl ließ stutzig werden. Man sollte also das Alibi dieses Mannes für die Tatnacht überprüfen.

„Das übernehmen Sie, Frau Reichert", bestimmte Weber. „Sie sind neulich in Hannover gut mit diesem Senderchef, dem Boltersen, fertig geworden. Üben Sie Ihr Talent jetzt an einem wirklichen Verdächtigen. Seine Adresse ist nicht allzu weit entfernt, da müsste sich eine Befragung baldigst einrichten lassen, sofern der Mann nicht gerade in Brüssel unterwegs ist. Und lassen Sie sich nicht abwimmeln. Wir haben genug Indizien in der Hand. Ist er widerspenstig, zitieren wir ihn nach Bückeburg. Das dürfte seine Nerven mehr strapazieren."

Fannys Gesicht überhauchte sich zartrosa. Dieser Fall erwies sich zwar als ähnlich verschlungen wie der Gordische Knoten, aber er brachte ungewöhnlich viele Dienstreisen, was ihren Elan richtig anstachelte.

„Soll sie allein fahren?“, fragte Kai und hoffte das Beste.

„Ja“, entschied der Nienburger. „Das hat sie in Hannover bei *lifestream* auch schon geschafft. Ich brauche hier vor Ort noch jemanden, auf den ich mich verlassen kann. Diese Mappe vom alten Mercator bereitet mir Bauchschmerzen.“

„Was steht denn drin?“

„Es ist schwer zu durchschauen. Zuvor möchte ich erst wissen, ob wir mit den anderen beiden Unbekannten weiter sind. Der zweite Mann von der *Landpartie*?“

„Völlig offen.“

„Geben wir vielleicht in die Presse, wenn er in den nächsten Tagen nicht einen Namen bekommt. Was ist mit dem Mann, den der Grollmeister aufgetan hat?“

„Grolli hat heute Mittag ein Foto vom Wasserlochstarrer bekommen und kramt seitdem in seinem Gedächtnis. Er war sicher, ihn zu kennen, aber es fehlte ihm der Zusammenhang. Morgen Mittag steht er zudem wegen der neuen Kameraaufzeichnungen wieder auf der Matte.“

„Sie haben ihn noch einmal auf Diskretion eingeschworen, Herr Müller?“

„Und wie. Er weiß, dass er sich sonst selbst gefährdet, solange wir den Besitzer des Elektroschockers nicht kennen.“

„Gut. Dann zur Mercator-Mappe. Der alte Herr hat offenbar Teile aus seinem Tagebuch hineingelegt, das sind diese vergilbten Seiten. Sie berichten allesamt davon, dass seine Ehe immer schlechter wurde. Warten Sie, ich lese Ihnen mal einen Auszug vor.“

Weber entnahm einen Bogen und las laut.

„Zwei Tage Streit liegen hinter uns! Gestern war Margarete wieder Herrn G. im Krankenhaus besuchen, zusammen mit Gianna. Zum dritten Mal! Ich warf ihr vor, dass sie mich in Stadthagen nur 1 x besucht hätte – was sie bestritt.

Stärker als jemals zuvor warf ich ihr vor, dass ihr Verhalten zu G. nicht wiedergutzumachenden Schaden anrichtet. Ich machte ihr deutlich, dass das auf Kosten unseres Verhältnisses geht, weshalb sie mir vorwarf, sie in ihrer Persönlichkeitsentfaltung zu behindern. Wir wurden beide sehr laut.

Und so weiter und so fort. So geht das seitenlang“, beklagte der Kommissar sich mit hochgezogenen Brauen.

„Sind wir jetzt auch noch für die schmutzige Wäsche der Mercators zuständig?“, fragte Kai provokativ. „Ich fand die von den Finks schon ausreichend.“

„Normalerweise haben sie recht“, seufzte Weber. „Wenn da nicht die Gedanken auf den Briefbögen neueren Datums wären.“

„Was beinhalten sie?“, wollte Fanny wissen und hoffte, dass jetzt keine Gedichte kamen.

„Anschuldigungen und noch mehr Vorwürfe. Aber dazwischen blitzt immer wieder schlechtes Gewissen auf. Als versuche Mercator senior, sich zu rechtfertigen. Automatisch fragt man sich: Weshalb? Was macht ihm ein schlechtes Gewissen?

Übrigens glaubt er sich selbst offenbar nicht. Manchmal gibt er zu, sich falsch verhalten zu haben. Und ein, zwei Male bekam ich sogar den Eindruck, er warte darauf, dass ihn endlich jemand anklagt und schuldig spricht. An einer Stelle sagt er klipp und klar: *Es war ein schreckliches Versehen, was geschah.*

Oder er wählt Formulierungen wie: *Hätte ich gewusst, was passieren wird* oder *hätte ich doch nie diese bösen Gefühle so angestachelt.*

Aber die Büttenbögen liegen kreuz und quer durcheinander. Ich versuche immer noch, die richtige, zeitliche Reihenfolge herzustellen. Bei den alten Bögen geht das, sie sind datiert. Aber die neuen Bögen hat er alle gestern verfasst. Und gerade die enthalten den meisten Zündstoff. In ihnen wirft er die Namen durcheinander. Es ist nicht zu unterscheiden, ob er sich auf Gianna oder Margarete bezieht. Die beiden scheinen ein und dieselbe Person zu werden. Als ob er beim Schreiben nicht mehr klar nachgedacht hat."

„Er war sehr erregt am Sonntag", erinnerte Fanny. „Und am Montag ließ er offenbar noch nicht mal seinen Sohn an sich ran. Kann gut sein, dass er aus Versehen beide Frauen in einen Topf warf."

„Vielleicht. In den neuen Bögen verwechselt er außerdem wieder Vergangenheit und Gegenwart. Es ist unglaublich verwirrend. Mal entschuldigt er sich bei Gianna, mal sinniert er darüber, was Margarete an Herrn G. so viel besser findet."

„Wer ist Herr G.?"

„Scheint der damalige Geliebte der Ehefrau gewesen zu sein", warf Kai ein und dachte an den Absatz, den er nachts gelesen hatte. „Der, mit dem sie in die weite Welt abgehauen ist."

„Nehmen wir mal an", betonte Weber mit scharfem Einatmen, „Margarete verschwand mit der Familienkasse und einem Geliebten, vielleicht nach einem besonders heftigen Streit mit ihrem Gatten. Die befürchtete Katastrophe bricht herein. Mercator senior leidet sehr darunter, die Kinder auch. Der Vater verkriecht sich in seinem Hass, er kann nicht verzeihen, weder ihr noch sich selbst.

30 Jahre später beginnt Gianna das gleiche Spiel. Er erwischt sie mit einem Geliebten, sieht die Hilflosigkeit seines Schwiegersohns und befürchtet, dass alles so läuft wie ehemals bei ihm: Kann es sein, dass er Gianna zur Räson bringen möchte, bevor die Ehe zerbricht? Er veranlasst sie zu einer Aussprache, diesem Gang in die Niederung, um mit ihr ein ernstes Wörtchen zu reden. Dort verliert er die Kontrolle und das Ganze geht ins Auge?"

„Wie kam er ohne Auto zum Tatort?", erinnerte Fanny an die negativen Ergebnisse der Nachbarbefragung. „Und woher hatte er plötzlich den Elektroschocker? So was nimmt man doch nicht mit auf eine Aussprache. Es sei denn, man plant gleich Gewalt ein."

„Gute Fragen. Fuhr er mit dem Rad? Er ist sportlich. Und dass er an den schlechtesten Fall dachte, davon muss man ausgehen. Das Leben hat ihn schon mehrfach richtig auflaufen lassen. Vielleicht hatte er die Nase gestrichen voll davon, immer der Schwächere zu sein?"

„Aber wie kam Gianna in die Niederung? In ihrem Kostüm und den schicken Pumps?"

„Fink fuhr sie. Er sagte bei der Vernehmung, er habe sie am Schalltor, vor der Brückenbaustelle, rausgelassen zu ihrem *Date*. Sie schien sich keine Sorgen zu machen. Das wäre logisch, wenn sie mit ihrem Vater verabredet war."

„Und dann marschierten sie die ganzen zwei Kilometer bis zur Büffelweide?"

„In ein deftiges Streitgespräch verwickelt, jawohl. Es gibt Frauen, die schaffen auf High Heels spielend noch mehr. Models und so."

„Man sollte über einen Mantrailer nachdenken“, regte Kai an.

„Einen Suchhund?“

„Ja. Der könnte uns vielleicht mitteilen, ob die Fasern im Büffelstacheldraht vom Sakko des Seniors stammen. Vielleicht kann er sogar noch eine Spur verfolgen, wir müssen ihm dafür allerdings eine Geruchsprobe anbieten.“

Weber antwortete nicht, er wirkte gedankenverloren.

„Ich konnte vorgestern noch die Trakl-Gedichte auswerten“, wechselte er das Thema. „Die *junge Magd* hangelt sich haarscharf an poetisch verbrämter Vergewaltigung, vielleicht auch einem Mord entlang. In *Menschliches Elend* wie auch in *De profundis* taucht das Bild eines toten Menschen auf, meist eine junge Frau. Oft als Aas in einem Gesträuch. Diese Gedichte besitzen als Verbindungsachse jeweils den Tod eines unschuldigen Menschen.“

„Gibt es in der neuen Mappe von dem Rentner etwa auch noch Gedichte?“, fragte Fanny unbehaglich. „Möglicherweise wieder mit einer Toten im Gepäck?“

„Eine Seite, die nur halb vollgeschrieben ist, endet mit dem letzten Vers aus *Menschliches Elend*. Inhaltlich geht es darin um einen *Mörder* und einen *Edlen*. Sie stehen in Verbindung zueinander.“

„Das muss die letzte Seite sein“, schaltete Kai sich ein, „die Mercator geschrieben hat. Alle anderen Bögen sind von oben bis unten voll. Wenn diese Seite auf der Hälfte endet, bildet sie das letzte Blatt.“

„Gut möglich. Vielleicht versuche ich lieber, die Sache doch von hinten aufzurollen. Angefangen mit dem *Mörder*.“

Weber streckte sich.

„Hat noch jemand eine Idee? Nein? Dann schlage ich vor, wir gehen wieder an die Arbeit. Frau Reichert, Sie kümmern sich um den Besuch bei Schellfinger. Nehmen Sie die Fotos mit, auf denen er eindeutig neben Gianna Mercator zu sehen ist. Damit ihm das Leugnen rascher vergeht. Herr Müller, womit beschäftigen Sie sich derzeit?"

„Ich übertrage die Ergebnisse der Auswertung mit Grollmeister."

„Das kann ja nicht lange dauern. Sie hatten eben die gute Idee mit dem Mantrailer. Fragen Sie nach, ob es so lange nach der Tat noch Sinn macht. Und wenn ja, ob wir einen zur Verfügung bekommen können.

Ach – und fahren Sie jetzt gleich in die Fürst-Ernst-Straße, zu den Mercators. Überprüfen Sie, ob ein passendes Fahrrad existiert, und bitten Sie den alten Herrn um Stellungnahme zu seiner Mappe. Ich hoffe, er benimmt sich ordentlich. Auf mich reagiert er im Moment gar nicht mehr. Seit gestern versuche ich vergeblich, ihn zu sprechen."

„Okay, Chef."

„Und machen Sie bitte das Fenster zu. Diese Luft hier ist ja zum Schneiden. Sind wir denn in Afrika?"

Erst jetzt wurde den beiden anderen die schwüle Gewitterbrise bewusst, die mit trägen Fladen in den Raum drückte und allen einen Schweißfilm aufnötigte.

Kurz darauf telefonierte Fanny mit Schellfinger. Er reagierte betont gelassen auf ihre Fragen. Obwohl er jede Verbindung zu der Journalistin abstritt, meldete die Ermittlerin sich auf 17 Uhr bei ihm an. Sie packte ein sehr gelungenes Foto mit seinem Konterfei zu den Unterlagen, spitzte den Protokollstift besonders gut und machte sich auf den Weg nach Bad Münder.

Etwa um diese Zeit entdeckte Kai zwei Fahrräder in der Garage der Mercators. Uraltmodelle ohne Gangschaltung, aber alltagstauglich und gepflegt. Erst hatte er geklingelt, aber niemand öffnete. Dann fand er die Gartenpforte unverschlossen und ging hinein. Auch das Garagentor stand auf.

Eine Nachbarin steckte den Kopf aus dem Fenster und fragte wachsam nach Kais Absichten. Als sie den Dienstausweis sah, nickte sie mit wissender Miene. Nach einer doppeldeutigen Bemerkung verschwand sie wieder. Kai befürchtete, dass sie noch in dieser Sekunde den Telefonhörer abhob, um ihrer besten Freundin neuen Klatsch zu verkaufen.

Weil das Grundstück der Mercators so verlassen wirkte, lugte er in die Restmülltonne. Drei gefüllte Plastiktüten stanken vor sich hin. Daneben ruhten ein grauschwarzer Putzlumpen und einige abisolierte Kabelstücke. Ihr kupfernes Innenleben glänzte metallisch braunrot, es war nahezu ohne Oxidationsspuren. Frisch bearbeitet. Unter dem Ganzen schien ein dicker Packen Zeitungen zu liegen. Altpapier im Restmüll? Verweigerte Mercator senior die übliche Trennung?

Kai zog an der Zeitung und holte sie ans Tageslicht. Das Datum war vom Montag letzter Woche. Das Päckchen enthielt einen Inhalt. Ein längliches, schwarzes Gerät. Zwei dicke Drahtstifte, nah beieinander, standen daraus hervor. Sie würden ähnliche Wunden auf der Haut hinterlassen wie der Biss einer Schlange. Und vermutlich hatten sie es schon getan, vorletzten Samstag: Kai hielt einen Elektroschocker in der Hand.

Nur Minuten später brachte ein dankbarer Weber im Kommissariat alles für die Hausdurchsuchung in der Fürst-Ernst-Straße auf den Weg. Kai assistierte ihm. Unerwartet meldete sich der Sohn des Rentners, wieder sehr vorwurfsvoll. Sein Vater sei nicht zu Hause, ob die Polizei ihn etwa erneut verhöre?

„Nein", versicherte der Nienburger. „Wir versuchen selbst schon seit einiger Zeit, ihn zu erreichen. Leider vergeblich. Er hat uns sehr eindrucksvolle Unterlagen zukommen lassen. Ist er sonst immer zu Hause um diese Zeit?"

„Er hätte mir mindestens einen Zettel hingelegt, dass er spazieren oder einkaufen ist."

„Haben Sie überall gründlich geschaut?"

„Ich bin eben nur rasch durch die Räume, weil ich so ein komisches Gefühl habe. Deshalb machte ich heute früher Feierabend. Irgendwas stimmt nicht mit meinem Vater. Seit Ihrer Behandlung am Sonntag, Kommissar Weber."

„Sehen Sie bitte noch mal gründlich auf seinem Schreibtisch und im Schlafzimmer nach."

Schon einige Minuten später meldete der Sohn sich zurück. Atemlos.

„Da ist ein Brief", haspelte er aufgeregt. „Auf dem Schreibtisch. Mit der Glaskugel beschwert."

„Was steht drin?"

Man hörte das Reißen von Papier. Weber stöhnte leise, während Kai langsam das Herz in die Hose sank.

„Es wird Zeit", las der Sohn laut vor, „die Konsequenzen aus den begangenen Fehlern zu tragen. Die Blicke der Nachbarn schneiden mir tief ins Fleisch. Ich habe versucht, meine Kinder zu guten Menschen zu erziehen. Es gelang nur teilweise. Das nehme ich, wie so vieles andere, auf meine Schultern. Ich war hochmütig.

Man kann nicht ein Leben fortreißen, ohne mit Vergeltung zu rechnen. Ein Leben gegen ein Leben. Die Mächte des Gerechten finden einen doch, früher oder später. Sie entlarven den Mörder, auch wenn er sich ehrenvoll dünkt.

Sie halten ihm den Spiegel vor seine Fratze und erdrücken seine Ausflüchte mit einer ungeduldigen Handbewegung. Er muss gestehen, vor sich selbst und der Welt: seine Schuld, die er trotz allen Bemühens doch nicht tilgen konnte vom Antlitz dieser Erde. Denn sie trank das Blut einer Unschuldigen und das darf nicht sein. Niemand darf sterben ohne Schuld.

Ich bin des Todes."

„Noch etwas?", rief Weber alarmiert in den Telefonhörer. „Kommt noch mehr?"

„Das war es. Nichts mehr. Und der letzte Satz ist doppelt unterstrichen."

„Verdammt!!"

Um ein Haar hätte er die Verbindung unterbrochen, so nervös wurde der Nienburger jetzt.

„Wir kommen sofort", riss er sich zusammen. „Bleiben Sie, wo Sie sind. Lassen Sie alles unverändert. Wir kommen dorthin. Ich muss Ihnen von dem Elektroschocker erzählen."

Nur eine halbe Stunde später saß Weber mit dem Junior samt Abschiedsbrief wieder auf dem Kommissariat. Die Wohnung in der Fürst-Ernst-Straße wurde derzeit von der Spurensicherung auseinandergenommen. Gleichzeitig leierte Kai eine Suchaktion an. Sie brauchten Leute, am besten einen ganzen Trupp. Vier seiner hiesigen Kollegen durchstreiften schon die Straßen nahe der Mercator-Wohnung. Ein weiterer telefonierte die Taxiunternehmen ab, ob man dort einen entsprechenden Fahrgast befördert habe. Danach versuchte er, an die Fahrer der hiesigen Busunternehmen heranzukommen.

„Wohin wendet Ihr Vater sich", wollte Weber unterdessen vom Junior wissen, „wenn er Probleme hat? Besitzt er Vertraute?"

„Nur mich und meine Schwestern. Also, jetzt nur noch die eine."

Aber dort war er nicht. Weber hatte es vorhin telefonisch erfragt und Annika Mercator damit nervös gemacht. Sie wollte sofort nach Bückeburg kommen. Offen blieb die Frage: Wohin war der Senior aufgebrochen, wenn er *des Todes* war, wie er sich selbst ausdrückte?

„Besitzt er Lieblingsstellen?", bohrte der Ermittler. „Orte, die er immer wieder gern aufsucht?"

„Wenn, dann hat er mir nichts davon erzählt. Aber er geht gern spazieren und die eine oder andere Bank im Harrl wird es ihm angetan haben. Vielleicht auch die Herderquelle. Ich meine, er hätte mal darüber geschimpft, dass sie so wenig gepflegt wird."

„Er ist viel im Harrl unterwegs, nicht wahr?"

„Fast jeden Nachmittag, oft bis in den Abend hinein. Er braucht seine Bewegung, sonst wird ihm langweilig. Vormittags erledigt er seinen Kleinkram, nachmittags geht er spazieren oder kauft ein oder holt seinen alten Drahtesel aus der Garage. Manchmal fährt er auch nach Bad Eilsen. Er hat bis vor fünf Jahren dort gearbeitet."

„In Bad Eilsen?"

„In der Weserberglandklinik. Er war Hausmeister dort. Mädchen für alles, sagte er immer. Ursprünglich nur Elektriker, aber als Hausmeister muss man sich in alle möglichen Sachen reinfummeln. Das kann er gut, er ist ein richtiger Tüftler.

Wäre keine Arbeit für mich.

Er hat dem Betrieb 25 Jahre lang die Treue gehalten. Doch zuletzt lief der Laden nicht mehr. Zu wenig Patienten, Sparmaßnahmen im Gesundheitswesen, die guten Ärzte gehen weg, weil die Bezahlung nicht mehr stimmt. Na ja, wie es eben überall ist.

Die Klinik stand schon vor Jahren auf der Abschussliste. Mein Vater musste ständig Stunden reduzieren und kriegte entsprechend weniger Gehalt. Dafür hatte er trotzdem dieselbe Arbeit, denn so ein Kasten mit 135 Betten schrumpft ja nicht. 2007 bekam er dann endgültig den Laufpass. Weil das Alter in etwa stimmte, ging er in Frührente. Ein finanzielles Desaster, aber zusammen mit meinem Gehalt kommen wir gut über die Runden.

Mein Gott, was hat er vor?"

„Sein Fahrrad ist nicht verschwunden", zählte Weber auf. „Das Auto benutzten sie tagsüber und ein Taxi hat er nicht gerufen. Also muss er zu Fuß losgegangen sein. Das engt unseren Suchbereich ein. Wir befragen gerade die Nachbarn, ob er gesehen wurde."

„Und wenn er in den Harrl ist? Die vielen Kuhlen da oben machen es jemandem, der ungesehen sterben will, ziemlich leicht."

„Helfen Sie uns. Wie schätzen Sie Ihren Vater ein? Was für eine Methode würde er wählen? Welcher Ort eignet sich dafür? Denken Sie nach."

„So eine Unverschämtheit!" Mercator junior brauste plötzlich auf. „Erst reiten Sie ihn rein, so dass er auf absurde Gedanken kommt, und dann soll ich ihnen quasi als Dank dafür aus der Patsche helfen?

Sie hätten ihn Sonntag nicht so unter Druck setzen dürfen, Herr Weber. Das war ein schwerer Fehler. Diese stundenlangen Befragungen. Er stand ja komplett neben sich, als er wiederkam."

„Herr Mercator. Ihr Vater hat in seinem Abschiedsbrief ein Geständnis gemacht. Ist Ihnen das überhaupt schon aufgefallen? Ich schätze ihre familiäre Treue wirklich und verstehe ihre große Sorge, die ich teile. Das derzeitige Geschehen missfällt mir völlig.

Aber öffnen Sie bitte jetzt einmal die Augen für die Worte Ihres Vaters. Das ist *seine* Realität. Er ist nicht aufgrund von geistiger Umnachtung abgetaucht, sondern weil sein eigenes Gewissen ihn schwer belastet und er diesem Druck nicht mehr standhält. Diese Anschuldigungen, die er gegen sich selbst erhebt..."

Weber hob den Brief und las: *„Man kann nicht ein Leben fortreißen, ohne mit Strafe zu rechnen. Ein Leben gegen ein Leben. Die Mächte des Gerechten finden einen doch, früher oder später. Sie entlarven den Mörder, auch wenn er sich ehrenvoll dünkt."*

Der Nienburger hielt inne und schaute auf.

„Diese Worte sind poetisch gewählt", fuhr er eindringlich fort. „Ihr Vater liest gern Gedichte, man merkt es. Aber es ist zugleich das Eingeständnis eines Mordes. Zur Strafe verurteilt sich der alte Herr nach früherer Offiziersmanier zum Tod. Sein eigener Vater war Offizier, so was färbt ab, ob man will oder nicht.

Ein Leben gegen ein Leben, steht in seinem Brief. Wem mag wohl das andere Leben gehört haben?"

„Was reden Sie da? Meinen sie etwa Gianna?"

„Der Verdacht liegt sehr, sehr nahe."

„Das ist doch Quatsch. Oder finden Sie es vielleicht auch noch in Ordnung, wenn er sich selbst richtet?"

„Nein! Hundertmal nein! Und drehen Sie mir nicht das Wort im Mund rum. Sondern lesen Sie endlich diesen Brief, den er Ihnen hinlegte. Sehen Sie die Fakten an: Er leidet unter massiven Gewissensbissen.

Falls Sie es noch nicht gemerkt haben: Wir setzen hier seit Ihrem Anruf alle verfügbaren Kräfte in Bewegung, weil wir Ihren Vater wiederfinden wollen. Lebend wiederfinden wollen. Deshalb bitte ich um Ihre Hilfe. Vorwürfe sind jetzt definitiv nicht passend. Sie erschweren alles noch mehr.

Denken Sie nach, Herr Mercator: Wohin könnte Ihr Vater gegangen sein?"

„In den Harrl. Sie müssen den Harrl durchkämmen lassen. Haben Sie denn keine Suchhunde?"

„Die werden gerade herbeigeschafft. Zaubern können wir noch nicht."

Weber bekam einen Anruf: Ein Zeuge hatte Mercator senior heute Vormittag gesehen. Er trug einen Rucksack, dazu einen grimmigen Gesichtsausdruck und schritt energisch in Richtung Wald.

„Vermutlich ist er wirklich dort oben", schlussfolgerte der Nienburger. „Wir werden im Harrl beginnen, sobald der Suchtrupp einsatzbereit ist."

Keine fünf Minuten später traf die Tochter des Rentners ein, abgehetzt und blass. Beide Geschwister begrüßten sich herzlich. Angestachelt von ihrem Bruder, begann Annika Mercator ebenfalls Vorwürfe zu erheben. Weber atmete zweimal tief durch, bevor er erneut klarstellte, dass das Wühlen im Hätte-Könnte-Sollte jetzt niemanden weiterbrachte.

Der Harrl. Ein lang gestreckter, bewaldeter Ausläufer des Wesergebirges. Schmale Täler und enge Spalten durchzogen den Fels, das machte die Sache kompliziert. Es gab einige sehr steile Abhänge und schwer einsehbare Höhlungen. Das vier Kilometer lange Waldstück wies zum Teil unübersichtlich dichten Baumbestand auf. Zum Glück auch etliche Wege mit vielen Spaziergängern und Freizeitsportlern, was vonseiten der Polizei zu weiteren Befragungen genutzt wurde. Immer mehr Kräfte bemühten sich, den Vermissten zu finden, bevor er seinen Gewissensbissen nachgab. Zwei Hundeführer mit Mantrailern - ausgebildeten Suchhunden - erwartete man in Kürze aus Stukenbrock.

Die Atmosphäre an diesem späten Nachmittag war spannungsgeladen, im wahrsten Wortsinn. Stärker als am Vortag ballte sich schwüler Gewitterdunst wie eine feste Masse über der Gegend. Am erträglichsten war es im Bergbad, während nachmittags sonst überall die Luft zu glühen begann. Die feuchte Hitze trieb den Leuten den Schweiß aus allen Poren. Gegen 18 Uhr kam neue Nachricht von Mercator senior: Er hätte gegen spätem Mittag im Café am Idaturm gesessen, schweigend und unnahbar, wie die Wirtin betonte. Sie habe sich vor ihm gefürchtet.

Dort oben, am Ausflugslokal, gelang es endlich, die Mantrailer auf seine Spur zu setzen. Ein Suchtrupp aus 45 Leuten stand inzwischen auch bereit. Die Fährte des Seniors endete nach gut einem Kilometer am *Steinernen Tisch*, einer kleinen Raststelle, die rings von dichtem Nadelwald umgeben war. Ein wenig frische Asche lag auf der Steinplatte, die den Tisch darstellte. Ab hier zeigten die Hunde keine Richtung mehr an.

Weber beschloss, den Suchtrupp in den Nadelwald zu schicken. Gegen 19 Uhr tasteten sich die Leute in den dunkelgrünen Baumschatten vor. Nach einer Stunde hatten sie den Bestand von unten auf oben gekehrt, ohne einen alten Mann zu finden. Außer Abfall und einem stinkenden Vogelbalg lag nichts darin.

Inzwischen hatte einer der Hundeführer eine neue Idee.

„Vorhin waren unsere Spürnasen nicht einig“, erklärte er Weber. „Der eine wollte an der *Spinne* geradeaus, der andere nach links, zum steinernen Tisch hoch. Wir haben dann nach Gefühl entschieden, dass der linke Weg richtig ist. Aber vielleicht ist der Gesuchte auf seiner eigenen Spur zurückgegangen und dann abgebogen. Wir könnten die Hunde noch mal zur *Spinne* bringen und auf die andere Spur setzen.“

„Wer oder was ist die *Spinne*?“

„Die Wegkreuzung auf halbem Weg zum Idaturm. Die mit den vielen Abzweigen.“

„Versuchen wir es.“

Der große Tross ergoss sich hinab an die Kreuzung. Die Hundeführer setzten ihre Mantrailer erneut an. Nach langem, nervösem Herumschnuppern nahmen sie eine Spur hangabwärts auf. Ob es die richtige war, konnte man nur hoffen, denn die breite, straßenartig ausgebaute Wanderroute wurde von vielen Spaziergängern benutzt.

„Wohin führt der Weg?“, fragte Weber.

„Wenn Sie geradeaus drauf bleiben, nach Bad Eilsen. Am Waldrand gibt es Abzweigungen auf den Nord- und den Südweg, die nach Ahnsen oder zurück nach Bückeburg führen. Und einen weiteren Weg zum Golfplatz hinab."

„Bad Eilsen", echote der Kommissar. Er rief Kai heran und beriet sich kurz mit ihm. Sie würden beide einen Versuch unternehmen. Ein Blitzbesuch bei der Weserberglandklinik. Derweil sollte die Suchmannschaft den Hunden folgen. Weber unterrichtete die anderen von seiner Extratour, während Kai einen Dienstwagen herbeiorderte.

Die Klinik war nach zehn Minuten erreicht. Der hässliche Zweckbau würde bald völlig verlassen sein, berichtete der Uniformierte am Steuer. Die Betreiber ständen unmittelbar vor der endgültigen Pleite, es gäbe keine Patienten mehr im Haus. Ein oder zwei Sekretärinnen seien mit den abschließenden Arbeiten betraut, aber in spätestens einem halben Jahr wäre der Kasten leer geräumt.

„Dann hausen da nur noch Vandalen drin", betonte der Mann von der Streife. „Haben wir wieder mehr Arbeit mit Fixern und Kleinkriminellen."

„Kennen Sie die Klinik auch von innen?"

„Nein. Ein Schwager von mir war mal drin. Er sagt, der Betonkasten geht so weit in die Erde rein wie er oben rausragt. Hat streckenweise zwei Kellergeschosse untereinander. Richtige Katakomben. Aber das müssten Ihnen die Sekretärinnen sagen können. Allerdings arbeiten sie nur halbtags, die sind jetzt nicht mehr da. Haben Sie eigentlich einen Schlüssel mitgebracht?"

„Nein." Weber plagten im Moment ganz andere Sorgen. „Es soll ja nur ein Versuch sein. Ein Gedankenblitz von mir. Eigentlich ist es viel wahrscheinlicher, dass die Suchhunde den alten Herrn im Harrl aufspüren werden. Tot oder lebendig."

„Also, ohne Schlüssel wird das schwierig, Oberkommissar."

Als sie vor dem Eingangsbereich hielten, schwieg der zweistöckige Bauklotz sie mürrisch an. Wie ein mies gelaunter Kater kauerte er sich unter den grauen Gewitterwolken zusammen. Die vorderen Doppeltüren lagen verschlossen da. Kai rüttelte an ihnen und versuchte, durch die Fenster hineinzuspähen. Alles verlassen. An einer Ecke der Tür hing ein großes Spinnengewebe, völlig intakt. Hier war seit Wochen keiner reingegangen.

„Ich schaue mal ums Haus", informierte er die anderen und bog um die nächste Ecke. An der Rückfront des Gebäudes fand sich eine Nebentür, die den Keller erschloss. Eine drückend warme Böe rauschte durch die Luft und ließ die Tür leise in den Angeln quietschen. Überrascht sah Kai genauer hin: Sie stand einen winzigen Spalt auf. Scharf atmete er ein und ließ seinen prüfenden Blick über die Front wandern: Zwanzig Kelleroberlichter reihten sich aneinander, fast überwuchert von verwilderten Blumenbeeten. Alle wirkten dunkel, ruhig. Ein Bild der Verlassenheit.

Er entschloss sich, Weber am Ende seiner Runde über die Tür zu informieren. Allein würde er nicht in die Katakomben eintauchen. Außerdem musste es irgendwo noch eine weitere Tür fürs Erdgeschoss geben, die die Sekretärinnen benutzten. Suchend steuerte er die nächste Hausecke an.

Dann: ein kurzes Aufblitzen, im Bruchteil einer Sekunde. Schräg hinter ihm. Er hatte die winzige Helligkeit aus den Augenwinkeln wahrgenommen. Wo kam sie her? Produzierte der Himmel lautloses Wetterleuchten als Ankündigung des kommenden Gewitters? Aber Wetterleuchten kommt von ganz weit oben, befand Kai, und nicht von schräg hinten.

Nein, das Licht war hier gewesen, an der Rückfront.

Außerdem: Es hatte eher bläulich gewirkt. Sah er jetzt etwa auch schon Gespenstertiere in Bad Eilsen? Kellerglühwürmchen in der Weserberglandklinik? Oder sollte er sein Nervenkostüm mal überprüfen lassen? Angespannt schlich er zurück an die Hintertür und lauschte. Erneut fuhr eine Windböe hinein und ließ sie leise quietschen. Aus dem Keller antwortete ein verstohlenes Geräusch. Ein kurzes, metallisches Klacken, wie das Zufallen eines losen Fensters oder einer Tür. Kai prickelte die Gänsehaut über den Nacken.

Eilig ging er bis zur nächsten Hausecke, behielt von dort aus die Hintertür im Auge und telefonierte Weber herbei. Auch der Streifenpolizist kam mit, nach wenigen Sekunden standen die beiden neben ihm. Flüsternd berichtete er.

Weber reagierte trotz der verdächtigen Fakten merkwürdig distanziert. Er schwieg und runzelte die Stirn, als müsse er die Worte seines Mitarbeiters abwägen. Kai verfluchte sich innerlich, wegen dem Leuchthasen in der Niederung solch ein Theater inszeniert zu haben.

„Ich gehe rein und schaue nach, Sie geben mir Deckung", ordnete der Kommissar in einem spontanen Entschluss an.

„Wir müssen Verstärkung holen", wandte der Streifenbeamte ein.

„Weshalb?", fragte Weber hochmütig. „Um uns lächerlich zu machen, wenn eine Katze da unten rumstreunt, der ein paar dumme Jungs eine Lampe an den Schwanz gebunden haben? Oder wegen einem Drogensüchtigen, der gerade in aller Ruhe sein Besteck sterilisiert? Wir sind zu dritt."

Kai kniff die Lippen zusammen und verbiss sich jeden Protest. Selber schuld, dass ihm nicht mehr geglaubt wurde. Er begriff nicht, dass der Nienburger in Wirklichkeit viel angespannter war, als er zugab. Tatsächlich vermutete Weber den Rentner dort unten und wollte versuchen, sein Vertrauen zurückzugewinnen.

Zwei Mann als Deckung waren ihm gerade recht. Der Wirbel, den eine 45-köpfige Suchmannschaft mit zwei bellenden Hunden verbreitete, war viel zu heikel für dieses stille Unterfangen.

Zügig schlichen die drei zum Hintereingang. Behutsam zog der Kommissar die Metalltür weiter auf und schlüpfte hindurch. Vor ihm, in den Katakomben der Klinik, nahm das Licht rasch ab. Seine in Ehren gealterten Augen funktionierten im Dunklen nicht mehr gut, aber Licht wollte er nicht machen. Auch kein Taschenlampenlicht. Gleich beim Eintritt konnte er rechts neben sich einen halb geöffneten Sicherungskasten erkennen. Er notierte es innerlich, wandte sich dann dem linken Kellergang zu und pirschte ihn verhalten entlang. Von dort hatte Kai vorhin das Geräusch gehört.

Die beiden anderen folgten ihm mit gezogener Waffe. Kai fiel der Sicherungskasten an der Wand ebenfalls auf. Lautlos wies er den Streifenbeamten darauf hin.

„Hauptabsicherung", flüsterte der. Beide versuchten, sich an die Düsternis zu gewöhnen und Weber im Blick zu behalten. Der verhielt sich ungewohnt zögernd: Er ging einen Schritt, blieb stehen, lauschte mit geneigtem Kopf. Ein weiterer Schritt, dann erneutes Lauschen. Auf die Art kam er nur langsam voran. Sein Vorgehen erinnerte nicht mal entfernt an Katzen- oder Fixerjagd. Die beiden anderen merkten es und wurden mit jedem Schritt nervöser.

Plötzlich blieb der Kommissar ruckartig stehen. Dann wandte er sich einer Tür zu, die links vom Gang abging. Drei solcher Kellertüren hatte er bereits passiert, ohne sich für sie zu interessieren. Doch diese fasste er behutsam bei der Klinke und drückte sie auf.

„Bleiben Sie dort!", bellte ihn sofort eine laute Stimme an. Mercator senior.

„Ist er das?", erkundigte der Streifenpolizist sich leise. Kai nickte stumm und ließ Weber nicht mehr aus den Augen. Sein Chef und der alte Herr hatten immer noch eine Rechnung von Sonntagmorgen offen.

„Ich schleiche raus und gebe denen im Wald Bescheid", flüsterte der Uniformierte.

„Gut. Größte Vorsicht", antwortete Kai fast unhörbar.

„Haltet ihn hin", verabschiedete der andere sich. Genau in diesem Moment begann Weber, begütigend auf den Rentner einzureden. Gleichzeitig winkte er Kai im Sichtschutz der Tür näher heran.

„Ich komme jetzt zu Ihnen hinein, Herr Mercator", kündigte er an.

„Bleiben Sie draußen, es ist besser für Sie."

„Wir müssen reden. Sie haben mir zahlreiche Unterlagen zukommen lassen, für die ich Ihnen dankbar bin. Aber die neuen Bögen Ihrer Aufzeichnungen sind nicht datiert und es gibt Probleme, sie auszuwerten."

„Darauf kommt es doch gar nicht mehr an. Veralbern Sie mich nicht, Herr Oberkommissar."

Der Senior lachte heiser. Es erinnerte an das Gluckern einer Wasserleitung. Weber trat einen Schritt in den Raum hinein. Kai schob sich bis an den Rand der Türlaibung und versuchte, durch den Spalt zu spähen.

„Aber sicher kommt es darauf an", bemerkte der Nienburger mit amüsiertem Unterton. Seine Stimme wirkte jetzt fast beiläufig. „Ich bezweifle, dass Sie die Sache so unerledigt lassen wollen, wie sie derzeit auf meinem Schreibtisch liegt."

„Sie wissen längst, worum es eigentlich geht", schnarrte der Senior zurück.

„Ich ahne es“, gab Weber zu und trat einen weiteren Schritt näher. „Aber ich bin Polizist und brauche Fakten. Für uns zählen keine Ahnungen, wir müssen unsere Arbeit hieb- und stichfest erledigen. Beweisbar. Sonst haut der Staatsanwalt sie uns um die Ohren. Wenn Sie also ein Geständnis ablegen wollen, müssen wir noch einmal von vorn anfangen. Pardon, natürlich nicht ganz von vorn.“

Er trat einen weiteren Schritt näher und spürte dabei unangenehm, wie viel Mühe ihm die Orientierung bereitete. Der Raum war sehr dämmrig. Keine Lampe brannte, die einzige, schwache Helligkeit lieferte das überwucherte Oberlicht.

„Was machen Sie da eigentlich?“, wollte er im versöhnlichen Tonfall wissen. „Sie haben ja sogar die Schuhe ausgezogen. Ist Ihnen so warm bei der schwülen Gewitterluft? Glauben Sie mir, die macht uns allen zu schaffen. Seltsamerweise tun Menschen den meisten Unsinn, wenn ein Unwetter im Anzug ist. Aber ich glaube, Sie gehören nicht zu dieser Sorte Mensch, nicht wahr?“

„Das möchten Sie gern glauben, was?“ Mercator senior wirkte immer noch bissig. „Seien Sie versichert: Ihnen wird bald ein Licht aufgehen. Und ich rate ihnen gut: Kommen Sie nicht näher. Um Ihrer selbst willen.“

Weber blieb stehen und wünschte sich mehr Helligkeit. Stattdessen schien es immer dunkler zu werden. Vermutlich ballten sich die Gewitterwolken draußen gerade zu gigantischen Gasvakuolen zusammen.

„Ich möchte mich bei Ihnen entschuldigen“, beschritt Weber einen neuen Weg. „Für meine harten Worte am Sonntag. Sie waren viel verletzender, als sie hätten sein dürfen. Erzählen Sie mir bitte, was Ihnen auf dem Gewissen liegt. Aber legen Sie keine Hand an sich. Tun Sie Ihren Kindern…"

„Schweigen Sie doch", fuhr ihm der alte Mann über den Mund. „Wofür entschuldigen Sie sich, zum Teufel? Die Wahrheit erkannt zu haben? *Ja, Sie haben sie erkannt.* Endlich jemand, der nicht nur blauäugig und nickend alles glaubt, was ich euch vorlüge.

Inzwischen ist mir klar, dass ich darauf wartete. Ich trage eine Schuld und warte auf den, der sie einklagt. Das Schicksal gewährte mir eine Gnadenfrist. Doch eigentlich darf man es nicht als Gnade bezeichnen, mit meiner Schuld weiterzuleben.

Nein, Herr Oberkommissar. Entschuldigen Sie sich nicht. Sie sind der Erste, der wirklich begreift, was ich tat. Ich bin Ihnen dankbar, dass Sie mich an meine Verantwortung erinnerten. Ich hatte sie fast vergessen. Man tötet nicht einfach so. Auch nicht aus Versehen. Ein Leben für ein Leben."

„Herr Mercator", ging Weber in beschwörendem Tonfall dazwischen. „Ich entschuldige mich nicht dafür, Sie durchschaut zu haben. Das ist ein Missverständnis. Ich entschuldige mich für meine Art und Weise, Sie zu verurteilen. Denn niemand außer einem Richter kann ihr Urteil sprechen. Auch nicht Sie selbst. Sie am allerwenigsten. Das darf nur ein Richter. Kommen Sie, wir gehen hier raus."

Der Nienburger trat einen weiteren Schritt näher.

„Stehen bleiben!", donnerte der Senior. „Sie schickt der Himmel, Mann. Ich kämpfe doch tatsächlich seit einigen Stunden gegen meine eigene Feigheit, können Sie sich das vorstellen?"

Urplötzlich begann auf dem Kellergang ein Handy zu klingeln. Aufdringlich, laut, geschäftsmäßig. Unpassend wie ein brennendes Streichholz neben einer Gaskartusche. Kais Weckalarm, der ihn rechtzeitig an Amalias Rückkehr erinnern sollte. Hastig brachte er das Signal zum Verstummen.

„Wer steht hinter der Tür?", forderte Mercator misstrauisch Auskunft. Er wirkte alarmiert.

„Kommen Sie herein, Herr Müller", rief Weber über die Schulter nach hinten. Dann richtete er sich wieder auf den alten Mann.

„Mein Kollege Müller vom Kommissariat Bückeburg", stellte er, ein wenig steif, vor. „Sie kennen ihn vielleicht noch nicht, aber wir arbeiten stets eng zusammen.

Nur manchmal", er lächelte gequält," wünsche ich ihm viel Glück bei den tausend Dingen, die er noch lernen muss."

Kai stopfte die Waffe zurück ins Holster und schob sich vorsichtig bis neben den Nienburger. Seine Augen hatten sich längst an die Dunkelheit auf dem Flur gewöhnt, deswegen erschien ihm dieser Raum hier nun fast hell. Der Senior saß an einer hölzernen Werkbank, die schon bessere Jahre gesehen hatte. Er hatte sich einen Stuhl schräg davorgestellt und wandte den Ermittlern sein Halbprofil zu. Einiges lag auf der dicken, massiven Buchenholzplatte herum: ein Hammer, eine Zange, Tücher, Kabelstücke, einige davon abisoliert.

Wie ein Déja-vú erinnerte Kai den Inhalt der Restmülltonne heute Nachmittag: frisch abisolierte Kabelreste. Was hatte es damit auf sich? Sein Blick strich wachsam über die Szenerie. Der alte Mann beobachtete ihn abwartend. Plötzlich lächelte er leicht, zum ersten Mal.

„Mach die Tür zu, mein Junge", raunzte er. Halb barsch und halb amüsiert, als wolle er ein vergessliches Kind mit Nachsicht erziehen. „Dann sind wir unter uns. Oder warten etwa noch weitere Herrschaften auf dem Gang?"

„Nein. Nur ich", antwortete Kai und bemühte sich, völlig harmlos auszusehen. Das gelang ihm immer ganz gut. Er schloss die Tür umständlich und tauschte einen lakonischen Blick mit seinem Chef.

„Darf ich vorstellen", erzählte der Rentner jetzt sichtbar besser gelaunt, „mein Arbeitsplatz. Hier in diesem schnöden Kellerverlies werkelte ich die meiste Zeit meines Lebens herum. 25 Jahre hat diese alte Werkbank mich begleitet. Hat meinen Ärger und meine Sorgen in sich aufgesaugt, hat mir bei den Reparaturen assistiert mit ihren kräftigen Schraubstöcken. Die könnte Ihnen eine Menge erzählen, junger Mann. Aber bleiben Sie ruhig fort von ihr, sie mag keine Fremden. Und lassen Sie auf jeden Fall das Licht aus, wir verstehen uns auch im Dunklen recht gut."

Kai warf einen fragenden Blick auf Weber. Der nickte stumm: „Versuch es, wenn du eine Idee hast."

„Wovon haben Sie ihrer Werkbank heute erzählt?", erkundigte der Jüngste im Team sich umgänglich. „Von der Wanderung im Harrl? Oder der Rast am Idaturm? Von dem, was Sie auf dem Steinernen Tisch verbrannten?"

„Ach, die Fotos", antwortete der alte Mann. „Ein wenig Asche im Wind."

„Wen zeigten die Fotos?"

Falsche Frage, Kai erkannte es an Mercators Gesichtsausdruck. Nur erinnerndes Schweigen flutete den Raum.

„Ich habe", wechselte der Rentner mit seinem leisen Lächeln das Thema, „zum ersten Mal seit fünf Jahren wieder an der Werkbank gearbeitet. Zum ersten Mal und zugleich zum allerletzten Mal. Sie ahnen vielleicht, was ich dem alten Mädchen dabei ins Ohr flüsterte."

Sein Lächeln wurde brüchig, machte Schwermut Platz.

„Sagen Sie nichts vom allerletzten Mal", bat Kai. „Überlassen Sie das Urteil einem Richter. Keine Tat ist so schwerwiegend, dass sie nicht gesühnt werden kann. Keine! Ich selbst hätte einmal beinahe meine Freundin in die Hände einer Mörderin geliefert. Es war keine Absicht. Doch mit etwas mehr Umsicht wäre ich dahintergekommen, wie gefährlich sich die Situation damals entwickelte. Ein leichtsinniges Versehen, aber meine Freundin hätte dabei sterben können."

„Ist ihr etwas passiert?"

„Gott sei Dank nicht."

„Sehen Sie. Bei mir war es andersrum. Aus Versehen, unabsichtlich wie bei Ihnen. Aber dieser Mensch, dieser geliebte Mensch ist endgültig tot und bleibt tot. Auch wenn es nur aus Versehen geschah. Nur aus Versehen wurde ich zum Mörder."

Mercator wandte sich ab. Er legte den Kopf in den Nacken, wischte mit der linken Hand über seine Augen. Sein Gesicht drückte jetzt abgrundtiefe Trauer und Müdigkeit aus. Stumme Tränen rannen über seine runzeligen Wangen.

„Nein. Sie sind kein Mörder", erwiderte Kai laut. Er überlegte, den alten Mann blitzschnell zu packen und von der Bank fortzuziehen. Der Senior war abgelenkt. Ein einziger, weiter Satz reichte, ihn zu erreichen. Aber da waren die Warnungen und der geöffnete Sicherungskasten vorn im Flur. Irgendetwas musste der Rentner vorbereitet haben. Kais Blick strich über die

Werkbank. Die abisolierten Kupferstränge. Mercator war Elektriker.

Dann sah er es: Hier im Raum gab es ebenfalls einen Sicherungskasten. Ihm entsprangen zwei Kabel, die sich schlangengleich über den Boden zogen. Das eine stieg am vorderen Bein der Bank empor und lief weiter über die Tischplatte, das zweite endete direkt am Fuß des alten Mannes. Er hatte einen Schaltkreis vorbereitet.

Kai stieß Weber vorsichtig an und wies auf die Konstruktion. Der Blick des Nienburgers glitt bis zum Sicherungskasten. Er machte ein bestürztes Gesicht, seine Augen zogen sich zu Schlitzen zusammen, die Brauen sanken warnend einen Moment lang in die Tiefe. Als er sich wieder auf den Rentner ausrichtete, wurde seine Miene neutral.

„Herr Mercator", begann Weber die neue Überredungsrunde. „Erzählen Sie uns die Wahrheit. In allen Einzelheiten. Befreien Sie ihr Gewissen davon. Und dann gehen wir alle aus diesem Gebäude. Wir leben nicht mehr im Mittelalter. Ein Richter unserer Zeit wird das Urteil fällen. In Deutschland gibt es keine Todesstrafe. Seit Langem nicht mehr. Niemand muss mit seinem Leben büßen. Erst recht nicht, wenn er aus Versehen mordete. Ihr Fall nennt sich unterlassene Hilfeleistung und wird ganz anders bewertet. Hören Sie? Was ist passiert mit Gianna?"

Der Senior zog die Nase hoch. Er fingerte mit der linken Hand umständlich nach seinem Taschentuch und schnäuzte hinein.

„Tun Sie mir einen Gefallen, Herr Oberkommissar", bat er mit rauer Stimme. „Entschuldigen Sie sich niemals bei einem Mörder dafür, ihn durchschaut zu haben."

Kai überkam das verzweifelte Gefühl, gegen eine Wand zu reden.

„Ich verspreche Ihnen alles, was sie wollen", gestand der Nienburger zu. „Aber sehen Sie auch meine Schuld: Ich begriff nicht, wie hart meine Worte Ihr Gewissen treffen."

„Sie mussten so handeln. Sie waren der Einzige, der den Mut hatte. Einer muss es doch tun."

„Sie versündigen sich", wechselte Weber erneut die Strategie. Hektisch und seine Stimme kratzte inzwischen am Rande von Verzweiflung entlang. „Denken Sie daran: *Mein ist die Rache, spricht Gott*. Niemand verurteilt Sie zum Sterben. Am allerwenigsten ..."

„Genug davon", unterbrach ihn Mercator. „Ich bin nicht religiös. Aber nie hätte ich geglaubt, so tief zu sinken wie jetzt. Meine Tat zu verwischen, zu lügen, zu verleumden. Was für eine Feigheit. Ich danke Ihnen, Herr Oberkommissar. Es ist genug."

Er atmete tief ein, als sei ihm jetzt wohler. Seine Tränen versiegten.

„Wir hätten uns gut verstanden, Herr Oberkommissar", wandte er sich an den zweiten Granden. Sein kleines Lächeln von vorhin kehrte zurück. „Unter anderen Bedingungen hätten wir uns ganz fantastisch verstanden. Mit wem kann man sich heute noch über Gedichte unterhalten? Wissen Sie es wieder?

Ein leerer Sarg im Dunkel sich verliert.
Dem Mörder will ein Raum sich bleich erhellen,
Indes Laternen nachts im Sturm zerschellen
Des Edlen weiße Schläfe Lorbeer ziert.

Meine Schläfen sind weiß, aber der Lorbeer fehlt. Heute Abend hole ich ihn mir zurück. Es wird Zeit, zu meiner Untat zu stehen. Und keine Reanimation bitte."

In einer raschen Bewegung sank Mercators rechte Hand auf die Platte der Werkbank. Er griff nach etwas. Blaue Funken sprühten auf, der Körper des Selbstmörders begann zu zucken. Kai wollte zum Sicherungskasten, so schnell wie möglich. Der Strom musste weg, mit dem Runterkippen des F I-Schalters leicht zu machen.

„Nein“, schrie sein Chef gellend auf, konnte ihn packen und mit aller Kraft nach hinten reißen. Der Schwung trug beide rückwärts und warf sie direkt vor der Tür zu Boden. Kai krachte mit seinem vollen Gewicht auf den Nienburger. Dessen Kopf schlug gegen die Wand, es gab einen dumpfen Ton. Wie leblos sackte Weber zusammen. Der Rentner an der Werkbank verlor das Bewusstsein. Sein Leib krümmte sich zusammen und glitt vom Stuhl. Die rechte Hand hielt das abisolierte Kabel fest umklammert. Er stürzte zu Boden, krampfte dort und wurde dann still.

Der Kupferstrang rutschte aus seiner Hand und schnellte über den Beton wie eine entfesselte Furie. Plötzlich lagen die beiden nackten Kabelenden dicht nebeneinander. Zischend und prasselnd sprang der Strom über. Ein greller Lichtbogen gleißte auf. 2000 Grad heiße Luft umspülte die Kleidung des Toten, rasch sprangen Flammen auf. Knisternd antworteten das ausgetrocknete Holz der Werkbank und der Sicherungskasten. Es stank zum Erbarmen. Kai schüttelte Weber heftig an den Schultern, ohrfeigte ihn, schrie seinen Namen.

Das Holz der Werkbank verwandelte sich in eine Fackel, loderte auf, innerhalb weniger Sekunden breitete sich das Feuer aus. Es sprang über auf ein nahes Regal. Dunkler Rauch begann, sich unter der Decke zu stauen. Aus dem Sicherungskasten sprühten bläuliche

Funken. Die Kabelummantelungen schmorten. Noch mehr beißender Gestank. Der Raum knisterte unwirklich unter den Geräuschen entfesselter Elektrik. Schon fraß die Flamme sich an den Stromleitungen unter der Decke entlang, entdeckte den nächsten Installationsschacht, kletterte hinein. Kai starrte auf den Körper des alten Mercators, der immer undeutlicher wurde. Inzwischen war nur noch die untere Luftschicht des Raumes klar. Weber bewegte sich tastend, als müsse er mühsam ins Leben zurückfinden.

„Großer Gott!“, entfuhr ihm geschockt.

„Wieso fliegt die Sicherung nicht raus?“, schrie Kai über die Geräuschkulisse hinweg.

„Er hat sie überbrückt. Er hat das ganze Stromnetz manipuliert, hinten am Hauptanschluss. Und Sie wollten da auch noch reinfassen.“

Stöhnend hielt der Nienburger sich die Rippen. Er wirkte benommen. Der Qualm vernebelte den Raum immer weiter. Bläuliche Funkenregen stoben aus den Kabeln, untermalt vom Rotorange der Flammen. Die Luft war zum Ersticken

„Wir müssen raus“, schrie Kai energisch. „Hier brennt alles.“

„Nicht die Tür aufmachen“, widersprach der Kommissar stöhnend. „Zu viel Sauerstoff.“

„Für uns ist aber zu *wenig* Sauerstoff“, schrie Kai gegen das Prasseln an und zweifelte an Webers Verstand. Er zog sich das T-Shirt über Mund und Nase, atmete möglichst flach und zerrte das Hemd seines Chefs so hoch, dass der ebenfalls durch den Stoff atmen konnte. Im selben Moment öffnete sich die Tür, beide fielen hinaus auf den Gang. Einer vom Suchtrupp stand dort und starrte perplex in die Illumination aus Rauch, Funken und Flammen. Mit einem blasebalgartigen Fauchen entzündeten sich sämtliche Einbauten im Raum, die Scheibe des Kellerfensters zerbarst.

„Raus, sofort…“

Kai und der zweite Mann hakten Weber unter und zerrten ihn brutal den Kellergang hinab. Der Rest des Suchtrupps floh ebenfalls.

„Alle raus. Feuerwehr alarmieren. Atemschutz!“

Das Feuer griff in rasender Eile um sich. Die Elektrokabel und Installationsschächte der Klinik lieferten den Flammen willkommene Schnellverbindungen. Daneben fanden sich alte Pappordner mit Tausenden von Akten, Möbel aus Sperrholz, Regale mit abgelaufenen Medikamenten, teilweise sogar Chemikalien.

Ein loderndes Inferno entfesselte sich und erhellte den Himmel über Bad Eilsen. Sämtliche Feuerwehren der Umgebung mühten sich, die Weserberglandklinik zu retten oder wenigstens ein Übergreifen auf Nachbargebäude zu verhindern. Sie arbeiteten unter Lebensgefahr: Immer wieder gab es kleine Explosionen und die über dem Gebäude schwebende Rauchwolke war giftig. Es brannte die ganze Nacht. Der heiß ersehnte Gewitterregen blieb aus. Von dem Betonklotz blieben einsturzgefährdete Wände übrig und viel Asche. In dieser fand Mercator senior sein Grab.

Fanny hatte nicht schlecht zu tun, als sie spät abends aus Bad Münder zurückkehrte. Sie musste die Nachricht des Selbstmords verdauen und telefonierte erst einmal besorgt mit dem Krankenhaus, in das man ihre zwei Gefährten verfrachtet hatte. Kai ging es soweit gut, der Alpha allerdings wirkte mitgenommen. Man würde ihn einige Tage dortbehalten, wegen angeknackster Rippen und einem dicken Hämatom am Hinterkopf: Verdacht auf Gehirnerschütterung.

Danach erhielten Laurenz und Annika Mercator die Todesnachricht. Fanny versuchte, ihnen ein passendes Mitgefühl auszusprechen, und bot an, einen Seelsorger zu benachrichtigen. Andererseits blieb sie distanziert, denn ganz offenbar hatte Mercator senior so etwas wie ein Geständnis abgelegt. Wer mochte beurteilen, ob nicht auch andere Teile der Trutzburg verwickelt waren?

Als Nächstes kamen die Aussagen der Spurensicherer dran, die die Wohnung des Rentners auseinandergenommen hatten. Außer dem Elektroschocker, der von fachkundiger Hand selbst gebastelt war, fand sich wenig Verdächtiges. Keine Schuhe mit glatten Ledersohlen, auch wenn die Größe gut gepasst hätte. An den Fahrrädern keine Anhaftungen aus Niederungsboden.

„Seine dreckigen Treter mag er ja woanders entsorgt haben“, sagte sich Fanny, „und ein Fahrrad kann man sauber machen.“

Sie hoffte auf die beschlagnahmten Sakkos. Denn einige Jacketts mit Wollanteil hatte man sichergestellt. Ihr Material würde demnächst mit den Fasern vom

Tatort abgeglichen. Seltsam schien, dass auf dem Schocker keine Fingerabdrücke hafteten. Vermutlich hatte der alte Herr sie abgewischt, weil er zunächst glaubte, seine Tat vertuschen zu können. Das Datum der Einwickelzeitung belegte, dass er den Apparat zwei Tage nach Giannas Tod im Müll entsorgte.

Kai wurde noch am selben Abend entlassen. Statt in sein einsames Heim zu fahren, hielt er vor dem Kommissariat. In Fannys Büro brannte noch Licht. Unten im Flur gratulierten ihm einige Kollegen, heil aus der brenzligen Lage entkommen zu sein.

„Hab' einen fleißigen Schutzengel", flachste er und machte sich auf den Weg nach oben. Dort saß Fanny vor dem Computer und versuchte, die heutigen Ereignisse einzugeben. Wenigstens stichpunktartig. Es haperte mit der Konzentration, aber sie war viel zu aufgewühlt, um jetzt nach Hause zu gehen. Als Kai wortlos in der Tür stand, traute sie ihren Augen nicht. Schweigend starrten die beiden sich an.

„Ihr könnt einem wirklich graue Haare bereiten", versetzte sie endlich und wollte ihre Erleichterung gar nicht verbergen. „Kaum lässt man euch allein..."

„Werd' nicht neidisch", parierte er. „Du hattest auch deine Dienstreise."

„Aber nicht bis kurz vor Petrus' Pforte."

„Dann sei froh, dass du in Bad Münder warst. Von dem Ort gibt es jedenfalls eine Karte, in die du deine Nadel reinpieken kannst."

„Mach erst mal die Tür hinter dir zu", wischte sie ihre Gefühle fort, „und setz dich."

„Fast Dasselbe hat der alte Mercator vor einige Stunden auch zu mir gesagt."

Kai kam herein, ließ die Tür aber demonstrativ offen.

„Es war schlimm, was?“, erkundigte sie sich.

„Grauenvoll. So was vergisst man nicht mehr. Dieser Gestank, der Rauch und die eigene Hilflosigkeit. Hätte nie gedacht, dass ein Feuer sich so rasch ausbreiten kann.“

„Ihr habt getan, was ihr konntet. Die Klinik in Bad Eilsen steht derzeit lichterloh in Flammen. Im Radio verbreiten sie ständig Warnmeldungen, alle Fenster geschlossen zu halten. Wir können heilfroh sein, dass keine Patienten mehr im Haus waren. Und falls da unten ein Penner übernachten wollte, ist das seine letzte Ruhestätte.“

Kai seufzte und ließ sich auf einen Stuhl fallen. Allzu frische Erinnerungen verpassten ihm Leberwurst in den Beinen. Die ruhige Arbeitsatmosphäre im Raum wurde ihm bewusst, er ließ sich dankbar ablenken.

„Wie ging's bei dir?“, wechselte er das Thema. „ Mit dem Schellfinger?“

„Ein aalglatter Typ. An dem hätten wir uns ganz schön die Zähne ausgebissen. Der gibt immer nur gerade das zu, was unzweifelhaft bewiesen ist. Als ich ihm sein Foto mit Damenbegleitung auf der *Landpartie* zeigte, behauptete er tatsächlich, er wüsste nicht, wie die Frau an seiner Seite hieß. Sie hätte sich ihm aufgedrängt und den Namen Gianna Mercator würde er heute zum ersten Mal hören.

Daraufhin konfrontierte ich ihn mit der Aussage des Huthändlers, er hätte mit ihr einträchtig im Schlosshof gesessen. Da fiel ihm ein, sie wäre ganz nett gewesen, die aufdringliche Frau, und er hätte sich, obwohl er so was sonst nie macht, auf einen Kaffee einladen lassen. Als ich Obstler-Schmidts Aussage zufügte, fiel ihm auch der Rundgang durchs Schloss ein. Vermutlich hätte er selbst einen Quickie mit ihr zugegeben, sofern ich ihm entsprechende Beweise vorgelegt hätte. Natürlich alles ganz unverbindlich und ohne überhaupt ihren Namen zu kennen."

„Das Unschuldslamm vom Dienst. Kommt mir vor wie einer, der seinen Kopf aus der Schlinge ziehen will."

„Er hat vermutlich Angst, dass wir seine Geschäftspraktiken unter die Lupe nehmen. Im Laufe der Befragung wurde er nervöser, spielte viel mit seinem iPhone rum. Aber der Part von Giannas Mörder wird nicht an ihm kleben bleiben, wenn ihr alter Herr ein Geständnis ablegte."

„Nur der Vollständigkeit halber: Was für ein Alibi hat Schellfinger für die Tatzeit?"

„Seine Sekretärin. Ganz klassisch: ist gleichzeitig Geliebte. Natürlich rückte er nur unter Heulen und Zähneklappern damit raus, wie es sich gehört. Die Frau heißt Kremmel. Ich habe sie kontaktiert, die bestätigt das Schäferstündchen."

„Was auch sonst."

„Wir sollten die Unterlagen seiner Machenschaften an die Kollegen von der Wirtschaftskriminalität geben. Einmal nach Hannover, der ganze Papierkram. Wenn seine pseudoweiße Weste von zwei Behörden begutachtet wird, rutscht ihm am ehesten was raus."

Fanny hielt inne und trat direkt vor Kai. Er sah sie abwartend an.

„Vermisst du was?", fragte sie mit verschmitzter Miene.

„Ein paar Haare, die die Hitze mir abgesengt hat."

„Die wachsen nach. Wo ist dein Handy?"

„Hier." Er kramte in seiner Jackentasche. Erfolglos.

„Ist wohl rausgefallen", zuckte er lakonisch die Schultern. „Wird jetzt in Bad Eilsen zu Asche verarbeitet. Schade drum. Aber es war sowieso schon alt. Hätte ich demnächst ausgetauscht."

Sie zog sein Gerät aus der Hosentasche und hielt es lockend hoch.

„Hey!" Er schnappte danach, doch sie zog die Hand zurück. „Woher hast du das?"

„Hat der Sani, der mit Weber und dir ins Krankenhaus düste, unten am Tresen abgegeben. Es lag ganz friedlich hinten im Ambulanzwagen, sagt er."

„Okay, netter Kerl. Dann kannst du es mir ja wiedergeben."

Sie grinste mit blitzenden Augen.

„Mal sehen...", machte sie, rührte sich aber nicht.

„Ach, lass mich doch in Ruhe", wandte er sich ab.

„Beleidige mich nicht, sonst tut es dir gleich wieder leid, Kai Müller. Wer nämlich, glaubst du, hat hier um 21 Uhr 30 wutschnaubend auf genau diesem Handy angerufen? Als ich mitten in einem ganz bösen Disput mit Mercator junior steckte, der in seinem Schmerz am liebsten die ganze Welt in die Luft gesprengt hätte?"

„Keine Ahnung. Um die Zeit war ich froh, noch am Leben zu sein."

„Amalia Spitzer. Du wolltest sie um Viertel vor am Bahnhof abholen, hättest es sogar hoch und heilig versprochen. Sie wäre so dermaßen enttäuscht und so weiter und so fort."

„Ach du Scheiße."

„Ich hab sie erstmal auflaufen lassen. Aber später, in einer ruhigen Minute, rief ich zurück und erzählte, *warum* du gerade keine Zeit hast. Bin ja kein Unmensch. Interessanterweise wählte sie daraufhin exakt die gleichen Worte wie du eben. Danach hat sie sich ganz oft bei mir entschuldigt. Zum ersten Mal, seit ich sie kennenlernen musste. Ich hätte sie fast gemocht, bis sie anfing zu heulen."

„Fanny, du bist..."

„Spar dir deinen Dank. Ich nehme nur koffeinhaltige Naturalien. Natürlich wollte sie wissen, in welchem Krankenhaus du gelandet bist."

„Und?"

„Was und? Warum soll ich sie dahin schicken, wenn ich genau weiß, dass du bald entlassen wirst? Aber statt hier um Mitternacht mit deiner schlaflosen Kollegin zu klönen, hättest du lieber gleich nach Hause fahren sollen. Amalia lechzt danach, dich zu bemitleiden. Das ist *deine* große Chance, jetzt den verwundeten Helden zu geben."

„Fanny! Ich wäre fast draufgegangen. Du bist so was von großkotzig. Weißt du eigentlich, dass du gerade mit deinem Leben spielst? Mit deinen Espressolieferungen sowieso."

„Dafür bist du mir viel zu dankbar. Ich sorge nur dafür, dass du geerdet wirst, nachdem du dem Himmel so nah kamst. Also: Warum sitzt du noch hier und starrst trübsinnig in die Gegend? Hau ab."

„Bis morgen."

Wie ein Tornado stürmte er zur Tür hinaus und polterte das Treppenhaus hinunter. Kurz darauf heulte unten der Motor seines Wagens auf, mit quietschenden Reifen nahm er die Kurve an der Ausfahrt und ließ sich von der Scheier Straße geradewegs in Richtung Norden tragen.

Fanny setzte sich kopfschüttelnd zurück an den Computer. Frischverliebte ertrug sie gerade noch: Sofern die nicht zu lange in ihrer Nähe blieben. Aber Frisch-Wieder-Verliebte machten sie richtig streitsüchtig. Nach fünf Minuten, in denen sie reglos auf den Bildschirm gestarrt hatte, schaltete sie die Kiste ab. Zeit, ins Bett zu gehen, mit oder ohne Schlaf.

Der nächste Tag verlief in jener sprichwörtlichen Ruhe, die dem Sturm folgt. Weber tauchte nicht in Bückeburg auf, dafür ließ er sich die Mercator-Mappe ins Krankenhaus kommen. Er sei fast gesund, behauptete er und schimpfte auf die Ärzte, die anderer Meinung waren. Zum Trost nahm er sich die Büttenbögen vor.

Auf dem Kommissariat bastelte man sich den Tathergang um Gianna Mercators Ableben zusammen. Vermutlich gab es folgenden Ablauf: Streit mit ihrem Vater, er wurde griffig und verletzte sie. Danach der tragische Unfall mit einem Wasserbüffel, den Gianna nicht überlebte. Diese Version stimmte man mit Weber ab und gab sie schließlich an die Staatsanwaltschaft weiter. Von dort aus würde man zu gegebener Zeit einen Pressetermin machen, so dass die Zeitungen demnächst ihren Aufmacher bekamen.

Danach gingen die beiden Ermittler ohne Zeitdruck daran, Akten zu vervollständigen und einen Schlussstrich unter alles zu ziehen. Die Ereignisse waren tragisch genug. Der Schuldige stand fest, doch er konnte nicht verurteilt werden, weil er sich selbst gerichtet hatte. Niemand hatte diesen Ausgang gewollt.

Gerade noch rechtzeitig erinnerte Fanny sich an den Termin mit Dr. Grollmeister. Sie machte drei Kreuze, dass diese Sitzung ihr nun erspart blieb. Telefonisch sagte sie das Treffen ab.

„Aber warum denn?“, begehrte der Beauftragte zu wissen. „Ich wollte gerade losfahren zu Ihnen.“

„Der Fall ist geklärt“, berichtete sie neutral. „Ein äußerst tragischer Unfall. Näheres werden sie sicher bald in der Zeitung lesen. Wir möchten uns noch vielmals für ihre freundliche Mithilfe bedanken."

„Aber ich weiß inzwischen, wer der Unbekannte ist, der nachts manchmal am Zaun steht. Es hat mich viele Stunden gekostet, das rauszufinden. Etliche Bekannte musste ich auch fragen. Dieses Foto, das mir ihr Kollege ausgedruckt hat, ist ja nicht von allerbester Qualität."

„Herr Dr. Grollmeister", fiel sie ihm ins Wort, „wir sind dabei, den Fall abzuschließen. Der Täter steht fest. Es ist unerheblich, wer sonst noch ums Wasserloch schleicht. In den letzten Tagen hatte ich sowieso den Eindruck, dass halb Bückeburg dort über die Wiese stiefelt und seine Neugierde befriedigt."

„Das finde ich aber wirklich sehr unhöflich. Dabei habe ich mir so viel Mühe gemacht."

„Wofür wir Ihnen wie gesagt sehr dankbar sind..."

„Können Sie mir wenigstens anvertrauen, wer es war? So unter der Hand? Alle, die ich wegen des Fotos ansprach, sind natürlich sehr neugierig, einschließlich meiner Person. Ich bin doch inzwischen so gut wie involviert."

Sie bemerkte die typischen Reißgeräusche in ihrem Geduldsfaden.

„Sie haben das Foto bei Bekannten herumgezeigt?", attackierte sie den Ehrenamtlichen. „Wir hatten doch absolute Diskretion vereinbart. Zu Ihrem eigenen Schutz."

„Aber ich kam allein nicht weiter, zum Donner."

„Herr Dr. Grollmeister!"

„Frau Reiners!"

„Reichert! Immer noch Reichert. Und ich möchte Sie jetzt bitten, die Leitung frei zu machen. Wir haben noch eine Menge Arbeit zu erledigen und ich sehe gerade, dass jemand versucht, mich zu erreichen. Vermutlich etwas Wichtiges.

Wie gesagt: Die Presse wird bald informiert über das Geschehen. Sie können dann alles in der Zeitung lesen, morgen oder übermorgen vielleicht schon. Ein wirklich tragischer Fall, aber ich kann Ihnen nichts weiter sagen."

„Ah. Gut, dass Sie die Zeitung erwähnen. Ich kenne da einen Redakteur. Dann weiß ich, wie ich weiterkomme. Einen schönen Tag noch, Frau Reiners."

Gegen 15 Uhr wollte Kai aufbrechen. Dunkle Ringe unter seinen Augen deuteten an, dass die Nacht nicht erholsam gewesen war.

„Du brauchst noch Schlaf, was?", gestand Fanny ihm gönnerhaft zu.

„Ama kommt gleich aus der Blindowschule", versetzte er und ließ zu, dass man ihm die Freude darüber ansah. „Hat ja gestern nicht geklappt mit dem Abholen am Bahnhof, aber heute ist meine zweite Chance."

„Wohnt sie doch wieder bei dieser Xynthia?"

„Nein, nein. Deshalb war's echt 'ne kurze Nacht in Rusbend."

Er wirkte glücklich. Auf diese Art und Weise, die Fanny gar nicht gut verdauen konnte.

„So genau wollte ich es jetzt auch nicht wissen, mein lieber Schwan."

„Heute hole ich Ama vom Palais ab. Sie ahnt nichts."

„Na, dann viel Erfolg. Und denk dran: Gleich nach der Kommissariatstreppe rechts, dann geradeaus die Ulmenallee runter und bei der Kreuzung vorm Palais schön über den Zebrastreifen. Vorher auf den fließenden Verkehr achten. Nach rechts und nach links gucken."

„Sag mal, hältst du mich für einen Erstklässler?“

„Nein, nein. Schaffst du den Anstieg zum Palais allein hoch? Und brauchst du noch Blumen? Die gibt es am Krankenhaus.“

„Du bist eifersüchtig, Fanny. Ei-fer-süch-tig. Ich glaub´ es nicht.“

„Nur besorgt. Hoffentlich kommt nicht wieder ein Riesenhase dazwischen.“

„Der bin ich selbst. Wann hat dein Mann dir das letzte Mal Blumen geschenkt? Spuck es aus, los.“

„Zur Hochzeit. Vor 14 Jahren.“

„Siehst du? *Das* ist der Unterschied.“

„Kann ich mich bei deiner Espressomaschine bedienen“, gab sie sich geschlagen, „wenn du mich schon mit der Arbeit allein lässt?“

Der folgende Tag, ein Donnerstag, bescherte den Ermittlern eine der bösesten Überraschungen, die Schicksal sich ausdenken kann. Fanny und Kai wurden morgens um halb acht Uhr überstürzt in die Niederung gerufen. Ein Radfahrer hatte etwas in der Aue treiben sehen, als er über eine Brücke fuhr. Er stieg ab und kraxelte das steile Ufer hinunter. Dort angekommen, fand er im kühlen Nass des kleinen Flüsschens einen Leichnam, eingebettet im Uferschlamm.

Die Polizei hatte keine Probleme bei der Identifikation: Es war Dr. Grollmeister. In Begleitung seines Nachtsichtgeräts, das an einem Gurt um seinen Hals baumelte. Wenige Meter hinter der Auebrücke fand sich sein unverschlossenes Auto. Es schien unangetastet. Seine wohlgefüllte Brieftasche lag in der vorderen Frontklappe. Kamera und Fernglas ruhten auf dem Beifahrersitz. Der Schlüssel des Wagens steckte. Alles wirkte, als sei der Beauftragte nur kurz zu einem Kontrollgang ausgestiegen.

Raubmord kam nicht infrage. Eher vielleicht ein Unfall. Fanny jedoch geisterte das gestrige Telefonat mit dem Mann im Kopf herum: *Ich weiß inzwischen, wer der Unbekannte ist.* Und jede Menge Freunde hatte er deswegen angesprochen, die jetzt alle wussten, dass es dabei um den Todesfall in der Bückeburger Niederung ging.

Andererseits: Mercator senior hatte sein Geständnis schriftlich hinterlassen und der E-Schocker war bei ihm gefunden worden. Dazu seine komplizierte Familiengeschichte…

Bevor die Gerichtsmedizin keinen hieb- und stichfesten Mordbefund für Grollmeister ausstellte, brauchte niemand schlafende Hunde zu wecken.

Neddermeier-Lau tauchte eine Stunde später in der Niederung auf. Gewohnt schnodderig wollte er wissen, wo sein alter Freund Heinrich, der Weber stecke? Offenbar brauchte er jemanden für die üblichen Verbalgefechte, bevor er bereit für die Leichenvisitation war. Die Auskunft, der Kommissar hüte ein Krankenhausbett, ließ ihn gnädiger werden. Erst recht, als er von den Begleitumständen hörte. Um ein Haar hätte man seinen Kommentaren einen Hauch von Mitleid unterstellen können.

Danach ging er an die Routinearbeit seines Berufs und Kai notierte die medizinischen Erstaussagen. Tod vermutlich durch Ertrinken, aber das ließe sich erst nach der Obduktion präzisieren. Todeszeitpunkt zwischen 0 und 2 Uhr vergangener Nacht, mal wieder plus minus einer halben Stunde. Dazu ein kräftiger Bluterguss am Hinterkopf, der genauer untersucht werden müsse.

Fanny inspizierte derweil die Umgebung. Die Büffel waren diesmal aus dem Schneider, die standen 200 Meter entfernt und ihr Stacheldraht war nicht kaputt. Der Hannoveraner rauschte davon, die Leiche wurde abtransportiert.

„Unser Doktor hätte sich am liebsten noch gar nicht festgelegt", berichtete Kai, als Fanny zu ihm kam. „Der meinte, angesichts der Überraschungen bei der letzten Leiche würde er im Labor jetzt ganz gründlich arbeiten. Und ob wir eigentlich nur noch scheinverunfallte Wasserleichen rüberschicken?"

„Hahaha", unkte Fanny gereizt. „Heißt das, wir müssen die ganze Maschinerie wieder anschmeißen?

Spurensicherer und alles? Das ist ja wie eine ansteckende Seuche hier. Gespenstisch."

Kai war im Moment immun gegen düstere Mächte, gleich welcher Art. Seine Gedanken eilten ständig zu dem zärtlichen Tête-à-Tête, gestern vor dem fürstlichen Palais, in dem die Blindowschule residierte. Und dann der schöne Abend im *Minchen* und die noch schönere Nacht in Rusbend. Neddermeier-Lau hätte ihm vorhin auch was von gestiefelten Katern oder frisch geköpften Waschbärenbeauftragten auftischen können. Kai hätte alles anstandslos protokolliert, ohne einmal darüber nachzudenken.

„Hast du mich gehört?", blökte Fanny ihn an. „Grins nicht so entrückt."

„Ja. *Gespenstisch.* Ich bin doch nicht taub. Wollen wir dem Riesenhasen auflauern? Oder hast du eine andere Idee, warum Grollmeister hier tot in der Aue treibt?"

„Treibt? Das Wasser ist so flach wie eine Pfütze."

„Ich bin für Unfall", schlug er vor. „Der Doktor steht im Dunkeln auf der Brücke, schaut mit dem Nachtsichtgerät zum Wasserloch und plötzlich fegt der Riesenhase hinter ihm lang. Sein Herz macht genau so einen Satz wie das von Ama und mir neulich, nur dass wir deutlich jünger sind, und er geht kopfüber ins Wasser."

„Ich sag es nicht gern, Kai. Aber er hat mir gestern angedeutet, dass er den unbekannten Wasserlochstarrer identifiziert hat."

„Wer ist es denn?"

„Hab ich nicht gefragt. Gestern war der Fall Mercator klar erledigt und der Beauftragte ist mir so was von auf den Keks gegangen. Der wollte mir schon wieder das Ohr abkauen und Interna rauskitzeln."

„Schade. Aber ist dieser Unbekannte wirklich wichtig?"

„Grollmeister hat ihn nicht allein wiedererkannt. Er fragte erst mehrere Bekannte und zeigte ihnen dieses Foto, das er dir abgerungen hat. Wenn er ermordet wurde, haben wir ein neues Problem."

„Was für ein Idiot! Liefert der sich selbst ans Messer. Weber lässt sich ins nächste Irrenhaus einweisen, wenn er davon hört."

„Ich glaube eher", prophezeite Fanny, „der entlässt sich auf der Stelle selbst aus dem Krankenhaus und sitzt schneller wieder bei uns, als du *Piep* sagen kannst."

Nachmittags gaben die Spurensicherer durch, dass die Wollfasern sämtlicher Mercator-Sakkos *nicht* mit den Proben vom Tatort übereinstimmten. Sie hätten eine der Jacken lange in Verdacht gehabt, weil es dort eine Schadstelle in der richtigen Höhe gab und die Analysen mehrfach wiederholt. Das Ergebnis: Keins der Jacketts war bei der Tat getragen worden.

Fanny tröstete sich damit, dass der Selbstmörder vermutlich seine gesamte Kleidung einschließlich der Schuhe irgendwo anders entsorgt hatte. Vielleicht waren die Sachen sogar in Bad Eilsen verbrannt.

Aber richtig wohl fühlte sie sich damit nicht mehr seit Grollmeisters unerwartetem Tod. Sie wartete nervös auf den Bericht von Neddermeier-Lau. Am späten Nachmittag rief der Mediziner persönlich in Bückeburg an.

„Euer Feierabend ist gerettet", begann er.

„Wieso?", fragte Kai so sachlich wie kurz. Der Hannoveraner sollte nicht glauben, er könne sich hier seinen Ersatz – Heinrich Weber – aufreißen.

„Euer Opfer ist zwar ertrunken, aber es hat nichts mehr davon gemerkt."

„Ein Schlag auf den Kopf, der ihn ins Abseits beförderte?"

„Ihr wollt wohl unbedingt gleich weiterermitteln? Dabei hattet ihr vor 10 Tagen erst diese Frau. Reicht das nicht? Zu wenig Ablenkung da draußen auf dem Land?"

Kai schwieg konzentriert ins Telefon, malte mit kratzendem Stift ein paar Kringel und ein Galgenmännchen auf seinen Block, dann räusperte er sich laut.

„Okay", versetzte er trocken. „Hab ich aufgeschrieben. Noch weitere Befunde?"

Fanny kämpfte im Hintergrund, um nicht laut zu lachen. Ein gepresstes Quietschen entfloh ihr trotzdem. Sie hielt die Luft an, das Telefon war auf laut gestellt. Kai schwieg eisern.

„Ihr habt bestimmt schon Wetten abgeschlossen, ob es Mord oder Unfall war", forschte Neddermeier-Lau betont gelassen.

„Nö", blieb Kai extrem wortkarg.

„Ach, mir macht ihr nichts vor. Ihr braucht diese Gewaltverbrechen wie die Made den Speck. Ihr vergeht doch sonst vor Langeweile in eurer verträumten Landschaft."

Kai hielt den Mund und atmete hörbar ins Telefon.

„Wird Zeit, dass Kollege Weber wieder in die Sielen steigt", murrte der Mediziner nach einer demonstrativen Schweigeminute. „Mit dem redet es sich wirklich besser."

„Tja, so ist das mal hier auf dem Land, Herr Doktor", erklärte Kai lakonisch.

„Selbsterkenntnis ist der erste Weg zur Besserung. In welchem Stall stehen Sie denn gerade, Herr Müller?

Da waren vorhin so animalische Geräusche im Hintergrund?"

Kai malte wieder kratzende Kringel aufs Papier und merkte an, dass er auch dies notiert habe.

„Ich schick euch besser das Ergebnisprotokoll rüber", wurde der Mediziner zickig. „Lesen könnt ihr doch alle schon auf dem Land, oder?"

„Ich frag mal rum. Einer findet sich bestimmt. Dann tschüss auch."

„Halt!" Neddermeier-Lau fühlte sich jetzt doch um seinen glanzvollen Auftritt gebracht. „Wollt ihr überhaupt wissen, warum er gestorben ist?"

„Wenn Sie so direkt fragen…"

„Nein. War ein Scherz, Mund halten. Das Opfer hat sich", redete der Hannoveraner eilig dazwischen, „beim Aufprall in den Fluss den Schädel angeschlagen. Ich habe Schlamm in der Kopfwunde gefunden. Das Wasser ist stellenweise sehr flach und er dürfte aus einer gewissen Höhe gefallen sein. Vielleicht von der Brücke, ihr könnt mal das Geländer daraufhin untersuchen. Oder die Uferbereiche, die sind auch recht steil. Gefallen ist er aber nur deshalb, weil sein Herz schlappmachte.

Ein nicht ungewöhnlicher Befund für einen Mann in seinem Alter. Er war 74 Jahre und hatte ordentlich viele Ablagerungen an den Aderwänden. Eine Stelle war komplett dicht, das führte zum Herzinfarkt, schlicht und ergreifend. Dummerweise befand er sich nicht zu Hause, wo ihn jemand schnell ins Krankenhaus hätte schaffen können. Sondern mitten in der Wildnis, nachts, ohne Begleitung. Und dann fällt er auch noch ins Wasser, schlägt sich den Schädel an und ertrinkt binnen Minuten. Ein rascher Tod. So, das war's. Alles notiert? Die medizinischen Feinheiten könnt ihr meinem schriftlichen Bericht dann entnehmen."

„Alles klar." Kai kritzelte wieder, diesmal echte Fakten statt Kringel. „Dann schönen Feierabend."

Die Verbindung wurde grußlos unterbrochen. Er beendete seine Stichwortsammlung, bevor er triumphierend zu Fanny aufblickte. Sie grinste breit.

„Du wirst immer besser", lobte sie.

„Danke. Rate mal, bei wem ich mir das Know-how dafür hole?"

„Bei der Katze deines Nachbarn in Rusbend?"

„Fast. Aber zur Sache: Wie wir vermutet haben: natürlicher Tod. Keine weiteren Mordermittlungen nötig. Er wird von der Brücke gefallen sein, das Auto stand ja auf der anderen Seite. Der Fall Mercator ist und bleibt abgeschlossen.

Mann, passt das gut. Ich glaube, ich mach´ morgen Nachmittag einen Ausflug. Keine Sitzungen bis nach Mitternacht mehr."

Er atmete tief durch.

„Was ist, wenn Grollmeister wegen dem Leuchthasen gestorben ist?", dämpfte Fanny seine Freizeitplanung.

„Ach? Auf einmal doch? Du und Weber, ihr habt mir vor einigen Tagen Sachen an den Latz geknallt, die dicht bei übler Nachrede lagen. Und jetzt ist es plötzlich nicht mehr lächerlich?"

„Wenn einer Unfug treibt, der Menschenleben gefährdet, sollte die Polizei sich schon zuständig fühlen."

„Und was hat das", protestierte Kai entschieden, „jetzt mit unserem abgeschlossenen Fall zu tun? Mercator hat ein Geständnis hinterlassen, vergiss das nicht."

„Ist ja gut. Ich erstatte erst mal Weber Bericht", schob Fanny die Entscheidung hinaus und überhörte den Protest ihres Ermittlerinstinkts. „Mal sehen, wie der alles aufnimmt. Ich werde erwähnen, dass Neddermeier-Lau ihn vermisst hat. Tut ihm bestimmt gut.“

Freitagfrüh um acht Uhr saß Weber auf dem Bückeburger Kommissariat. Als Fanny die Tür zum Büro öffnete, starrte sie ihn an wie einen Außerirdischen. War das wirklich der Nienburger? Gestern Abend hatte er noch recht entspannt ihrem Bericht gelauscht und keinerlei Neigung zu übertriebener Aktivität gezeigt.

„Einen schönen guten Morgen wünsche ich", zeigte der Alpha sich leutselig. „Und kommen Sie ruhig rein, ich bin es wirklich. Sie haben doch nicht geglaubt, mich so billig loszuwerden?"

„Was ist denn mit Ihrem Kopf?", erkundigte sie sich irritiert. „Also, ich meine, mit der Gehirnerschütterung?"

„Blinder Alarm", zeigte Weber sich unbeeindruckt. „Und die angeknacksten Rippen sind bandagiert. Aber der Aufenthalt in diesem Krankenhaus war sehr effektiv. Erstens konnte ich ausschlafen, zweitens gab es Mahlzeiten zu geregelten Zeiten und drittens hatte ich interessante Bettnachbarn. Ich will Ihnen etwas zeigen. Wann kommt Herr Müller?"

„Kann nicht mehr lange dauern", antwortete Fanny ausweichend, obwohl sie überzeugt war, dass Kai heute, sofern er überhaupt kam, nur zum Blumengießen zu gebrauchen war. Seine laxe Haltung hatte sie schon gestern genervt. Sollte man ihn zur Reanimation seiner Arbeitsauffassung in ein Nienburger Messer namens Weber laufen lassen?

Aber 20 Minuten später war Kollege Müller anwesend. Fanny hatte ihm, während sie seiner Espressomaschine etwas abzapfte, doch einen fernmündlichen

Tipp gegeben. Weber begrüßte ihn aufgeschlossener als sonst. Die zwei redeten über das einschneidende Erlebnis vom Dienstagabend. Danach begann der Kommissar, die Büttenbögen der Mercator-Mappe vor seinen Mitstreitern auszubreiten. Er referierte gewohnt langatmig über die Qualität des Papiers und einige Besonderheiten seiner Herstellung. Zwischendurch gab er zu, dass sein Bettnachbar früher in der Branche gearbeitet und ihm wertvolle Details der Fertigung verraten habe.

„Zum Beispiel das Wasserzeichen. Sehen Sie…"

Zur Demonstration hielt Weber einen der cremeweißen Bögen gegen das Licht. Deutlich erhob sich ein Wappen als grauer Schemen unter der geschwungenen Schrift des Selbstmörders. Kai und Fanny schwiegen abwartend. Nicht zum ersten Mal fragten sie sich, ob der Nienburger seinen Freund Neddermeier-Lau deshalb so gut ertrug, weil beide dieselbe Kragenweite bezüglich langweiliger, rhetorischer Vortragskunst besaßen.

„Durch die Höhe des Wasserzeichens markiert sich die Lage eines Blatts in einem unbeschriebenen Büttenblock", führte Weber spannungslos aus, packte einen weiteren Papierbogen und hielt ihn neben den ersten. Der zweite graue Schemen eines Wappens wurde sichtbar. Er saß einen Millimeter tiefer. „Am Anfang des Blocks sitzt das Wasserzeichen ganz hoch, am Ende etwa drei Zentimeter tiefer. Die Höhe des Wasserzeichens gibt also eine Reihenfolge an."

Fanny überlegte, ob es sich lohnte, allmähliche Ungeduld anzudeuten. Andererseits gab es keinen Zeitdruck. Abwartend lehnte sie sich zurück.

„Angenommen, Mercator senior hat die Büttenbogen von oben nach unten aus seinem Block entnommen – das wäre normal, oder?", stagnierte der Nienburger.

„Klar", antwortete das Restteam wie aus einem Mund. Die Bückeburger sahen sich mit neutralem Gesicht an, aber beide wussten, was der andere gerade dachte: *Wenn er nicht innerhalb von fünf Minuten zum Kern kommt, stirbt jemand unschuldig in diesem Büro.*

„Kurz gesagt", schien Weber ihre Gedanken zu lesen, „gelingt es mit dem Wasserzeichen, die Büttenbögen in ihre ursprüngliche Reihenfolge zu ordnen. Der daraus entstehende Text lässt sich zum ersten Mal seit Auftauchen dieser Mappe im richtigen Sinnzusammenhang lesen."

„Was Sie zweifelsohne gestern taten", interpretierte Fanny wie aus der Pistole geschossen und hoffte, den Chef damit zu beschleunigen.

„Abends um elf war ich endlich so weit. Danach brauchte ich eine Stunde, alles zu lesen und zu begreifen. Und eine weitere Stunde, um es zu verdauen."

Er machte eine bedeutungsschwangere Kunstpause und sah seine Gefährten erwartungsvoll an. *Jetzt ihr,* sagte sein Blick.

„Geht es um das Geständnis?", wagte Kai einen Vorstoß. „Alles ein großer Irrtum?"

Ratespiele um Reinhilde wären ihm im Moment wesentlich lieber gewesen. Ama wollte heute Nachmittag wieder auf dem Auenhof arbeiten, nachdem sich die Idee mit dem Ausflug zerschlagen hatte.

„Sie kamen also nachts um eins zu einer Erkenntnis", interpretierte auch Fanny die frisch gelieferten Fakten, „die so wichtig ist, dass Sie aus dem Krankenhaus flüchteten, um Ihren Arbeitsplatz in Bückeburg wieder einzunehmen. Gehörte Mercator eigentlich ins Heim, ohne es sich anmerken zu lassen? Ist seine

Selbstbezichtigung seniler Schwachsinn und die Klinik in Bad Eilsen völlig nutzlos runtergebrannt?"

„Oh, er war durchaus bei klarem Verstand", korrigierte Weber und man sah ihm an, dass er Fannys und Kais Thesen gegeneinander abwog. „Das Dumme ist, wenn Sie mir diesen Ausdruck erlauben: Er hat *Margarete* aus Versehen zu Tode gebracht. Nicht Gianna."

Das Schweigen im Raum plusterte sich auf wie ein balzender Pfau. Eine kalte Woge flutete die konsternierte Fassungslosigkeit der Bückeburger. Ahnungslos sahen sie den Wellenberg auf sich zukommen, bevor er ihren Glauben versenkte, diesen tragischen Todesfall geklärt zu haben. Vier Mundwinkel sanken depressiv in die Tiefe wie ein schiffbrüchiger Kahn.

„Und was geschah mit der Leiche?", wehrte Fanny sich gegen die neue Erkenntnis. „Eine erwachsene Frau verschwinden zu lassen, ist nicht ganz leicht."

„Vielleicht vergrub er sie ungesehen irgendwo. Er hatte am Sonntagmorgen in der Niederung diese eigenartige Idee mit den Fähnchen in der Erde, wissen Sie noch? Möglich, dass er nicht an die Toten der Weltkriege, sondern an seine eigene Frau dabei dachte."

„Das abgehobene Geld? Die Spuren, die damals zum Flughafen Langenhagen führten?"

„Hat er sicherlich selbst gelegt. Es gab damals keine Kameraaufzeichnungen, die ausgewertet werden konnten. Keine Handys, die sich orten ließen."

„Dann hätte er ja eine richtige Show inszeniert, um sich reinzuwaschen."

„Er tat es für die Kinder", rekonstruierte Weber Gedankengänge aus einer vergangenen Zeit. „Die Mutter starb bei einem der häufigen Streits. Wie, lässt der alte Herr offen. Vielleicht stieß er sie eine Treppe hinab, vielleicht landete sie nach einer deftigen Ohrfeige mit dem Hinterkopf am Heizkörper. Körperverletzung mit Todesfolge.

Aber da erst begriff er, wohin seine eigene Eifersucht ihn geführt hatte. Er schämte sich abgrundtief. Alles einfach rückgängig machen ging nicht mehr, das Porzellan war zerschlagen. Also versuchte er zu retten, was zu retten ist.

Wäre er in den Bau gewandert, hätten die Kinder ins Heim gemusst. Mit der Gewissheit, dass ihr Vater ein Gewalttäter ist. Können Sie sich einen schrecklicheren Makel für ein Kind vorstellen? Und für einen Vater, der alles bereut?"

Knisternde Stille vereiste den Raum. Plötzlich erschienen die Aussagen des alten Mannes in neuem Licht. Seine Gewissensbisse, die schließlich mit der Wucht eines Orkans über ihn hereingebrochen waren. Seine erbarmungslose Härte gegen sich selbst.

„Mein Gott", stöhnte Kai auf und musste an die verbrennende Hülle des Selbstmörders zurückdenken. Ein grausames Bild, das sich in sein Gedächtnis eingefressen hatte. Er senkte den Kopf. Mit einem Schlag wurde ihm jetzt auch klar, weshalb er das Abschiedslied der Söhne Mannheims und die Trakl-Gedichte in einen Topf geworfen hatte. Letzten Sonntag, auf dem Rückweg nach Rusbend, in der S-Kurve mit den vielen Verkehrstoten: Ein Bote von Gevatter Tod hatte bei ihm angeklopft. Unbewusst war Kai klar geworden, was der Rentner morgens im Nebel geleugnet hatte.

Nur: Er war nicht draufgekommen. Stattdessen hatte er das wehmütige Lied und die düsteren Reime in Beziehung zu seinem Streit mit Ama gesetzt, bis ihm kalt wurde vor Grauen. Er fuhr sich mit beiden Händen übers Gesicht.

„Körperverletzung mit Todesfolge", wiederholte er langsam, als müsse er aus einem schlechten Traum erwachen. „Sein Verbrechen war längst verjährt, als er sich in Bad Eilsen zum letzten Schritt entschloss."

„Ja", nickte Weber. „Doch seine Gewissensbisse nicht. So was verjährt nicht."

„Und wir können wieder von vorn anfangen", quetschte Fanny sich mit gequälter Miene ab.

„Oh, wir haben ja fleißig Daten gesammelt", stellte der Nienburger richtig. „Ganz am Anfang stehen wir nicht mehr. Aber auf das nächste Gespräch mit der verbliebenen Mercator-Sippe freue ich mich überhaupt nicht."

„Und dann war´n es nur noch zwei", intonierte Fanny ohne jede Pietät. „Was genau wollen Sie die denn fragen?"

„Warum ich? Sie kommen selbstverständlich mit, Frau Reichert. Angesichts meiner angeknacksten Rippen bestehe ich auf Ihre fachkundige Begleitung."

Nachmittags saßen die zwei Ermittler Laurenz und Annika Mercator gegenüber. An einem neutralen Ort, man hatte sich auf eine Gastwirtschaft vor Ort geeinigt. Der Rückzug in einen leeren Nebenraum ermöglichte ein vertrauliches Gespräch. Trotzdem wurde die Befragung weitaus schwieriger, als Weber schon befürchtet hatte. Die These, dass Margarete Mercator nicht mit einem Geliebten in Südamerika, sondern tot in Gott-weiß-wo läge, nahmen die Geschwister zunächst verblüfft zur Kenntnis.

Rasch wuchs jedoch ihre Ablehnung. Laurenz feuerte erste Angriffe gegen Weber ab. Der Kommissar habe, um billig an einen Schuldigen zu kommen, den Vater systematisch weich geklopft und ihn derart verunsichert, dass er in einer Kurzschlussreaktion Selbstmord beging. Er sei ein unschuldiges Opfer.

Empört führte der Nienburger den Inhalt der Büttenbögen an. Beide Mercators verlangten, diese lesen zu dürfen. Weber musste seine wenigen Indizien zusammenhalten, gestand den Angehörigen aber Kopien zu. Angefüllt mit Misstrauen bestanden sie auf Originale.

„Dann kann ich anbieten", schlug Weber vor, „die Mappe im Kommissariat unter Aufsicht eines Beamten einzusehen."

„Da, wo Sie unseren Vater durch die Mangel gedreht haben?", weigerte Laurenz sich empört.

„Ich muss Sie bitten, Ihre Wortwahl zu ändern, Herr Mercator", wurde der Nienburger ärgerlich. „Ihr Vater war kein schuldloser Unbeteiligter, der aus Versehen in die Mühlen der Polizei geriet."

„Nebenbei hat er bei seinem Selbstmord auch noch ein 135-Bettenhaus in Bad Eilsen abgefackelt", ergänzte Fanny. Die Kakofonie ging ihr entschieden gegen den Strich. Beide Geschwister verweigerten jede Einsicht in die dunkle Seite ihres Vaters. „Verhält sich so ein harmloser Bürger? Und wenn die Besitzer der Klinik eine Schadensersatzklage gegen Sie führen, wünsche ich Ihnen einen guten Rechtsanwalt."

Doch die klaren Worte gossen Öl ins Feuer.

„Aha", entrüstete sich Annika. „Jetzt kommt auch noch Schadenfreude dazu!" Ihr Vater würde hier nachträglich verunglimpft, sein Andenken entehrt. Und es sei einfach völlig unglaubhaft, was man ihm alles in die Schuhe schieben wolle: Zuerst solle er Gianna getötet haben, dann auf einmal Margarete? Wer wäre denn der Nächste? Der Papst? Das höre sich doch alles sehr eigenartig an. Der Vater habe sicher weder seine Frau noch seine Tochter in den Tod getrieben.

„Er war streng, aber gerecht“, heiligte auch Laurenz das Fundament der Trutzburg. „Und ganz sicher kein Mörder.“

Überhaupt: Gianna!

Zur Abwechslung redete Annika sich jetzt in Rage. Wie lange wollten die Behörden ihren Leichnam noch zurückhalten? Die Beerdigung sei längst überfällig, aber sie läge wie ein Stück Gefriergut in Hannover. Und wieso sei es nicht gelungen, den Selbstmord des Vaters zu verhindern? Erst treibe man ihn fast in den Wahnsinn, dann überlasse man ihm schulterzuckend seinem Schicksal?

„Mein Kollege und ich wären bei dem Großbrand beinahe umgekommen“, schritt Weber entrüstet ein. „Weil wir versuchten, ihn im letzten Moment abzuhalten!“

Die Egozentrik der Trutzburg ging ihm zu weit. Er hielt einen langen Vortrag über alle polizeilichen Aktivitäten, die der Auffindung des Seniors gedient hatten. Und ob ein 45-köpfiger Suchtrupp samt zwei Suchhunden vielleicht *nichts* sei?

„Fast nichts“, konterte die Gegenseite erbost. „Zu wenig, wie wir gesehen haben.“

„Zu wenig für einen Menschen, den die eigenen Gewissensbisse in den Freitod trieben?“, parierte Fanny scharf. Womit man wieder bei der Schuldfrage angelangt war. Beide Geschwister hielten die These von der Tötung ihrer Mutter für völlig abwegig. Die Diskussion drehte sich im Kreis wie eine Katze, die ihren Schwanz jagt. Der Nienburger schwenkte auf die Person der Margarete Mercator. Doch erneut betrat er ein Minenfeld. Laurenz und Annika verweigerten das

Gespräch resolut. Ihre Mutter wäre immer ein Tabu gewesen, sie habe sich wie ein gewissenloses Flittchen benommen. Man hätte das Leben auch ohne sie gemeistert. Jawohl: *gemeistert.*

„Aber warum war sie immer ein Tabu?", versuchte Fanny, ein Loch in die Ignoranz zu bohren. „Warum wollte Ihr Vater das Andenken an Margarete auslöschen? Weil er sein Gewissen sonst jeden Tag gespürt hätte. Man tötet nicht einfach und geht dann zur Tagesordnung über. Man sucht sich Rechtfertigungen. Genau dies tat Ihr Vater."

Die nächste Verbalattacke der Geschwister zeigte, dass die Vermeidungstaktik des Seniors erschreckend wirkungsvoll gewesen war. Wie eine Gehirnwäsche. Die jungen Mercators schienen blind für ihre Mutter. Auch ihnen fehlte das Mitleid.

Weber änderte erneut das Thema und vertiefte die Frage nach dem Elektroschocker: Wie kam das Gerät in die Mülltonne? Hatte der Senior es dort hineingelegt? Oder eins der Kinder? Die Zeitung, in der es eingewickelt war, stammte vom Montag direkt nach der Tat. Sei der Apparat an diesem Tag in die Mülltonne gewandert?

„Vater hat den Müll immer allein rausgetragen", gab der Sohn Unwissenheit vor. „Keine Ahnung, wann das Ding in die Tonne geriet. Ist das etwa auch einer Ihrer *Beweise* für seine Schuld, Herr Kommissar?"

Da man keine Fingerabdrücke auf dem Gerät gefunden hatte, an der Zeitung dagegen Spuren aller Familiemitglieder, kam man diesem Indiz kein Stück näher. Genauso wenig gelang es, die Frage nach fehlenden Kleidungsstücken des Seniors zu klären. Fanny war die Spitzzüngigkeiten der Geschwister bald so leid, dass sie ihnen mangelnde Kooperation in jeder Beziehung vorwarf.

„Wir haben nach wie vor nicht geklärt", betonte sie, „wer Ihrer Schwester Gianna dermaßen zusetzte, dass sie zu Tode kam. Interessiert Sie dieser Fakt überhaupt nicht?"

„Sofern Ihre Ermittlungen sich auf unsere Familie beschränkt: nein", schoss Annika erbittert zurück. „Uns können Sie wirklich nicht vorwerfen, wir würden Ihre Mördersuche torpedieren. Verschonen Sie mich und meinen Bruder mit Spekulationen. Wir werden uns davon nicht einschüchtern lassen, wir haben nichts zu verbergen."

„Und ich", setzte Laurenz entschlossen hinzu, „bestehe darauf, die echten Unterlagen meines Vaters einzusehen. Ohne mir dabei von jemandem über die Schulter schauen zu lassen, der für seinen Tod verantwortlich ist."

„Sie haben hier gleich eine Anzeige wegen Beleidigung und übler Nachrede", biss Fanny zurück. Seit Schellfinger war ihr keiner mehr dermaßen auf den Zeiger gegangen. Ihr Mitleid hatte sich erschöpft. „Kommen Sie aufs Kommissariat, bringen Sie ihr größtes Taschentuch mit. Aber schlagen Sie sich den Gedanken aus dem Kopf, die Originale ausgehändigt zu bekommen. Es sind Beweismittel."

„Eine absolute Frechheit, wie hier mit uns umgegangen wird. Man sollte das in die Öffentlichkeit bringen."

„Sie behindern die Aufklärung eines Verbrechens, Herr Mercator. Ihre eigene Schwester ist das Opfer."

„Womöglich habe ich sie ja selbst in den Untergang gestoßen, nicht wahr?", stänkerte der Bruder aggressiv. „Und vielleicht habe *ich* diesen Schocker in die

Mülltonne gesteckt. Das wollen sie doch unterstellen, Frau Reichert? Welche Selbstmordmethode schwebte Ihnen denn für mich vor? Arsen oder lieber der Strick?"

„Wir machen Schluss", schritt Weber ein, obwohl Fanny den Mund schon geöffnet hatte. Er war die Sache leid. Die Vorwürfe der Geschwister bohrten in ihm. Auch wenn er selbst zu Schaden gekommen war, gab er sich eine Mitschuld am Tod des Seniors. Außerdem wusste er gut genug, wie ungern seine rechte Hand sich beleidigen ließ. Vor seinem inneren Auge sah er sie bereits im Handgemenge mit Laurenz Mercator die Bestuhlung des Gasthofs ruinieren. Seine angeknacksten Rippen erinnerten ihn daran, was dabei herauskam.

„Sie können sich jederzeit", verkündete er abschließend, „zur kurzfristigen Einsichtnahme der Unterlagen anmelden. Wir schauen Ihnen dabei nicht zu, nur ein neutraler Beamter. Einer von denen, die Dienstagabend im Harrl stundenlang mit nach Ihrem verzweifelten Vater gesucht haben."

Das Ermittlerteam hielt abendliche Besprechung. Nachdem die erste Ratlosigkeit überwunden war, bastelten die drei an neuen Thesen.

„Es gibt", ließ Kai einen weiteren Aspekt einfließen, „noch eine Person, die Montag problemlos an die Mülltonne kam: Cordwitz. Er verließ erst am Dienstag nach Giannas Tod die Stadt, als die Videoaufzeichnungen aus Auetal ihm sein Alibi gaben.

„Cordwitz", wiederholte Weber und versank in dumpfe Gedanken.

„Er ist raus", stellte Fanny klar. „Niemand kommt in 10 Minuten von Auetal nach Bückeburg und zurück."

„Das ist richtig", stimmte der Nienburger zu. „Außerdem haben wir noch den ehrenwerten Schellfinger. Und nicht ausschließen dürfen wir den Wasserlochstarrer. Zu schade, dass Sie Grollmeister nicht ausreden ließen, Frau Reichert. Manchmal wirft uns Ihre Ungeduld einen Knüppel zwischen die Beine."

„Dann ist da auch noch der zweite Galan, den Gianna Mercator auf der *Landpartie* traf", erinnerte Kai an die Fotogalerie. „Den haben wir bisher völlig vernachlässigt."

„Wir brauchen eine neue Aufgabenverteilung", urteilte Weber, bevor noch mehr Ideen frei im Raum flottierten. „Frau Reichert, Sie machen mit dem Schellfinger weiter. Der Mann ist längst nicht aus dem Rennen, weil ihm eine Sekretärin, mit der er im Bett war, ein Alibi verschafft. Die Dame ist überhaupt nicht glaubwürdig. Im Gegenteil: Sie besitzt starke Gründe für eine Falschaussage. Wir müssen ihr klarmachen, dass sie in dem Fall eine Straftat begeht. Das wird ihre Loyalität erschüttern."

„Okay", stimmte Fanny zu und freute sich auf die nächste Dienstreise.

„Herr Müller, Sie klopfen Grollmeisters Bekanntenkreis ab. Jemand gab ihm den entscheidenden Tipp. Sprechen Sie mit seiner Frau, besorgen Sie sich sein Telefonverzeichnis, überprüfen Sie, wer auf seine Beerdigung geht..."

„Der Mann hatte Hunderte von Bekannten", protestierte Kai. „Der hat alles zugetextet, was nicht rechtzeitig ausgekniffen ist."

„Ich sage ja nicht, dass Sie Montag fertig sein müssen."

„Da bin ich aber froh!"

„Ich selbst werde, bevor ich mir den zweiten Galan vornehme, noch mal mit dieser Firma reden, für die Cordwitz arbeitet", verkündete Weber. „Für heute können Sie beide Feierabend machen. Frau Reichert, wollte Ihr Mann Sie nicht zum Essen einladen oder verwechsle ich da was?"

„Hatten wir bisher nicht geplant."

„Es wäre der beste Tag. Denn morgen werden wir uns hier auf dieser schönen Dienststelle wiedersehen und ich bin mir sicher, dass viel zu tun ist."

Alle wussten, was die Formulierung bedeutete: Arbeit übers gesamte Wochenende. Offenbar hatte der Nienburger sich im Krankenhaus zu gut erholt.

„Morgen ist Samstag", protestierte Kai genervt. Schon wieder ein Querschläger mitten in seiner Freizeitplanung.

„Und wir haben einen offenen Fall auf dem Tisch", hielt Weber dagegen und bedachte den Jüngsten im

Team mit strafendem Blick. „Sämtliche Akten müssen wieder vorgeholt und ein zweites Mal gesichtet werden. Ich will, dass wir jeden Verdächtigen erneut abklopfen. Irgendwo gibt es ein Detail, das uns weiterhilft. Wir müssen es nur finden.

Ich selbst mache jetzt weiter mit der Arbeitsstelle von Cordwitz. Wenn Sie am Wochenende etwas vorhatten, Herr Müller, verschieben Sie es auf jetzt."

„Klasse Idee." Kai war viel zu gereizt, um den Mund zu halten. „Bei Nacht am Steinhuder Meer abhängen. Sonne satt."

Mit einer wegwerfenden Bewegung wandte Weber sich seinem Schreibtisch zu und begann, Unterlagen zu sichten. Fanny und Kai sahen sich mit frisch geplätteter Miene an. Die Ermittlerin schnappte ihre Tasche und verließ den Raum nach einem kurzen Abschiedsgruß, dicht gefolgt von Kai.

„Sag mal, spinne ich?", ereiferte er sich auf dem Flur. „Dem haben sie in der Klinik wohl was aus dem Hirn amputiert. Findest du das jetzt etwa in Ordnung, Fanny?"

„Das werden wir bald wissen." Sie rieb sich unentschlossen über den Nacken. „Man könnte meinen, er sucht dringend ein neues Opfer. Die verkörperte Arbeitswut, wie er da drin sitzt und Akten durchkaut."

„Zumindest ist er wild entschlossen, bald jemand zu finden, auf den er uns loslassen wird. Wieso kann er nicht einfach mal froh und dankbar für eine kleine Pause sein? Niemand wird wieder lebendig, weil wir uns hier verrückt machen. *Mann, bin ich ein Hornochse.* Hätte ich mich nur krankschreiben lassen nach dieser Sache in Bad Eilsen. So ein Mist!"

„Vielleicht ist seine Schwiegermutter in Nienburg und der Chef hat keine Lust, länger als nötig zu Hause zu sein?", vermutete Fanny. Sie besaß einen guten Instinkt für die Wahrheit.

„Dann hätte er doch im Krankenhaus bleiben können", argumentierte Kai, obwohl er genau wusste, dass er mit der falschen Person diskutierte.

„Tja, ist jetzt nicht mehr zu ändern. Mach was aus deiner freien Zeit", riet Fanny mit resigniertem Gesichtsausdruck. „Morgen sitzt du wieder bis Mitternacht. Deine Espressomaschine ist doch in Ordnung, oder?"

Kais Abendprogramm hielt weitere Kapriolen bereit: Äußerst übellaunig fuhr er zum Auenhof, um Amalia abzuholen, und grübelte, wie er ihr die neue Wochenendplanung ohne Kollateralschaden beibringen konnte. Hoffentlich emigrierte sie nicht gleich wieder nach Sprekelholzkamp.

Auf dem Bauernhof wirkte es leerer als sonst. Vielleicht saßen alle irgendwo zusammen und klönten? Freuten sich auf ihre freien Tage, erzählten sich gegenseitig, was sie vorhatten…

Kais Laune sank noch zwei Stufen tiefer. Gereizt machte er sich auf die Suche. Sein Rufen blieb vergeblich. Ein Schäferhund wollte ihn mit gefletschten Zähnen zum Teufel jagen, als er die Tür des Schweinestalls öffnete. Gerade noch rechtzeitig bekam er den Riegel wieder zu. 100 Meter weiter, in einem der Gewächshäuser, fand sich endlich ein Mensch. Kai fragte die junge Frau nach Amalia.

„Die ist gerade mit den anderen auf Büffeljagd". Breites Grinsen, während er neugierig gemustert wurde. „Drüben auf der Weide."

„Wo?", wollte er wissen und spürte, dass sein Adrenalinspiegel sprunghaft anstieg. Hatte er sich verhört?

„Auf der Wasserbüffelweide. Die müssen den Goofy flachlegen. Der ist krank. Frisst nicht mehr und randaliert nur noch. Der Tierarzt ist vorhin gekommen. Zu neunt sind sie rüber."

„Habt ihr auch einen Torero importiert, der das Vieh zum Schluss aufspießt?"

„Wir sind hier keine Tierquäler." Strafender Blick. „Bist du Kai Müller?"

„Ja. Tschuldige, ich hab mich nicht vorgestellt."

„Ama erzählt manchmal von dir. Du hast mit diesem Todesfall in der Niederung zu tun?"

„Ja", versetzte er reserviert.

„Ich hab heute Vormittag eine wilde Geschichte gehört. Von dieser Klinik in Bad Eilsen und ´nem Selbstmörder. So was eben. Ama meinte, dazu könnte sie auch was sagen, aber das ginge nicht. Warst du in Bad Eilsen dabei?"

„Ziemlich. Doch das sind Interna, die keinen was angehen", hielt Kai sich bedeckt und machte ein verschlossenes Gesicht. Im Moment schien ihm die Sache mit dem randalierenden Büffel sowieso deutlich wichtiger.

„Versteh ich schon", beschwichtigte die junge Frau. „Aber gut, dass der Fall endlich geklärt ist. Glaubt man fast nicht: der eigene Vater..."

Die Gerüchteküche hatte es wieder mal geschafft! Staatsanwaltschaft und Presse waren schon erfolgreich überrundet. Kaum zu glauben. Kai würgte an einer Erwiderung, bis ihm fast schlecht war. Dann beschloss er, lieber auf seine Freundin aufzupassen.

„Wie komme ich am schnellsten zur Büffelweide?", fragte er energisch.

„Geh mal hinten um den Schweinestall - nicht mitten durch, da beißt dich der Hund. Hintenrum über den breiten Grünstreifen runter bis zur Angusweide. Du musst zu den Treckern, drei Stück, siehst du schon von Weitem. Aber sei vorsichtig. Wenn die Herde in Bewegung ist, bleib lieber hinter dem Zaun. Du kennst dich doch mit Angusrindern aus?"

„Na klar", behauptete er selbstsicher und spürte, wie er noch nicht mal rot wurde beim Lügen. Fannys harte Schule. Die gemischten Gefühle, mit denen er danach den beschriebenen Weg suchte, blieben ihm allerdings erhalten. Erst probierte er die Strategie, Amas Handy anzurufen. Es kam kein Kontakt zustande, wahrscheinlich steckte das Ding in ihren Fahrradtaschen und bimmelte freudlos vor sich hin.

Todesmutig schritt er in Richtung der Angusweide, wo helle Aufregung herrschte. Die große Herde mit den schwarzen und braunen Kühen und Kälbern hatte sich in eine entlegene Ecke geflüchtet. Nervös muhend beobachteten die Tiere, was auf der benachbarten Büffelweide vor sich ging. Dort konnte man etliche Menschen auf einem Haufen stehen sehen. Drei große, grüne Traktoren umrandeten sie wie eine Wagenburg. Mehrere Büffelkühe hielten sich in respektvoller Entfernung und verkündeten ihre Empörung mit viel Schnaufen und stakkatoartigen Grunzlauten.

Kai beschloss, dass die Bewegung in der Herde gering genug sei. Zügig stapfte er durchs Gras in Richtung der Wagenburg. Fünf Minuten später betrat er sie aufatmend, ohne prüfen zu müssen, ob er schneller war als ein Rindvieh. Niemand achtete auf ihn und er verstand rasch, warum. Irgendwie hatte man den Pascha der Wasserbüffel aus seiner Herde getrennt und zu Fall gebracht. Ein Betäubungsgewehr lehnte neben dem Traktor. Man hätte meinen können, die Serengeti sei um die Ecke. Wo schlichen jetzt gerade die Hyänen herum?

Goofy lag mit glasigen Augen im Gras, atmete flach und hielt das Maul unnatürlich weit aufgerissen. Allerdings nicht freiwillig: Der Bauer hatte die lange Büffelzunge seitlich herausgezogen, hinzukamen ein Maulgatter und eine Nasenzange. Einige der Helfer umklammerten Goofys Beine, zwei andere fixierten die Hörner. Marion Freimuth redete beruhigend auf den schwarzen Zottelkopf ein. Der Tierarzt tastete gerade im Rachen seines Patienten herum. Bis zum Ellenbogen stak sein Arm in der schleimigen Öffnung.

„Ich fühle was", stellte er fest. „Komisch."

Konzentriert zerrte er an einem Widerstand. Dann leuchtete er mit einer Stirnlampe in die dunkle Höhlung.

„Dieses Zeug hat hinten das ganze Zahnfleisch aufgerieben", erklärte er ärgerlich. „Ist alles blutig und voll Eiter. Kein Wunder, dass der nicht gefressen hat und fast wahnsinnig wurde. Sieht gemein aus. Könnte ein Draht sein. Hat sich zwischen einige Backenzähne geklemmt."

„Hauptsache, wir brauchen ihn nicht notzuschlachten", antwortete der Bauer zufrieden. „Ein Glück. Wir dachten schon, der Bulle hätte nicht mehr alle Tassen im Schrank. Wäre schade drum gewesen."

„Gib mir mal eine Zange, Marion", befahl der Arzt rau. Er schien zunehmend nervös. Rasch packte er das Instrument, als es ihm gereicht wurde, fuhr damit ins Maul hinein und begann, an etwas herumzuzerren. Immer mehr Schweißtropfen traten auf seine Stirn. Einige Male knackte es beängstigend, Blut rann aus Goofys Maulwinkel.

„Muss ein Backenzahn raus?", fragte Freimuth.

„Nein, ich versuch es so. Habt ihr Stacheldraht auf der Wiese liegen lassen?"

„Keine Spur. Wahrscheinlich ein Scherzbold, der gerne Viecher quält."

„Mal sehen." Der Tierarzt hebelte im Maul herum, der Bulle grunzte dumpf.

„Wenn du länger brauchst, gib ihm lieber noch eine Dosis *Schlafschön*", empfahl Marion Freimuth wachsam. Sie hatte die glasigen Büffelaugen fest im Blick und sorgte weiter für beruhigende Wortuntermalung.

„Bin gleich fertig."

Aufatmend zog er fünf kurze Drahtstücke heraus und warf sie angewidert ins Gras. „Das eine Ende war schon fast eingewachsen", ergänzte er. „Es blutet jetzt noch ziemlich. Das spült den Eiter gut raus. Ich geb´ ihm trotzdem lieber einen Schuss Antibiotika."

Amalia, die bisher als Einzige keine Aufgabe hatte, suchte die Metallteile auf.

„Damit Goofy sie nicht gleich wieder fressen will", meinte sie.

„Ich verstehe nicht, warum der Kerl so was lecker findet", krittelte der Tierarzt. „Brauchen die mehr Eisen, eure Büffel?"

„Die kriegen alle Mineralien", gab Thomas Freimuth zurück.

„Seid ihr wohl bald fertig?", wollte seine Frau wissen. „Der Kleine wird langsam munter. Macht schneller. Einmal Antibiotika, ein bisschen *Hallowach* für ihn und alle zurück auf die Trecker."

Kai überlegte plötzlich hektisch, ob er als Fremder noch Platz auf einem der Agrarpanzer finden würde. Er berührte Ama an der Schulter, sie erkannte ihn und freute sich, richtete aber die Aufmerksamkeit rasch wieder nach vorn.

„Passe ich noch mit drauf bei euch?", erkundigte er sich unauffällig. Wenn nicht, wäre er gern deutlich vor dem *Hallowach* von der Weide weg.

„Wird eng, aber es geht", beruhigte sie ihn. Unterdessen löste der Tierarzt seine Instrumente vom Büffelkopf und packte sie zurück in die Tasche. Dann setzte er mehrere Spritzen und nickte den Helfern zu. Alle zogen sich hastig auf die Traktoren zurück. Die Sedierung ließ nach. Zögernd erwachte der Büffel und rollte sich auf den Bauch. Benommen schaute er umher. Minutenlang. Plötzlich zog er die Beine unter und sprang mit einem Schwung, der alle überraschte, auf. Er schwankte kurz, fing sich wieder, grunzte wie ein empörter Eber und galoppierte in kurzen Sätzen zu seiner Herde zurück.

„Die sind immer so schnell", seufzte der Tierarzt.

„Aber wir auch", tröstete Marion Freimuth. „Wisst ihr was? Ich hab vorhin Zuckerkuchen gebacken. Eigentlich für morgen. Auf den Schreck kriegen jetzt alle erst mal was zu essen. Bei uns auf der Diele."

Lautstarkes, zustimmendes Hallo. Rumpelnd setzte der Tross sich in Bewegung. Unbehelligt von allen Vierbeinern tuckerten sie zurück auf den Hof. In der großen Diele wurde eine Biertischgarnitur aufgestellt, kurz darauf saßen die Helfer um den duftenden Kuchen und griffen herzhaft zu. Geschichten und Witze flogen über den Tisch. Kais Anwesenheit ging in dem Trubel unter. Als trüge er ein Schild vor der Stirn, was ihn als Stammesmitglied dieses Clans identifizierte: *Amas Freund*.

Er genoss die Spontanfeier: kein Selbstmörder, kein arbeitswütiger Oberkommissar, keine stichelnde Kollegin. Und erst recht keine Leiche. Nicht mal ein toter Wasserbüffel. Einfach nur fünf Stücke Draht. Ama zog vier Teile davon im Laufe des Abends aus der Tasche, weil mehrere Leute in der Runde sie begutachten wollten. Jeder fragte sich, warum der Büffel die Dinger freiwillig gefressen hatte und wieso sie nicht in seinem Magen lagen. Die Stücke sahen unappetitlich aus, dünn, biegsam, metallisch grau, alle trugen Spuren von Büffelblut.

Schließlich wanderten die Relikte aus Goofys Maul in die Abfalltonne. Der Zuckerkuchen war deutlich interessanter, vor allem, als noch ein Kasten Bier und drei Flaschen Wein dazustießen. Kai musste manche Fangfrage betreffs der „Sache in Bad Eilsen" abwehren, was ihm gelang, ohne die Stimmung im Mindesten zu drücken. Kurz vor 22 Uhr verabschiedete der Tierarzt sich, bevor ihn der Alkohol komplett fahruntauglich machte.

Kai und Ama versackten auf der Diele mit den bestens gelaunten Auenhoflern. Erst gegen zwei Uhr nachts wanderten sie albern kichernd nach Rusbend zurück. Hin und wieder machten sie Pause und küssten sich leidenschaftlich. Die Stimmung war perfekt, ein üppiger Vollmond überhauchte das Firmament mit Silber. Die Landschaft lag da wie gemalt und hielt den Atem an. Ama erzählte, dass Reinhilde Mutter geworden sei: Sie habe die Küken der großen Flugente, die selbst nicht brüten mochte, unter ihre Fittiche genommen. Kai begriff die Logik nicht, unabhängig von den Bieren, die er getrunken hatte. Waren Enten jetzt doch lebend gebärend? Oder hatte Reinhilde sich frustriert ein paar fremde Eier gegriffen und ausgebrütet, weil der Erpel sie partout nicht mochte? Auf jeden Fall wirkte sie glücklich mit ihren vier Adoptivkindern, sozusagen eine Glucke von Stockente…

Kurz vor Rusbend offenbarte Kai schließlich doch die Wochenendplanung seines Chefs. Ama blieb erstaunlich gelassen. Seitdem ihr Freund es geschafft hatte, in Bad Eilsen dem Tod von der Schaufel zu springen, war ihr Blick für die wesentlichen Dinge des Lebens schärfer geworden.

„Ich möchte Sie auf eine Sache ansetzen, in der Sie sich schon auskennen, Herr Müller", betonte Kommissar Weber am Samstagmorgen. Er hatte Kai auf dem Flur des Kommissariats abgefangen, bevor der sich als Erstes an seine Espressomaschine schleichen konnte.

„Ach ja?", zeigte der Ertappte gebremstes Interesse. Ihm war es teuflisch schwergefallen, heute Morgen aus den Federn zu kommen. Zusammen gingen sie in Fannys großes Büro und setzten sich.

„Gestern Abend konnte ich den Eigentümer der Gedächtnismetallfirma erreichen", begann der Nienburger. „Ein zuvorkommender Mann, der viel von seinem leitenden Ingenieur hält. Im Laufe des Gesprächs stellte sich heraus, dass er die Idee mit den Scherzartikeln, die auf der *Landpartie* angeboten wurden, durchaus für sinnvoll hält und noch längst nicht zu den Akten gelegt hat. Deshalb schickte er auch am Sonntag die Angestellte hin, als Cordwitz wegen eines technischen Defekts im Wasserleitungssystem seines Hauses nach Hannover zurückmusste."

„Technischer Defekt in Hannover?", echote Fanny verdutzt. „Er hatte einen Kunden, der mit einem technischen Defekt in seinem Werk nicht klarkam. Aber keinen Wasserrohrbruch in Hannover."

„Seltsam, nicht?" Weber nickte. „Die Formulierung passt nicht zu dem, was er uns erzählte. Daraufhin suchte ich in den Akten nach der Firma, die Cordwitz angeblich am Sonntag besuchen wollte. Ich rief dort an und befragte den technischen Leiter nach dieser

Reparatur. Er bestätigte, dass unser Freund kam. Die beiden Herren sind übrigens vor Jahren auf dieselbe Fachhochschule gegangen, um Maschinenbau zu studieren. Sie duzen sich.

Aus lauter Langeweile ließ ich mir noch beschreiben, welcher Natur das technische Problem war. Verstanden habe ich die Ausführungen nicht, aber etwas anderes fiel mir auf: Die Stimme des Betriebsingenieurs wurde im Laufe des Gesprächs immer leiser und höher. Ich fürchtete schon, der Mann bekäme gleich einen Totalaussetzer. Ungewöhnlich."

„Woraus sie was schließen?" fragte Fanny lauernd.

„Er wurde immer nervöser. Warum?

Heute Morgen nahm ich mir deswegen zwei andere Angestellte der Firma vor und fragte nach dem Problem, das am Sonntag vor zwei Wochen geherrscht hatte. Wenn extra ein externer Ingenieur herangezogen wurde, muss der Defekt in der Anlage auffällig gewesen sein. Die Männer aber wussten von nichts."

Weber lehnte sich zurück und sah seine Getreuen erwartungsvoll an.

„Haben Cordwitz und der Duzfreund eine Verabredung getroffen?", interpretierte Fanny nachdenklich.

„Ein fingierter Grund für unseren Ingenieur, die *Landpartie* zu verlassen?", schob Kai nach. Sein Gehirn schrie erbärmlich nach Koffein. Wie abhängig war er eigentlich von dem Zeug?

„Ein fingierter Grund, den Cordwitz aber vor seinem eigenen Chef auch geheim hielt", nickte Weber. „Stattdessen erzählte er was von einem Wasserschaden zu Hause."

„Also ein abgekartetes Spiel unter zwei Betriebsingenieuren", schlussfolgerte Fanny. „Aber warum?"

„Kleiner Betrugsversuch", vermutete Kai. „Ging aber daneben, weil die unzuverlässige Gianna nicht rechtzeitig am vereinbarten Treffpunkt auflief."

„Wir sind also mal wieder", präzisierte Weber, „bei Cordwitz in Auetal. Wartend auf seine Dame."

„Das hatten wir am Anfang unserer Ermittlungen auch schon", fiel Fanny auf. Angesichts von Webers Formulierung fragte sie sich, ob er Cordwitz in diesem Schachspiel gerade als König oder als Bauern ansah. Akteur oder Opfer?

„Nicht ganz", versetzte der Kommissar optimistisch. „Inzwischen besitzen wir die Bänder der Überwachungskameras."

In Kai keimte augenblicklich ein böser Verdacht hoch.

„Herr Müller, Sie kennen sich in dieser Materie am Besten aus", bestätigte Weber die Vorahnung. „Hier ist Ihre Liste mit den Anwesenheitszeiten des Ingenieurs, ich habe sie gestern herausgesucht. Überprüfen Sie bitte noch einmal ganz detailliert diese Sequenzen."

„Was erhoffen Sie sich davon?", stellte der Jüngere die Forderung auf den Prüfstand.

„Alles, was Sie als geübter Beobachter irgendwie stutzig macht."

„Ich habe die Bänder gewissenhaft ausgewertet. Mehr als das, was im Protokoll steht, wird dabei auch jetzt nicht rauskommen."

Weber runzelte die Stirn. Er wirkte unzufrieden, obwohl er die Logik in Kais Worten nicht leugnen konnte.

„Dann tun Sie es, weil ich es sage", beendete er diesen Teil der Aufgabenverteilung resolut. Seine persönliche Rache für die angeknacksten Rippen? Kai erhob sich mit einem kurzen Schnaufgeräusch vom Stuhl, grabschte nach der Liste und strebte auf den Flur hinaus. Die Tür hinter ihm fiel lauter als nötig ins Schloss.

„Was haben wir zu dem ehrenwerten Schellfinger?", visierte Weber ungerührt den nächsten Verdächtigen an. Fanny, die Kais Abgang mit gemischten Gefühlen beobachtet hatte, referierte über die bisher gesammelten Erkenntnisse. Sie waren nicht nur ausreichend, sondern sogar vielversprechend, fand Weber. Jetzt könne man sich die Sekretärin Kremmel persönlich zu Gemüte führen, um Schellfingers Alibi zu erschüttern.

„Machen Sie für heute einen Termin mit der Dame, Frau Reichert", ordnete der Nienburger an. „Auge in Auge lügt es sich schwerer."

Fanny vereinbarte einen Zeitpunkt mit Frau Kremmel, sichtete ihre Unterlagen und freute sich auf die nächste Dienstreise. Nachmittags fuhr sie zu der Zeugin nach Rodenberg. Diese hatte zwischenzeitlich mit ihrem Chef und Liebhaber gesprochen. Sie gab es offen zu und wirkte relativ verlegen dabei.

„Und was hat er Ihnen geraten, Frau Kremmel?", versuchte die Ermittlerin es mit der direkten Methode. Geradeheraus, wie ihr immer am liebsten war.

„Ich soll mich an die Wahrheit halten, Frau Reichert."

„Was ist denn die Wahrheit in Bezug auf Samstagnacht?"

„Wir haben uns 20 Minuten vor Mitternacht getrennt. Danach fuhr Udo zurück nach Bad Münder. Seine Frau wird misstrauisch, wenn er zu lange weg bleibt. Bis Mitternacht kann er immer noch die Arbeit vorschieben. Danach sagt sie ihm auf den Kopf zu, dass er sie betrügt, und es wäre nur eine Frage der Zeit, wann sie herausbekäme, mit wem. Und dann würden die Fetzen fliegen."

„Sehr interessant."

„Es ist schon mal eine Sekretärin achtkantig rausgeflogen deswegen, wenn Sie verstehen, was ich meine."

„Durchaus. Dieses Risiko wollten Sie nicht eingehen?"

„Nein. Bekommt er jetzt Schwierigkeiten?"

„Er könnte damit durchaus im Tatzeitraum bis nach Bückeburg gefahren und sich mit dem Opfer getroffen haben. Gut, dass Sie es sich noch mal überlegt haben, Frau Kremmel."

Mit satter Zufriedenheit erstattete Fanny telefonisch bei Weber Bericht und fragte, ob sie gleich nach Bad Münder weiterfahren und Schellfinger noch mal in die Mangel nehmen solle? Sie sei ja jetzt schon in der richtigen Ecke.

„Wenn irgend möglich", stimmte der Kommissar zu, „machen Sie für heute einen Termin. Auf keinen Fall abwimmeln lassen, der Fisch hängt schon ziemlich fest an der Angel. Wir wollen hören, was er diesmal zu seiner Entlastung angibt.

Wenn er seine Ehegattin als Zeugin für die Zeit nach 24 Uhr angibt, übernehmen Sie den Stab gleich und befragen diese Dame. Er scheint ziemlich viel im Trüben zu fischen. Wenn wir Glück haben, weiß seine Frau von gar nichts. Brauchen Sie meine Hilfe, Frau Reichert?"

„Ach, geht schon. Ich muss ja nur nach Bad Münder, nicht in die Wüste Gobi. Danke."

„Sobald Sie mit der Befragung durch sind, erwarte ich Ihre sofortige, fernmündliche Rückmeldung. Und wenn es so läuft, wie ich denke, könnte der Schellfinger demnächst reif sein für eine Verhaftung.

Also fühlen Sie ihm gründlich auf den Zahn. Er hat Dreck am Stecken. Fragt sich, ob es der Morast einer Wasserbüffelweide ist oder das teure Pflaster europäischer Leaderprojekte. Oder sogar beides."

Kai fand 96 Stunden Auetal inzwischen nur noch halb so schlimm. Ganz einfach, weil ihn niemand störte. Seitdem hatte er hin und wieder ein Telefonat mit Ama eingelegt, die sich zu Hause chemischen Lernstoff für die nächste Klausur ins Hirn presste. Einmal, um die Mittagszeit, brachte sie das Gespräch auf Gedächtnismetall. Kai berichtete ganz allgemein, was er darüber wusste, ohne auf den Fall Mercator einzugehen.

„Brauchst du das für Chemie?", fragte er neugierig.

„Erzähle ich dir heute Abend", geheimniste sie. „Wann kommst du?"

„Gute Frage. Soll ich dir Weber ans Telefon holen und du fragst ihn direkt? Bei dir kehrt er gern mal den alten Kavalier raus. Bei mir zweifelt er bloß an der Arbeitsmoral."

Sie lachte und vertröstete ihn auf später. Gegen 16 Uhr wanderte er über den Flur und ließ sich berichten, was Fanny inzwischen hinsichtlich Schellfingers Alibi herausgefunden hatte. Weber wirkte zufrieden. Er richtete sein Zielfernrohr zunehmend auf den zwielichtigen Geschäftsmann.

„Aber warum soll der Typ den Elektroschocker in Mercators Mülltonne getan haben?", zweifelte Kai.

„Ich bin überzeugt", argumentierte der Alpha, „dass Schellfinger den richtigen Namen von Gianna Mercator kannte und gut ahnte, was sie von ihm wollte. Wenn es wirklich um Veruntreuung von großen Summen geht, hat er eine Menge zu verlieren. Solche Leute pokern immer hoch. Vermutlich hatte er schon vor dem Treffen auf der *Landpartie* über sie recherchiert. Er muss auf der Hut sein. Der geht nicht unvorbereitet an ein Treffen mit einer kritischen Journalistin, das wäre publizistischer Selbstmord."

„Mal angenommen, er ist unser Bösewicht. Warum hat er den Schocker nicht einfach auf der A2 aus dem Auto geworfen? Oder in einem See versenkt? Ohne Fingerabdrücke gibt es ja keine Verbindung zu ihm."

„Den Apparat bei der Familie Mercator abzuladen, ist wesentlich raffinierter. Postwendend zurück an den Absender, sozusagen."

„Aber die Gefahr, ertappt zu werden, ist in einer Kleinstadt deutlich höher. Gerade in der ruhigen Wohngegend um die Fürst-Ernst-Straße. Da fällt jedes Auto ohne SHG im Kennzeichen sofort auf. Außerdem müsste Schellfinger dann auch am Montag in Bückeburg gewesen sein."

„Montag oder später, aber mit einer Montagszeitung. Vielleicht war er zu Fuß unterwegs, hatte seinen Wagen zentral abgestellt und mimte den harmlosen Spaziergänger. Sicher wollte er überprüfen, was betreffs dieser Journalistin passiert, die ihn unter Druck gesetzt hat. Schlimmstenfalls hätte es sein können, dass sie den Angriff der Büffel überlebt und Anzeige gegen ihn stellt. Das musste er verhindern. Wenn er tatsächlich so durchtrieben ist, wie Frau Reichert vermutet, kann er Gianna Mercator quasi den Büffeln ausgeliefert haben, um das Ganze als Unfall zu tarnen. Natürlich musste er die Sache auch danach noch im Auge behalten. Bad Münder ist quasi um die Ecke. Und Schellfinger ist regelmäßig hier unterwegs, im Rahmen des Leaderprojekts."

„Könnte Grollmeister ihn erkannt haben? Oder einer seiner Bekannten? Haben wir vielleicht tatsächlich einen Mörder, der an den Ort seiner Tat zurückkehrt?"

„Eine interessante Spekulation. Ich persönlich halte seinen Charakter für zu kalt, aber wer kann einem Menschen schon hinter die Stirn schauen? Lassen Sie uns abwarten, was seine Ehefrau hinsichtlich des 9. und 10. Junis aussagt. Wenn sie tatsächlich so eifersüchtig ist, wie die Sekretärin behauptet, wird sie wissen, wann er zurückkam."

„Fragt sich, ob sie ehrlich ist."

„Alibis von Familienangehörigen sind stets nur begrenzt glaubwürdig", betonte Weber. „Die Dame ist nicht gezwungen, ihren Mann zu belasten. Das wird sie wissen. Mal sehen, was Frau Reicherts kriminalistischer Instinkt dazu funkt."

Man sah ihm an, dass er sich nach Fannys Rückmeldung sehnte. Anscheinend kam er mit dem zweiten Galan von der *Landpartie*, in dessen Bilder er sich vertieft hatte, auch nicht voran. Kai gönnte ihm den Misserfolg.

Bis 18 Uhr wartete Weber auf ein Signal aus Bad Münder, danach hielt er es nicht mehr aus und telefonierte hinter Fanny her. Ob alles in Ordnung sei? Sie fertigte ihn kurz ab, weil sie mitten in der Befragung steckte. Man dürfe aber vermuten, prophezeite sie, dass heute nicht mehr mit plötzlichen Verhaftungen zu rechnen sei.

Kai begann, an der Gestaltung des Abends zu feilen. Seine Augen würden jucken wie ein explodierter Ameisenhaufen, betonte er im nächsten Gespräch mit seinem Chef, zu dem er aus Bestechungsgründen einen frisch gezapften Latte mitgebracht hatte. Die Sehlichter des Nienburgers fühlten sich gerade ähnlich an. Stundenlang hatte man sie gezwungen, in den Computer zu starren, auf der Suche nach dem zweiten *Landpartie*mann. Ohne Ergebnis. Inzwischen überlegte

Weber, ob er nicht lieber mit Grollmeisters Wasserlochstarrer weitermachen sollte. Die Idee, Schellfingers Statur mit den Aufzeichnungen vom Tatort zu vergleichen, mochte tatsächlich nicht so abwegig sein.

„Machen Sie für heute Schluss", ließ er sich auf Kais Anfrage ein. Die zwei verabschiedeten sich in friedlicher Manier.

Der Jüngste im Team freute sich über den kleinen Sieg: In Webers Gefolge wurde man bescheiden. Während sein Wagen in Richtung Heimat rollte, ging er mehrere Möglichkeiten der Abendgestaltung durch. Nach seiner Ankunft in Rusbend inszenierte Amalia eine kleine Vorführung: Sie legte ein kurzes, verknicktes Stück Draht in die Küchenspüle, kippte einen Topf mit heißem Wasser darüber und sagte: „Pass jetzt auf!“ Als das dampfende Nass im Ablauf verschwunden war, blieb ein drei Zentimeter langer, schnurgerader Metallfaden zurück.

„Simsalabim“, verkündete Ama und hielt das Stückchen hoch.

„Wie geht denn das?“

„Bin ich heute zufällig drauf gestoßen. Das Stück ist von dem Zeug, das der Tierarzt aus Goofys Maul fischte. Lag völlig zerknäult in meiner Hosentasche und wurde von selbst gerade, als es mir mittags aus Versehen in die Kaffeetasse fiel.“

„Hammer“, machte Kai nur. Und dann versuchte er, die sich überstürzenden Gedanken in seinem Kopf zu bändigen. Gedächtnismetall im Maul eines am Tatort stehenden Wasserbüffels. Hatte Gianna Mercator es dabeigehabt?

„Was denkst du gerade?“, fragte Ama, als sie sein konzentriertes Gesicht betrachtete. Das böse Wort lag beiden auf der Zunge: *Tabuthema.* Aber bevor Kai es aussprach, hielt er inne. So viel Ärger hatte sich zuletzt an dieser Strategie entzündet. Wenn er erneut das Gespräch verweigerte, bestand die Gefahr, das Ama entweder resignierte oder explodierte. Er wollte beides nicht. Diese erzwungene Funkstille zwischen ihnen führte nur dazu, dass sie sich stritten. Weil Kai riesige Teile seines derzeitigen Lebens geheim hielt, woraus sich Missverständnisse ergaben. Es wurde Zeit, Neues zu probieren.

„Wie gut bist du inzwischen darin, den Mund zu halten?", erkundigte er sich spielerisch.

„Bezüglich deiner Stunteinlage in Bad Eilsen", grinste sie frech, „hat keiner was erfahren. Obwohl ich viel hätte erzählen können. Ein ganzes Buch wäre draus geworden."

„Schön. Beinhaltet *keiner* auch Xynthia und deine Mutter?"

„Na, nee, doch." Sie seufzte. „Xynthia weiß es schon. Mit irgendwem muss ich ja schließlich reden." Er hatte es geahnt. Trotzdem.

„Schaffst du es auch", bohrte er weiter, „statt mit Xynthia nur mit mir über solche Dinge zu sprechen?"

„Wie denn? Du bebrütest ja alles allein und lässt mich im Regen stehen."

„Oder in der Dunkelheit. Schon klar. Aber mal angenommen, ich erzähle dir jetzt was über den Fall. Könntest du Xynthia völlig außen vor lassen? Um sie nicht zu gefährden? Aus Verantwortung für deine beste Freundin?"

„Traust du es mir zu?" Die Frage war ernst gemeint. Er sah seine Freundin an und musste lächeln. Typisch Ama. Keine eindeutige Antwort. Wie immer. Ob sie das jemals lernte?

„Doch", spiegelte er Optimismus vor. „Ich traue dir das zu. Hundertpro."

„Dann kann ich es."

Er brachte die innere Stimme zum Schweigen, die ihn warnte. Schließlich testete er hier gerade eine neue Strategie, weil die alte nichts taugte. Sonst konnte er sein Privatleben auch gleich freiwillig in die Mülltonne treten.

„Pass auf. Diese Sache mit dem Gedächtnismetall ist so…"

Er begann, zu erzählen. Erst langsam, konzentriert. Manchmal auch wirr, weil er am Anfang versuchte, nur Unwesentliches offenzulegen. Aber je länger er sprach, desto ausführlicher holte er aus. Spürte dabei, wie ihm leichter wurde. Als habe er all die Tage seit Gianna Mercators Tod eine zu enge Ritterrüstung getragen, die er nun ablegen durfte. Der Panzer löste sich wie die alte Haut einer Eidechse. Es tat ihm unendlich gut. Wie Licht und Luft auf junger Haut. Ohne zu fragen, übernahm seine Zunge die Regie, er redete und redete. Die Details wurden immer umfangreicher. Auch die wichtigen.

Schließlich lag seine Rüstung in kleinen Einzelteilen neben ihm und er konnte wieder frei atmen. Amalia hörte schweigend zu. Sagte nichts. Erst schien sie überrascht, dann fasziniert. Sie dachte mit und versuchte, die Fakten in eine zeitliche Reihenfolge zu bringen. Immer näher rückte in dieser Erzählung jener fatale Dienstagabend, an dem Mercator senior sich das Leben genommen hatte. Kai spürte wieder die Leberwurst in den Beinen. Er schilderte seine Verzweiflung in den Katakomben der Weserberglandklinik. Und wie es sich anfühlte, einen Selbstmörder nicht hindern zu können, obwohl der nur zwei Armlängen entfernt sitzt. Dabei hatte der Senior bei Kais Anblick gelächelt und für einige Minuten das Fenster zu seiner Seele geöffnet. Bis zu dem Moment, wo das Abenteuer des einen gut ausgegangen war, das des anderen aber schlecht. Wie beklemmend fühlte es sich an, auch jetzt noch, hilflos gewesen zu sein. Fast wie eine eigene Mitschuld. Ahnungslos hatte er seine Chance vertan, die falschen Worte gewählt. Danach konnte niemand mehr etwas rückgängig machen.

Zu diesem Zeitpunkt ließ Kai seiner Trauer und Enttäuschung freien Lauf. Lehnte sich an Ama, war dankbar für ihre Arme, ihren Trost, den Fakt, dass er gehalten wurde. Erst danach wurde er wieder zu demjenigen, der Gianna Mercators Tod aufklären wollte.

„Jetzt verstehst du", endete er, „wie wichtig das Gedächtnismetall in dem Büffel ist. Mal angenommen, diese Journalistin hat es nicht verloren: Dann *muss* es von einer anderen Person stammen. Von dem Menschen mit dem Elektroschocker. Und dafür kommen nicht viele in Betracht."

Morgen würde er die 96 Stunden Auetal weiter analysieren. Aber diesmal mit anderen Augen. Und davor musste er die Abfalltonne des Auenhofs durchwühlen, bis sämtliche Drahtteile aus Goofys Maul in seiner Hand lagen und er sie Weber als neues Indiz auf den Schreibtisch legen konnte. Er freute sich auf morgen.

Sonntagfrüh: Kais Teamgefährten erfuhren von der Existenz der Metallstücke und lauschten dem verschlungenen Weg ihrer Auffindung.

„Also hatte der Büffel eins der wichtigsten Beweisstücke im Maul", stöhnte Fanny auf. „In den Viechern nachzuschauen, wäre keinem von uns eingefallen."

Aufgeregt telefonierte Weber hinter den Spurensicherern her. Es dauerte eine Weile, einen von ihnen an die Strippe zu bekommen. Ein längeres Wortgefecht schloss sich an. Danach kehrte er mit Schaum vor dem Mund zurück.

„Natürlich weiß niemand", entrüstete er sich empört, „ob Gedächtnismetall an Gianna Mercator haftete. Aber statt sich sofort darum zu kümmern, schieben die Herren Kollegen das Wochenende vor. Ich habe es mit Höflichkeit versucht, mit freundlicher Überredung und mit dem Hinweis, wie dringend wir im Moment darauf angewiesen sind, zu erfahren, ob Abrieb vorhanden ist. Aber erst als ich das Wort *disziplinarische Konsequenzen* in den Mund nahm, hat der Bursche nachgegeben. Unglaublich. Das wäre früher *nie* passiert."

Die zwei Bückeburger ließen ihn wettern. Webers Hang, die gute, alte Zeit zu preisen, wuchs parallel zu seinem Lebensalter. Keiner der Jüngeren stimmte ihm dabei zu. Man ignorierte ihn, die Sache würde sich nach seiner Verrentung biologisch erledigen. Es hatte sich als kontraproduktiv erwiesen, ihm das Gute an der neuen Zeit entgegenzuhalten.

„Die Kollegen sollen mit der Designertasche anfangen", konkretisierte Fanny, nachdem die Tonlage des Alphas wieder sachlich klang. „Der Draht ist insgesamt 12 Zentimeter lang. So was trägt eine Frau in Pumps und Kostüm nicht unbedingt am Rockbund mit sich herum."

„Das meinte der Spusi auch", stimmte Weber zu. „Und er erinnerte daran, dass der Reißverschluss der Tasche bei ihrer Auffindung geschlossen war. Er hält es deswegen für unwahrscheinlich, dass der Draht dort drin lag."

„Aber ein Beweis ist das nicht", mahnte Fanny vorsichtig. „Wenn ich mich richtig erinnere, schließt der Reißverschluss die Tasche nicht hermetisch ab. Es gibt links und rechts davon kleine Öffnungen, durch die etwas herausrutschen kann. Zum Beispiel Draht, der zu einer Büroklammer geformt wurde."

Sie dachte an die Ausstellungsstücke zurück, die sie bei Cordwitz´ Gedächtnismetallstand auf der *Landpartie* gesehen hatte.

„Wir werden es bald genauer wissen“, befand Weber. „Herr Müller, ist Ihnen bei den Bändern aus Auetal was aufgefallen?“

„Bisher nicht. Aber ich bin noch nicht durch.“

„Schauen Sie gut hin. Ich misstraue Cordwitz. Wieso wartet der Mann 12 Stunden auf einer Rastanlage, statt seine Frau spätestens bei Morgengrauen vermisst zu melden?“

Alle wussten inzwischen, wie unzuverlässig Gianna Mercator gewesen war. Ob Webers altmodisches Menschenbild das akzeptierte oder nicht: Sie hatte ihr eigenes Ding gedreht und Arnim Cordwitz war nur ein Trabant am äußersten Rand ihres Weltalls gewesen. Was er gewusst und akzeptiert hatte.

„Wir können seine Handyverbindungen unter die Lupe nehmen“, regte Kai an. „Das neue Indiz vom Tatort weist darauf hin, dass was an dem Mann faul ist. Auch, wenn er das beste Alibi der Welt vorweisen kann.“

„Sehr gut“, stimmte Weber zu. Und er selbst würde diese Sache anleiern, während Frau Reichert mit dem ehrenwerten Schellfinger weitermachen solle. Der Nienburger wusste schon aus dem gestrigen Treffen mit Fanny, dass der Geschäftsmann ein wackliges Alibi besaß. Nur seine Frau hatte bestätigt, dass er um Mitternacht zu Hause gewesen sei. Beide stritten sich danach eine Stunde laut und heftig, vertrugen sich aber gegen 1 Uhr wieder und gingen gemeinsam ins Bett.

Fanny hatte ausgiebig über den Mann und seine Rhetorik geschimpft, sehr zu Webers Überraschung. Schellfinger wäre es gelungen, erzählte sie, ihr bei der

Befragung sämtliche Worte im Mund herumzudrehen. Zuerst wickelte er sie mit Lobreden hinsichtlich seiner persönlichen Integrität ein. Später, als ihm die Fragen und Angriffe zu direkt wurden, entrüstete er sich gern künstlich und unterstellte Fanny, sie sei viel zu unbedarft, um ihre Arbeit sachgerecht auszuführen. Offenbar lotete der Kerl systematisch die Schwachstellen seiner Gesprächspartner aus und versuchte, sie für seine Zwecke umzufunktionieren.

Nur mithilfe ihrer Notizen hatte die Ermittlerin den Anschluss an die Wirklichkeit behalten können und noch auf der Heimfahrt von Bad Münder schwor sie sich, sich diesen Typen nie wieder ohne einen Vertrauten an ihrer Seite vorzuknöpfen. Außerdem würde sie ihm Experten auf den Hals schicken, die sein Navigationsgerät auslesen konnten. Und es stand eine Abfrage seiner Handybewegungen an. Sollte das Gerät sich am 10. Juni um 2 Uhr nachts bei einem Bückeburger Sendemast eingeloggt haben, war die Zeit reif, ihn aufs Kommissariat vorzuladen.

Sonntagmittag. Kai analysierte Auetal. Vor allem die Videosequenzen um die WC-Gänge von Cordwitz. Er spulte ständig vor und zurück. Bis ihm plötzlich etwas auffiel. Mehrmals ließ er die Stelle durchlaufen, für die eine Zeit von 23 Uhr 29 angegeben war. Als der Ingenieur vom Klo wiederkam, bewegte er sich anders. Es war nur ein verwischter Eindruck, der Kai innehalten ließ. Eine vage Unsicherheit des Mannes bei der Rückkehr an seinen Gaststättentisch. Der Ermittler hätte die Änderung nie wahrgenommen, wäre er nicht so misstrauisch gewesen. Mehrmals versuchte er, die Sequenz zu vergrößern, was aber durch die schlechte Qualität der Aufnahme boykottiert wurde. Er musste einen Spezialisten an die Sache setzen. Allerdings nur, wenn Weber seinen Eindruck bestätigte.

„Cordwitz bewegt sich plötzlich anders", berichtete er, nachdem er den Nienburger an seinen Bildschirm geholt hatte. „Normalerweise geht er sehr zügig, ein wenig steif, mit großen Schritten. Um 23 Uhr 29 macht er kleinere Schritte und geht langsamer. Suchend. Als müsse er sich erst orientieren. Dabei wusste er doch genau, wo sein Stuhl war. Erst nach einem langen Blick durch den gesamten Raum der Gaststätte setzt er sich und vertieft sich in seine Zeitschrift."

„Können wir das Gesicht vergrößern?", nahm Weber den Verdacht auf.

„Ich hab´ es schon versucht. Wir müssen einen Spezialisten ransetzen, diese Bänder sind von schlechter Qualität."

„Immerhin, wir haben einen neuen Anfang, und sei er noch so vage. Wie ist es bei den späteren WC-Gängen von Cordwitz?"

Kai ließ die Aufzeichnung rasch vorlaufen bis zur nächsten Sequenz, die eine Stunde später lag. Alles unauffällig. Beim Gehen wirkte der Ingenieur wieder zielgerichtet, machte große Schritte. Die Ermittler spulten vor zum übernächsten WC-Gang, um 1 Uhr 42. Beide vertieften sich in die Bewegungen.

„Da", meinte Weber plötzlich, als Cordwitz zurückkehrte. „Sehen Sie es?"

Kai begriff: Der Mann trug andere Schuhe. Nur wenn man sehr genau hinsah, enttarnte sich der kleine Unterschied: Die Schuhspitzen waren kürzer. Dabei hatte der Ingenieur kein zweites Paar mitgenommen, als er das WC betrat.

„Ist sein Auto von den Überwachungskameras erfasst?", wollte Weber wissen.

„Ja. Er war in der fraglichen Zeit nicht bei seinem Wagen."

„Interessant. Also: Woher stammt das zweite Paar Schuhe an seinen Füßen?"

Die zwei Ermittler sahen sich an.

„Überprüfen Sie alle Bewegungen, die auf dem Parkplatz stattgefunden haben. Suchen Sie den Mann, der ohne Schuhe war, Herr Müller."

„Okay. Was macht die Überwachung von Cordwitz´ Handy?", fragte Kai gespannt.

„Ab demnächst können wir seine Gespräche anzapfen. Der Staatsanwalt war erst ein wenig reserviert, aber ich habe ihn überzeugen können. Hoffentlich reagiert der Netzbetreiber zügig. Die Handyverbindungen der letzten 15 Tage werden wir morgen oder übermorgen reinbekommen."

Eine knappe Stunde später besorgte Kai sich erneut zwei Zuschauer.

„Passt auf", kündigte er seine neuste Entdeckung an: eine Sequenz, die die Gestalt von Cordwitz zeigte. Zumindest schien es so. Statur und Kleidung waren extrem ähnlich. Von den WCs kommend, verließ die Person das Gebäude. Allerdings ohne Schuhe an den Füßen. Die Kameraaufzeichnung zeigte 1 Uhr 49 Minuten an. Der Flur lag völlig menschenleer.

„Wo ist er hin?", wollte Fanny sofort wissen, als der Unbekannte in der Dunkelheit des nächtlichen Parkplatzes verschwand.

„Er taucht noch einmal kurz auf", antwortete Kai und zeigte die Aufzeichnung einer anderen Kamera. Ein Schemen lief durchs Bild, gesichtslos, erkennbar nur durch die fehlende Fußbekleidung.

„Aber danach", bedauerte er, „verschwindet dieser Typ komplett. Sofern er motorisiert ist, hat er seinen Wagen offenbar gezielt in einem toten Winkel von Auetal abgestellt. Die zwei Sequenzen sind die einzigen, in denen er bisher auftaucht."

„Aber er muss vorher dorthin gekommen sein", protestierte Weber. „Der Unbekannte ist ja nicht durch die Luft geflogen oder mit dem Fallschirm abgesprungen. Suchen Sie weiter, Herr Müller.

Das ist unser Mann: Er und Cordwitz haben die Plätze getauscht. Bei den WC-Gängen. Diese ganze Sache war verabredet. Und vermutlich hat der trauernde Ehegatte vorher nicht nur vergeblich bei Gianna angerufen, sondern mit seinem Kompagnon einen genauen Zeitpunkt verabredet. Wir werden diesen Mann durch die Handybewegungen von Cordwitz ermitteln."

Er rieb sich zufrieden die Hände.

„Das riecht gewaltig nach einer präzise geplanten Aktion", interpretierte Fanny erstaunt. „Cordwitz beschafft sich eine Ausrede, um von der *Landpartie* abzureisen. Er staffiert einen Doppelgänger aus und verschwindet, während die Kameras seine Anwesenheit vorgaukeln…

Das ist perfide. Hätte ich ihm gar nicht zugetraut."

„Die stillen Wasser gründen am tiefsten", gab der Nienburger zum Besten. „Herr Müller, Sie werden diesen Doppelgänger finden. Er muss ins Gebäude gekommen sein, um den Austausch durchzuführen. Wahrscheinlich hat er Cordwitz auch seinen Wagen zur Verfügung gestellt, sonst wäre uns schon aufgefallen, dass der Pkw des Ingenieurs eine Zeit lang fehlt. Erstellen Sie ein genaues Bewegungsprofil dieses Mannes. Er tauschte eine halbe Stunde vor Mitternacht mit dem Ingenieur und verschwand gegen 1 Uhr 49, als die Sache mit Gianna erledigt war. Den knöpfe ich mir in den Vernehmungen mal richtig vor, diesen Ehrenmann."

„Vielleicht ist der andere Betriebsingenieur involviert", regte Fanny an. „Der Duzfreund. Soll ich mal ein wenig über ihn recherchieren? Oder ist der Schellfinger immer noch wichtiger?"

„Ich gebe Ihnen die Daten des Duzfreunds. Unser ehrenwerter Schellfinger dagegen scheint doch eher was für die Hannoveraner zu sein."

Gegen 15 Uhr bekamen sie Zugriff auf die Handygespräche von Cordwitz. Weber übernahm diese Aufgabe. Er hatte sein neues Ziel ins Fadenkreuz genommen und wirkte sehr aufgeräumt. Zwei belanglose Telefonate übermittelten, dass der Ingenieur am

Arbeitsplatz herumwirbelte. Vor dort aus riss er einige Mitarbeiter aus ihrem Wochenende, um Details zu klären, die eigentlich auch gut bis Montag hätten warten können. Gegen 16 Uhr 30 gab es eine Verbindung zu einer „Annika, meine Liebe." Es folgte höfliches Süßholzraspeln und die Frage, ob ein frühabendlicher Besuch heute wohl passen würde? Die Gesprächspartnerin wollte wissen, wann. Cordwitz legte sich auf „ein bisschen nach 17 Uhr" fest.

„Lassen Sie sein Handy orten", forderte Weber von Fanny. „Sofort. Er ist unterwegs und ich ahne schon, wohin."

Kurze Zeit später konnten sie seine Spur mitverfolgen. Er hatte offenbar vom Stadtrand Hannovers aus angerufen und bewegte sich in Richtung Westen.

„Er will zu Annika Mercator", prognostizierte der Nienburger.

„Ein Beileidsbesuch? Oder mehr? Wir sollten ihn fragen, was er dort will", schlug Kai vor, der das Austauschphantom inzwischen auf einem weiteren Band wiedergefunden hatte. Die Experten würden ihnen nach der Bearbeitung hoffentlich ein brauchbares Gesicht liefern. Weber war ähnlicher Meinung wie Kai, griff zum Telefon und wählte die Nummer des Ingenieurs.

„Verzeihen Sie meinen sonntäglichen Anruf", pirschte der Kommissar näher. „Aber wir hätten noch einige Fragen an Sie, Herr Cordwitz."

„Keine Ursache. Was gibt es denn, Herr Weber?"

„Nicht hier am Telefon. Dafür sind unsere Fragen zu detailliert. Es geht um den bei Ihrem Schwiegervater aufgefundenen Elektroschocker. Können Sie hierher nach Bückeburg kommen?"

„Muss das sein?"

„Ja. Sie können es vielleicht mit einem Besuch bei den Geschwistern Ihrer verstorbenen Frau verbinden."

„Eher nicht. Im Moment gibt es ja keinen Anlass, solange keine Beerdigung ansteht. Da muss ich meinen Chef extra um einen freien Tag bitten. Sehr aufwendig. Ich bin hier schwer abkömmlich in der Firma, wie Sie wissen."

„Sicher. Deshalb dachte ich an heute. Wie passt Ihnen das?"

„Geht gar nicht. Ich habe bis vorhin gearbeitet und bin gerade auf dem Rückweg nach Hannover. Stecke im Stau. Hier läuft derzeit nur noch meine Klimaanlage. Kilometerlange Blechschlange auf der Autobahn. Wohl wieder ein Unfall."

„Wo sind Sie denn gerade, Herr Cordwitz?"

„Zwischen Göttingen und Northeim."

„Hm. Schade. Also sprechen Sie mit Ihrem Chef. Ich möchte sie Montag um 10 Uhr hier auf der Bückeburger Polizei sehen."

„Muss ich mir Sorgen machen?", wunderte der Ingenieur sich. „Sie wirken so entschieden, Herr Kommissar. Gibt es neue Erkenntnisse?"

„Morgen um 10 Uhr", wiederholte Weber und grinste satanisch in sich hinein, während er die Verbindung unterbrach. Siegesgewiss schaute er seine Mitstreiter an.

„Der Mann hält sich für außergewöhnlich schlau", platzte der Hohn wie eine überreife Frucht aus ihm heraus. „Im Stau zwischen Göttingen und Northeim! Dass ich nicht lache. Dabei kurvt er gerade", der Nienburger luchste auf den Bildschirm, der die Ortung wiedergab, „bei Bad Nenndorf herum. Bursche, jetzt kriegen wir dich."

„Er will tatsächlich zu Annika Mercator, aber niemand außer den beiden soll es wissen“, stellte Fanny kopfschüttelnd fest. „Der wird doch nicht mit der Schwester anbändeln, weil ihm die Gianna plötzlich so fehlt?“

„Wo die Liebe immer hinfällt“, flachste Kai.

„Lass ihn doch, Fanny“, schob er ernsthaft nach. „In diesem Fall scheint sich sowieso alles um die eheliche Untreue zu drehen. Angefangen mit den Finks, dann Margarete Mercator und Gianna. Denk mal in die Richtung weiter: Hat Cordwitz seine Angetraute vielleicht beseitigt, damit der Weg zu Annika frei wird?“

„Das geht heutzutage unblutig, Kai. Die Methode nennt sich *Scheidung*.“

„Aber Gianna wollte ihn eventuell nicht gehen lassen, weil sie mit der Kombination aus Ehe und Liebhabern viel besser klarkam. Oder sie hat ihrer Schwester das Glück mit dem eigenen Mann missgönnt. Oder Cordwitz wollte das viele Geld für den Rechtsanwalt nicht ausgeben.

Sieh mal: Sex. Das ist eigentlich so der größte Antrieb, den die Menschheit überhaupt besitzt.“

„Das meinst du in deinem jugendlichen Leichtsinn. Und deshalb macht der trauernde Gatte sich schon zwei Wochen, nachdem die Ehefrau tot ist, an ihre Schwester ran? Ich bitte dich. Gianna ist ja noch nicht mal unter der Erde.“

„Wer redet von zwei Wochen? Vielleicht haben die beiden das Büffeltreiben lange vorher zusammen eingefädelt und halten es ohne einander nicht mehr aus. Cordwitz weiß ja nicht, dass wir ihn gerade auf dem Bildschirm haben. Der glaubt fest an die Überzeugungskraft seines Alibis.“

„Und du nervst hier mit deinen Eros-Fantasien. Ist gar nicht so gut, wenn du zu viel mit Ama zusammensteckst."

„Ich sehe", schaltete Weber sich dazwischen, „dass mein Alter Vorteile mit sich bringt. Junge Leute vermuten gern, des Pudels Kern sei reiner Paarungstrieb. Ich dagegen gehe davon aus, dass Cordwitz was anderes im Schilde führt. Vielleicht gaukelt er Annika sogar vor, er habe sie gern. Aber was plant er wirklich? Begreifen Sie seinen Charakter: Diese Maskerade auf Auetal belegt, wie außergewöhnlich kühl er vorausdenkt."

„Warten wir sein nächstes Telefonat ab", schlug Fanny vor.

„Warum?" Weber schüttelte den Kopf. „Cordwitz ist gerade an Bad Nenndorf vorbei. Wie lange fährt man bis Stadthagen? 15 Minuten? Er wird nicht mehr telefonieren. Jedenfalls nicht mit Annika."

„Meinen Sie, er führt war Schlechtes im Schilde?", rückfragte Kai.

„Ich meine gar nichts. Aber wir werden uns ein wenig in der Nähe von Annika Mercators Wohnung herumtreiben und beobachten, was er dort vorhat. Einfach aus einer gewissen Besorgnis um die Sicherheit dieser Frau. Und sofern er tatsächlich mit ihr anbändelt, spendiere ich später eine Flasche Sekt."

„Da halte ich gegen, Chef", schlug Fanny eine Wette vor. „Sollte er *nicht* mit ihr anbändeln, gebe *ich* einen aus."

„Asti nehmen wir aber nicht", schränkte Kai ein. „Freixenet muss schon sein. Und für den Begriff *später* hätte ich gern einen festen Termin."

„Seit wann kennst du dich mit Sekt aus?"

„Seit ich Versöhnung gefeiert habe."

In Kais Pkw machten die drei sich auf den Weg nach Stadthagen. Es herrschte wenig Verkehr, nach 14 Minuten passierten sie das Ortsschild der Kreisstadt. Fast genauso lange brauchten sie, um sich über gefühlte 100 Ampeln zu quälen, denen es offenbar Spaß machte, Autofahrer innerorts möglichst effektiv auszubremsen. Endlich standen sie vor einem vierstöckigen Mietshaus, in dem Annika Mercator wohnte. Cordwitz' Wagen, ein großer, schwarzer Passat, parkte in der Nähe, am Ende einer langen Blechschlange. Vermutlich saß er seit einem viertel Stündchen mit der Schwester seiner Gianna zusammen.

„Frau Reichert, wir gehen rein", befahl Weber, nachdem die Ermittler mehrere ereignislose Minuten gewartet hatten. „Ich will sehen, wie er reagiert. Gleich kann ich ihm zum ersten Mal eine richtige Lüge nachweisen. Ein guter Anfang für eine nette, kleine Befragung hinsichtlich seiner Maskerade im Auetal.

Herr Müller, Sie behalten die Umgebung im Auge. Falls uns der Ingenieur auskneifen will, zähle ich auf Ihren gezielten Zugriff. Ein Fluchtversuch ist gleich wert wie ein Geständnis. Mal sehen, ob er uns die Sache so einfach macht."

„Was ist, wenn er eine Waffe bei sich trägt?"

„Lassen Sie die übliche Vorsicht walten. Sofern keine Aussicht besteht, ihn zu überraschen, dauert es eben ein wenig länger. Frau Reichert und ich sind ja auch noch da."

„Wir sollten uns untereinander verkabeln", schlug Fanny vor.

„Ich *hasse* diese Dinger", weigerte sich Weber. „Jedes Mal drücke ich den falschen Knopf. Und leider haben wir zum Glück auch keine Geräte dabei. Wir müssen diesen Mann *jetzt* zur Rede stellen. Nicht in drei Stunden, womöglich mit einem bis an die Zähne bewaffneten SEK im Rücken."

„SEK wäre wie Kanonen auf Spatzen", stimmte Fanny zu. „Aber Sprechfunk haben wir. Ich dachte nämlich schon vorhin daran und konnte im Kommissariat auch gleich einige Headsets kriegen. Hab sie zur Sicherheit im Auto deponiert."

Sie stieg aus, öffnete den Kofferraum und holte eine Kiste heraus.

„Frau Reichert", grummelte Weber gereizt. „Wozu dieser Aktionismus?"

„Ist Mitdenken neuerdings verboten, Chef? Halten Sie Cordwitz für den Mann mit dem Elektroschocker oder nicht?"

„Im Moment sieht einiges danach aus. Aber hellsehen kann ich nicht."

„Denken Sie an Bad Eilsen", brachte sie ihr bestes Argument ins Spiel. Sofort presste der Nienburger die Lippen zusammen und blickte zur Seite. Schweigend streckte er die Waffen, alle drei verkabelten sich. Kurz darauf marschierte Weber entschlossen mit Fanny im Schlepptau zum Eingang des Mietshauses. Er klingelte, rasch wurden sie eingelassen. Kai lauschte den Gesprächen, an denen die Headsets ihn teilhaben ließen. Annika Mercator reagierte sehr reserviert auf die unerwarteten Besucher. Man konnte es ihrem distanzierten Ton anhören, als sie Fanny und Weber hereinbat.

„Wir wissen, dass Ihr Schwager Sie gerade besucht", ging der Nienburger schnörkellos auf sein Ziel zu.

„Arnim?“ Sie sah Weber verdutzt an. „Ja. Ist das jetzt auch schon verdächtig?“

„Wir müssen uns dringend mit ihm unterhalten.“

„Ach! Ich begreife. Arnim ist der Nächste auf Ihrer Liste, Herr Oberkommissar? Sie scheinen es wirklich auf unsere gesamte Familie abgesehen zu haben. Wann gedenken Sie meinen Bruder und mich an den Pranger zu stellen?“

„In welchem Verhältnis stehen Sie zu Ihrem Schwager?“, drängelte Fanny ungeduldig dazwischen. Sie fragte sich, warum Cordwitz nicht längst hinzugetreten war. Schließlich steckte er in dieser Wohnung. Oder waren die beiden schon im Schlafzimmer gewesen und er bekam jetzt den Hosenstall nicht so schnell zu?

„Gott, wie Sie diese Frage schon betonen!“ Annika Mercator stemmte empört ihre Arme in die Hüften und funkelte Fanny an. „Was denken Sie eigentlich von mir? Das ist ja unverschämt.“

„Ich hätte gern eine Antwort.“

„Arnim ist der Mann meiner verstorbenen Schwester und kommt mich überraschend besuchen. Nicht mal Kuchen konnte ich ihm anbieten, weil er sich zu kurzfristig anmeldete.“

Sie wies mit einer fahrigen Geste über einen niedrigen Wohnzimmertisch, auf dem zwei geleerte Kaffeetassen plus Milchkännchen und Zuckerdose ein Stillleben bildeten.

„Und wo ist der Mann Ihrer verstorbenen Schwester jetzt?“, setzte Fanny nach.

„Eben in den Keller gegangen. Mein Vater hatte für ihn etwas dort unten deponiert, vor fast einer Woche. Mein Gott, hätte ich doch damals schon geahnt, was er plante…“

Sie suchte nach einem Taschentuch und versank in leises Schluchzen. Die beiden Ermittler sahen sich überrascht an.

„Was hat Ihr Vater dort deponiert?", fragte Weber erstaunt. „Und wann genau brachte er es vorbei?"

„Ein Kästchen. Am Montag."

Annika Mercator fing sich wieder, sie schwankte jetzt zwischen Unwillen und Trauer.

„Ein Holzkästchen, das mit einem Schloss gesichert ist", holte sie weiter aus. „So eine kleine, hübsche Kiste, wie man sie oft für Schmuck verwendet. Sie war relativ schwer, ich wunderte mich über ihr Gewicht. Vater brachte das Kästchen letzten Montag vorbei und hat mir ausdrücklich aufgetragen, es Arnim auszuhändigen, sobald der danach verlangt. Aber ich solle es auf jeden Fall fortwerfen, wenn mein Schwager sich nicht dafür interessiert. Ohne es zu öffnen. Das betonte er mehrfach.

Ich hatte nach dem Unglück letzten Dienstag gar nicht mehr dran gedacht. Aber Arnim sprach die Sache vor 10 Minuten an, noch während ich ihm Kaffee einschenkte und ein bisschen Small Talk machte. Er war sehr neugierig. Offenbar hat auch er von meinem Vater einen Brief bekommen. Das Kästchen soll ein Geschenk sein."

„Ein Geschenk?", wunderte sich Weber.

„Den Ausdruck wählte Arnim eben. In dem Brief bezeichnet mein Vater das Kästchen als *Geschenk für Arnim.* In kluger Voraussicht hat er vermutlich sein Erbe geregelt, soweit es ihm wichtig war. Sicher enthält es Andenken an Gianna. Vater dürfte am Montag schon zu dem Entschluss gekommen sein, sich selbst den Tod zu geben. Mein Bruder hat gespürt, wie verändert er war, wusste aber nicht, was dahintersteckte.

Schrecklich. Er macht sich schlimme Vorwürfe deswegen."

Sie trocknete eine Träne im Augenwinkel mit ihrem Taschentuch. Irritiert schwiegen die beiden Ermittler und versuchten, mit den neuen Fakten zu arbeiten. Bis plötzlich Kais Stimme aus den Headsets in ihren Ohren erklang. Überrascht zuckten beide zusammen. Weber drückte sich mit der Hand auf die Ohrmuschel und verzog das Gesicht schmerzlich.

„Cordwitz kommt gerade aus dem Haus", berichtete Kai über Funk. „Soll ich ihn aufhalten?"

„Hat er es eilig?", bellte Weber zurück und ging rasch auf den Flur hinaus. Annika Mercator sah ihm mit neuem Misstrauen nach und richtete den Blick strafend auf Fanny.

„Nein, keine Spur", antwortete Kai von unten. „Der putzt sich gerade noch die Schuhe an der Fußmatte ab. Ich denke, ihr wolltet ihn in der Wohnung schon ausquetschen? Macht ihr da oben Kaffeeklatsch?"

„Hält er was in der Hand? Ein Kästchen?"

„Moment. Ja, jetzt sehe ich´s. Ein Holzkasten. Die Sorte, wo meine Schwester früher ihre Liebesbriefe drin wegschloss. Er hat es sich unter den rechten Arm geklemmt. Jetzt geht er in Richtung seines Passats und zieht den Schlüssel aus der Hosentasche. Was soll ich tun?"

„Lassen Sie ihn fahren, aber merken Sie sich seine Richtung", ordnete Weber hastig an. „In Deckung bleiben, abfahren lassen. Ich komme sofort runter, wir folgen ihm gemeinsam. Frau Reichert übernimmt hier bei der Mercator-Tochter."

Fanny stürzte in den Flur.

„Was wird das?", beschwerte sie sich hektisch. „Der nächste Alleingang?"

„Wir sind zu zweit. Ich muss los. Sie kitzeln aus Annika raus, ob sie was mit ihrem Schwager hat."

„Und wenn der Senior seinem Schwiegersohn eine Falle stellt?"

„Mit einem Holzkästchen? Frau Reichert, Sie machen sich lächerlich."

„Sie haben ihn schon mal unterschätzt, Chef. Der alte Herr war kein Trottel."

„Dann rufen Sie Verstärkung. Sobald die Headset-Verbindung abreißt, bleiben wir über Handy in Kontakt."

„Chef, was soll das? Wir können Cordwitz aufs Kommissariat mitnehmen und in aller Ruhe ausquetschen. Kai sitzt da unten und kassiert ihn jetzt sofort ein. Mitsamt dieses komischen Geschenks."

„Ich muss los", blockte der Nienburger ab. „Sie bleiben hier, Telefon haben Sie ja..."

Weber eilte hinunter, so schnell es seine kompakte Statur und die angeknacksten Rippen zuließen. Draußen lief er hinüber zu Kai.

„Fährt in Richtung Innenstadt", informierte der, während er den Wagen startete.

„Hoffentlich finden wir ihn wieder", betete Weber und ließ sich atemlos ins Polster sinken. Kai parkte zügig aus und beschleunigte.

„Wenn nicht", schlug er vor, „holen wir uns einen heißen Tipp vom Ortungsprogramm in Bückeburg. Das läuft immer noch nett vor sich hin. Braucht bloß mal einer auf den Bildschirm zu gucken, dann haben wir Cordwitz' Position rasch wieder. Wie gefährlich wird's denn diesmal?"

„Sah die Holzkiste gefährlich aus, Herr Müller?"

„Hätte ich sie dann mit einem Reservoir für Liebesbriefe verglichen?"

„Ich fürchte, wir machen uns gerade unsäglich lächerlich. Frau Reichert will sogar noch Verstärkung anfordern. Ich konnte sie nicht abhalten, nach dieser Sache in Bad Eilsen."

„Besser zweimal zu viel als einmal zu wenig."

Kai umrundete eine Straßenecke. Nicht weit vor ihnen tauchte der schwarze Passat auf, er hielt an einer roten Ampel.

„Stadthagen ist ideal, um Leute zu beschatten", grinste der Jüngste im Team und reduzierte die Geschwindigkeit. Er brauchte das dreifarbige Verkehrszeichen erst zur Grünphase zu erreichen. In dieser Art durchquerten sie halb Stadthagen. Auf der Jahnstraße, in der Nähe einer beliebten Imbisskette, wurde der Verkehr deutlich dichter. Danach sahen sie den Passat erst wieder, als er nach rechts in die grünen Randbereiche der Kreisstadt abbog.

Hier gab es jede Menge Bäume und Sträucher, dazwischen Freiraum mit einigen Handwerksbetrieben und als Krönung eine große, denkmalgeschützte Industriebrache, die sogenannte Schachtanlage. Flankiert wurde das ganze Gelände von einer ausgedehnten, alten Abraumhalde. Große Teile dieses lang gestreckten, künstlichen Hügels waren renaturiert, dort dehnten sich unübersichtliche, waldähnliche Bestände. Erst zwei Kilometer weiter löste offene Ackersteppe die Gehölze ab.

Gemächlich fuhr Cordwitz in Richtung der historischen Schachtanlage. Es herrschte so wenig Verkehr, dass Kai aufpassen musste, dem Ingenieur nicht aufzufallen. Um den Abstand zu vergrößern, hielt er kurz auf einem Seitenstreifen. Sofort telefonierte Weber mit Fanny, die die angeforderte Verstärkung in die richtige Richtung lotsen sollte. Sie erzählte, dass Annika Mercator sich große Sorgen mache.

„Haben die beiden doch ein Techtelmechtel?", spekulierte Weber erstaunt.

„Glaube ich nicht. Dann müsste sie eine ganz hervorragende Schauspielerin sein. Die ist einfach ein braves Mädchen, das Papas Wünsche erfüllt.

Aber gerade ist ihr zum ersten Mal ernsthaft aufgefallen, dass sie von ihrem Vater höchstens die Hälfte wusste. Unsere deutlichen Worte bei der letzten, chaotischen Befragung müssen nachträglich Wirkung erzielt haben.

Jetzt fragt sie sich die ganze Zeit, warum ihr alter Herr seinem Schwiegersohn ein Geschenk zukommen lässt. Ich mich übrigens auch, Chef. Seien Sie verdammt vorsichtig."

„Vielleicht hat sie schlicht Angst um ihre Erbschaft? Sofern Mercator senior posthum finanzielle Werte verschenkt, geht das von ihrem eigenen Anteil ab."

„Auch möglich. Soll ich weiter bei ihr bleiben, Chef?"

„Auf jeden Fall. Vielleicht hat sie doch was zu verbergen. Aber provozieren Sie nicht, Frau Reichert. Denken Sie daran: Das brave Mädchen hat kürzlich zwei Angehörige verloren, die ihr sehr wichtig waren."

„Schon klar. Übrigens: Die Verstärkung benutzt ein Zivilfahrzeug. Sie werden sich vorsichtig verhalten."

Weber unterbrach die Verbindung mit kurzem Dank und schaute nach vorn. Vor ihnen lagen mehrere große, rote Backsteinhäuser, alle denkmalgeschützt. Eine Straße, die von dort fortführte, wirkte wie leer gefegt. Kai ließ den Wagen langsam an den Komplex heranrollen.

„Wo ist Cordwitz plötzlich hin?", fragte er irritiert, als er zwischen den Gebäuden ankam. Der schwarze Passat war verschwunden.

„Er muss in Richtung des Hügels abgebogen sein", schlussfolgerte Weber und wies auf die zugewucherte Abraumhalde in der direkten Nachbarschaft. Allein dort versperrten Büsche und Bäume den Blick. „Suchen Sie nach Wegen, die dort hinaufführen."

Kai lenkte den Wagen langsam an der Halde entlang. Nach 300 Metern tat sich ein Weg auf, der links von der Straße abging. Im Erdreich konnte man schwache Reifenabdrücke erkennen, die frisch wirkten. Kai kontrollierte sie.

„Da wird er lang sein", informierte er Weber und wies den bergan führenden Pfad hinauf. „Breit genug ist es."

„Wir warten am besten hier auf die Verstärkung", beschloss der Nienburger. „Die finden uns sonst nicht da oben. Hoffentlich ist Cordwitz bald an seinem Ziel, sonst kriegen wir ein Problem. Das Gelände ist schwer zu überblicken."

„Mit der Verstärkung haben wir ihn rasch wieder", vermutete Kai. „Dieser kleine Hügel wirkt ausgedehnter, als er ist. Und wäre unser Verdächtiger an der Halde vorbeigefahren, hätten wir ihn sehen müssen, dahinten kommt nur noch Acker."

„Es sei denn, er hat uns erkannt und spielt Versteck, um uns abzuschütteln."

„Ich kann mal den Weg hochgehen und um die Ecke schauen."

„Normalerweise schon, Herr Müller." Doch Weber schüttelte den Kopf. „Aber in dem Fall halten wir uns lieber an sämtliche Regeln der Vorsicht. Genauso harmlos fing auch alles in Bad Eilsen an und plötzlich brannte der ganze Keller. Wir warten auf die Verstärkung."

Kai setzte sich hinters Steuer und zuckte die Achseln. Nach 11 Minuten gesellte sich ein Pkw zu ihnen, der vier Polizisten in Zivil enthielt. Weber berichtete stichpunktartig und musste sich, ebenso wie Kai, eine Sicherheitsweste überziehen. Danach beratschlagte man das weitere Vorgehen.

„Oben kommt man mit dem Wagen nicht weit", wusste einer aus der Verstärkung. „Wir können die nächsten 200 Meter noch hinauffahren, dann wird der Weg zu eng. Seid ihr sicher, dass euer Verdächtiger da mit einem Passat rauf ist? Diese schweren Kombis bleiben an solchen Rampen gern mal hängen."

„Wir überprüfen es einfach", schlug Weber vor, der allmählich ungeduldig wurde. „Wir fahren jetzt hoch und schauen endlich nach. Nicht, dass uns der Fisch doch noch durch die Maschen schlüpft."

Die kleine Kolonne setzte sich in Bewegung. 250 Meter, dann mussten sie stoppen. Vor ihnen stand der Wagen des Ingenieurs, dem es hier zu eng geworden war. Der Passat wartete leer und verschlossen, Cordwitz musste zu Fuß weitergegangen sein. Die Verfolger einigten sich, ihm per pedes zu folgen. Der schmaler werdende Weg zwang sie rasch in einen Gänsemarsch, der vom schnaufenden Weber angeführt wurde. Argwöhnisch folgten sie dem Pfad, beobachteten aufmerksam die Umgebung, blieben auf der Hut.

Bis unerwartet ein kurzes „Aua" die Stille der Landschaft zerschnitt. Seitlich von ihnen war es aus dem Grün gedrungen. Man hörte Überraschung in dem Ton, als wenn Kinder mit einem Feuerzeug gespielt und sich die Finger verbrannt hätten. Alle stoppten abrupt, lauschten angespannt in die trügerische Idylle.

Aus Richtung der Stadt tröpfelte ein wenig Verkehrslärm herüber, dazwischen das tastende Zwitschern eines Vogels.

Ohne Vorwarnung zerrieb plötzlich metallisches Knirschen die Luft. Ein hoher Ton, schmerzhaft wie ein greller Anschlag aufs Trommelfell. Eisen schabte über Eisen, laut quietschend und knarzend. Wieder kam das Geräusch nicht von vorn, sondern der Seite.

„Hier in der Nähe ist ein Schachteingang", informierte der Ortskundige leise. „Er wurde mit einem Eisentor verschlossen. Dorther kann das Geräusch kommen."

Das Kreischen wurde immer nervtötender und schriller. Als fräse eine große Macht mehrere Metalle ineinander. Mit einem ohrenbetäubend schrägen Gejaule fand es seinen Höhepunkt und verstummte abrupt.

„Der hat das Eisentor aufgehebelt", mutmaßte einer aus der Verstärkung. „Vielleicht mit einem Autoheber."

„Führen Sie uns zu dem Schachteingang", forderte Weber. Sie stiegen leise ins Unterholz und stießen rasch bis zu dem Eisengatter vor. Sämtliche Stangen daran waren unversehrt, die Verriegelung schien intakt, das Tor geschlossen. Schwarz ruhte dahinter der Schacht, der sich schräg nach unten in die Erde zog. Irritiert stoppten alle. Richteten sich auf und blickten umher. Jetzt herrschte wieder sonntägliche Stille, probeweise zirpte eine Grille.

„Was ist hinter dem Tor?", wandte Weber sich flüsternd an die anderen.

„Ein kleines Stück Gang. 10 Meter weiter unten wurde vor einigen Jahren noch eine Mauer eingezogen, weil es immer wieder Jugendliche schafften, hier reinzukommen. Wir wollten sie nicht eines Tages tot raustragen müssen, weil sich irgendwo giftige Gase gesammelt haben."

„Es gibt also eine kleine Höhle hinter dem Eisentor?"

„Ja. Wir können..."

Schmerzensschreie sprangen sie an. Blitzartig. Direkt aus der Schwärze. Qualerfüllt und durchdringend. Sie verstummten nicht mehr. Sofort liefen alle in Richtung des Schachts. Direkt am Tor schlug ihnen unerwarteter Geruch entgegen. Wie von Zwiebeln. Oder Knoblauch. Jenseits des Tors konnte man schemenhaft eine am Boden liegende Gestalt erkennen. Sie hatte die Hände vor die Augen geschlagen, wälzte sich, jammerte und schrie.

„Cordwitz", erkannte Kai, der sich die aktuelle Kleidung des Ingenieurs gemerkt hatte. „Wie ist der da reingekommen?"

„Wir müssen das Tor aufbrechen", entschied einer in der Verstärkung. Suchend tasteten viele Blicke über das Eisengatter. Das Schloss erwies sich bei genauem Hinsehen als kaputt, aber geschlossen. Jemand musste es manipuliert haben. Einer der Zivilbeamten zog die Waffe, um es aufzuschießen.

„*Halt.* Alle zurück", befahl der Nienburger in dem Moment entschieden.

„Aber wir können den Mann da drin doch nicht..."

„Sofort alle weg!" Plötzlich brüllte Weber nur noch. Seine Stimme überschlug sich. **„Nach oben. Alle nach oben!"**

Er hielt sich die Rippen dabei. Sie rannten los, den Hang aufwärts, vorbei am Schacht. Als der Knoblauchgeruch verweht war, stoppten sie. Die schwarze Öffnung lag 30 Meter unter ihnen, aus ihr quoll dumpf das gepeinigte Schreien. Es bereitete allen Übelkeit.

„Wir brauchen die Feuerwehr", ordnete Weber schnaufend an. „Vollschutz. Das ist Giftgas. Es ist schwerer als Luft. Breitet sich langsam aus. Das meiste hält sich unten im Schacht."

Er schickte zwei Männer zur Straße hinunter, damit sie die Einsatzkräfte sicher hierher bringen konnten.

„Was ist das für ein Zeug?", wollte Kai wissen und kämpfte wieder gegen die Leberwurst in den Beinen.

„Senfgas", antwortete Weber und sah mit verbissener Miene nach unten. „Das Geschenk des alten Mercator an den Mörder seiner Tochter: Senfgas. Man nennt es auch S-Lost."

„Wie mag der alte Mercator darauf gekommen sein?“, fragte Fanny ihre Mitstreiter. Es war später Sonntagabend. Die drei saßen in Bückeburg auf dem Kommissariat beisammen. Äußerlich unversehrt. Und dankbar, denn es hatte keine zweite Katastrophe gegeben. Allerdings: Ohne Webers gute Fachkenntnis über Senfgas hätte diese Sache auch problemlos sieben Opfer fordern können.

Doch diesmal blieb Arnim Cordwitz der einzige Betroffene. Die Feuerwehr hatte ihn nach einer halben Stunde lebend befreien können. Wie zu befürchten war, trug er erhebliche Verletzungen davon. Momentan lag er in Hannover auf der Intensivstation, wohin ihn der Rettungshubschrauber transportiert hatte.

„Steht wahrscheinlich alles in diesem Brief“, antwortete Weber und hob die Plastiktüte, in die man das wichtige Schreiben gesteckt hatte. Schnörkelige Handschrift verriet den Senior als Absender. Das Papier war einem der Polizisten vorhin in Cordwitz' Wagen aufgefallen. Ein Einschreiben, mit dem man den Ingenieur zum Schacht gelockt hatte. Abgeschickt einen Tag vor dem Selbstmord des Seniors.

Weber hatte sich zwingen müssen, den Schrieb wenigstens zu überfliegen. Inzwischen hasste er diese Handschrift. Nach der ersten Durchsicht weigerte sich etwas in dem Nienburger, jetzt gleich auch diesen Teil der Aufräumarbeit zu erledigen. Der Schock über das Giftgas saß tief. Weber sehnte sich nach harmlosen Menschen und seien es seine Zwillinge. Egal, wie hoch die Rechnung vom Borkumer Freizeitzentrum ausfallen mochte.

„Vielleicht hat Mercator Senior den Schocker in der Mülltonne gefunden", rätselte Kai. Auch er musste das Ereignis erst sacken lassen. Aber ein wenig rumraten, das hatte er inzwischen gelernt, lenkte gut von den Katastrophen dieser Welt ab. „Nach Auskunft seines Sohns war er ja für den Müll zuständig. Oder der alte Herr hat sogar beobachtet, wie sein Schwiegersohn nachts runterschlich und den Apparat versteckte."

„Und statt uns davon zu berichten," spann Fanny den Faden weiter, „verdrängte er, was das in Bezug auf Giannas Ableben bedeutete."

„Ja." Kai nickte. „Er verschwieg es, weil er die Familie nicht belasten wollte. Die Trutzburg."

„So was Ähnliches vermute ich auch", schloss Weber sich müde an. „Irgend etwas brachte ihn darauf, dass sein eigener Schwiegersohn Gianna verunfallte.

Fatalerweise bot sich dieselbe Konstellation, die der Senior auch mit Margarete erlebt hatte. Und bis sein Gewissen sich zurückmeldete, war er ja der felsenfesten Überzeugung, er müsse die Familie schützen und erhalten. Arnim Cordwitz gehörte zur Familie. Er kümmerte sich sogar öfter um den alten Herrn als Gianna, wenn die beiden zu Besuch waren.

Ich vermute, Gottfried Mercator hat Arnim sehr geschätzt, bevor ihm die ganze Wahrheit bewusst wurde. Es muss wie ein Aufwachen in der Hölle gewesen sein, als er sich eingestand, dass hier zum zweiten Mal Unrecht geschieht und er seine Hand reicht, es zu decken."

„Familientrauma", murmelte Fanny gedankenverloren. „Wirklich wie ein böser Fluch. Die Mutter stirbt bei einem Unfall, den der Ehemann herbeiführt. Und der Tochter ergeht es genauso. Warum hat Cordwitz ihr dermaßen zugesetzt? Was wollte er von ihr?"

„Wir müssen abwarten." Weber zuckte die Schultern. „Der Brief wird uns hoffentlich weiterhelfen. Morgen. Außerdem lebt Cordwitz, auch wenn die Ärzte für ihn derzeit keine Vernehmung zulassen. Aber die bekannten Fakten werden wir bald richtig einordnen können."

Fanny straffte die Schultern.

„Sobald wir die Handyverbindungen bekommen", plante sie den neuen Wochenbeginn, „können wir Cordwitz' Doppelgänger auffliegen lassen. Wenn der auspackt, werden wir den Grund für dieses miese Spiel erfahren."

„Vielleicht hat er seinem Kompagnon auch die Hucke vollgelogen", überlegte Kai. „So, wie er uns den trauernden Gatten vorspielte. Ich würde dem Kerl inzwischen alles zutrauen. Wisst ihr noch, wie er hier zusammengebrochen ist vor zwei Wochen? Der hat uns alle hinters Licht geführt."

„Gut möglich", stimmte Fanny zu. „Der Helfer hält vielleicht nur deswegen den Mund, weil er derzeit nichts Besseres weiß. Zeigt er sich selbst an, zwickt ihn der Staatsanwalt, hält er still, tut es das eigene Gewissen. Was ist leichter zu ertragen?

Aber ich bin gespannt auf den Typ. Solange es nicht so ein zweiter Schellfinger ist, nehme ich alles."

Ab Montag rekonstruierte man bei der Polizei jene Falle, in die Cordwitz geraten war. Wichtiges Beweisstück war der gestern sichergestellte Brief. In ihm lockte Mercator senior mit wertvollen Erbstücken, die er an seinen Kindern vorbei in den Besitz von Arnim übergeben wolle: historische Kunstschätze, vorwiegend aus Bernstein, in der Travemünder Bucht aus der See gefischt. Der alte Herr brauchte nicht einmal richtig zu lügen: In der Ostsee gab es tatsächlich genug alte Relikte. Echte Schätzchen, aber auch zahllose Behälter mit Senfgas, versenkt kurz nach Ende des Zweiten Weltkriegs.

Dass der Rentner den Schwiegersohn als Mörder seiner Tochter betrachtete und auf Rache sann, verriet sein Einschreiben mit keiner Silbe. Im Gegenteil, man spürte, dass Gottfried Mercator ihn einmal gemocht hatte, er lobte ihn für seine familiäre Treue. Als Dank dafür empfahl er Arnim, sich bei Annika ein Kästchen abzuholen. Es folgte eine detaillierte Lagebeschreibung des Schachts, der verführerisch „meine Schatzkammer“ genannt wurde. Angeblich, um böses Blut wegen der Erbschaft zu vermeiden, durfte keins der Mercator-Kinder anwesend sein.

In dem Moment, da Cordwitz das manipulierte Eisengitter zum Schacht öffnete, saß er fest: Die Verriegelung ließ sich nicht mehr öffnen. Gleichzeitig aktivierte sich eine elektrische Bastelei, die an einer Autobatterie hing. Sie erwärmte den Sicherungsring einer Tonne. Der Ring bestand aus Gedächtnismetall.

Cordwitz merkte zunächst nichts von all dem. Gierig widmete er sich dem Holzkästchen, dessen Schlüssel im Schacht bereitlag. Der Kasten war innen komplett mit Metall ausgeschlagen, was das ungewöhnliche Gewicht erklärte. Darin fanden sich drei gelbliche Mineralien, ähnlich Bernstein. *Funde vom Ostseestrand,* schrieb der Senior. Die Stücke erwiesen sich bei der chemischen Analyse im Polizeilabor als altes S-Lost, fest geworden durch Salzwassereinfluss.

Während Cordwitz sie in der Hand gehalten und betrachtet hatte, entfalteten sie ihre Wirkung und verätzten seine Hände. Sein erster Schmerzensschrei war den sechs Verfolgern aufgefallen. Der Ingenieur untersuchte gerade seine Verletzungen, als der Sicherungsring sich massiv verformte. Dabei entstand das laute, metallische Kreischen. Schließlich sprang der Verschluss der Tonne auf. Sie enthielt Senfgas, das sofort ausströmte und den Schacht auszufüllen begann. Cordwitz begriff nichts. Das farblose Gas verriet sich nur durch einen Geruch nach Knoblauch. Ob Mercator senior es in den Katakomben der Weserberglandklinik zusammengebraut hatte, blieb Spekulation. Sämtliche Beweise waren verbrannt.

Am Dienstag saß den Ermittlern auf dem Kommissariat ein desillusionierter Wachmann der Gedächtnismetallfirma gegenüber. Seine Statur war so mittel wie die von Cordwitz, das Gesicht entfernt ähnlich. Dafür entsprach es exakt dem Antlitz, welches die Nachbearbeitung der Videobänder ergeben hatte. Mit diesem Beweis und den Handydaten des Ingenieurs konfrontierte man den Mittäter.

Er hielt sein Leugnen nicht lange durch. Im Laufe des Tages gestand er und berichtete, was passiert war: Cordwitz habe seiner Gianna einen Denkzettel verpassen wollen. Er plante ihre Entführung und einige Tage Isohaft an einem abgelegenen Ort. Der Vorfall sollte ihr klarmachen, dass sie ihre Eskapaden nicht als gottgewolltes Schicksal an Arnim verkaufen konnte. Er habe einfach nicht mehr als gehörnter Idiot dastehen wollen.

„Warum ließ er sich nicht scheiden?“, fragte Fanny fassungslos.

„Das passte ihm nicht. Es macht viel Papierkram und kostet ein Heidengeld. Fand er überflüssig. Gianna sollte einfach merken, wie verletzbar sie ist, und in Zukunft vorsichtiger sein. Es wäre völlig okay gewesen, wenn sie mehr auf seinen und ihren guten Ruf geachtet hätte. Ein kleiner Schuss vor den Bug eben."

„Na, das hat ja 150%ig hingehauen", spottete die Ermittlerin zynisch.

„Wie kam Cordwitz darauf", forschte Weber, „jemanden aus dem Sicherheitsdienst als Komplizen zu wählen? Entführung ist kein Kavaliersdelikt. Und Gianna hätte ihren Gatten durchaus anzeigen können, wenn ihr der Büffel nicht vorher den Garaus gemacht hätte. Einer vom Sicherheitsdienst steht doch beruflich mit beiden Beinen im Knast, sobald er sich an so was beteiligt. Sie werden erpressbar."

„Cordwitz auch. Und von dem stammte der Plan."

„Aber der sitzt am längeren Hebel."

„Nicht nur das. Leider hab ich vor Jahren schon mit einem Bein im Knast gestanden", gab der Doppelgänger zu. „Ich hatte mal einen Fehltritt. Kleiner Gelegenheitsdiebstahl, der aber aufflog. Danach versuchte ich, sauber zu bleiben. Die Polizeiakte gibt es natürlich noch. Cordwitz ist mir irgendwie drauf gekommen. Eigentlich weiß nur unser oberster Chef davon. Keine Ahnung, ob der solche Interna mit seinem Betriebsingenieur abkaspert.

Aber Cordwitz kannte die Akte und hatte Zugriff darauf. Er drohte, sie in der Firma einfach mal so rumliegen zu lassen. Natürlich in der Nähe der Sekretärinnen, die prompt ihre Nase reingesteckt hätten. Es wäre die Hölle für mich geworden. Schon mal was von Mobbing gehört? Und finden Sie mal als vorbelasteter Wachmann einen neuen, vernünftig bezahlten Arbeitsplatz."

Erst Monate später war Cordwitz so weit wiederhergestellt, dass man ein offizielles Ende des Falls Gianna Mercator anvisieren konnte. Der Ingenieur behielt ähnliche Schäden zurück wie viele Soldaten im Ersten Weltkrieg: Narbenbildung aufgrund der Hautverbrennung und eine Verätzung der Augen, von der niemand sagen konnte, ob sie eines Tages reversibel sein würde. Er war nahezu blind, als Weber sein Geständnis aufnahm und danach sämtliche Unterlagen an die Justizbehörden weiterreichte. Die bekannten Fakten änderten sich nicht mehr. Allerdings empfand Cordwitz inzwischen tiefe Reue. Diesbezüglich schien er dem Familientrauma der Mercators zeitlich voraus zu sein.

Amalia Spitzers Gerichtsverfahren lief im Oktober desselben Jahres. Ihre Eltern mischten sich neben etlichen Blindowschülern unter die Zuschauer. Einige von Kais Kollegen schauten kurz vorbei und wünschten Glück. Fanny hatte als Zeugin auszusagen, Weber ebenfalls. Sie taten es mit guten Gedanken. Das Urteil lautete ein halbes Jahr auf Bewährung.

Bis zuletzt hatte der Frankfurter Rechtsanwalt gehofft, das Vorstrafenregister seiner Mandantin rein zu halten, doch der Richter war ein wenig anderer Meinung. Trotzdem: Den meisten im Saal fiel ein Stein vom Herzen. Draußen nahm Frau Spitzer ihre Tochter in den Arm, während ihr Ehemann erregt mit dem Juristen debattierte, den er bezahlt hatte. Beide erwogen, doch noch in Revision zu gehen.

Amalia verweigerte jeden weiteren Prozess und setzte sich durch. Danach verbrachte die Familie eine schweigsame Stunde in einem Bückeburger Café. Als auch dieser Pflichttermin überstanden und die Eltern abgereist waren, ging es in Richtung Auenhof. Dort feierte man, dass die Sache jetzt ohne Haft abging. Vermutlich hätte man auch alles andere gefeiert. Motto: die Befreiung vom Damoklesschwert.

Galgenhumor, viele Leckereien und die behagliche Atmosphäre einer großen Bauerndiele ließen aus dem Urteil im Laufe der Nacht Kleinkram werden. Erst mit Einsetzen der Morgendämmerung machten Kai und Ama sich auf den Rückweg nach Rusbend. Sie gingen zu Fuß durch den Herbst. Das Wetter begrüßte sie kühl, der Sommer war lange vorbei. Beide fühlten sich müde und rückten eng zusammen. Langsam stieg eine diesige Morgensonne auf. Der Oktober feierte Altweibersommer. Milchig schwebten kühle Nebelbänke über der Niederung, während die orangerote Kugel am Horizont sie mit warmen Farben überhauchte.

„An einem Morgen wie diesem", erinnerte sich Kai, „hat unser Weber beim alten Mercator das Gewissen wiedererweckt. Mit Gedichten. Kannst du dir das vorstellen?"

„Doch." Ama nickte. „Gedichte durchbrechen die Schranken, die unser Verstand errichtet. Sie treffen direkt ins Herz. Dort drin spüren wir, ob es stimmt oder gelogen ist. Wir ahnen, was wir sein können. Auch, wenn wir es vielleicht nie werden."

Vor ihnen lag das Tor zur Niederung. Das herbstliche Blätterdach der ausladenden Kastanien wölbte sich als gelbes Geflecht über den Weg. Aberhundert grüne Stacheligel waren in ihren Kronen herangereift. Die Rinde der Stämme leuchtete scharlachrot, angestrahlt von der emporsteigenden Sonne. Aus der nahen Angusweide klang das leise Morgengeschwätz der Wildgänse herüber.

Kai und Ama passierten die Bäume. Das Nächste, was ihnen auffiel, war eine Gestalt, die mit raschen Schritten auf sie zukam. Sie wirkte, als habe sie sich verspätet. Kai stoppte abrupt. Er kannte die Silhouette dieses Wesens: der Wasserlochstarrer.

„Eins der Rätsel im Mercator-Fall", wandte er sich an seine Freundin, „blieb uns bisher erhalten: ein unbekannter Mann, der sich alle paar Nächte immer kurz vor der Dämmerung ans Wasserloch der Büffel stellte und in die Gegend guckte."

„Verfolgt dich die Sache immer noch?", grinste sie amüsiert.

„Kann man so sagen. Der Typ kommt uns nämlich gerade entgegen."

Sofort verfinsterte ihre Miene sich, misstrauisch äugte sie nach vorn. Schlechte Erinnerungen brandeten heran.

„Der sieht aber völlig harmlos aus", beschloss sie dann und entspannte.

„Ich möchte ihn fragen, warum er das tut", bat Kai.

„Darf ich dabeibleiben?"

„Ich bitte darum. Der Fall ist abgeschlossen."

Eine Minute später trafen sie auf den Mann. Ohne Probleme begannen sie ein Gespräch mit ihm. Er entpuppte sich als ein Pflegling des Robert-Koch-Heims. Die Gründe seines seltsamen Treibens besaßen so viel Logik, wie man sie von einem freundlichen, leicht geistig behinderten, tierlieben Menschen erwarten durfte. Er mochte Goofy samt seiner Damen, bat jedoch mit verschwörerischem Lächeln darum, es niemandem zu erzählen.

„Deshalb gehe ich immer nachts hierher", offenbarte er.

„Es ist ein *Geheimnis*."

„Ich habe MasterMcGrath gerade eingeladen", rief Keenan fröhlich ins Telefon. „Ein Teufelskerl, this freaky, wonderful dog."

„Alles okay mit ihm?", sorgte sich Maddy. Eigentlich lautete ihr Name Madeleine Piepenbrink. Ein Supergau von Name. Sie verabscheute ihn aus tiefstem Herzen. Wozu die Geziertheit des Französischen, wenn ein Bauernpantoffel hinterklatscht?

Als Keenan Leprechaun sie vor vier Jahren in dem Dubliner Pub lachend „Maddy, my princess" genannt hatte, war ihr Herz entbrannt. Für diesen Namen und diesen Mann. Sie behielt ihren deutschen Pass, wurde aber auf der Insel der Kelten sesshaft. Die harten Jahre der Finanzkrise wirbelten Irland durcheinander. Maddy und Keenan beschlossen, ein Leben in Deutschland zu wagen und siedelten probeweise auf den Kontinent über.

MasterMcGrath musste mit, Keenan liebte ihn abgöttisch. Aber wie sollte er ihn trainieren in einem Land, wo Windhundrennen offiziell verboten und ein privates Race allenfalls eine flippige Lachnummer war? Denn der Whippet sollte eines Tages in Irland laufen, er schien schnell genug für die Spitze. Ein halbhohes, explosives Kraftpaket. Deshalb auch Keenans ehrgeizige Namenswahl: MasterMcGrath, der legendäre Sieger von 1868, 1869 und 1871. Er ignorierte konsequent, dass ein Whippet kein Greyhound ist. Mehr noch: Es war seine einzige Chance, zu gewinnen. Die Greyhoundrennen lagen fest in den Händen kommerzieller Züchter und Trainer. Ein Whippet dagegen holte finanziell niemanden hinter dem Ofen hervor, die Rennen waren nahezu Privatvergnügen. Keenan ging es allein um Ruhm und Lorbeer für seinen vierbeinigen Sprinter.

Also hatten sie sich nach der Übersiedlung etwas ausgedacht, um MasterMcGrath in Form zu halten. Die Methode war kompatibel mit ihren langen, unregelmäßigen Arbeitszeiten und völlig verrückt, was wiederum zu Keenan passte. Eine Asphaltstraße durch die Bückeburger Niederung erwies sich als genau richtig: Sie besaß eine gute Länge, beinhaltete keine Berge, dort fuhren kaum Autos und in der Dämmerung schien die Gegend fast menschenleer. Nur auf die Grünröcke mit ihren Schießprügeln musste man achten.

Also verwandelten sie MasterMcGrath vor jedem Training mit fluoreszierender Farbe in ein Gespenst. Wer schießt schon auf einen Geist? So oft wie möglich ließen sie den Whippet laufen. Nachdem er verstanden hatte, dass er von Maddys bis zu Keenans Auto quer durch die Landschaft sprinten durfte, wurde er immer schneller. Und sein Herrchen immer stolzer.

„Darling, wir haben's geschafft", flüsterte Keenan jetzt ergriffen ins Handy. „Ich habe vorhin die Zeit of our rivales im Internet gesehen. Er ist schneller. God bless this dog."

„Dann sollten wir bald zurück", schlug Maddy vor und amüsierte sich über seine Euphorie.

„In this way. Wir treffen uns zu Hause", verabschiedete Keenan sich. „Bis gleich."

Madeleine stieg ins Auto und begann, sich auf Irland zu freuen. Ganz wohl war ihr nie gewesen mit dieser Ersatzrennbahn. Und überhaupt.

Die Insel im Westen Europas würde ihnen gut tun nach dem einen Jahr in Deutschland. Bestimmt konnten sie erneut dort Fuß fassen, die wirtschaftlichen Probleme schienen abzunehmen. Ersparnisse hatten sie inzwischen auch. Die Musik und das Lachen der Iren fehlten ihnen so sehr.

Der „Auenhof" basiert auf einem realen Bückeburger Biolandhof. Sein tatsächlicher Name lautet anders, ebenso wurden einige Details verändert und zur Wahrung ihrer Privatsphäre erhielten manche Hofbewohner neue Namen. Die Tiergeschichten dieses überaus schönen, historischen Anwesens sind dagegen nur z.T. fiktiv und es gibt wesentlich mehr davon. Reinhilde lebt. Wer im Hofladen frisches Gemüse und Obst einkaufen will, kann über Scheie hinfahren oder alternativ den Wochenmarkt in Bückeburg besuchen.

Die Attraktionen der *Landpartie* wechseln jährlich. So entstammen die im Roman dargestellten nicht dem Jahr 2012, sondern einem vorhergehenden. Auch Händler für Hüte, Spirituosen, Designertaschen und Vogelhäuser findet man, aber selbstverständlich sind sie nicht identisch mit den im Roman dargestellten Charakteren. Wer die Messe besucht, merkt bald, dass sie überdurchschnittlich in vielerlei Beziehung ist.

Einen Bückeburger Fotografen, der 2012 Tausende von Fotos machte, gibt es. Er ließ sich ein wenig ausfragen, wofür Herrn Habedank hiermit gedankt sei.

Die Weserberglandklinik in Bad Eilsen ist keine reine Fiktion. Allerdings fiel sie zum Glück keinem Großbrand, sondern im Jahr 2011 der Abrissbirne zum Opfer.

Die Örtlichkeiten rund um das Stadthäger Schachtgelände mussten im Roman verändert werden, um ins fiktive Krimigeschehen zu passen. Vergitterte Schächte und Stollen gibt es auf der Abraumhalde nicht, sie ist auch nicht komplett überwachsen.

Windhundrennen in Irland, egal ob für Greyhound oder Whippet, gehen über kürzere Strecken als die im Roman anliegenden 2,5 km.

Der Wasserlochstarrer ist rein fiktiv. Dagegen sind die äußerst realen Pfleglinge des hiesigen Robert-Koch-Heims (zumeist) harmlose Sonderlinge, einige davon im Stadtbild weithin bekannt und belächelt. Abweichend von der Romanhandlung sieht man sie nur tagsüber.

Mein herzlicher Dank für die ausgesprochen hilfreiche Zusammenarbeit geht vor allem an das Bückeburger Kommissariat. Die Gespräche zu Fragen der polizeilichen Arbeit haben viele Details dieses Romans konkretisiert und in einen realistischen Rahmen gebracht.

Für ihre fachkundigen Spezialberatungen danke ich dem Mediziner Henning Mädje und dem Brandschutzprüfer a.D. Gerhard Cremer. Auch die Anregungen zweier Rechtsanwälte erwiesen sich als hilfreich. Thomas ein großes Danke für seinen Ideenmix hinsichtlich der DDR. Und an die private Prüfungsrunde mit Christa, Corinna und Uwe geht wieder einmal wärmster Dank für ihr wochenlanges, geduldiges Zuhören, Mitdenken, Diskutieren und Beraten.

Auch diesmal ein dickes Dankeschön an meine Familie für ihre Geduld.

Alles, was an Fehlern im Roman auftaucht, geht auf meine Kappe. Meist dient es der inneren Logik und Spannung im Geschehen des Krimis. Ansonsten ist es der Zerstreutheit der Autorin geschuldet.

KRIMI Regional

WESERBERGLAND KRIMI

HANNOVER KRIMI

MORDUNDMEER KRIMI

WESERKRIMI

HILDESHEIM KRIMI

RHEINMOSEL KRIMI

WESTFALEN KRIMI

BERGISCHES LAND KRIMI

WESTERWALD KRIMI

Auf den nächsten Seiten
wird es noch mal spannend!

Bitte blättern Sie um ...

Gütersloh 2011. Ein Serienmörder verunsichert die Stadt. Seine grausame Bilanz nach nur fünf Tagen: jeden Tag ein neues Opfer. Kriminalkommissar Patrick Gruber und Sarah Berger übernehmen den Fall. Warum liegen alle Leichen entlang der Autobahn A 2 und warum hinterlässt der Mörder am Oberarm seiner Opfer diesen rätselhaften Zahlenaufdruck? Schon bald müssen die Partner erkennen, dass ihr Gegner ihnen immer einen Schritt voraus zu sein scheint.

Erasmus Herold. Und ich vergebe dir nicht
392 Seiten. Paperback. ISBN 978-3-8271-9562-3
E-Book 978-3-8271-9626-2 (Pdf)
978-3-8271-9826-6 (Epub)

Eine Schießerei am Steintor. Fast zeitgleich ein Überfall mit Geiselnahme am Raschplatz. Kommissarin Kalenberger muss hin, gerät in die Schusslinie und wird arbeitsunfähig. Da verschwindet Pia, die beste Freundin ihrer Tochter. Pia wollte nach Hannover und hat angeblich den Mann ihres Lebens kennengelernt. Der Mann wird brutal ermordet. Kalenberger ermittelt nur widerwillig. Doch dabei gerät sie immer tiefer in die Loverboy-Szene. Sie bringt sich in tödliche Gefahr.

Günter v. Lonski. Eis
296 Seiten. Paperback. ISBN 978-3-8271-9455-8
E-Book 978-3-8271-9620-0 (Pdf)
978-3-8271-9820-4 (Epub)

Ein bankrotter Flughafen, einst als amerikanische Air Base genutzt, gerät immer wieder in die Schlagzeilen: Warum hat die Landesregierung der Betreibergesellschaft den Flughafen für einen symbolischen Euro abgekauft? Verseuchtes Trinkwasser und eine rätselhafte Mordserie rufen Bernd Kaltenbach, den unkonventionellen Reporter des „Rhein Mosel Express", auf den Plan. Seine erste Spur führt nach Koblenz. Plötzlich ist Kaltenbach tiefer in den Fall involviert, als es ihm selber lieb ist.

Andreas Schmidt. HahnBlues
320 Seiten. Paperback. ISBN 978-3-8271-9481-7
E-Book 978-3-8271-9628-6 (Pdf)
978-3-8271-9828-0 (Epub)

Weitere Spannung pur...